KB242660

제비는
돌아오지
않는다

제비는
돌아오지
않는다

燕 は 戻 っ て こ ない

기리노 나쓰오 장편소설

김혜영 옮김

해피북스투유

차례

1장

보일드 에그

1

작은 냄비 안에서 하얀 달걀 하나가 달그락거린다. 미요시 마트에서 사온 달걀이다. 열 개가 한 팩으로 묶여있고, 가격은 198엔. 이 근방에서 가장 저렴한 가격이다. 하루에 하나씩 먹으면 열흘은 간다. 싸고 고단백에 조리도 간편하다. 찬물에서 15분 삶으면 완숙 달걀이 된다.

"저기요, 달걀의 본질을 아세요? 물이 끓고 나서 8분이면 완숙이 되거든요. 즉, 찬물에서 15분 삶으면 달걀이 완전히 익는다, 이게 바로 달걀의 본질이에요. 요리는 식재료의 본질을 아는 게 중요하거든요."

요양원 식당에서 이소가이 씨가 입에 달고 살던 말이었다. 그녀는 휠체어에 앉아서도 곧은 자세를 유지하며 다가가기 어려운 분위기를 풍겼지만; 늘 입고 있던 분홍색 파자마에는 음식물을 흘린 자국이 얼룩덜룩 남아있었다.

이소가이 씨의 이름은 보기 드문 조합의 특이한 한자라 제대로 읽는 사람이 거의 없었다. 어느 날 누군가가 "아리타니 씨." 하고 불렀을 때, 그녀는 "이소가이라고 읽는 거예요." 하고 약간 무시하는 듯한 투로 고쳐줬다.

그런 일이 몇 번 반복되자, 말을 건 사람이 없는데도 이소가이 씨는 명찰도 붙어있지 않은 납작한 가슴팍을 스스로 가리키며 "이소가이라고 읽는 거예요." 하고 말하고 다니기 시작했다. 그러고는 대상과 장소를 가리지 않고 '달걀의 본질'과 '이소가이라고 읽는 거예요'라는 말만을 되풀이하는 할머니가 되었다.

하지만 요양원 식당에 완숙 달걀 따위는 나오지 않는다. 혼자서 껍데기를 벗기지 못하는 노인이 많고, 먹다가 목에 걸릴지도 모르기 때문이다. 이곳에 허락된 달걀 요리는 무턱대고 달게 만든 달걀말이나 걸쭉하게 만든 달걀국, 가끔은 아주 부드러운 반숙 달걀이 다였다.

그래서 이소가이 씨가 왜 삶은 달걀에 집착하는지 아무도 알지 못했다. 그러다 요리 관련 일을 했었다는 소문이 돌면서 그녀가 깜빡깜빡하는 모습을 보여도 다들 애정 어린 시선으로 받아들였고, '달걀의 본질'설도 그 말이 맞다며 인정하는 분위기가 조성됐다.

그런데 간병 직원 중 하나가 '식재료의 본질'은 유명한 요리 연구가가 늘 하던 말과 똑같은 것 같다며 인터넷에서 본 정보를 전달했고, 그 이후 이소가이 씨가 '달걀의 본질'을 말할 때마다 별생각 없이 동정적이었던 사람들도 그러게요, 하고 적당히 넘기게 되었다. 얼마 지나지 않아 이소가이 씨는 감기에 걸리고 폐렴까지 앓더니 허무하게 세상을 떠났다.

물이 끓고 8분이면 완숙이 되는 게 닭이 낳은 알의 본질이라면 여자 몸속에 있는 난자의 본질은 뭘까. 삶으면 몇 분 만에 단단해질까. *이소가이 씨, 난자의 본질도 한번 알려줘 봐요.* 리키는 냄비 안을 들여다보며 그리운 이름을 불렀다.

리키가 요양원에서 간병 일을 한 건 스물한 살부터 스물세 살하고도 넉 달을 더한 2년 반이 채 되지 않는 기간이다. 참고 또 참아가며 200만 엔을 모으는 데 그만큼이 걸렸다. 월급을 절반 가까이 저축할 수 있었던 건, 당연한 말이지만 본가에서 지낸 덕분이다.

리키는 홋카이도 북동부에 있는 전문대학교를 나온 뒤, 본가 근처에 신설된 요양원에 직원으로 채용되었다. 부모님은 언젠가 자기들도 그곳에 들어갈 텐데 마침 잘됐다며 반겼지만 리키는 일을 시작한 첫날, 침대 위에서 자신의 대변을 경단 모양으로 둥글게 빚고 있는 할머니를 목격하고 그 자리에서 그만둘 뻔했다. 그런 짓을 하는 사람이 있다는 게 믿기지 않았다.

하지만 일을 오래 하지 않은 건 요양원 탓은 아니었다. 어느 곳에 가든 어떤 일을 하든 마찬가지였다. 도쿄로 온 뒤 리키의 직업은 일정치 않았다. 인내심이 부족한 걸까 고민한 시기도 있었다. 그러나 뭘 하고 싶은지, 스스로 어떤 인간인지도 모르면서 일할 곳은 여기뿐이라고 단정 짓고 싶지 않았다.

자기가 하고 싶은 일을 찾아서 그 길로 빨리 나아가는 사람이 진정 강한 사람이고, 인생도 쉽게 풀리는 게 아닐까. 그 생각이 든 것은, 고등학교 때 비교적 친했던 친구가 네일아티스트가 되었다고 들었을 때였다. 그 애는 도쿄의 네일아티스트 학원에 1년 다닌 뒤 학원에서 운영하는 네일숍에 취직했다. 지금은 시부야 본점에서도 알아주는 존재가 된 모양이다. 그 애의 인스타를 보니 엄청나게 바쁘게 지내는 데다 하라주쿠에서 미용사로 일하는 남자친구도 있는 듯해 리키는 질투가 났다. 사실 질투가 난 건 시부야나 하라주쿠, 네일숍이나 남자친구 때문이 아니라 인생을 알차게 살아가는 모습 때문이었다.

도쿄로 온 후, 딱 한 번 리키는 그 친구를 만났다. 장소는 그 애가 자주 간다는 에비스의 한 카페였다. 마침 리키가 니시닛포리에 있는 인쇄물 분류 회사에서 아르바이트를 시작한 무렵이었다.

가뜩이나 에비스라는 장소가 낯선 리키 앞에 빨간색에 가까운 갈색으로 머리를 물들이고 굉장히 세련된 모습으로 나타난 그녀는, 리키뿐 아니라 주변까지 한순간에 압도했다. 그리고 그녀의 섬세한 네일아트를 본 리키는 몸과 마음이 모두 움츠러들어 앉아있던 의자마저 뒤로 쓱 밀어낼 정도였다.

제대로 된 기술을 배우지 못해서 이렇게 차이가 벌어졌구나. 리키는 후회가 밀려왔다. 그러나 자신이 직접 한 네일아트라며 친구가 자랑스럽게 내민 손을 보니, 리키는 애초에 아무런 재능도 없으니까 어쩔 수 없다는 생각도 들었다.

도쿄로 왔는데 좋은 일이라곤 하나도 없고, 오히려 점점 나빠져만 가는 이유는 뭘까. 고향으로 돌아가 봤자 할 일도 없고, 도쿄로 올 때 아버지와 한바탕 싸우고 왔기 때문에 오기로라도 돌아가고 싶지 않았다. 그럴 여비도 없었다.

200만 엔이라는 거금을 들고 왔는데, 6년 만에 흔적도 없이 사라졌다. 집을 빌리는 데 들어간 보증금과 사례금, 냉장고와 전자레인지, 침대에다 침구, 냄비와 식기. 그렇게 집기들을 채우고, 부족한 생활비를 메우는 사이에 어느샌가 덧없이 사라졌다. 그리고 이제는 저축 제로인 날들이 이어지고 있다.

하루하루를 먹구름처럼 뒤덮고 있는 것은 직업운이 따르지 않는 데서 오는 불만, 이렇다 할 재능이 없는 데서 오는 열등감 그리고 거대한 결핍이다. 돈이 없다는 게 이토록 불안하고 숨막히는 일인 줄은 몰랐다. 단 하루라도 좋으니 돈 걱정 없이 살고 싶다.

슈퍼에서는 마감 세일로 저렴해진 식품만 골라 담고, 전기세와 가스비를 줄이고, 걸어 다니면서 교통비를 절약하고, 옷은 중고 매장에서만 겨우 사는 삶. 그런 비참한 삶에서 단 한 순간이라도 좋으니 해방되고 싶다.

핸드폰 타이머가 울렸다. 물이 끓고 나서 딱 8분. 리키는 냄비의 뜨거운 물을 버리고 찬물을 담아 삶은 달걀을 식혔다. 싱크대 앞에 선 채로 달걀 껍데기를 벗겼다. 삶은 달걀에는 공기가 모여있는 곳이 있는데, 보통은 아랫부분이다. 데굴데굴 굴려 미세한 금을 낸 뒤 아랫부분부터 벗기면 껍데기는 쉽게 벗겨진다.

이게 삶은 달걀의 본질이다, 라고 이소가이 씨에게 알려주면 좋았을 텐데. 하지만 리키가 알려준들 이소가이 씨는 의심스럽다는 듯 그 작은 눈을 더 가늘게 뜨고는 믿지 않았을 것이다. 어느 요리연구가가 말하면 곧이곧대로 믿었으면서. 이소가이 씨에게마저 무시당하고, 어디에나 있고 어디에도 없는 여자가 바로 리키였다.

리키는 삶은 달걀을 작은 접시에 따라 놓은 간장에 살짝 찍었다. 어릴 때부터 삶은 달걀은 소금이 아니라 간장에 찍어 먹는 걸 더 좋아했다. 그래서 소금밖에 가져가지 못하는 소풍날은 그리 달갑지 않았다. 그런 이야기를 했더니 도쿄에 와서 처음 사귄 남자가 아주 한심하다는 표정을 지었다.

"촌사람이구나. 간장이 좋다니."

리키보다 나이는 세 살 많고 언뜻 거만해 보이는 턱수염을 기르고 다니던 그 남자는 북간토 사투리가 심했다. 수입품 매장이라고 부르기에는 민망한 옷가게에서 단기 아르바이트를 했을 때 알게 된 사람이었다. 그는 턱수염이 있어도 괜찮다고 한 곳은 이곳밖에 없었다고 변명 아닌 변명을 했다.

자기도 지방 출신이라 사투리가 심한 주제에. 리키는 속으로 그렇게 생각했지만, 입 밖으로 내지는 않았다. 그러자 리키의 마음을 읽은 남자가 자기 현県은 수도권이니까 홋카이도의 깡시골과는 비교가 안 된다고 주장했다. 타인의 부정적인 감정만큼은 귀신같이 알아내는 사람이었다.

어리숙한 리키를 만만히 보고 거짓말을 해대던 남자는 양다리도 모자라 세다리까지 걸치고 다니더니, 할 만큼 했다는 건지 어느 날 홀연히 사라졌다.

그 이후 리키는 남자란 뭘까 곰곰이 생각했다. 난폭하고 어리석은 데다 예의도 모르고 자기에게 이익이 되는지만 따지는 존재. 지저분한 신발은 아무렇게나 벗어 던져놓을 뿐, 정리하는 꼴을 못 봤다. 변기 시트는 내린 적이 없고, 바닥에 소변을 흘려도 아무렇지 않게 밟고 다녔다. 남의 냉장고를 멋대로 열어 보물처럼 아껴둔 발포주를 마셨다. 심지어 침대도 좁은데, 대자로 뻗어 리키를 발로 차 떨어뜨렸다. 여자는 남자에게 봉사하는 존재라고 생각하기 때문에 질내 사정도 아랑곳하지 않았다. 리키가 임신하면 큰일 난다고 한소리하자, 임신을 빌미로 결혼하자고 달려들면 곤란한 건 자기라며 실실 쪼갰다.

리키가 도쿄에 온 뒤 알게 된 남자들은 전부 무인도에 둘만 떨어진대도 섹스하고 싶지 않은 부류들뿐이었다. 남자가 무슨 필요 있나, 혼자가 편하지, 라고 생각하지만 요즘 세상에 혼자 벌어서는 생활이 안 될 정도로 월급이 적다.

리키는 지금 기타무키종합병원에 파견직으로 들어와 사무 일을 하고 있다. 아침 8시부터 저녁 5시 반에 일이 끝날 때까지, 족히 아홉 시간 반이나 낡고 어두침침한 병원에 있는데 월급은 실수령액으로 고작 14만 엔이다. 그중 볕이 잘 들지 않는 싼 다세대주택 월세로 5만 8,000엔이 빠지고, 나머지 8만 엔 남짓으로 생활한다.

같은 파견직이라도 도쿄에 본가가 있는 여자는 스타벅스에서 커피를 살 수 있지만, 리키는 세븐일레븐 커피도 사지 못한다. 게다가 내년이면 계약 만료라 다시 일자리를 찾아야 한다. 지금 그녀는 돈과 안정감이 절실하게 필요했다.

리키는 편의점 봉지에서 퇴근길에 산 명란주먹밥을 꺼냈다. 편의점 제품은 비싸니까 사지 않기로 마음먹었는데, 주먹밥 백엔 세일 문구에 그만 배고픔을 참지 못하고 무의식중에 내일 아침 것까지 사고 말았다.

리키는 명란의 작은 알을 앞니로 톡톡 깨물었다. 명란은 어란魚卵이다. 물고기는 알을 많이 낳는다. 연어알에 명태알에 청어알에 숭어알. 암컷은 전부 알을 밴다. 리키는 자신의 난소에 작은 알이 빽빽이 들어차 있는 모습을 상상했다. 그게 전부 돈이 된다면 엄청날 텐데.

중학생 때 연말에 할머니네 집에서 소금기를 빼고 말린 청어알의 얇은 막을 벗겨내는 작업을 한 적이 있다. 난자 하나하나에도 청어알과 같은 얇은 막이 있는 걸까. 그 막을 잡아당겨 자궁에서 꺼내는 걸까. 아프지는 않을까. 수가 줄어드는 건 아닐까. 난자를 채취한다는 건 어떤 느낌일까.

데루가 난자 제공 아르바이트를 해보자는 말을 꺼내 인터넷에서 찾아본 뒤로, 리키의 머릿속에서는 알이라는 물질이 떠나질 않았다. 머지않아 이소가이 씨처럼 알 이야기만 하게 될지도 모른다. 하지만 알의 본질 따위는 모른다.

리키의 난자와 만난 적도 없는 남자의 정자가 수정에 성공하면 수정란이 된다. 그 수정란은 남자의 아내 자궁에 착상해, 시간이 지나면 아기가 된다. 그렇다면, 그 아기는 리키의 아이가 아닌 걸까.

리키가 난자를 제공하고 어떤 커플의 선택을 받아 수정이 이루어져 아이가 태어난다면. 그리고 동시에 리키가 임신해 아이를 낳는다면, 그 아이에게는 이미 '형제'가 존재한다고 봐야 할까.

그리고 어쩌다 그 '형제'와 리키가 낳은 아이가 우연히 만나 사랑에 빠지고 사귀게 된다면, 그건 근친상간이라고 해야 할까.

만약 언젠가 리키가 결혼하게 된다면, 난자를 제공한 적이 있다는 걸 상대에게 알리는 게 좋을까. 반대로 상대가 정자를 제공한 적이 있다고 말한다면 리키는 어떻게 받아들이게 될까.

의문이 꼬리에 꼬리를 물고 나타나 혼란스러웠다. 삶은 달걀과 명란주먹밥, 양배추된장국까지 다 비운 리키는 즐겨찾기 해 두었던 난자 제공자 모집 사이트를 열었다. 그때, 데루에게서 메시지가 도착했다.

[그때 그거, 신청했어?]

얼마 전, 데루와 함께 난자 제공자로 지원해 보자는 이야기를 나눈 적이 있었다. 데루는 난자 제공이 50만 엔을 받는 쏠쏠한 아르바이트라는 소문을 산부인과 간호사에게서 들은 모양이었다.

[아직. 이제 보려고.]

[완전 귀찮더라. 잘해봐.]

[그래.]

신청서에는 입력해야 할 항목이 많았다. 이름, 주소, 직업, 혈액형, 신장, 체중, 발 크기, 병력, 지병, 시력, 머릿결, 피부색, 쌍꺼풀 유무, 흡연 경험, 타투 및 피어싱 유무, 여권번호, 해외 방문 경험, 장래 희망, 지원 동기, 학력 그리고 부모와 조부모의 병력과 직무 경력 등을 모두 적어내야 했다.

사진도 얼굴과 전신, 만약 아기 때 사진도 있다면 메일에 첨부해서 보내라고 적혀있었다. 리키는 망설이다가 핸드폰 앨범에서 비교적 말끔해 보이는 전신사진 한 장을 골라 첨부했다. 병원 유니폼을 입고 있으니까 성실하게 보일 것이라는 판단이었다.

하지만 항목을 채우다 보니 피어싱에다 쌍꺼풀 수술을 한 데루는 물론, 리키 본인도 등록할 수 있으리란 기대가 사그라들었다. 입력하는 데에만 한 시간 넘게 허비해 왠지 모를 허무함만 남았다. 나의 난자가 선택받지 못하면, 열등하다는 낙인이 찍힌 기분이 들지는 않을까.

다음 날 아침 7시 50분, 리키는 기타무키종합병원의 뒷문으로 들어가 출퇴근 카드를 찍고 로커룸으로 향했다. 재활센터의 여자 물리치료사들은 부지런하다. 벌써 저지 유니폼으로 갈아입고 로커룸에서 무리 지어 어스름한 복도로 나온다. 다들 젊고 활기가 넘쳐 스쳐지나갈 때마다 안녕하세요, 하고 큰 소리로 인사를 한다. 그저 조건반사인 줄 알면서도 은근히 거슬렸다.

8시 전이지만 원내는 이미 사람으로 넘쳐난다. 대부분은 노인이다. 그들은 7시에 정문이 개방되자마자 쏟아져 들어와 앞다퉈 대기 번호표를 뽑는다.

유니폼인 남색 조끼와 치마로 갈아입은 리키는 사무실로 향했다. 8시에 접수를 개시하는 동시에 환자 차트를 넣은 녹색 파일을 번호순으로 배치하는 게 오전 시간의 첫 번째 업무다. 그 후에는 수납처에 앉는다. 환자와 직접 마주 보며 현금을 주고받기 때문에 이따금 뭔가 옮는 건 아닐지 신경이 쓰였다.

데루의 모습이 보이지 않는다 싶더니 지각이었다. 10분 늦게 자리에 앉자, 과장이 힐끗 흘겨봤다.

미안, 미안. 데루가 자기 자리에서 신호를 보내왔다. 데루도 같은 파견팀인데, 리키보다 네 살 어렸다. 삐쩍 말라서 몸은 왜소하고, 작은 입에 이가 전부 들어가지 않는 것처럼 치열이 고르지 않아 실제 나이보다 더 어린아이처럼 보인다. 갈색으로 염색한 머리칼이 뿌리부터 까매지고 있는 건 돈과 시간이 없어서다. 데루는 투잡을 뛰고 있다.

전에 데루는 과장이 불결해 보인다고 주의를 줬다며 얼른 염색하러 가야 한다고 말했었다. 리키는 불결이 아니라 불행해 보인다고 생각했지만, 그런 말을 면전에 대고 하지는 않았다. 참고로 리키는 애초에 미용실에 다닐 돈이 없어서 까만 머리 그대로 직접 다듬고 있다.

점심시간에는 휴게실에서 각자 싸온 도시락을 먹는다. 말은 도시락이지만 주먹밥에 삶은 달걀이나 흰쌀밥에 비엔나소시지

볶음 같은 단출한 것이다. 그런데 데루의 도시락은 놀랍다. 양배추고 죽봉어묵이고 돈가스고 뭐고 남은 걸 죄다 프라이팬에 때려 넣어 볶은, 정체를 알 수 없는 반찬을 들고 오기도 했다. 리키는 처음에 자신의 도시락이 허접해서 뚜껑 열기가 부끄러웠는데, 데루의 도시락이 상상 초월이라 마음이 편안해졌다.

병원 옆에 편의점이 있지만, 매일 거기에서 사먹다가는 돈이 남아나질 않을 것이다. 하지만 오늘만큼은 전부터 데루와 편의점에서 뭐라도 사서 매장에서 먹고 가자고 약속했기 때문에 지갑을 들고 밖으로 나왔다. 가끔은 이런 사소한 재미라도 있어야 힘을 낼 수 있다.

리키는 양상추샐러드를 먹고 싶었지만 비싸서 포기했다. 늘 이런 식이니 주먹밥 하나에 컵라면, 아니면 샌드위치나 달콤한 빵 같은 탄수화물 파티가 되곤 한다. 그렇게 해도 300엔은 들기 때문에 아깝다는 생각이 앞섰다. 단맛 덕후인 데루는 큰맘 먹고 슈크림을 사더니 덧니를 훤히 드러내고 헤헤헤 하며 좋아했다.

"아, 그거 등록했어?"

데루가 걸걸한 목소리로 물었다.

"응, 했어."

"귀찮아 죽는 줄 알았잖아. 다 대충대충 적었다니까."

"피어싱 있는지 적는 거 있었잖아. 데루는 괜찮아?"

리키가 걱정되어 묻자, 데루는 빈약한 어깨를 으쓱했다.

"없다고 뻥쳤지, 뭐."

"사진은 어떻게 했는데?"

"이걸로 했어."

데루가 보여준 것은 누가 봐도 어플로 만진 사진이었다. 눈만 징그러울 정도로 무작정 키워놨다.

"이런 건 안 되지 않아?"

"근데 다른 건 너무 못 나왔단 말이야."

데루는 나고야 인근의 작은 도시 출신으로 학자금 대출을 받아 대학교를 나왔다. 그런데 부모가 생활비까지 보태서 대출하는 바람에 데루는 졸업과 동시에 500만 엔이나 빚을 졌다. 졸업 후 자동차 판매 회사에 취직해 빚을 갚겠다며 의욕적으로 덤볐지만, 영업 부서에 배치된 뒤 한 여자 상사의 괴롭힘으로 노이로제에 걸려 회사를 그만둘 수밖에 없었다고 한다.

그래도 심기일전해서 쌍꺼풀 수술도 하고 도쿄로 나가 일자리를 찾았지만 잘 풀리지 않았고, 결국 파견 회사에 이름을 올렸다. 그렇게 이 종합병원에 왔지만, 파견직 월급으론 도저히 빚을 갚을 수 없어 주말에는 유흥업소 아르바이트도 하고 있다. 업소에서 번 돈은 매달 상환 금액인 2만 3,000엔으로 나갔다. 그러니까 업소에서 볼 꼴 못 볼 꼴을 다 보면서도 손에 떨어지는 건 별로 없다는 이야기였다.

"나 같은 애들이 우글우글하니까, 완전 똥값이야."

리키야 데루의 아르바이트 일을 본인에게서 직접 들었지만, 사실 병원 내에서도 은밀하게 소문이 돌고 있었다. 한 방사선과 기사가 신주쿠에 있는 유흥업소 앞에서 손님을 배웅하는 데루를 목격했다는 이야기였다. 미니언즈의 제리와 똑같이 생긴 그 기사는, 겨울에도 땀을 흘리고 다녀 사무실 여직원들이 가까이하지 않았다. 그게 마음에 맺혀있었는지 복수라도 하듯 데루에 대한 소문을 동네방네 퍼뜨리고 다녔다. 리키는 제리가 그 유흥업소 안에 있었을 것이라고 짐작했다.

어찌 됐든 데루는 제리 같은 뚱뚱보와 하기 싫은 일까지 하면서 죽기 살기로 빚을 갚고 있으니 좀 내버려두었으면 좋겠다고 리키는 생각했다. 들켰다간 병원 측에서 어떻게 나올지 모르니까. 여자를 사는 주제에 파는 여자를 업신여기는 남자는 정말이지 혐오스럽다.

"아니, 난자 제공하는 데 1회에 50만 엔에서 80만 엔이라고 적혀있잖아. 가격 차이가 왜 나나 생각해 봤는데, 등급을 매기는 거 아닐까?"

데루가 소곤소곤 속삭였다. 하지만 목소리가 낮고 걸걸해 오히려 주변에 더 잘 들렸다. 리키는 작은 소리로 되물었다.

"등급이라니?"

"제공자의 등급이지. 그 왜, 마지막에 학력 쓰는 칸이 있었잖아. 그리고 전신사진도 보냈으니까 다 드러나겠지. 즉, 리키가 20대 초반에 도쿄대학교 나와서 이름 있는 회사에 다니고 부모 형제 모두 유전적 질병이 없는데, 얼굴까지 예쁘면 특A급인 거야. 80만 엔짜리 난자지. 아니면 엄청나게 좋은 집 자식이라 교육 잘 받고 세이신여자대학교 같은 데를 나왔는데, 여기서 또 얼굴이 예쁘면 그것도 특A급이 되는 셈이지."

데루는 어디서 알아봤는지 그런 말을 늘어놔 리키를 불안하게 만들었다. 지방 전문대학교를 졸업해 예쁘지도 않고 별다른 재능도 없는 나는 아예 등급에서 제외되는 걸까. 지금까지 난자 제공을 할지 말지를 두고 망설인 주제에, 등급 외라 등록조차 하지 못하게 될 수도 있다고 생각하니 리키는 열심히 항목을 채워나간 시간이 아깝고 허무했다.

"그럼, 난 탈락할 수도 있겠네. 이미 스물아홉에다 내세울 만한 게 하나도 없잖아."

"리키는 건강하잖아."

데루가 컵라면에 젓가락을 꽂아 휘저었다. 리키는 166센티미터에 58킬로그램으로, 큰 병에 걸린 적도 없고 충치도 없다. 부모나 조부모도 돈은 없지만 건강하다. 다만 자신의 난자가 C등급일지, 그 이하일지를 생각하니 불쾌했다. 내 난자는 미요시 마트에서 파는 한 팩에 198엔짜리 알인가. 브랜드 알도 한 개에 50엔인데, 나는 20엔도 하지 않는 알인 걸까.

"건강할지는 몰라도 뭔가 싫어. 평가당한다는 게."

"계속 평가당하는 인생이지, 뭐."

데루가 툭 내뱉었다.

"그건 그렇네."

데루의 말에 동의한 것을 끝으로, 리키는 말이 나오지 않았다. 끊임없이 평가당하며, 당신이 할 수 있는 일은 이것밖에 없다는 말을 들어왔기 때문이다. 그럼 좀 더 힘내보라고, 맘만 먹으면 더 위로 올라갈 수 있다고 말하는 사람은 바보다. 스스로 노력하라고 해도 이미 출발점에서 저평가된 그룹에 들어가 버리면 자기 힘만으로는 어떻게 할 수 없으니까. 상황을 설명해 봤자 부모 형제조차 제대로 이해하지 못한다. 그렇다면 세상 사람들은 더더욱 이해하지 못할 것이다. 이렇게 돈 때문에 허덕여도 아무도 손을 내밀어 주지 않는 걸 보면.

리키의 인생을 설명하는 단어는 일에 대한 불만, 열등감, 돈으로 인한 결핍 그리고 또 하나는 괴로움을 이해받지 못한다는 고독감이다. 데루를 알게 되면서 외로움은 조금 덜었지만, 데루의 상황은 더 암담해 이야기를 듣고 있으면 우울해졌다.

"근데 만약 등록이 제대로 돼서 면접까지 붙으면, 리키는 어떻게 할 거야? 병원 그만두고 태국에 갈 거지?"

무사히 등록되면 면접을 보고, 정식으로 난자 제공자로 뽑히면 해외에서 난자를 제공해야 하는 듯했다. 관련 법규가 제대로 마련되어 있지 않기 때문에 의료기관이 자체적으로 규제하고 있는데, 국내 가이드라인에 적합하지 않은 희망자는 해외에서 난자를 제공받아야 하는 모양이었다. 그래서 2주 넘게 회사를 쉬어야 했다.

파견직 주제에 2주나 연차를 낸다면 일을 그만둬야 할 것이다. 이런 일이라면 차라리 그만두는 게 낫겠다 싶다가도, 미래를 생각하면 불안해 견딜 수가 없었다.

"어떡하지."

리키는 우유부단하기보단 신중한 성격이었다.

"그치만 리키, 어차피 내년에 계약 만료지? 조금 빨리 그만두고 새 일자리 찾으면 되겠네. 한 번에 50만 엔이야. 흔치 않은 기회잖아. 게다가 해외도 가볼 수 있고.”

그건 그렇다. 리키는 한 번도 해외여행을 가본 적이 없었다. 난자 제공자로 합격하면 태국에 2주나 머무를 수 있다. 별일 아니잖아, 난자 한둘쯤이야. 미요시마트 걸로도 괜찮다면.

“태국에 가보고 싶다.”

리키가 중얼거리자 데루가 리키의 팔을 붙잡았다. 긴 손톱이 파고들어 아팠다.

“가자. 우리도 한 번쯤은 좋은 일도 있어야지. 태국에 2주씩 머무르면 관광도 할 수 있을 거 아냐. 그리고 50만 엔 받는 거지. 50만 엔이면 애초에 지금 월급의 석 달치는 되니까, 그 사이에 일자리 찾으면 되겠네. 리키라면 금방 찾을 거야.”

기타무키종합병원은 하는 일도 따분하고 환경도 그리 좋다고는 할 수 없지만, 리키에게는 딱 하나 장점이 있었다. 집에서 자전거로 출퇴근할 수 있다는 점이다. 리키가 망설이자 데루가 입술을 삐죽 내밀었다.

“내년 돼서 찾을 바에야 지금부터 찾아서 옮기는 게 나아. 여기 월급 쥐꼬리만 하잖아. 아무리 생각해도 너무하다니까.”

며칠 뒤, 리키에게 등록이 완료되었다는 답장이 왔다. 데루에게 등 떠밀린 격이었는데, 정작 데루는 등록을 거부당했다고 한다. 이유는 모르지만, 데루 본인은 자신의 빈약한 체형과 난자 제공 지원 동기에 ‘다른 알바보다 돈을 많이 줘서 지원했습니다’라고 솔직하게 써서 그런 것 아니겠냐고 짐작했다. 리키는

‘다른 사람에게 도움이 되는 일을 하고 싶다’라고 동기의 정석대로 썼다.

“내가 좀 삐딱한 구석이 있잖아. 생각나는 대로 솔직하게 써 버렸지 뭐. 게다가 어차피 안 될 것 같았고.”

삐딱하다. 확실히 데루는 자학적일 때가 있다. 아마 과장이 머리카락 이야기를 했을 때도 ‘불결’이란 단어를 콕 집어서 쓰진 않았을 것이다. 분명 데루가 먼저 “이러면 불결해 보이겠죠?”라는 식으로 말을 했을 것이다. 그때 과장이 별생각 없이 끄덕이면, 데루는 불결하다는 소리를 들었다고 리키에게 말한다. 늘 이런 식이었다.

부모 때문에 빚을 잔뜩 떠안고 있으니 자포자기할 만도 하다는 생각에 리키는 데루가 안쓰러웠다.

“리키는 해봐. 스물아홉이니까 마지막 기회잖아.”

데루가 진지한 얼굴로 말했다.

2

핑크, 핑크, 핑크. 벽이고 천장이고 커튼이고 전부 핑크로 장식되어 있지만 색조는 조금씩 다르다. 천장은 연한 핑크, 벽은 코랄 핑크, 커튼은 푸크시아 핑크. 바닥에는 하얀 타일이 반짝거린다. 컴퓨터 외에는 아무것도 놓여있지 않은 흰색 책상 앞에 앉은 중년 여성도 흰색 정장 차림이었다. 정장 안에는 다시 핑크색 셔츠블라우스를 입고, 재킷 주머니에는 마치 밸런타인데이인 것처럼 둥그스름한 빨간색 하트 브로치를 달고 있었다. 브로치 아래의 명찰에는 '아오누마aonuma'라고 적혀있었다.

볼록한 이마와 큼직한 입이 눈에 띄는 호감형 얼굴. 40대 후반일까. 밝은 갈색으로 물들인 머리에 하얀 파운데이션 그리고 로즈 핑크색 립스틱. 화려한 색조에 눈이 부실 지경이었다. 이 방의 색채와 인물, 그 모든 것이 리키가 근무하는 우중충한 병원과 정반대 지점에 있었다.

리키는 슬쩍 아오누마의 왼손 약지를 보았다. 결혼했는지 안 했는지를 확인하는 건 거의 습관이 되어있었다. 예상대로 약지에는 가느다란 백금 반지가 끼워져 있었다. 기혼에 자기 직업이 있는 중년 여성은 자신감이 넘쳐 특히 화려하게 꾸민다.

아오누마는 리키가 방에 들어서자 마치 뭔가를 확인하려는 듯 황급히 컴퓨터 화면을 쳐다봤다. 그러고는 한동안 고개를 들지 않았다. 그사이 리키는 벽에 걸린 캔버스 액자를 바라봤다. 아기를 가슴에 안은 젊은 엄마가 행복한 듯 미소 짓고 있는 사진이었다.

면접 결과에 따라 본등록을 거부당하기도 한다고 들었기 때문에 실제로 리키를 보고 깜짝 놀란 아오누마가 지금 당장 거절할 이유를 찾고 있는 것이라고 리키는 추측했다. 오늘 리키는 GU 옷에 스니커즈를 신고, 어깨에는 천가방을 메고 있었다. 어떻게 봐도 빈티 나는 복장이니 돈을 노리고 지원한 여자라고 생각할 게 뻔하다.

"죄송해요. 실례했습니다."

아오누마가 간신히 고개를 들었다. 입은 웃고 있지만 가늘게 그린 눈썹은 살짝 찡그러졌다. 왠지 불안한 듯한 표정이었다.

"자, 앉으세요."

그녀는 책상 앞의 흰색 의자를 권했다. 의자를 빼니 핑크색 하트 모양 쿠션이 눈에 들어왔다.

"당신이 오이시 리키 씨군요. 신청해 주셔서 감사합니다."

아오누마가 눈꼬리에 주름을 잡으며 웃어 보였다.

리키는 아, 아뇨, 하고 작게 대답했다. 그러자 아오누마가 마술처럼 책상 아래에서 작은 에비앙 물병을 꺼내 리키 앞에 놓았다.

"여기요. 목마르면 드세요. 여러 가지 여쭤보고 싶은 게 있으니 긴장 푸시고요."

감사 인사를 한 리키가 에비앙 물병을 집어들었다. 너무 차가워서 손바닥에 물방울이 묻었다. 리키는 손을 바지에 닦은 뒤 차가운 물을 입에 머금었다.

"오늘 참 잘 오셨어요. 저희 '플란테'는 미국의 생식 의료 전문 클리닉입니다. 저는 일본 에이전트를 맡고 있는 아오누마라고 해요. 잘 부탁드립니다."

아오누마가 건넨 가로형 명함에는 '플란테'의 캘리포니아 주소와 함께 '일본지사 대표 아오누마 가오루'라고 적혀있었다.

"일본은 아직 관련 법규가 따라오지 못하는 실정이지만, 세계적으로는 생식 의료가 점점 진보하고 있어요. 저희 '플란테'는 아기를 원하는 가정에 행복을 안겨드린 경험이 아주 풍부한 의료기관입니다. 생식 의료라고 하면 아직도 오해하는 부분이 있을 텐데요. 이미 세계적으로는 그런 걸 논할 필요가 없을 정도로 발전하고 진보하고 있답니다. 일본 의뢰인분들은 인터넷 등을 통해 알아보셔서 잘 아시겠지만, 그 니즈를 법률이나 가이드라인이 따라오지 못하고 있는 거죠. 그래서 미국에 뿌리를 둔 저희 클리닉을 이용해 보시라고 권해드리는 거예요. 실제로 정말 많은 일본인 의뢰인분들이 고맙다고 말씀해 주세요. 저희는 진정으로 사람들에게 보탬이 되는 일을 하고 있다고 자부합니다.”

아오누마는 쉴 틈 없이 말하고는 뿌듯하다는 듯 가슴을 폈다. 그러고는 서랍에서 핑크색 표지의 팸플릿을 꺼내 리키에게 내밀었다.

“여길 보세요.”

페이지를 넘겨 그래프를 보여주며 지금껏 몇 명의 부부에게 아기를 안겼는지 실적을 안내하기 시작했다. 얼추 설명을 끝낸 뒤, 그 팸플릿을 ‘플란테’ 로고가 들어간 핑크색 클리어파일에 넣어 리키에게 건넸다.

“이건 가져가셔서 한번 천천히 읽어보시면 돼요.”

파일을 건네받은 리키는 대답하며 얌전히 고개를 끄덕였다. 아오누마는 흡족한 듯 리키의 얼굴을 바라본다.

“오이시 씨, 오늘 회사는 쉬는 날이죠?”

“아뇨, 병원이라 열었어요. 오늘은 오전 반차를 냈고요.”

리키의 병원은 토요일 오전이 가장 붐빈다.

“그 부분은 죄송하게 됐네요.”

아오누마는 가볍게 고개를 숙였다.

“일하는 제공자분들이 많아 대부분 주말에 시간 내기가 좋다고 하시거든요.”

아하, 하고 리키는 어정쩡하게 웃었다. 뭐라고 답해야 할지 알 수 없었다.

“만약 실제로 제공자로 뽑히면 현 상황에서는 국내에서 채취할 수 없으니, 해외에 2주에서 3주 정도는 체류해 주셔야 해요. 긴 휴가가 될 텐데, 회사 쪽은 괜찮으신가요?”

“괜찮을 것 같아요.”

“그렇게 길게 휴가를 빼는 게 가능하신가요?”

데루와 대화할 때도 나온 아픈 부분을 찔려 리키는 잠시 말문이 막혔다. 계약이 만료되기 전에 몇 주씩이나 쉰다고 하면 파견직은 잘릴 것이다. 그 후의 일은 아직 아무 계획이 없었다.

“어떻게든 될 것 같아요.”

아오누마가 불안한 듯 리키의 눈을 보자 리키는 무의식적으로 눈길을 피했다.

“병원에 근무하시는 거면 지금 정규직으로 계신 건가요?”

“아뇨. 파견직이에요.”

솔직히 답한 뒤, 잘못 대답했나 싶어 초조해졌다. 어떤 문제가 있을지도 모를 불안정한 신분의 여자를 누가 뽑고 싶을까.

“파견직이면 긴 휴가 뒤에 일을 계속하는 게 어려울 수도 있을 것 같은데, 괜찮으세요?”

"어쩌면 계속하고 싶지 않은 건지도 모르겠어요. 그래도 괜찮아요. 제가 나이가 스물아홉인데, 당장 남자친구도 없고 당연히 결혼 예정도 없거든요. 그래서 여자인 제가 여자로서 어떤 어려운 사람을 도와줄 수 있다면 좋겠다고 생각했어요. 난자 제공자의 조건을 읽어보니 스물아홉 살까지 가능하다고 되어 있어서 어려울 수도 있겠지만, 일단 신청은 해보는 게 좋겠다 싶었어요."

일이 이렇게 된 이상 어쩔 수 없다는 생각에, 리키는 강하게 나갔다.

"네. 오이시 씨의 지원 동기에 '다른 사람에게 도움이 되는 일을 하고 싶다'라고 쓰여있었죠."

아오누마가 컴퓨터 모니터를 들여다보며 말했다.

"맞아요. 제가 내년이면 서른이라 확실히 이제 어리지는 않다는 생각이 종종 들어요. 그렇지만 개인적인 생활에서는 아무런 변화도 없으니까요. 앞으로도 아마 없을 것 같고요. 그래서 서른이 되기 전에 누군가에게 도움이 되고 싶다는 생각을 진심으로 하고 있습니다."

"감사합니다. 정말 기쁘네요. 오이시 씨의 그런 숭고한 봉사 정신이 어려운 사람을 도와주고 이 세상을 더 나은 세상으로 만들어 가는 데 일조한다고 믿습니다."

아오누마는 눈꼬리의 주름을 진하게 잡으며 웃었다.

"아뇨, 과찬이세요."

리키는 에비앙을 꿀꺽 들이켰다.

"다만 말이죠, 솔직히 말씀드리면 지금 난자 제공자로 200명 가까이 등록하고 있는데, 대부분이 스물다섯 전후인 분들이에요. 스물아홉이라고 하면 의뢰인 쪽에서 좀 더 어린 분이 좋겠다고 말씀하실 때도 없진 않거든요."

"아, 그럼 안 되는 건가요?"

맥이 빠졌다. 그렇다면 빨리 이곳에서 나가 병원에 들어가 봐야 한다. 오전 반차는 12시까지이기 때문이다. 아오누마의 말에 리키는 무려 긴자까지 교통비를 들여온 것이 후회됐다.

"아뇨, 아뇨. 잠깐만 기다려 주세요."

리키가 돌아갈 낌새를 보이자, 아오누마가 황급히 말렸다.

"하지만 나이를 보면 어려운 거죠?"

"아니에요. 전반적인 조건이 갖춰지면 그래도 괜찮다고 말씀하는 의뢰인도 계시거든요."

"전반적인 조건?"

"경력이라든가, 가정 형편이라든가, 외모 같은 거죠."

나왔다. 데루가 말한 '특A급'의 브랜드 달걀. 리키의 난자는 미요시마트의 C급이니까 아무도 고르지 않을 것이다. 미요시마트의 달걀에 비싼 돈을 들여봤자 발전 가능성은 기대하기 어려울 테니까.

"그럼 안 되겠네요. 저는 내세울 게 하나도 없으니까."

리키가 중얼거리자 말이 채 끝나기도 전에 아오누마가 재빠르게 물었다.

"저, 실례인 줄 알지만 여쭤볼게요. 오이시 씨는 임신한 적이 있으신가요? 여기 신청서에는 한 번도 없다고 적으셨지만, 누구나 적기 껄끄러운 항목일 테니 다시 여쭤보는 거예요."

"……있어요."

그때 그 턱수염남과 사귀었을 때, 리키는 임신한 적이 있었다. 피임하지 않은 채 사정한 걸 따졌더니 적반하장으로 나와, 임신 사실은 알릴 생각조차 하지 않고 헤어졌다. 물론 중절 수술 비용은 스스로 냈다.

"그때는 어떻게 하셨나요?"

아오누마의 목소리가 묘하게 부드러워졌다.

"낙태했습니다."

"그랬군요. 그게 몇 살 때인가요?"

"스물여섯 살 때요."

"임신은 딱 한 번인가요?"

"네."

아오누마가 컴퓨터에 리키의 답변을 적어넣었다. 키보드 소리가 멎자 방에 정적이 찾아왔다. 아오누마가 컴퓨터에서 고개를 들었다.

"이건 하나의 제안이에요. 내키지 않으면 거절하셔도 괜찮습니다. 하지만 조금이라도 고려해 주신다면 정말 기쁠 거예요. 꼭 오늘 결정하시지 않아도 좋으니 천천히 생각해 보시기를 부탁드립니다."

아오누마가 포석을 깔았다.

"뭐죠?"

"혹시 '서로게이트 마더Surrogate Mother'라는 걸 아시나요?"

고개를 갸웃하는 리키를 본 아오누마가 다시 다른 팸플릿을 꺼냈다.

"대리모를 말하는 거예요. 대리모에도 두 종류가 있죠. 어떠한 원인으로 임신할 수 없는 아내의 난자와 남편의 정자로 수정란을 만들어 당신처럼 젊고 건강한 분의 자궁에 옮겨 대리 출산하는 방법. 그리고 또 하나는 아내가 아닌 여성의 난자와 남편의 정자를 사용한 수정란을, 난자를 제공해 준 여성의 자궁으로 다시 옮겨 대리 출산하는 방법. '서로게이트 마더'라는 건 후자의 방법으로 출산하는 대리모를 말합니다."

"그럼 그렇게 태어난 아이는 의뢰한 부부의 아이가 되는 건가요?"

"맞습니다."

아오누마가 고개를 크게 끄덕였다.

"부부가 임신과 출산을 의뢰한 거니까요. 그 나름의 대가를 지급하고요."

"돈이 얼마나 드는데요?"

"지금까지는 총 2,000만 엔 이상은 들었습니다. 그렇지만 '플란테'에서는 비용을 조금 절감해 드리고 있어요. 그러다 보니 신청이 끊이지 않는 게 현실이죠. 그래서 오이시 씨에게 제안하고 싶은 건 바로 서로게이트 마더 쪽입니다."

"저한테 왜……?"

당황한 리키는 말을 끝맺지 못했다.

"당신을 만나고 나니, 어느 부부가 꼭 당신이 출산해 주기를
원할 거라는 걸 알았기 때문입니다."

저 확신은 뭘까. 리키는 두려워졌다.

"왜죠?"

"당신이 부인과 아주 닮았거든요."

"그런 이유로 결정해도 되는 일인가요?"

혼란스러워하는 리키의 말에 아오누마가 끄덕였다.

"그럼요. 아이가 생기지 않는, 아니, 아이를 만들지 못하고 있
는 부부의 고민은 정말 깊을 거예요. 저는 충분히 이해합니다.
부부는 난자와 모태 모두 부인이 아닌 여성의 협조를 구해서까
지 아이를 원하고 있는 거거든요. 정자는 남편의 것이니 남편
은 아내에게 상처 주지 않기 위해 그리고 태어난 아이가 자신
들의 아이라는 생각이 들게끔, 가능하다면 부인과 외모가 닮은
여성을 찾습니다. 그런데 마침 오이시 씨가 지원해 주신 거예
요. 사진을 보고 제가 얼마나 놀랐는지 몰라요. 그 부인의 여동
생이라고 해도 될 정도로 닮았어요. 이 만남은 운명이라고 확
신했답니다."

예전에 임신을 확인한 리키가 느낀 첫 감정은 당혹감이었다.
징글징글한 그 남자의 아이는 절대 낳고 싶지 않다고 마음 깊
은 곳에서부터 완강히 거부한 것이다. 그러나 몸은 처음 경험
하는 신기한 변화에 그저 놀란 듯했다. 밥 짓는 냄새가 코를 찌
르고, 편의점 어묵 앞에서는 구역질이 일었다. 계속 생리 중인
것처럼 아랫배가 당기고 뭔가가 막힌 듯한 느낌이 났다. 내 안

에 이물질처럼 또 다른 생명 덩어리가 자리한 기이한 상황. 에일리언처럼 무언가가 뱃가죽을 뚫고 나오는 꿈을 꾸기도 하고, 매일 세포가 분열하면서 점점 눈, 코, 귀가 생기는 걸까 상상하면서 겁을 먹기도 했다.

입을 다물고 있는 리키에게 아오누마가 위로하듯 말했다.

"죄송해요. 갑자기 이런 이야기를 들으니 놀라셨죠. 오이시 씨는 그저 난자 제공자로 등록하러 오신 것뿐인데요. 솔직히 말하면, 저희 내규에도 대리모는 한 번 이상 임신해서 출산한 분에 한한다고 규정하고 있거든요. 그래서 임신은 했어도 출산하지 않았다면 이 조합을 실현하기가 어려워요."

아오누마는 한숨을 크게 쉬었다. 하지만 아쉽다는 듯 리키를 바라보는 그녀의 눈빛에는 분명 실현시키고 싶어 하는 기색이 역력했다.

"정말 힘들어하고 있는 부부예요. 저희 쪽에 벌써 몇 번이나 찾아오셨죠. 다양한 방법을 검토했지만 결국 서로게이트 마더에게 의뢰할 수밖에 없는 단계까지 온 거예요. 하지만 현재 서로게이트 마더는 거의 외국인이라, 부인의 자식이 아니라는 걸 한눈에 알 수 있죠. 그래서 고민하고 계신 거고요."

"그렇게까지 해서라도 아이를 갖고 싶은 건가요? 왜?"

"글쎄요. 사람마다 다 다르니까요."

아오누마는 어디까지 이야기해도 될지 고민하는 듯했다.

"이건 개인적인 의견이지만요. 경제적으로 넉넉하고 집안도 좋고, 두 분 모두 교양도 있고 사이가 좋으세요. 그렇게 흠잡을

데 없는 부부라는 소리를 듣는 사람들이 아무리 해도 아이가 생기지 않는다는 걸 알았을 때, 어떤 결핍을 느끼지 않았을까요?"

곧이어 그녀는 말을 덧붙였다.

"아이를 원하는 부부들은 저마다 대를 이을 아이가 필요하다든가, 남편의 우수한 유전자를 남겨야 한다든가 하는 사정이 있겠지만 가장 말로 표현하기 힘든 건 그 결핍일 것 같아요. 모든 걸 다 갖췄는데, 자신들에게 없는 건 딱 하나 자식이다, 어떻게든 그 구멍을 막고 싶다 하면서 기를 쓰게 되는 거죠."

"저, 다른 여성이 낳아주는데도 자기 자식이라는 마음이 드나요?"

"네, 자식 만들기라는 일생일대의 프로젝트를 처음부터 끝까지 진두지휘하니까요. 어유, 아주 말도 못 해요. 임신을 알고 나면 대리모 여성을 그렇게 극진히 모시고, 아이를 출산할 때면 또 얼마나 걱정이 되는지 부부께서 손까지 꽉 잡고 계시더라고요. 자녀가 태어난 뒤에도 낳아준 엄마에게 자라난 모습을 보여주러 가기도 하고요. 출산한 분도 기뻐하시죠."

리키의 눈이 흔들리는 걸 본 아오누마는 신이 난 듯 열을 올리며 말을 이어갔다.

"정말 이 일을 하고 있으면 매 순간이 감동이에요. 인간이란 참으로 신비로운 존재구나. 그래서 출산에 관해서는 심적 허용 범위가 굉장히 넓어지는 것 같아요. 흔히 말하는 상식으로 생각해선 이해가 안 되는 부분이죠."

아오누마가 벽에 걸린 캔버스 액자를 돌아봤다. 아까 본 아기를 안은 엄마의 사진이었다.

"이 사진 속의 아기도 난자를 제공받아 태어났답니다. 이 어머니도 피가 이어지지 않았지만 자기 아이라고 말씀하세요. 오이시 씨도 다른 사람을 돕고 싶은 마음으로 난자를 제공해 주시겠다고 하셨죠. 그렇다면 정말 당신의 힘이 필요한 곳이 있으니 한번 고민해 주세요. 법적인 부분이나 내규 같은 건 저희 쪽에서 어떻게든 해결할 테니까요."

이야기가 터무니없는 방향으로 흘러갔다. 요컨대 리키더러 난자 제공자가 아니라 어느 부부의 서로게이트 마더가 되라는 말이었다. 그것도 아내와 닮았다는 이유만으로.

"임신이 되면 1년은 일을 할 수 없을 텐데, 보수 같은 건 어떻게 되나요?"

리키는 눈 딱 감고 물어봤다.

"최저 300만 엔의 보수가 나옵니다. 그리고 임신 기간을 포함해 산후 체력이 회복될 때까지의 생활비도 나오죠. 그 외에 부부가 드리는 사례금도 있을 거예요. 그러니 금액이 꽤 되겠죠."

보수로 300만 엔이라니, 꿈도 못 꿀 금액이다. 임신, 출산과 맞바꾼 300만 엔이라는 금액이 타당한지는 알 수 없었다. 다만 생활비도 나온다면 일자리를 찾는 데 약 2년의 유예 기간을 얻을 수 있다는 것 아닌가. 게다가 어차피 본가는 찾아갈 일이 없으니 설사 임신한다 해도 그 누구도 알 수 없으리라.

"혹시 이사 비용 같은 것도 가능할까요? 지금 있는 다세대주택은 해가 잘 안 들어서 열악하거든요."

"자기 자식을 낳아주는 사람이 지낼 환경을 좋게 하는 거니, 가능할 겁니다."

솔직히 말하면 그것만으로도 마음이 살짝 흔들렸지만, 리키는 가까스로 대답했다.

"생각할 시간을 좀 주세요."

"물론이죠. 일주일 정도 뒤에 저희 쪽에서 연락드려도 될까요? 답은 예스, 노로 충분합니다. 노일 경우여도 난자 제공 절차는 진행해 두겠습니다. 하지만 난자를 제공하고 싶으시다면 본인이 제공한 난자가 어떤 아이가 되고, 어떤 부부를 어떤 식으로 행복하게 만들었는지 지켜보시는 것도 썩 괜찮은 일이라고 생각합니다. 그 일이 앞으로의 당신의 삶을 변화시킬지도 모르지요."

아오누마는 생글생글 웃으면서 말했다.

출퇴근 카드를 찍은 건 정확히 12시였다. 리키는 세븐일레븐 비닐봉지를 들고 지하 1층에 있는 휴게실로 직행했다. 돌아오는 길에 안내데스크에서 '교통비'라고 적힌 봉투를 받았는데, 열어보니 1,000엔짜리 지폐 두 장이 들어있었다. 그걸로 갈비도시락과 즉석된장국, 디저트로 귤이 들어간 우유젤리까지 사버렸다.

MRI실 안쪽에 있는 휴게실에는 음료수 자판기와 전자레인지, 뜨거운 물이 든 포트 등이 놓여있다. 주로 간호사나 물리치료사와 임상병리사 그리고 리키나 데루 같은 사무직 직원들이 이용하는 공간이다. 의사들은 위층 식당을 이용했다.

"빨리 왔네."

컵에 뜨거운 물을 붓고 있던 데루가 돌아보며 손을 흔들었다. 숟가락으로 재빠르게 휘젓는 걸 보니 즉석 수프인가 보다.

"응, 어떻게 시간이 딱 맞았네."

리키는 전자레인지에 도시락을 넣고 다이얼을 돌렸다.

"어땠어?"

다른 직원의 귀를 의식하며 데루가 작은 소리로 속삭였다.

"스물아홉은 역시 별로 인기가 없나 봐. 대리모를 해보지 않겠느냐고 그러더라고."

"대리모?"

데루가 큰 소리를 내는 바람에 옆 테이블에서 차를 마시고 있던 경비원 할아버지가 데루 쪽을 흘끗 쳐다봤다.

아오누마에게 들은 내용을 설명하니 데루의 반응이 영 떨떠름했다.

"그거, 뭔가 위험하지 않아?"

"잘 모르겠어. 나도 갑자기 들어서."

데루의 점심 식사는 편의점 주먹밥 두 개와 포타주수프다.

"하지 마. 아무 상관도 없는 사람의 아이를 낳다니. 그런 건 절대 하면 안 돼."

데루의 단호함에 놀란 리키가 젓가락질을 멈췄다.

"왜?"

"왜라니. 리키는 안 싫어? 자궁이 더럽혀지는 것 같잖아. 자기 배 안에서 생판 모르는 남자의 자식이 자라는 거라고. 끔찍하지 않아?"

"기분이 별로일 것 같긴 한데, 더럽혀진다는 생각까지는 안 들었어."

데루는 리키의 대답에 불만인 눈치였다.

"기분이 별로인 정도밖에 안 돼? 리키는 이상하지 않아?"

"그런가? 데루야말로 왜 그렇게 질색해?"

"아니, 자식이란 신성한 거잖아."

리키는 놀라서 데루의 얼굴을 쳐다봤다. 너는 업소에서 아르바이트하잖아, 라고 말하지는 않았지만 리키는 낯선 남자의 성기 같은 건 보기도 싫고 만지기도 싫었기 때문에 데루가 자식을 신성하다고 하는 마음이 더 믿기지 않았다.

"그러니까, 자궁을 그런 식으로 쓰면 더럽혀진다는 말이야?"

"당연하지."

정색하고 말하는 데루의 입에서 밥풀이 튀어나왔다. 그녀는 테이블에 날아든 밥풀을 민망한 듯 손으로 주웠다.

"근데 나는 당분간 결혼이든 출산이든 안 할 것 같아서. 그렇다면 한번 경험해 봐도 괜찮지 않나 싶은데."

"와, 리키, 어떻게 그래? 어떻게 그런 생각을……."

데루는 컵수프의 플라스틱 숟가락을 꺼내 핥았다. 숟가락을 떼다 수프 방울이 테이블에 떨어졌지만 알아채지 못했다.

"난 데루가 왜 이렇게 결벽적으로 나오는지 모르겠어. 데루도 난자 제공자 신청했었잖아."

"그래서 중간에 그만뒀잖아. 이거 뭔가 잘못됐구나, 하는 생각이 들어서."

"데루가 알려준 거잖아. 그래서 나는 진짜로 지원한 건데 잘못됐다니. 이제 와서 그런 말 하는 거 이상하지 않아?"

그건 미안한데, 까지만 말하고서 데루는 입을 다물었다. 잠시 뒤 작은 소리로 꿈꾸듯 말했다.

"난, 내가 낳을 자식만큼은 사랑하는 사람이랑 만들고 싶어. 실제로 낳아보면 엄청 귀여울 수도 있지 않을까? 내 안에 모성이 있을 것 같거든. 그런 걸 생각하면 대리모 같은 건 아무래도 힘들지."

리키는 휴게실의 하얀 패널로 마감된 벽을 바라봤다. '플란테'의 연한 핑크색 천장이나 코럴 핑크색 벽, 푸크시아 핑크색 커튼. 그런 달콤한 색들이 꼭 데루의 마음을 표현하고 있는 것 같았다.

"리키, 왜 아무 말도 안 해?"

데루가 답답하다는 듯 말을 걸었지만, 리키는 요양원에 있던 노인들을 떠올렸다. 작은 생명 덩어리가 내 배 속의 중심에서 생겨나고 자라나 산도를 따라 태어나고, 긴 긴 시간을 거쳐 이윽고 이소가이 씨가 되고, 대변을 짓이기는 할머니가 되고, 정신이 흐릿해져 젊은 여직원의 엉덩이를 만져대는 할아버지가 되는 걸까.

그렇게 생각하니 왠지 우스웠다. 인간은 신성하다고 할만한 존재가 아닌 것 같았다.

3

구사오케 모토이는 소형견을 귀엽다고 생각한 적이 한 번도 없다. 울음소리는 날카로워서 시끄럽고, 장난감처럼 가냘픈 체구나 서양 견종 특유의 퉁방울눈도 마음에 들지 않았다. 약았다고나 할까, 되바라진다고나 할까. 수다스럽고 시건방진 어린애를 어떻게 다뤄야 할지 모르겠을 때 느끼는 부담과 짜증이 똑같이 느껴졌다.

그렇다면 가까이 두지 않으면 그만인데, 얼결에 토이푸들을 키우는 처지가 되었다. 아내인 유코가 자식 복이 없다면 적어도 개만큼은 키우게 해달라는 말을 꺼냈기 때문이다.

유코가 고른 개는 적갈색의 수컷으로 혈통서가 있는 토이푸들이었다. 어미 개는 영국의 챔피언 개라고 했다. 확실히 완벽한 색감의 곱슬곱슬한 털에 유리구슬과 같은 검은 눈을 가진 개는 인형처럼 귀엽다는 걸 모토이도 인정할 수밖에 없었다.

이름은 '마티외'로 했다. 이름을 지은 건 모토이다. 유코는 하늘을 뜻하는 '소라'나 바다라는 의미의 '우미', 혹은 꿈을 담은 '유메' 같은 진부한 이름을 붙이고 싶어 했지만, 모토이는 거부했다. 마티외의 유래는 마티외 가니오. 모토이가 좋아하는 파리 오페라발레단의 최고 무용수, 즉 '별'이라 불리는 에투알의 이름이다.

모토이도 6년 전까지는 현역 발레리노였다. 높은 점프 실력과 기품 있는 이목구비에 훤칠한 키로 여성들 사이에서 절대적인 지지를 받았다. 하지만 해외 공연 중에 무릎을 다치고, 귀국 후에 수술했지만 예전으로는 돌아갈 수 없었다. 그 후는 당연히 은퇴였다. 남성 무용수는 리프트와 점프를 하지 못하면 무용수 생명이 끝난 것과 마찬가지이기 때문이다.

현재는 어머니인 지미코와 공동으로 운영하는 발레 스튜디오에서 학생들을 가르치고 있다. 한편으론 발레 공연 기획이나 해외 발레 댄서 초빙 및 교섭과 더불어 타 발레단에서 객원 안무가로 활동하거나 책도 집필하는 작가로서, 그 나름대로 하루하루를 알차게 보내고 있다.

모토이는 매일 아침 유코를 배웅한 뒤, 마티외 산책도 시키면서 사무실 겸 스튜디오로 향한다. 스튜디오까지는 도보로 20분 거리다. 참고로 유코는 프리랜서 일러스트레이터로, 두 정거장 거리에 본인 작업실을 두고 있었다.

평화롭게 산책하던 마티외가 갑자기 지나가던 대형견을 보며 짖어대기 시작했다. 그러나 대형견이 돌아보고 맞설 기미를 보이자 황급히 모토이의 다리 사이로 뛰어들어 웅크렸다. 모토이가 안아 올리니 미세한 잔떨림이 느껴졌다.

스쳐 지나갔다는 생각에 안심하고 짖었는데, 설마 뒤돌 줄은 생각지도 못한 것이리라. 모토이는 그 허세가 안쓰러우면서 사랑스러웠다. 그렇게 작은 개를 싫어했는데, 지금은 자신이 지켜주고 돌봐줘야만 하는 존재가 사랑스럽기 그지없었다. 이 개가 아들이었다면 더 사랑스러웠을 텐데. 자식 대신 개를 기른다는 계획이 거꾸로 자식에 대한 집착을 키웠다는 생각에 모토이는 쓴웃음이 났다.

모토이는 마티외의 목줄을 붙들고 천천히 20분 넘게 산책하며 스튜디오에 도착했다. '모토이 구사오케 발레 스튜디오'라고 적힌 가타카나 표기 아래에는 영어도 달려있었다. 모토이가 은퇴하기 전까지 스튜디오 이름은 '지미코 구사오케'로, 어머니의 이름이었지만 사무실 설립과 함께 바꾸었다.

담쟁이덩굴이 휘감긴 3층짜리 철근 건물은 지미코가 스튜디오를 시작할 무렵에는 참신한 디자인이라고 생각했는데, 지금은 상당히 낡아 보였다. 그렇지만 유서 있는 스튜디오로 보이기도 했다. 1층은 발레 스튜디오, 2층은 사무실 그리고 3층이 어머니인 지미코의 거주 공간이다.

발레 스튜디오는 해외의 연습실을 그대로 본뜬 세로로 긴 창이 이어지는 세련된 구조로, 거울도 사방으로 달아놔 돈이 꽤 들어갔다. 아껴서 사용하면 어머니가 돌아가신 뒤에도 재건축하지 않고 쓸 수 있을 테니, 모토이는 시간이 지나면 맨션에서 이쪽으로 이사 올 계획도 하고 있었다.

지미코 역시 발레리나였다. 일본인 최초로 로열발레단에 입단하고, 그 후 오스트레일리아발레단에서 수석 무용수인 프린시펄Principal을 맡은 것으로 유명했다. 예순아홉이 된 지금은 유아, 주니어, 성인반의 세 클래스를 가르치고 있다. 모토이의 아버지인 구사오케 요지는 30년 전에 세상을 떠났지만, 그도 도쿄발레단의 발레리노였다.

즉 모토이가 발레 팬들의 주목을 받은 것은 발레 무용수 일

가의 외아들로서, 부모에게 어린 시절부터 발레 영재교육을 받은 데다 그 용모가 어머니를 빼닮아 우아했기 때문이다. 팬들은 가부키의 후계자와 마찬가지로 윗대에서 물려받은 미와 발레 DNA를 모토이에게서 보고자 했다. 준수한 외모에 실력까지 갖춘 모토이는 젊은 시절에 여성지 인터뷰 등에도 수시로 등장했다.

1층 스튜디오의 문이 열려있어 모토이는 사무실로 가기 전에 얼굴을 비췄다. 지미코는 밀걸레로 바닥을 청소하고 있었다. 머리칼을 뒤로 묶고, 검은색 긴소매 티셔츠에 딱 붙는 검은색 바지를 입고 있었다.

티셔츠의 깊이 파인 목선이 긴 목에 잘 어울렸다. 현역 시절의 체형을 유지하고 있는 걸 보면 역시 발레리나다. 얼굴도 자연스러운 주름은 생겼을지언정 아직 충분히 아름다웠다.

체형 유지는 모토이도 늘 신경 쓰는 부분이다. 현역 때처럼 춤을 격하게 출 순 없어도 학생들에게 안무를 직접 보여줘야 할 때도 있고, 무엇보다 '모토이 구사오케'의 명성을 떨어뜨릴 수는 없었다.

"어머, 왔니? 가니오, 이리 오렴."

모토이가 온 것을 알아챈 지미코가 돌아보며 개를 불렀다. 지미코는 마티외를 보면 '가니오'라고 부르고 싶어 했다. 모토이는 서둘러 개의 발을 물티슈로 닦았다.

"가니오가 아니라 마티외라니까."

마티외는 목줄을 단 채 신나게 마루 위를 달려갔다. 모토이

46

가 스튜디오에 와있는 동안 마티외는 3층에 있는 지미코의 방에서 귀가를 기다렸다.

"가니오는 정말 사랑스럽다니까. 마티외 같은 이름보다 가니오가 훨씬 더 잘 어울리는데, 그렇지 않니?"

지미코는 우아한 몸짓으로 마티외를 안아 올려 볼을 맞대고 비볐다. 그녀는 연습실에 개털이 떨어진다는 이유로 처음에는 마티외를 데려오는 걸 반기지 않았다. 애초에 개털이 원인이라기보다 유코가 개를 기르고 싶다고 했을 때 모토이가 고분고분 따르는 게 마음에 들지 않았기 때문일지도 몰랐다.

"유코는 별일 없니?"

모토이의 얼굴을 보지도 않고 지미코가 물었다.

"별다른 일은 없어."

그래서 모토이도 자세히 대답하지 않았다.

"그럼 됐다만."

"됐다만, 뭐?"

"아니다. 그냥 물어봤다."

지미코는 유코에게만큼은 어쩐지 차가운 태도를 보이고, 일정한 거리를 유지했다. 유코 역시 그 냉담한 낌새를 알아차린 듯 굳이 지미코의 곁에 가지 않는 듯했다. 사실 모토이가 지미코의 건물에 있는 스튜디오에서 수업하는 것도 탐탁지 않은 기색이었다.

언젠가 유코가 조심스럽게 물은 적이 있다.

"당신만의 스튜디오를 만드는 게 좋지 않아?"

모토이는 잠시 생각하더니 대답했다.

"스튜디오를 두 개로 나누는 것보다는 하나를 제대로 운영하는 게 낫지."

그러고는 자신의 답에 대한 이유를 가볍게 덧붙였다.

"앞으로는 저출생이라 아이들이 늘지 않을 테니까."

그 말에 유코의 표정이 금세 어두워졌다. 둘 사이에 아이가 생기지 않는 것을 떠올리고 만 것이리라.

분명 모토이도 우리 부부에게 아이가 있다면 얼마나 좋을까, 상상한 적이 몇 번은 있다. 아니, 솔직히 말하면 최근에는 그 생각 때문에 괴로워 미칠 지경이었다. 3대째 무용가의 피를 이어받을 아이는 어떤 재능을 타고나고, 어떤 모습으로 성장할까. 팬들과 마찬가지로 본인도 DNA의 존재를 목도하고 싶었다.

마티외 가니오를 좋아하는 것도 그의 아버지가 데니스 가니오라는 발레리노고, 어머니는 오페라발레단의 에투알이었던 도미니크 칼푸니이기 때문이다. 마티외는 발레 엘리트 부모에게서 태어난 기라성 중 일등성이다.

모토이는 생각했다. 내게도 아이가 있다면 수많은 별 중의 일등성인지 확인할 수 있을 텐데. 그것은 본인이 일등성이었는가에 대한 증명이기도 했다. 그 증명에 대한 집착은 나이가 들수록 강해졌지만, 자신이 일등성이라는 발상 자체가 전무할 유코에게는 곧 죽어도 말할 수 없는 생각이었다.

10년 전쯤일까. 유코와는 친구의 소개로 알게 되었다. 그것이 모토이의 열렬한 팬이었던 유코가 인맥을 총동원해 구상한 작전이었다는 걸 나중에야 알았는데, 기분은 좋았다. 유코는 모토이의 세계에서 거의 만나기 힘든 유형의 인간이었기 때문이다. 영리하고 화제가 풍부해 이야기를 나누면 시간 가는 줄 몰랐다. 유코는 얼마 안 가 모토이도 자신에게 마음이 있다는 걸 느끼고 공연장까지 쫓아다녔다.

당시 모토이는 두 살 연하인 지미코의 제자와 결혼한 상태였다. 당시 아내는 소꿉친구 같은 존재로, 같은 발레 무용수였다. 그녀와는 어쩌다 보니 결혼에 골인한 느낌도 있었다. 두 사람의 결혼을 지미코가 짜놓았다고 할 수는 없지만, 지미코의 입김이 꽤 크게 작용했다고 생각하기 때문이다.

그 무렵 모토이는 자신의 이름에 어김없이 거론되는 어머니의 굴레에서 벗어나고 싶기도 했고, 마찬가지로 동종업계인 아내가 갑갑하게 느껴지기도 했다. 그래서 적극적으로 다가오는 유코가 신선하고 매력적으로 보였다. 일러스트레이터라는 발레 업계와는 동떨어진 직종인 것도 마음에 들었다. 모토이는 순식간에 유코에게 빠져들었고, 2년 후 아내에게 지독한 상처를 준 끝에 이혼했다.

상심한 전처가 일본을 떠나 북유럽의 어느 발레단에 들어갔다는 것까지는 알고 있었다. 현지 무용수와 결혼해 지금은 두 아이가 있다는 것은 SNS를 통해 최근에 알았다. 전처의 아이들은 둘 다 남자아이로, [발레와 피아노 레슨을 시키고 있는데 언젠가는 좋아하는 쪽을 고르게 할 것이다]라는 글도 SNS로 봤다.

그 사실을 알았을 때, 모토이는 강렬한 선망과 후회에 휩싸였다. 자신이 고통을 줬기 때문에 그녀는 지금의 행복을 얻은 것이고, 자신에게 죄가 있기 때문에 우리 부부는 자식을 얻지 못하는 비통함을 맛보고 있는 건 아닐까. 잘못된 생각이라는 걸 알고 있으면서도 그는 벌을 받고 있다는 느낌을 떨칠 수 없었다. 이 마음을 유코에게는 절대 말할 수 없다. 모토이는 유코를 사랑하고 있다.

"안녕하세요."

자그마한 여자아이를 데려온 젊은 어머니가 다가왔다.

오전에는 아직 유치원에 들어가지 않은 유아를 위한 프리 발레 클래스가 있다. 그 클래스를 맡은 건 지미코의 어시스턴트인 젊은 여성이지만, 오늘은 어시스턴트의 컨디션이 좋지 않아 지미코가 대신 수업하기로 한 모양이었다.

"귀엽기도 하지."

밀걸레를 정리하고 온 지미코가 눈을 가늘게 뜨며 어린 여자아이를 바라봤다. 발레에 푹 빠진 그 아이는 걷기 시작한 지 몇 년 되지도 않았을 텐데 "샤세, 샤세." 하고 샤세 포즈를 흉내 내며 지미코 쪽으로 뛰어왔다. 지미코는 아이를 와락 껴안으며 호들갑스럽게 반겼다. 마티외는 그 광경을 옆에서 올려다보고 있었다.

"모토이 선생님도 안녕하세요."

어머니가 상냥하게 모토이에게도 인사했다. 모토이도 웃으며 답례하고, 자그마한 여자아이의 볼을 가볍게 쓰다듬었다.

"발레 열심히 하렴."

포근하게 전해지는 볼의 감촉에 모토이는 순간 손을 움츠렸
다. 자신이 자식을 원하고 있다는 사실을 새삼 깨달았다. 그 마
음이 생각했던 것보다 훨씬 강렬하다는 것도 그제야 가슴 깊이
실감했다.

모토이는 문득 생각했다. 마흔셋이 된 지금, 빨리 아이를 갖
지 않으면 기회를 놓치는 건 아닐까. 여기서 기회를 놓친다는
건, 자신의 아이가 어떤 재능을 타고나는지 스스로 확인하지
못하게 되는 것이었다. 춤추는 재능뿐 아니라 그 재능을 펼치
기 위해 얼마나 노력할 수 있을지, 다른 재능은 없을지, 한 인간
으로서 믿을 수 있는 아이로 자랄지. 그러나 생각하면 할수록
아이가 갖고 싶다는 열망이 이기적으로 느껴져 주저하게 되기
도 했다.

그도 그럴 것이 유코는 지금까지 몇 차례 계류유산을 했고,
그때마다 자궁소파술을 받았다. 습관성 유산 진단을 받고 치료
에 전념하며 그 후로 체외수정도 10회 이상 시도했지만, 모두
성공하지 못했다. 과거의 수술로 인해 자궁성 난임이 된 듯했
다. 임신이 되지 않는 원인이 난자의 노화뿐 아니라 자궁 상태
에도 있다는 말을 듣고, 유코는 충격을 받은 것 같았다.

재혼 당시 모토이는 서른다섯이었고, 유코는 한 살 위인 서
른여섯이었다. 물론 유코는 초혼이었다. 아이는 자연스럽게 생
길 줄 알았는데 생각처럼 되지 않아 진지하게 치료에 임하기
시작했을 때는 이미 유코의 나이가 마흔이었다.

그 이후 두 사람은 다양한 방법을 모색했다. 입양도 생각해 봤지만, 모토이는 피를 나눈 자신의 아이가 갖고 싶었기 때문에 적극적으로 찬성하지는 않았다.

지금껏 난임 치료에 쏟아부은 비용만 500만 엔이 넘었다. 일개 무용수에 불과한 모토이에게는 감당하기 힘든 금액이었지만, 지미코가 비용을 부담해 준 덕에 치료를 이어갈 수 있었다. 지미코의 본가는 유산가 집안이었다. 노부모가 세상을 떠난 뒤, 그녀는 상당한 액수의 유산을 상속받았다. 그런 의미에서도 모토이는 지미코 앞에서 고개를 들 수 없었다.

모토이는 2층 사무실로 올라가 마티외를 무릎에 앉힌 채 노트북을 펼치고 일을 시작했다. 메일 업무나 발레용품 발주 등 자잘한 일들이 많았다. 업무를 처리하는 동안 몇 번이나 전화가 온다. 주로 광고 전화였다.

그사이 프리 발레 수업이 끝난 듯 지미코가 사무실로 올라왔다. 인기척을 느낀 마티외가 무릎에서 뛰어내려 지미코의 품으로 달려갔다.

"수고했어."

모토이가 고개만 들어 지미코를 맞이했다.

"후, 몸이 굳었네."

지미코가 양팔을 올려 스트레칭을 하면서 말했다.

"엄마 하나도 안 변했어."

그건 빈말이 아닌, 솔직한 심정이었다.

"안 변하긴. 등 근육이 싹 빠지면서 굳었어. 전에는 이거보다 더 젖혀졌었는데."

지미코는 사무실 구석에 있는 작은 주방으로 가 가스 불을 켰다. 홍차를 내려주려는 모양이었다.

"모토이, 오늘 점심은 어떻게 할래?"

주방 싱크대에 기댄 그녀가 모토이 쪽을 돌아봤다.

"오랜만에 소바 먹을까?"

"그럴까?"

두 사람은 거의 매일 같이 점심을 먹었다. 배달을 시킬 때도 있지만, 3층에서 지미코가 뭔가를 차려줄 때가 더 많았다.

레슨을 쉬는 날은 수요일 하루고, 일요일에도 직장인이나 대학생들이 참여하는 성인반 수업이 있다. 일요일은 지미코가 봐주기 때문에 모토이는 유코와 쉴 수 있었지만 때때로 지미코가 컨디션이 좋지 않으면 대신 보기도 했다.

"그 애 귀엽더라. '샤세'라 그러고."

아까 그 어린 여자아이 이야기로 모토이가 운을 띄웠다. 지미코의 얼굴이 환하게 밝아졌다.

"그렇게 발레를 좋아하면 앞으로도 계속 열심히 할 테니 기대되는 아이야. 그 애 어머니도 몸이 딱 발레 맞춤형이고 말이다."

"그러게."

모토이는 앉아있는 마티외를 건너다보며 대답했다. 발레 관계자는 일단 부모의 체형을 본다. 삼대 위의 체형을 보면 좋다는 말도 있지만, 모토이는 그 모녀에게 그렇게까지 관심은 없었다. 다만 어린 여자아이가 사랑스럽다고 생각했을 뿐이다.

“그래, 그때 그 치료한다던 건 어떻게 됐니?”

지미코가 껄끄러운 듯 물었다.

“아, 엄마 돈 잔뜩 썼는데 이런 말 하기도 미안하지만…… 역시 지금 상황에선 방법이 없나 봐.”

“그렇구나. 아쉽네.”

“응.”

원인이 난자와 자궁 상태에 있다는 이야기까지는 굳이 말하지 않았다. 그래도 지미코는 어렴풋이 짐작하는 눈치였다.

“입양 생각은 없는 거지?”

“나는 그래. 딱히 그럴 생각은 없어.”

모토이는 단호하게 잘라 말했다가 잠시 시선을 떨구고는 말을 이었다.

“유코는 오락가락해. 결심이 안 서나 봐. 난 굳이 말하자면, 내 자식이 아니면 이제 됐거든. 학생들이 성장하는 모습 보는 재미로 살지 뭐. 심화 과정 밟는 애 중에 유망한 아이도 있고.”

지미코는 잠자코 듣고 있었다.

“그런데 솔직히 최근 들어 뭔가 마음이 달라지긴 했어. 내 유전자를 이어받은 아이를 한번 보고 싶다는 마음이 들더라. 그게 이기적이라는 건 알지만 부인할 수가 없어. 그래서 그 옛날에 수많은 여자를 거느리고 후사를 잇던 오오쿠가 있을 때가 좋았네, 그런 생각이 들더라니까.”

모토이가 웃자 지미코도 큰 입을 벌려 따라 웃었다.

“오오쿠까지 나왔니?”

지미코는 여전히 웃으면서 찻주전자에 홍찻잎을 넣고 뜨거운 물을 부었다.

"쇼군이 자식을 50명씩 만들었다, 그런 이야기를 들으면 좀 부럽다니까. 내 DNA는 어떤 작용을 할까를 상상하다 보면 그런 실험을 해보고 싶어서. 이런 말, 여자한테는 못 하지만."

"그렇지."

"근데 이번에 클리닉에서 상담을 받았는데, 내 정자와 어떤 여자가 제공한 난자로 수정란을 만든 다음에 그 수정란을 대리모가 될 여자의 자궁에 넣으면 아이를 만들 수 있다더라. 마음이 좀 동했어. 물론 유코는 당황한 기색이었지만."

"유코 입장에선 그렇겠지."

"그건 그래. 나도 그건 뭐 억지로 밀어붙일 일은 아니라고 생각하는데, 왠지 그것도 나쁘지 않겠다는 생각도 들더라고. 이거 비밀이야."

모토이는 홍차가 든 머그잔을 지미코에게서 받아들면서 입술에 손가락을 갖다 댔다.

"알지, 그럼."

지미코가 쓴웃음을 지었다.

"옛날에야 자식은 하늘이 내려주는 거라고도 했지만 지금은 뭐든 안 되는 게 없겠지. 유전자 조작도 할 수 있을 테고, 머잖아 인공 자궁도 가능할지 모르지."

"이미 실험하고 있다나 봐. 인공 태반을 3D프린터로 만들었다는 얘기도 들었어."

그 이야기를 한 건 유코였다. 정보통인 유코는 이것저것 알아보고는 모토이에게 알려줬다.

"3D? 그게 뭐니?"

지미코가 얼핏 흥미를 가지는 것을 보며 모토이가 어깨를 으쓱해 보였다.

"뭐, 실현하는 게 쉽지는 않아 보여."

"그게 실현될 때까지는 가난한 나라의 여자가 자궁을 제공하겠구나."

지미코의 표정이 일순 엄숙해졌다.

"안타깝지만 그런 측면은 있지. 대리모도 가장 인기 있는 나라는 우크라이나니까. 싸잖아. 선진국에서는 규제가 엄격하더라고. 최근에는 난자 제공자와 대리모를 분리하기로 했대."

"그러고 보니 내가 요전에 새벽에 눈이 떠졌다가, 이상한 생각을 다 했다. 미안하니까 유코에게 이 말은 하지 말고."

지미코가 의자에 걸터앉아 목소리를 낮췄다.

"뭔데. 말 안 할게."

"내가 죽으면 내 유산이 전부 너한테 갈 것 아니니."

"그야 그렇지. 외동이니까."

지미코가 세상을 뜨면 모토이는 이 메구로구에 있는 스튜디오 외에 가루이자와의 별장과 상당한 금액의 동산을 물려받게 될 것이다.

"네가 유코보다 먼저 죽으면 그 유산은 전부 유코 몫이 되겠지. 자식이 없으니까. 그건 괜찮다, 네 아내니까. 그런데 유코가 그 후에 금방 불의의 사고나 병으로 죽으면 너한테 내려간 유산이 유코의 형제나 친척에게 가지 않겠니? 그 생각이 드니 내가 갑자기 정신이 번쩍 들면서 잠이 싹 달아나지 뭐냐. 이런 생각했다는 것 자체만으로도 유코에게는 면목 없다만, 어디까지나 가정해서 하는 말이니까.”

“아아, 그러네.”

거기까지 생각하고 있다니. 무게감 있는 이야기에 모토이는 놀랐지만 확실히 생각해 볼만한 주제였다.

지미코의 본가는 오사카의 선착장에서 장사를 했던 집으로, 지미코는 외동딸이었다. 본가에는 부동산과 금융자산뿐 아니라 골동품과 그림이 널려있었다고 한다. 지미코의 어머니는 그것들을 전부 처분해서 현금화했고, 혼자 펑펑 쓰면서 즐기다 상당한 금액을 외동딸인 지미코에게 남기고 죽었다. 지미코가 발레리나로서 성공한 것도 본가의 윤택한 자산이라는 뒷배가 있었던 덕분이다, 라고 말하는 사람도 있었다.

모토이는 그 돈을 외아들인 자신이 상속하는 것까지만 생각했지, 그와 유코가 죽은 뒤의 일까지는 생각해 본 적이 없었다. 확실히 그렇게 되면 지미코 본가에서 내려온 돈은 유코의 형제에게로 흘러갈 것이다.

유코의 바로 아래 남동생은 패밀리레스토랑 체인 본사에 다니는 직장인이다. 그의 아내는 파트타임 일을 하는 주부고, 아직 어린 딸이 둘 있었다. 그리고 지금은 서른여덟이 된 막내 남동생은 고등학교 때 등교를 거부하더니 그대로 히키코모리가 되었다고 들었다.

하지만 유코는 모토이에게 막내 남동생을 무명 만화가라고 소개했다. 귀에 걸면 귀걸이고 코에 걸면 코걸이라는 생각이 든 건 사실이지만, 그렇다고 비난할 마음도 없었다. 그와는 상관없는 일이라고 여겼기 때문이다. 그런데 지미코의 이야기를 듣고 나니 상관없기는커녕 아주 밀접한 관계에 있었다.

"그런가. 생각 못 해봤네."

"물론 기우겠지. 하지만 그 왜, 니트족인 남동생이 우리 집 돈으로 윤택하게 살 가능성도 있다고 생각하니 충격적이라."

결혼식 날 유코의 막내 남동생은 수년만의 외출이라면서 얼굴을 비쳤다. 모토이 쪽 하객들은 다들 발레 관계자라 스타일이 좋았는데, 남동생은 혼자 오타쿠처럼 추레해 보였다. 그 모습이 지미코는 불쾌했던 모양이었다. 게다가 불륜 끝에 엮인 약탈혼이라고 생각했는지 지미코 쪽 하객들 사이에서 유코의 평판이 아주 형편없었다.

"모토이, 내 심정이 이해가 가니?"

지미코가 눈살을 찌푸리며 말했다.

"가지. 나도 그 얘기 들으니 좀 찜찜해지네."

태어날 때부터 관심을 독차지하고 자라 자신감이 넘치는 모토이는 유코의 남동생이 얼마나 힘들어했는지 알 리도 없고, 또 알려는 마음도 없었다. 그러니 지미코의 지적은 쓰디쓴 앙금처럼 마음에 남았다.

"어쩌면 좋지."

"어떻게 할 것도 없지, 뭐."

어느새 마티외가 지미코의 무릎 위에서 깜빡 졸고 있었다.

"나한테 자식이 있으면 재산이 이등분되겠네."

"그렇지. 가능하면 그 아이에게 전부 남겨주고 싶구나."

지미코는 유코에게 가는 것도 탐탁지 않아 할 것 같지만, 그것까진 무리다. 유코와는 이제 이혼할 수 없다. 유코와의 결혼은 불륜이라는 대가를 치른 끝에 얻은, 두 번 다시 실패할 수 없는 결합이었다. 그 때문인지 유코와 모토이의 정신적 유대는 끈끈했다.

"난자 제공받는 거랑 대리모 이야기를 다시 한번 해볼게."

하지만 성공할 자신은 없었다. 유코가 다른 여성의 난자를 사용하는 것은 결사반대하고 있기 때문이다. 이해 못 할 일도 아니다. 하지만 그 방법밖에는 자식을 얻을 길이 없었다.

"유코가 이해해 줘야지."

"근데 엄마, 난자 제공이든 대리모든 돈이 좀 들어."

"얼마나?"

"2,000만 엔인가 그렇더라고."

지미코가 어깨를 으쓱했다.

"내가 내주마. 손자 얼굴만 볼 수 있다면 싸게 치는 거 아니겠니."

그렇다면 이제 유코를 설득할 일만 남았다. 모토이는 새로이 결의를 다졌다. 그때 지미코가 작게 중얼거렸다.

"유코네는 발레랑 어울리지도 않지."

그것은 유코의 집안이 체형적인 면에서나 정신적인 면에서나 전부 발레와 어울리지 않는다는 것을 의미했다. 지미코가 유코를 마음에 들어 하지 않는 데는 유산 문제뿐 아니라 유전자에도 고집하는 게 있기 때문이라는 걸 모토이는 깨달았다. 지미코는 자신이 모토이라는 고귀한 적통을 낳아놓은 만큼 아들이 발레 무용수인 전처와 이혼한 사실이 마뜩잖은 것이리라.

"그건 대리모에게 의뢰해도 마찬가지야."

모토이는 일단 아내를 감쌌지만, 지미코가 유코를 멀리하는 진짜 이유를 확인했다는 생각에 마음이 무거워졌다.

4

남자가 양손으로 인형 크기 소녀의 하얀 배를 누르고 있다. 그러자 질에서 연어알이 주르륵 나와 밥공기에 담긴 흰쌀밥 위를 덮는다. 언뜻 소녀 모양의 후리카케 용기를 그린 건가 싶지만, 연어알은 말린 가루가 아니라 생연어알이다. 우락부락한 남자의 손도 실감 나게 그려져 당장이라도 젓가락을 들고 연어알 덮밥을 입에 그러넣을 것 같다.

그 일러스트를 봤을 때, 유코는 잠시 연어알 한 알 한 알의 반짝임에서 눈을 뗄 수 없었다. 저명한 아티스트의 작품이었지만 거기서 느껴지는 건 에로틱함이나 유머나 아름다움이 아니라, 식용이 된 어란과 똑같은 것이 여자의 체내에도 존재한다는 사실을 새삼 일깨워주는 듯한 불쾌함이었다.

유코의 연어알은 이 일러스트처럼 광채나 윤기도 없이 이미 한껏 쪼그라들어 체내 어딘가에서 찌꺼기가 되어 사라졌을 것이다. 난자의 노화와 습관성 유산 이야기를 들었을 때는 그녀도 모르게 신체가 늙어가고 있었다는 현실에 충격을 받았다.

유코의 피부는 아직 아름답고 탱탱하며, 얼굴에는 주름 하나 없다. 최근 들어 살짝 올라가 있던 눈꼬리가 조금 부드러워졌을 뿐, 세월에 따른 변화는 거의 찾아볼 수 없었다. 보는 사람마다 제 나이로는 절대 보이지 않는다고 입이 마르게 칭찬했는데, 느닷없이 여자로서는 폐업이라는 선고를 들은 것 같아 굴욕감마저 느껴졌다.

"결혼했을 때 바로 난자를 동결해서 보관할 걸 그랬네."

남편 모토이의 말은 지금이니까 할 수 있는 뒤늦은 후회였다. 유코도, 모토이도 난임 치료를 받을 때까지는 난자 동결 보관 같은 건 알지도 못했다. 설령 알고 있었다 해도 남의 일쯤으로 여겼을 것이다. 막연히, 섹스를 하다 보면 언젠가는 아이가 생기리라 믿었는데 지금 와서 돌아보면 유치하다 싶을 정도로 순진했다.

예를 들어, 아직 젊은 나이에 암 진단을 받은 여성이 있다고 하자. 독한 항암제 치료 때문에 앞으로 생식 기능을 잃을지도 모른다는 가능성이 예상되는 경우, 사전에 난자를 미리 얼려두는 방법이 있다고 한다. 그 경우를 '의학적 난자 동결'이라고 부른다.

그리고 최근에는 건강에 아무 문제가 없는, 그저 평범한 여성들 사이에서도 난자를 얼려두는 이들이 늘고 있다고 한다. 일이 어느 정도 자리를 잡을 때까지 임신을 미루고 싶은 여자, 아직은 마음을 나눌 상대가 없지만 언젠가 아이를 가지고 싶은 여성 등 임신을 원하는 시기에 난자의 노화로 임신이 불가능해지는 상황이 있을 수 있으니 동결 보관한다고 하던가. 그것을 '사회적 난자 동결'이라 부른다고 한다.

이름만 대도 알 수 있는 미국의 IT 대기업들은 복지 차원에서 난자 동결 비용까지 지원해 준다고 한다. 이렇듯 미국에서는 '사회적 난자 동결'이 이미 일상적인 선택처럼 자리 잡았다는 이야기를 듣고, 유코는 놀랐다.

서른여섯에 모토이와 결혼한 유코는 서른다섯 이전에, 아니 어쩌면 서른 전에 '사회적 난자 동결'을 했어야 했던 걸까. 그런 건 그녀가 생각조차 못 한 영역이었다. 결혼 상대가 나타날 거라고는 꿈에도 예상 못 했고, 평생 독신으로 자식 없이 사는 삶을 각오하고 있었으니까.

결혼 뒤, 유코는 몇 차례의 유산을 겪고 결국 습관성 유산이라는 진단을 받았다. 체외수정을 시도했지만 결과는 같았다. 그 사이 난자가 노화해 이제는 수정 자체가 거의 불가능하다는 말을 들었다. 이후에도 몇 번 더 시도했지만 임신은 이루어지지 않았다.

남편 모토이는 어디 하나 나쁜 데 없는, 말 그대로 건강한 사람이었다. 아이가 생기지 않는 건 모두 자기 탓인 것만 같아 유코는 서서히 깊은 곳으로 가라앉았다.

그 일을 겪고 난 뒤, 유코는 때로는 포기할 줄도 알아야 한다고 생각하게 되었다. 사람이 모든 것을 가질 수는 없는 법. 그렇다면 우리 부부의 인생에는 아이가 없다는 사실을 받아들이고 그 빈자리를 끌어안고 살아가는 수밖에 없는 건 아닐까.

자식 없이 사는 부부는 많다. 아이를 원했지만 갖지 못한 부부가 있는가 하면, 굳이 만들지 않은 부부도 있다. 그러나 그들은 그들대로 자식이 있는 부부보다 서로 살갑게 도와가며 잘살고 있는 것처럼 보인다. 물론 한쪽이 먼저 세상을 떠나면 혼자서 살아가기란 필시 외롭고 허전할 것이다. 하지만 그게 우리의 운명이라고 받아들이는 자세도 중요하지 않을까.

유코에게는 두 명의 남동생이 있다. 막냇동생인 노리유키는 서른여덟 살로 독신이고, 부모님과 함께 본가에서 살고 있다. 자칭 만화가지만 작품을 본 적은 없고 또 팔렸다는 이야기도 듣지 못했다. 말하자면 만화를 좋아하는 히키코모리 중년이다.

노리유키는 아마 앞으로도 결혼할 일은 없을 것이다. 물론 아이도 갖지 않을 것이다. 본가에 틀어박혀 부모님에게 소액의 돈을 받아 생활하는데, 언젠가 연로한 부모님을 떠나보내고 나면 혼자 살아갈 수밖에 없다. 어느 순간, 유코는 그것도 노리유키의 운명이니까 어쩔 수 없다고 받아들이고 있었다.

모토이와 지미코를 포함한 세상 사람들은 노리유키의 노력이 부족했기 때문에 집에 틀어박힌 것이라고 비난할지도 모른다. 하지만 그건 노리유키 탓이 아니다. 노력해서 보상받는 사람이 있는가 하면, 노력이라는 행위 자체를 하지 못하는 사람도 있는 법이니까.

노리유키 같은 남동생이 가까이에 있으면 사람들의 다양한 삶을 인정할 수밖에 없게 되지만, 외동에다 친척마저 적은 모토이는 이해하기 힘들 것이다.

유코의 결혼식 날, 노리유키는 큰 결심을 하고서야 간신히 사람들 앞에 나설 수 있었다. 노리유키는 어머니가 대형 정장 브랜드에서 사온 기성복을 입고 왔는데, 몸에 꽉 끼여 단추는 잠기지 않았고 넥타이도 영 어색하게 매고 있었다. 희멀건 피부에 투실한 체형은 어떻게 봐도 건강에 문제가 있어 보였다. 그럼에도 유코는 두려움을 극복하고 사람들 앞에 나서준 노리유키가 고마웠는데, 식장에서 노리유키를 처음 만난 모토이나 지미코는 굉장히 당혹스러워했다.

특히 모토이는 노리유키라는 처남의 존재를 선뜻 받아들이지 못하는 듯했다. 끊임없이 몸을 단련하며 치열한 경쟁을 뚫고 온 자신의 경험에 빗대어, 풀어진 육체만 보고도 그 주인의 정신 상태가 해이해졌을 것이라고 지레짐작한 걸까.

"처남 말이야, 헬스장 같은 데를 좀 다니면 어떨까?"

노리유키를 소개했을 때, 모토이는 유코에게 그렇게 속삭였다. 그게 가능했다면 애초에 이렇게 고생할 일도 없었겠지만, 유코는 어떻게 설명해야 좋을지 몰라 어정쩡한 미소만 지어 보였다. 모토이의 표정에서 뭔가를 읽은 듯, 노리유키는 경직된 얼굴로 고개만 숙이고 있었다.

그 애는 남들보다 배는 예민해서, 타인의 반응을 신경 쓰다 보니 바깥으로 나올 수 없게 된 거야. 절대 나태해서 그런 게 아니야.

그때 모토이에게 그렇게 설명했어야 했다며 유코는 후회했다. 어쩌면 그날, 거리낌 없는 모토이의 모습에 살짝 놀랐던 것이 어긋남의 시작이었는지도 모른다.

모토이는 아주 어린 시절부터 부모님의 지도 아래 발레리노가 되기 위한 길을 걸어왔다. 철저한 식단 관리와 하루도 빠짐없는 연습을 견뎌내며 기술과 표현력을 갈고닦아 왔으니, 노력이라는 것을 믿는다. 아니, 믿을 수밖에 없다.

또 항상 관객을 의식하도록 스스로를 단련해 왔기 때문에 타인의 시선이 얼마나 엄격한 것인지도 알고 있었다. 그래서 조금이라도 더 멋지게 보이도록 또다시 노력한다. 노력해서 보상받은 경험이 있는 사람은 노력을 추앙하게 된다.

한창 연애할 때는 알아채지 못했다. 모토이와 결혼해서 함께 살게 된 뒤부터 걸핏하면 차이를 느끼게 되었다. 그것은 곧 불안이 되어 유코를 좀먹었다.

요즘 들어 느낀 '차이'는 유코가 포기했는데도 불구하고 모토이가 이상할 정도로 다시 아이를 원하기 시작한 것에서 비롯되었다. 한 번은 "어쩔 수 없지. 그냥 포기할까?" 하고 한숨을 쉬며 웃어 보이더니, 최근에는 "아직 가능성이 있어." 하며 인터넷에서 이것저것 알아보고 미국 에이전시에서 자료도 받아보는 듯했다.

모토이는 아직 아이를 가질 가능성이 있다고 말하지만, 그 가능성이란 모토이의 정자와 다른 여성이 제공해 준 난자로 수정란을 만들어 다른 여성의 자궁으로 출산하는 것이다. 유코는 그 과정에 관여할 여지가 없다. 모토이는 유코가 아무것도 관여하지 못한 아이를 부부의 아이로 키울 마음이 있다는 걸까.

유코는 도무지 이해가 되지 않았다. 아무리 곱씹어도 납득할 수가 없었다. 그런데도 유코가 아이를 포기할수록 아이를 원하는 모토이의 갈망은 오히려 깊어져만 갔다. 그럴수록 두 사람의 감정은 점점 더 크게 어긋나기 시작했다.

그렇게까지 해서라도 아이를 갖고 싶은 이유를 물으면, 모토이는 늘 비슷한 말로 유코를 설득했다.

"우리 가족을 만들기 위해서지."

"구사오케 가문의 명성을 끊고 싶지 않아."

그는 그럴듯한 명분으로 유코를 구슬렸다.

유코는 알고 있었다. 발레 무용수로서 정점에 올랐던 모토이의 집념이 이제는 자신의 유전자를 이어받은 자식에게로 향하고 있다는 것을. 그리고 '노력하면 가능하다'고 믿고 있다는 것도.

유코에게는 마사유키라는 한 살 터울의 남동생이 있다. 마사유키는 패밀리 레스토랑 체인 본사에서 일하고 있는데, 입사 후 처음으로 점장을 맡았던 히라쓰카 시의 매장에서 그 동네 단골이던 나오를 만나 결국 결혼했다.

나오는 노리유키와 동갑으로 이제 막 서른여덟이 되었다. 아이돌처럼 화려한 옷을 입거나 머리를 금발로 염색해, 솔직히 말해서 단정한 타입이라고 하기는 어려웠다. 그럼에도 유코는 그녀의 솔직한 성격이 좋아 종종 수다를 떨고는 했다. 메신저를 통해서도 수시로 연락을 주고받는 사이였다.

결혼식에 마사유키 부부가 나타났을 때, 유코는 모토이의 흠칫하던 표정을 기억한다. 당시 서른 살이었던 나오는 앞머리는 일자로 자르고, 10대로밖에 보이지 않을 것 같은 짧은 기장의 치마를 입고 있었다. 모토이가 노리유키의 존재에 이어 나오를 보고도 놀란 게 틀림없었다.

마사유키와 나오 사이에는 두 명의 딸이 있었다. 큰아이는 초등학교 2학년, 작은아이는 네 살이었다. 작은아이는 세 살 때 영유아 검진에서 언어 발달 지체 진단을 받았다.

그러니까 유코에게는 히키코모리로 지내는 막내 남동생과 언어 발달 지체 진단을 받은 조카딸이 있었다. 무엇보다 누나라는 이름으로 두 남동생을 이끌며 정신없이 살아오다 보니, '완전한 가족'이란 환상에 불과하다는 생각이 깊게 자리 잡아 있었다. 그래서 아이가 생기지 않아도 어쩔 수 없는 것 아니겠냐며 체념이 빨랐던 것도 있다.

하지만 발레 일가의 귀한 외아들이자, 무용수로서 눈부신 성공을 거둔 모토이로서는 이해 못 할 일인지도 모른다.

거기까지 생각이 이르렀을 때, 유코는 옅은 공포를 느꼈다. 어쩌면 앞으로 모토이와 서로를 받아들이지 못한 채 어긋날 수도 있겠다는 불안이 엄습한 것이다.

하지만 유코는 어떻게든 이 혼인 관계를 유지하고 싶었다. 불륜 끝에 모토이와 발레리나인 그의 아내 사이를 갈라놓으면서 결혼했기 때문이다. 발레 업계에서 문외한인 데다가 욕이란 욕은 다 들은 유코의 자존심이기도 했다. 이런 마음은 결국 유코를 선택한 모토이 역시 다르지 않을 것이다.

그렇다면 처음에는 무엇 때문에 끌렸느냐고 묻는다면, 유코는 구사오케 모토이의 열렬한 팬이었다고밖에는 답할 길이 없다. 지금도 마치 살아있는 근육의 표본 같은 그의 몸을 보면 세상에 이렇게 아름다운 몸이 있을까 하는 감탄이 절로 나왔다.

그리고 모토이도 실제로는 발레리나처럼 완벽히 단련된 몸이 아닌, 적당히 지방이 붙은 여자의 몸을 선호했다. 서로에게 없는 것을 갈망했던 두 사람의 만남은, 적어도 처음에는 긍정적인 시너지를 일으켰다.

하지만 유코는 모토이가 전처의 SNS를 수시로 들여다본다는 사실을 알고 있었다. 심지어 자신도 이따금 찾아봤다. 그곳에는 '더없이 행복한 가정'의 모습이 있었다.

동종 업계의 다정하고 이해심 많은 덴마크인 남편과 혼혈로 태어난 사랑스러운 아이들. 발레리나로서도 성공하고 여자로서도 보람찬 하루하루를 보내는 전처의 모습은 그녀를 배신한 모토이를 안심하게 하는 한편, 지금의 생활을 부족하게 느끼게 할지도 모른다. 그러나 유코에게 전처의 SNS는 그녀의 오기처럼 느껴졌다.

전처를 떠올린 유코는 그녀의 SNS 중 한 개를 열어보았다. 성실하게 며칠 간격으로 글이 업로드되어 있었다. 최근 글에는 남편이 마흔한 살 생일을 축하해 줬다고 쓰여있었다.

블랙드레스를 입은 모토이의 전처가 레스토랑에서 남편과 볼을 맞대고 샴페인 잔을 들고 있었다. 발레리나 특유의 길고 곧은 목에 걸린 가느다란 목걸이가 잘 어울렸다.

사진 속 여자가 예고도 없이 한 번 이 작업실을 찾아온 기억이 떠올라, 유코는 철제 현관문을 바라보았다.

이 맨션의 출입문은 오토록으로 되어있어 방문자는 반드시 인터폰을 눌러야 한다. 모니터로 방문자를 확인한 뒤 출입문을 열어주는 구조였다. 그러나 그녀는 어떻게 들어왔는지, 어느 순간 갑자기 현관문 앞에 서있었다.

처음에는 인터폰을 받았는데도 모니터에 모습이 비치지 않았다. 유코가 "여보세요. 여보세요." 하며 몇 번을 불렀을 때, 문에서 조심스러운 노크 소리가 들렸다. 출입문이 아니라 집 앞까지 와서 인터폰을 눌렀다는 걸 깨닫고 유코는 같은 맨션 주민인가, 아니면 다른 집을 돌다 잘못 찾아온 택배기사인가 싶어 문을 열었다. 그곳에는 그녀가 서있었다.

비가 온 날이라 그녀는 트렌치코트 같은 검은색 레인코트 차림을 하고, 손에는 물방울이 뚝뚝 떨어지는 비닐우산을 들고 있었다. 머리를 바짝 묶고 있어 튀어나온 머리카락들이 눈에 띄고, 비가 내려 어스레해진 복도 때문인지 얼굴은 창백해 보였다. 유코는 순간 누군지 알아채지 못했다. 그저 어디서 본 것 같은 얼굴인데 누구더라, 하며 머릿속을 더듬었다.

그런 유코를 보고 여자는 짧게 말했다.

"구사오케입니다."

유코는 한 박자 늦게 고개를 끄덕이며 대꾸했다.

"아아, 구사오케 가나 씨군요."

왜 군이 풀네임을 말했는지 자신도 알 수 없었다.

"들어오시겠어요?"

유코가 묻자, 여자는 고개를 옆으로 저었다.

"아뇨. 괜찮습니다."

그러고는 좁은 원룸의 안쪽으로 시선을 옮겼다.

그 시선을 따라 유코가 돌아봤다. 작업 테이블 위가 어질러져 있었다. 식은 커피가 든 머그잔은 그대로 놓여있고, 코를 푼화장지는 뭉쳐져 있고, 노트북 화면에는 인터넷 쇼핑몰 페이지가 열려있었다. 한없이 풀어져 있을 때의, 전형적인 작업실 풍경이었다. 그때 볼륨을 줄이지 않은 채 흘러나오고 있던 CD가무엇이었는지는 기억나지 않았다.

작업실을 잠시 훑어보던 전처는 유코를 향해 입을 열었다.

"당신은 나를 아는데, 나는 당신을 모르니까 그건 좀 불공평한 것 같아서요. 어떻게 생기신 분인지 뵈러 왔습니다."

잠시 말을 고르는 듯하던 전처는 덧붙였다.

"솔직히 모토이가 어쩌다 당신 같은 분에게 끌렸는지 모르겠네요. 보통 발레하는 사람은 발레하는 사람한테 끌리거든요. 그래서 서로 미워하기도 하고. 그런 좁은 세계예요. 물론, 당신에게도 좋은 점은 있겠죠. 저는 이해할 수 없지만.”

그렇게 말한 그녀는 “실례 많았습니다.” 하며 가볍게 인사한 뒤, 그대로 발길을 돌렸다.

유코는 전처의 갑작스러운 방문을 모토이에게 말하지 않았다. 전처에게 멸시당한 기분이 들었기 때문일까. 아니면 아내를 배신한 모토이가 아내와 헤어지는 게 보통 일이 아니라며 푸념했지만, 정작 그녀 쪽에선 이미 모든 정리가 끝난 것처럼 보였기 때문일까.

어느 쪽이든 찰나의 만남이었을 뿐인데도 이상하게 오래 기억에 남았다. 자기를 향해 끓어오르는 증오를 쏟아낸 것도, 눈물을 흘린 것도 아니었다. 그저 싸늘한 경멸을 내던지고 간 것뿐인데, 유코의 기분은 한동안 가라앉은 채로 회복되지 않았다.

그때 인터폰이 울렸다. 하필 모토이의 전처와의 만남을 떠올리고 있을 때였다. 왜 이런 우연이 일어나는 걸까. 유코는 꺼림칙한 마음으로 모니터를 들여다봤다.

화면 속에는 친구인 데라오 리리코가 손을 흔들고 있었다. 독특한 베레모를 쓰고 있지만 흑백 화면이라 색은 알 수 없었다.

그러고 보니 아침에 [근처에 갈 일이 있는데, 잠깐 들러도 돼?]라는 조심스러운 메시지가 왔던 것이 떠올랐다. 벌써 시간이 그렇게 되었나 싶어, 유코는 황급히 전처의 SNS가 비치는 화면을 껐다.

“방해해서 미안. 잠깐 괜찮아?”

리리코가 뚱한 목소리로 물었다.

"괜찮아. 들어와."

리리코는 유코의 미대 시절 친구다. 일본화과 출신인 리리코는 지금은 화가로 살아가고 있었다. 1년에 한 번 하라주쿠의 갤러리에서 개인전을 여는 것 외에 상업적인 작업은 거의 하지 않는다. 그림만 그려도 먹고살 수 있는 건 본가에서 병원을 운영하고 있기 때문이다. 리리코는 아직 독신이었고, 당연히 아이는 없었다. 사귀는 사람도 없다고 했다.

"그럼, 실례 좀 하겠습니다."

철제문을 열어주자, 호리호리한 리리코가 안으로 쏙 들어왔다. 쓰고 있던 베레모는 선명한 주홍색이었다. 검은 머리에는 잘 어울렸지만 검정 블라우스에 검정 스커트, 검정 양말까지 더해져 차림은 온통 새까맸다. 화장을 전혀 하지 않아 옅은 눈썹과 부은 눈이 도드라졌고, 그 모습은 어딘가 성질 고약한 마녀를 연상시키기도 했다.

"일 방해해서 미안. 금방 갈 거야."

말은 그렇게 하면서도 디저트로 보이는 선물 상자를 든 채 리리코는 슬금슬금 작업실 안으로 들어왔다. 디저트 상자를 유코에게 건넨 뒤 리리코는 양해도 구하지 않고 책상 위에 있던 교정쇄를 보고 물었다.

"이건 뭐야?"

"표지 일러스트를 의뢰한 작가의 신작이야."

그 작가가 일러스트레이터 연감을 보고 유코의 작업물이 마음에 든다며 콕 집어 의뢰해 왔다. 그래서 더더욱 참신한 아이디어를 내야 했지만, 이상하게도 아무것도 떠오르지 않았다.

"오오, 어떤 소설?"

"남자가 아내의 곁에 있다가 실종되는 이야기."

"왜 사라져? 인정욕구가 채워지지 않아서?"

리리코는 교정쇄 뭉치를 집어 들어 팔랑팔랑 넘겼다.

"그게 인정욕구랑 무슨 상관인데?"

유코가 고개를 갸웃하자, 리리코는 망설임 없이 잘라 말했다.

"그렇잖아. 인정욕구가 채워지지 않으니까 같이 있는 게 싫어져서 결국은 채워지는 쪽으로 가겠다는 거지. 실종 이야기라는 게 대개 그렇잖아."

그 말에 유코는 문득, 모토이가 아이를 원하는 것도 인정욕구의 발현일지 모른다는 생각이 들었다. 완벽한 본인은 자식을 만들 능력도 있는데, 그걸 정당하게 드러내지 못하는 게 불만이라 증명하고 싶은 건 아닐까.

모토이가 1번 포지션으로 서면 아름다운 대퇴사두근이 비틀리며 굵은 뼈를 따라 도드라진다. 그런 아름다운 남자니까 아이를 원하는 게 당연하다는 생각도 들었다. 그런 생각을 하며 유코는 어느샌가 웃고 있었던 모양이다.

"어이, 어이, 혼자 웃고 뭐야."

웃음기 없는 얼굴로 리리코가 지적하기 전까지는 유코도 웃고 있다는 걸 인지하지 못했다.

"웃긴 게 생각나서."

"기분 나쁜데."

리리코가 작업 테이블 앞에 앉아 다리를 꼬았다. 까만 스커트와 양말 사이로 하얀 맨다리가 드러났다.

"이거 열어봐도 돼?"

디저트 상자를 들어보이자, 리리코가 끄덕였다.

상자를 여니 큼직한 슈크림이 두 개 들어있었다. 긴자 웨스트에서 사온 것이라고 했다.

"세상에서 이 집 슈크림이 제일 맛있는 것 같아."

"긴자까지 갔다 왔어?"

"응, 갔다 왔지."

"딸랑 두 개 사러?"

"두말하면 잔소리지."

유코는 기가 막혔지만, 부엌으로 가 물을 끓이기 시작했다.

"못은 잘 지내?"

리리코는 모토이를 늘 '못'이라고 불렀다. 발레 팬들 사이에서는 실례라며 그 호칭을 금지했지만 그녀는 아랑곳하지 않았다.

"응, 잘 지내지."

유코는 그렇게만 대답하고 시나몬티 티백 두 개를 포트에 넣었다. 살짝 당분이 있어 손이 끈적거렸다. 그사이 리리코는 유코가 메모용으로 묶어둔 팩스 이면지에 멋대로 낙서를 끼적였다.

"참, 그리고 나서 아이 얘기는 어떻게 됐어?"

리리코에게는 이미 유코의 난자가 노화로 사용이 어렵다는 것이나 습관성 유산 판정을 받은 것 등 쓸 수 있는 카드가 다 떨어졌다고 털어놓은 상태였다.

"모토가 갑자기 의욕이 넘쳐서 난감해."

"난자 은행 말이야?"

리리코가 고개를 들었다. 부어서 가늘어진 눈에 노골적인 불신이 스쳤다.

"거기다 대리모라는 이야기까지."

"유코는 끼어들 틈이 없겠는데? 그래도 괜찮아?"

리리코가 부지런히 손을 놀리며 묻는다.

"모르겠어. 사실 생각해 본 적도 없으니까 오락가락해. 아니, 난자도 다른 사람 거고, 자궁도 다른 여자 거를 빌린다는 거잖아. 어떤 기분일지 상상도 안 된다니까."

"근데 싫은 거지?"

리리코는 질문을 툭 던졌다.

"응."

유코도 담담하게 고개를 끄덕였다.

"못은 남자니까 괜찮은 건가? 자기 씨이기만 하면 어디서 움트든 좋다는 거 아냐?"

그 말투에는 은근한 악의가 섞여있었다. 리리코는 스스로 남자를 싫어한다고 공공연히 말해왔다. 학창 시절부터 그 누구와도 사귄 적이 없고, 마흔넷인 지금까지 처녀라는 사실을 큰소리로 말하곤 했다. 그렇다고 동성애자라는 이야기를 들은 적도 없었다. 다만 음담패설을 유난히 좋아했다.

문득 리리코의 손을 보니 음부에 남근이 박힌 모습을 노골적

인 선화線畫로 그리고 있었다. 유코가 눈살을 찌푸리자, 리리코
는 일부러 종이를 들어보였다.

"자, 책 표지에 이걸 쓰면 되겠네. 작가가 좋아하지 않겠어?"

"섹스해 본 적도 없다면서 뭘 그리는 거야."

리리코는 대답 대신 히죽거리면서 남근에 실감 나게 근육을
덧그려 넣었다. 리리코는 에도시대의 검고 굵은 필선이 살아있
는 우키요에 스타일의 춘화를 그린다. 개인전에서도 춘화가 메
인이었는데, 이상한 중년 아저씨들이 잔뜩 찾아와서 난감하다
며 푸념하곤 했다.

"오프닝에 와서는 지들 마음대로 먹고 마시고, 음흉한 눈으
로 그림을 가만히 들여다보다가 나하고 끈적끈적한 애기를 하
고 싶어 한다니까. 나를 아주 색에 미친 사람인 줄 알고, 혹시나
하는 거지. 그림이나 한 장 사고 그러면 몰라."

유코는 시나몬티를 우려 머그잔 두 개에 담고 테이블로 가져
갔다. 리리코는 고맙다고 말한 뒤, 슈크림을 베어 먹었다. 안에
서 커스터드 크림이 흘러나왔다.

"맛있네. 100만 킬로칼로리쯤은 거뜬히 될 것 같지만."

유코는 슈크림 위의 슈 껍질만 뜯어 커스터드 크림을 발라
먹었다. 체형 유지에 신경을 쓰는 모토이와의 생활에서 당이
잔뜩 들어간 디저트는 구매 목록에서 늘 제외되었다. 그래서인
지 더 달게 느껴졌다.

"아까 이야기에서 이어지는 건데, 어디서 움트든 상관없는
거 아니냐고 말했지만 사람 자체는 고를 수 있겠다. 난자의 질

같은 건, 결국 상품이니까."

"그렇지."

고개를 끄덕인 유코는 어쩌면 자신이 가장 꺼려하는 지점이 바로 그 부분이 아닐까 생각했다. '질 좋은 난자'라는 것이 있다면 비싸더라도 젊고 건강한 난자를 살 것이다. 젊고 건강한 난자를 사용하면 분명 바라 마지않는 건강한 아이가 태어날 테니까. 그 일러스트처럼 윤기 흐르는 싱싱한 연어알을 쓴다면 말이다. 그 아이를 낳는 건 가난한 나라에서 태어나 자기 배를 빌려주는 경산부일 것이다.

"고를 수 있다는 게 짜증 나. 뭐랄까, 그런 것들에도 값이 매겨진다는 게."

유코가 중얼거리자, 리리코가 슈크림에 뚫린 구멍에 손가락을 찔러넣어 커스터드 크림을 떠냈다.

"봐라. 실컷 능욕해 줄 테다."

"뭐래."

웃기기는 했지만 방금 떠오른 생각 때문에 유코는 또다시 기분이 가라앉았다. 질 좋은 난자와 질 좋은 정자. 이건 태어날 생명을 가려내는 우생사상 그 자체 아닌가. 반사적으로 유코의 머리에 노리유키와 조카딸이 떠올랐다. 거기에 우리 부부도 가담하게 되는 건지도 모른다. 부끄러웠다. 그 순간, 난자를 제공받거나 대리모를 선택하게 되면 자신의 유전자는 배제된다는 사실을 깨달았다. 혹시 모토이는 그것을 바라고 있는 걸까. 그렇게 생각하자 유코는 가슴이 두방망이질치듯 뛰기 시작했고,

숨이 막힐 듯 아파왔다.

유코의 변화를 눈치채지 못한 리리코는 커스터드 크림이 묻은 검지를 보란 듯이 딱 세우더니, 쓰읍 소리를 내며 핥았다.

"어디 립서비스를 한번…… . 농담이야."

유치한 음담패설만 쏟아내는 악취미를 가진 리리코를 상대하기도 귀찮아진 유코는 웃지도 않고 대꾸했다.

"립서비스라니. 누가 요즘 그렇게 돌려 말해?"

"그럼 지금은 구강성교를 뭐라고 하는데?"

"구강성교겠지."

"그럼 됐네, 뭐."

리리코는 전혀 굴하지 않은 채, 다시 이면지에 그림을 끼적이기 시작했다. 우키요에 느낌이 나는 희고 갸름한 얼굴의 사내가 춤을 추고 있는 만화 스타일의 그림이었다. 남자는 자신감에 찬 표정으로 눈을 감고, 오른쪽을 향해 공중으로 도약하는 발레 동작을 하고 있었다. 파드샤. 타이츠의 사타구니 부분이 유독 강조되어 튀어나와 있는 걸 본 유코는 춤추는 모토이를 그리고 있다는 것을 단번에 알았다. 애초에 '못'이라고 부르는 것도 타이츠 차림의 모토이를 비꼬는 방식이었다.

"뭐야, 이거. 모토?"

유코는 쓸쓸하게 웃었다.

"아니, 아니, 화이트사이드 님이지."

"이 얼굴이 어딜 봐서 제임스 화이트사이드야? 모토 그린 거잖아."

리리코는 대답 대신 왕자님 스타일의 의상을 덧그렸다. 리리코의 그림은 확실히 대단하다고 감탄하면서도 친구의 남편인 모토이를 그렇게까지 조롱하는 건, 뭔가가 마음에 들지 않기 때문일 것이라고 유코는 짐작했다.

모토이와 결혼하게 되었다고 전했을 때도 리리코는 누가 봐도 진심이 느껴지지 않는 말투로 축하 인사를 건넸었다. 유코도 그 반응에 불쾌하지는 않았다. 어떤 일에도 무덤덤한 리리코라 그런 반응이 최선이었을 거라고 생각했다.

리리코는 자신이 남자를 싫어하고 성 경험이 한 번도 없다고 공언하고 있는데, 남녀의 성행위에는 관심을 보이는 것도 모자라 오로지 그것만 그리려고 했다. 리리코를 상대하고 있으면 음담패설만 입에 올리는 동정과 이야기하는 것 같아 피곤해졌다.

"리리코는 왜 춘화만 그려?"

유코는 리리코에게 놀림당하지 않도록 크림이 묻은 손가락을 조심스럽게 핥으면서 물었다.

"왜라니. 뭐가 이상해?"

리리코는 고개를 들지 않고 대답했다. 종이에 얼굴을 바싹 갖다 대고 골똘히 그림을 그리고 있는 모습이 마치 초등학생 같았다.

"리리코는 경험한 적이 없잖아. 그런데 왜 그런가 싶어서."

"오오, 날카롭게 파고드는데."

리리코는 농담조로 말했지만, 눈은 웃고 있지 않았다. 이번에는 발기한 남근의 선화를 그리기 시작했다. 쓱쓱 그리는 게 이미 손에 익은 듯했다.

"난 말이야, 남근의 형태가 좋아. 아름답기도 하고, 뭔가 재미있는 구석도 있잖아? 그래서 막 섹스하는 장면이 그리고 싶어. 하지만 내가 하고 싶다는 생각은 절대 안 들어. 남근은 좋아도 남자 자체는 기분 나쁘니까."

"그렇다면 섹스도 기분 나빠야 하는 거 아냐?"

"전혀 다르지. 세상에 그렇게 특이한 행위가 없다니까. 커다래진 남근을 음부에 삽입하는 거, 재미있지 않아? 난 성행위 마니아야. 온갖 사람의 성교를 눈앞에서 보면서 그리면 좋겠어. 내가 하면 그릴 수 없잖아."

유코는 리리코의 춘화를 볼 때마다 성기가 과장되게 그려져 있어 그로테스크하다고 느꼈다. 그러나 리리코는 그 과장된 점이 좋다고 말했다.

"섹스는 생식이기도 하잖아."

유코는 아이를 만드는 게 가장 중요한 의미가 된 모토이와의 성행위를 떠올리며 굳이 말했다. 본심이 아니라는 건 스스로도 알고 있었다.

"그건 유코 너희 부부 얘기지."

리리코가 가차 없이 정곡을 찔렀다.

"내가 좋아하는 섹스는 생식이 아니야. 그냥 짝짓기지. 그러고 보니, 다카시 이모부가 어렸을 때 길에 들개가 많이 돌아다녔는데, 들개끼리 짝짓기하고 있으면 근처에 사는 아주머니가 나와서 양동이로 물을 끼얹었대. 불쌍하기도 하지. 개의 섹스를 보고 질색하는 건 대부분 여자 쪽이래. 남자들은 다들 그냥 불쌍한데 내버려두라고 하고."

들개의 짝짓기를 남자들이 내버려두라고 한다는 건 리리코의 상상 아닐까. 유코의 생각으로는 오히려 남자들이 몸 둘 바를 몰라 했을 것 같았다. 실제로 성행위하는 모습은 우스꽝스럽고 애잔하다. 리리코는 그런 걸 알고 있을까.

어쨌든 리리코는 발기한 남근을 마주했을 때와 비슷한, 강렬한 호기심으로 가득 차있었다. 그것은 욕망이 아니라 무언가를 관찰하고 음미하는 듯한 냉철한 기운에 가까웠다. 오래 알고 지낸 사이였지만, 여전히 이해할 수 없는 구석이 많은 친구였다.

참고로 '다카시 이모부'라는 사람은 리리코 어머니의 남동생으로, 이미 일흔을 넘겼을 나이였다. 그는 독신으로 리리코의 가족과 함께 살고 있었는데, 50대에 일찌감치 관공서를 그만두고 유복한 누나의 집에 들어와 좋아하는 그림을 그리며 지낸다고 했다. 그런 처남의 동거를 허락한 리리코의 아버지도 보통 인물은 아니었다.

"다 돈이 많아서 그래."

그건 모토이의 의견이지만, 그 말도 일리가 있어 보였다.

"리리코는 당연히 아이는 갖고 싶지 않겠네."

유코가 재차 확인하자 리리코는 보브 머리를 세차게 흔들었다.

"그럼. 필요 없어. 전혀 필요 없어. 배 속에서 자라고, 다 크면 질에서 나온다는 생각만 해도 징그러워."

리리코는 숨도 고르지 않고 말을 쏟아냈다.

"내가 기생충이 몸속에 있는 사람을 아는데 말이야, 그거랑 똑같잖아. 그 사람 거는 중간에 잘렸는데, 머리 부분은 아직 남아있었대. 조충이란 게 갈고랑이를 창자에 걸어서 끈질기게 눌러앉아 있나 봐. 그런 이물질이 내 안에 들어와 있다는 생각만으로도 기절할 것 같지 않아? 에일리언이라고. 인간의 아이라고 다를 게 뭐야."

"그런 의미라면 남근도 마찬가지잖아. 육체에 들어오는 거니까."

"그러니까, 난 섹스하는 건 싫대도."

"그런데 타인의 섹스에는 관심이 있고?"

"응. 타인이라기보다는 섹스 전반에."

"섹스 전반? 무슨 말인지 모르겠다."

리리코가 얼굴을 들었다.

"못 알아들어도 돼. 그보다 다음에 유코랑 못의 섹스 좀 보여줄래? 그림으로 그려보고 싶다."

"저질스러운 농담 좀 그만해."

유코는 기분이 상했지만, 리리코는 전혀 신경 쓰지 않는 눈치였다.

"못은 몸 관리를 잘해서 남근이랑 전체 밸런스도 좋을 것 같은데."

기분 좋은 듯 웃으며 리리코가 또 다른 남근 그림을 그리기 시작했다. 이번에는 이상하리만치 길었다.

"근데, 유코는 긴 거랑 굵은 것 중에 어느 게 더 좋아? 뭔가 굵으면 '남근'이라고 말해야 할 것 같고, 길면 '페니스'라고 해야 할 것 같잖아. 그런 거 없어?"

"생각해 본 적 없어."

모토이와의 섹스 횟수는 급속도로 줄어들고 있었다. 그건 유코가 습관성 유산인 데다 난자의 노화로 아이를 가지는 게 불가능하다는 말을 들은 뒤부터였다. 둘 다 기가 꺾인 채로 시간을 보내는 사이, 열기가 자연스레 식어버린 느낌이었다.

리리코는 성행위를 재미있어하지만, 관점이 딱 하나 빠져있었다. 성행위가 때로는 사람들 사이에 상처를 남기기도 한다는 사실이다.

"그래서 리리코는 섹스가 싫은 건가……."

엉겁결에 튀어나온 유코의 말에 리리코는 어리둥절한 표정을 지었다.

"무슨 말이야?"

"아무것도 아니야."

유코는 시치미를 떼고, 핸드폰으로 시선을 떨궜다. 슬슬 저녁 식사 이야기로 모토이에게서 연락이 올 시간이었다. 그 김에 메일을 확인하고 있는데, 리리코가 불쑥 물었다.

"있잖아. 아까 이야기 말인데, 유코는 대리모에게 의뢰해서라도 아이가 갖고 싶은 거야?"

"이제 잘 모르겠어. 원래는 나랑 모토이의 아이라면 어떤 아이가 태어날까 기대도 했고, 진심으로 갖고 싶었어. 그런데 난자를 제공받거나 대리모에게 의뢰해야 한다면…… 그렇게까지 해서 해야 하나, 싶은 마음이 더 커."

"그런 걸로 싸우진 않아?"

싸우지는 않아도 틈은 점점 더 벌어지겠지. 유코는 그렇게 생각했지만 굳이 입 밖에 내지는 않았다. 정신을 차려보니, 리리코가 유코의 얼굴을 가만히 뜯어보고 있었다. 관찰당하고 있다는 느낌이 들어 유코는 살짝 짜증이 났다.

"남의 일이니까 재미있지?"

리리코는 어깨를 으쓱해 보였다.

"애 얘기가 뭐가 재미있겠니. 단지 그렇게까지 해서라도 아이가 갖고 싶은 못의 심리가 흥미로울 뿐이지."

"그렇지? 나도 그래."

유코는 고개를 숙이자, 뜻밖에도 눈물이 터져 나올 것 같았다. 리리코 쪽을 바라보니 그녀는 그림에 몰두하는 척하며 외면하고 있었다.

5

모토이는 니스의 발레단에서 2년 넘게 활동한 적이 있다. 그 무렵, 다세대주택에서 혼자 살았기 때문에 자연스럽게 프렌치 요리를 익혔다. 결국 오늘 밤도 모토이가 요리하고 화이트와인을 땄다. 식단 조절 중인 모토이는 당질을 제한하기 위해 채소와 동물성 단백질을 중심으로 메뉴를 구성했다. 탄수화물류는 아예 식탁에 오르지 않았다.

"가끔은 파스타 같은 것도 먹고 싶은데."

유코가 와인에 입을 대며 말하자, 모토이가 굵은 목 위에 놓인 자그마한 얼굴을 가로저었다.

"흰색 음식은 백해무익이야. 그렇게 먹고 싶으면 나 없는 점심 때 먹으면 되잖아."

혈당이 급상승하는 것을 막기 위해 모토이는 샐러드부터 먹는다. 모토이는 자신이 만든 아보카도와 그레이프프루트, 문어와 새우 따위가 들어간 다채로운 샐러드를 샐러드 서버로 섞은 다음, 그레이프프루트부터 먼저 입에 집어넣고 산미에 얼굴을 찡그렸다. 콩고물을 기대하는 마티외가 그런 모토이의 얼굴을 진지한 표정으로 올려다봤다.

유코는 모토이에게 넌지시 물었다.

"오늘 점심엔 뭐 먹었어?"

"조주안 집 소바."

"소바도 당질이잖아."

"그래도 갈색이니까 하얀 것보다는 좋을 것 같아서."

모토이는 늘 이렇게 자기 좋을 대로 말했다. 그는 아버지를 일찍 여읜 탓인지 어머니인 지미코와 유난히 가까웠다. 거의 매일 연습실에서 얼굴을 보고, 점심도 같이 먹었다. 지미코가 음식을 만들어 올 때도 있고, 둘이서 외식할 때도 있는 모양이었다. 지미코가 불편한 유코는 두 사람이 가깝게 지내는 게 마음에 들지 않았지만, 부모와 자식이 함께 발레 스튜디오를 운영하는 상황에서 딱히 막을 수도 없는 노릇이었다.

"조주안까지 일부러 나간 거야?"

"아니, 배달시켰지."

"갈색이든 흰색이든 당질은 당질 아닌가."

그가 당질을 먹었다는 사실 자체를 문제 삼는 게 아니라는 걸 유코도 알고 있었다. 머릿속에는 이미 지미코와 모토이가 점심 메뉴를 두고 자연스럽게 상의하는 장면이 떠올랐다.

"그렇긴 하지만 나도 현역은 아니잖아. 그 정도는 괜찮을 것 같았지. 당질을 너무 안 먹어도 균형이 깨질 거고."

"그래. 나도 오늘 슈크림 먹었어. 리리코가 가져왔는데, 이만 했어. 달아서 꽤 맛있더라. 걔, 슈크림 좋아하거든."

모토이가 고개를 들었다.

"그래? 어디 슈크림인데?"

"긴자 웨스트래."

"클래식한 스타일이네. 슈크림이라면 에비스의 웨스틴 델리가 최고라던데. 예약 안 하면 웬만해선 구하지도 못한대. 다음에 리리코 씨한테 알려줘."

그래. 유코는 입속말로 대답했다. 리리코가 두 사람의 성행위를 보고 싶어 했다고 전한다면, 모토이는 뭐라고 말할까. 노골적으로 불쾌해하겠지. 어쩌면 무대 위에서 연기한다 치고 할 수 있다고 말할지도 모른다.

문득 그 반응을 보고도 싶었다. 무용수인 모토이는 늘 자신을 객관화하려 노력하면서도 무대 위의 자신의 모습에 도취된 사람처럼 보일 때가 있었다. 발레리나인 전처를 버리고 유코를 선택한 것도, 문외한인 유코라면 자기 들러리로 세울 수 있겠다 생각했기 때문인지도 몰랐다. 예전 같으면 이런 터무니없는 생각은 하지도 않았을 텐데, 그만큼 두 사람의 관계가 조금씩 변해가고 있다는 걸 느꼈다.

"리리코 씨가 적나라한 춘화 그린다고 그랬지?"

모토이가 빈 잔에 와인을 따랐다.

"맞아, 19금이야. 그래서 인터넷에도 다 올릴 수 없고, 개인전을 열 수 있는 갤러리도 제한적이래. 장소 찾느라 고생깨나 하는 것 같더라고."

"그런 것도 예술이라고 할 수 있나. 난 잘 모르겠네."

모토이는 알코올이 들어가면 얼굴이 불그스름해진다. 리리코 이야기로 들어가자 불그스름한 낯빛이 한층 진해진 느낌이 들었다.

"일단 본인은 예술이라고 말하고 있고, 그렇게 믿고 있지. 고정 팬도 있는 모양이던데? 개인전 열면 꼬박꼬박 보러 오는 사람도 있대."

"리리코 씨를 노리고 온 남자들이겠지? 어떤 여자가 이런 외설스러운 그림을 그리나, 얼굴이나 한번 보자고 오는 거겠지. 유코 친구니까 나쁘게 말하고 싶진 않지만, 나는 그 그림 싫더라. 예술성이라곤 없는 한낱 포르노잖아. 남자와 여자가 섹스하는 모습을 난잡하게 그린 것뿐이라고. 결국 에도시대의 춘화인 거지."

"그게 리리코의 제작 의도야. 리리코는 춘화 작가가 되고 싶은 걸 텐데."

알코올 탓에 모토이의 목에 굵은 혈관이 불거졌다. 리리코가 본다면 남근 같다고 말할 텐데. 그런 상상을 하니, 유코는 웃음이 났다. 그 옆얼굴을 불만스러운 듯 바라보던 모토이가 질문했다.

"뭐가 웃겨?"

"리리코 일이 생각나서."

"무슨 일?"

유코는 아무것도 아니야, 하고 입속말로 대답했다. '혈관이 불거지니까 목이 성기처럼 보인다' 따위의 말을 했다간 모토이가 발끈할 게 분명했다.

낌새를 눈치챈 건지, 모토이가 얼굴을 굳힌 채 말을 꺼냈다.

"리리코 씨는 왜 춘화 같은 걸 그리고 싶은 걸까? 난 잘 모르겠어. 솔직히 유코가 리리코 씨랑 사이가 좋은 것도 신기하고. 불편해, 그 사람. 만약 나랑 리리코 씨 단둘이 무인도에 뚝 떨어져도 섹스는 안 할 것 같은데."

"저쪽도 그렇게 말할 것 같은데?"

모토이가 순간적으로 당황한 표정을 짓는 걸 유코는 놓치지 않았다. 항상 자신감이 넘치는 모토이는 본인과 잘 마음이 없는 여자가 있다는 사실을 믿지 못하는 듯했다. 니스에 있을 때는 여자뿐 아니라 남자에게서도 종종 대시를 받았다고 했으니까.

"그럼 모토는 리리코가 나 대신 애를 낳아주겠다고 하면 섹스할 거야?"

"안 하지. 나도 고르게 좀 해줘라."

고르게 해달라라. 하마터면 그 말에 유코는 과민 반응할 뻔했다. 내 남편은 좋은 난자를 골라, 좋은 자궁에 넣어, 출산하는 일이 아무렇지도 않다는 건가.

"그럼 모토는 어떤 사람을 고를 건데? 어떤 사람이어야 아이를 만들어도 괜찮은 건데?"

유코는 힐난하듯 물었다. 모토이가 뭐라고 답할지 궁금했다. 그러나 모토이는 유코의 속내를 읽은 듯, 한결 신중해진 얼굴이었다.

"말해두지만, 나는 유코의 아이 말고는 원하지 않아. 섹스도 다른 사람과는 하고 싶지 않고. 내가 원하는 건 유코뿐이야."

"그래도 아이는 갖고 싶잖아."

모토이는 잠시 주저하더니, 시선을 옮겼다. 그 끝에는 벽에 걸린 그림이 있었다. 유코가 학교에 다닐 때 유화 물감으로 그린 자화상이었다. 유코 자신은 어설프다고 생각했지만 모토이는 마음에 든다며 거실 한가운데에 걸어둔 그림이다.

"솔직히 말하면 갖고 싶어. 비웃을지도 모르겠지만 나, 최근에는 에도시대의 쇼군이 부럽다는 생각까지 들었어. 오오쿠에 여자들이 많으니까 얼마든지 자식을 만들 수 있잖아. 자기 씨로 어떤 여자에게서 어떤 아이가 만들어질지 다양하게 만들어

볼 수 있으니까 흥미로울 것 같더라. 남자의 꿈일지도 모르고.”

“오오쿠?”

유코는 모토이의 발상에 웃음이 튀어나왔다.

“지금이 에도시대도 아니고, 모토이는 쇼군도 아니야. 당신은 아내인 나하고만 섹스할 수 있는데, 나는 아이를 가질 수 없어. 어떻게 할래?”

“그러니까 곤혹스러워하고 있잖아.”

곤혹스럽다는 말이 나올 줄은 몰랐다. 유코는 이미 곤혹스러운 단계를 한참 전에 지나 이제 체념해 가고 있는 상태였으니까.

“우리가 아이를 기다린다면 방법은 하나뿐이야. 누군가에게서 난자를 제공받아 당신 정자와 수정시키고, 그걸 대리모에게 옮겨서 낳는 수밖에 없어. 돈은 몇천만 엔씩 들 거고, 난자를 고르는 일도 만만치 않겠지. 대리모는 국내에서 구할 수도 없으니 더 복잡할 테고. 난 전혀 현실적이지 않다고 생각해.”

“돈은 어떻게든 될 거야.”

지미코가 내는 거겠지. 지금까지 난임 치료에 든 비용도 모두 지미코가 부담했다. 구사오케 집안의 후계자를 낳아야만 한다는 압박이 유코를 무겁게 짓눌렀다.

“돈 문제가 다가 아니야.”

“하지만 큰 문제지. 우리 둘 힘으로는 감당이 안 되니까.”

“그러니까 그만둘 수밖에 없다는 거야.”

“엄마가 내준다잖아. 엄마도 손주 얼굴이 보고 싶으니까.”

유코는 입을 다물었다. 정확히 설명하진 못했지만, 금액이 많고 적은 문제가 아니라 돈을 내고 고르는 그 행위가 싫었다. 결국 더 비싼 난자, 더 좋은 자궁을 찾게 될 게 분명했으니까. 가격이 결과를 결정한다는 사실이 같은 여자의 몸을 돈으로 난도질하는 것처럼 느껴졌다.

모토이는 괴로운 표정으로 고개를 끄덕였다.

"유코의 마음은 이해해. 충분히 이해하고 있어. 유코와 아무 연결고리가 없는 아이를 우리 아이로 키우게 된다면 분명 힘들겠지. 하지만, 나 전에 결혼했었잖아. 만약 그때 전처와의 사이에서 아이가 생겼고 그 아이를 데려와 키우게 됐다면 유코는 엄마가 되어주지 않았겠어? 그러니까, 내가 데려온 아이라고 생각해 주면 어떨까."

하지만 유코에게 아내와 아이가 함께 있는 모토이를 사랑하게 되는 것과 아내만 있는 모토이를 사랑하게 되는 것은 전혀 다른 문제였다.

"자식이 있는 모토이를 사랑하게 됐다면 그 전부를 다 받아들였겠지. 하지만 지금 이 일에선 내가 연결고리가 전혀 없으니까, 어떻게 해야 좋을지 모르겠어."

"생물학적으로 엮이는 게 그렇게 중요해?"

"그 생각이면 당신도 입양하면 되잖아."

모토이는 입을 다물었다. 그 침묵이 유코의 화를 돋웠다.

"봐. 대답 못 하겠지? 당신은 이기적이야. 자기 유전자만 남기면 되는 거잖아."

"그게 그렇게 나쁜가?"

모토이가 시선을 아래로 둔 채 대답했다.

"난 내 아이가 태어난다면 행복할 것 같아. 애지중지 키우겠지. 반대인 경우도 그래. 나한테 생식능력이 없고, 유코가 정자은행을 이용해 낳는다 해도 행복할 거야. 기꺼이 키울 거라고. 내 말은, 무언가에 마음껏 사랑을 쏟고 싶어. 우리가 없으면 죽을 것만 같은 연약한 생명체에. 물론 그게 내 정자에서 태어난다면 좋겠지. 나는 업그레이드된 버전의 나 자신을 만나고 싶어. 그게 나를 알아가는 길이라고도 생각하니까. 게다가 난 벌써 마흔셋이잖아. 내년이면 마흔넷이야. 마흔다섯까지 아이를 갖지 않으면 아이가 대학을 졸업할 때쯤엔 일흔이 코앞이라고. 가능하면 대학원까지 졸업시키고 싶은데, 우리도 그때까지는 살아있어야지. 아이를 가질 거면 빨리 가지는 게 최선이야."

모토이는 거기까지 생각하고 있는 거구나. 유코는 충격을 받았다.

"그럼 모토는 돈을 지불하고, 여자의 난자를 사는 건 어떻게 생각해? 지난번에 에이전트의 아오누마 씨 말대로면 나이나 외모에 따라 등급이 나뉘는 거잖아. 나, 그 얘기 듣고 기분이 착잡했어."

용기 내서 말하자, 모토이는 잘게 뜯은 바게트를 접시에 내려놓았다.

"왜 기분이 착잡했는데?"

"등급이 매겨진다는 게 같은 여자로서 굴욕적이야."

모토이는 그 말에 옅게 웃었다. 유코는 왠지 바보 취급당한 것 같았다.

"뭐가 웃겨?"

"아니, 이 자본주의 세계에서는 등급이 매겨지는 게 모두의 숙명 아니야?"

모토이는 단정하듯 말했다.

"나는 당연하게 등급이 매겨지는 세계에서 살아왔으니까, 잘 알아. 등급을 매기는 건 이제 누구도 거스를 수 없는 흐름이야. 좋다 나쁘다의 문제가 아니라, 이미 세계의 상식이 됐다는 거지. 고기나 쌀도 등급이 있고, 맛집 찾을 때 쓰는 타베로그만 봐도 식당에 점수를 매겨서 줄을 세우잖아. 우리 발레 스튜디오도 리뷰가 달리고 순위가 매겨져. 그건 유코도 마찬가지일 텐데. 일러스트레이터 연감은 순위를 매기기 위한 카탈로그 아니야? 이런 게 인체에만 적용되지 않는 게 더 이상하지 않아?"

"그러니까, 지금 내가 순진하다는 말을 하고 싶은 거야?"

"그런 말 안 했어."

"아니, 말한 거나 마찬가지야. 나는 여자의 몸만 등급이 매겨져서 거래되는 게 싫다는 거야. 난자 제공은 그렇다 쳐도 대리모는 대부분 가난한 나라의 가난한 여자들이잖아. 그게 착취가 아니면 뭐야?"

"그렇게까지 생각할 필요가 있나? 난 미국처럼 합리적으로 생각하는 게 낫다고 봐. 가진 사람이 없는 사람에게 파는 거야. 없는 사람에겐 큰 도움이 되잖아. 그래서 대가를 받는 거고. 그게 전부야."

모토이의 말을 들은 유코가 낮게 깔린 목소리로 말했다.

"도움이라니, 참 편리한 단어네. 진짜 그럴까?"

"정자은행도 등급을 매기잖아. 다 똑같아. 오히려 평등하지. 아이가 태어나면 행복해질 수도 있는데, 그 정도면 인류 전체가 협력할 이유가 되지 않아?"

유코는 반박하고 싶었지만, 곧장 떠오르는 말이 없었다.

"그럼 아이는 누구 아이가 되는 거야?"

"의뢰한 사람의 아이지."

"아이 본인의 인생은 어떻게 되는 건데?"

"그거야말로 순진한 생각이네."

모토이는 조금도 망설이지 않고 말을 뱉었다.

"나는 기억하는 가장 어린 시절부터 발레를 배웠어. 죽이 되든 밥이 되든 이 길로 가는 거라고, 어릴 때부터 주입받았지. 그래서 내 인생은 부모님 거였어. 겨우 이 삶이 내 거라고 느껴진 건, 콩쿠르에서 우승한 뒤였고."

"당신은 그걸 되풀이하고 싶은 거네."

"나쁜 거라곤 생각 안 해."

말을 할수록 점점 고조되는 모토이의 기세에 유코는 피로감을 느꼈다. 결국 모토이에게 질려버린 그녀는 다음 말을 마저 삼켰다.

그럼 당신은 콩쿠르에서 떨어졌으면, 어떻게 했을 건데?

6

리키가 근무하는 기타무키종합병원은 낡고 불편하다. 벽돌식 타일로 뒤덮인 5층 건물은 보기만 해도 음침하고 초라하다. 정면 현관 앞에 불쑥 솟은 계단도 환자가 오르내리기에는 버거워 보인다. 도로와 건물 사이에 여유가 없다 보니 차를 돌릴 수조차 없고, 도로에서 바로 가파른 계단을 일곱 개나 올라와야 한다.

구급차는 건물 옆면에 난 입구 앞에 세우지만, 그쪽도 정차할 수 있는 공간이 협소해 늘 길가로 튀어나온 채 응급환자를 내려야 한다.

현관 앞 계단을 간신히 다 오르면 왼편에 놓여있는 음료수 자판기 두 대가 먼저 눈에 들어온다. 무더위가 기승을 부리는 한여름에는 확실히 편리하겠지만, 병원이라기보다 회사 기숙사나 상가건물 입구에 가까운 풍경이라 품위는 느껴지지 않았다.

재건축한다는 소문은 근 10년 가까이 돌고 있지만 가장 중요한 돈이 없어 실현 가능성은 지극히 낮다고들 한다. 하지만 그런 것치고 병원은 늘 북적거린다. 평판이 썩 좋은 편은 아니지만, 인근에 다른 종합병원이 없기 때문일 것이다. 참고로 환자는 노인이 대부분이다.

정면 현관으로 들어서면 바로 대기실이 나온다. 그 안에서 가장 먼저 눈에 띄는 것은 값싼 흰색 보드에 구멍을 뚫어 만든 접수 창구다. 창은 널찍해, 안쪽에서 하얀 셔츠에 남색 바지를 입은 사무직 제복 차림의 남직원이 분주히 오가는 모습이 그대로 보인다.

접수 창구 왼편에는 너비가 접수 창구의 절반쯤 되는 수납 창구가 있다. 앞에는 카운터가 놓여있고, 오른쪽에 계산대가 있다. 왼편에도 자리가 하나 더 있지만 그것은 장식에 불과했다. 수납은 언제나 리키 혼자의 몫이다.

정면을 바라보고 있을 때 제일 왼쪽, 즉 수납 창구 왼쪽에 있는 창구는 예약 접수용이다. 하지만 늘 비어있다. 워낙 환자가 많은 탓에 예약을 해도 대기 시간이 길어지기 일쑤였고, 그로 인해 쏟아지는 환자들의 불만을 감당해야 하는 의사들이 예약 시스템을 적극적으로 활용하지 않게 된 것이다.

"예약은 안 되나요?"

이따금 묻는 사람이 있지만, 그때마다 사무직 직원은 늘 선생님이 정하시는 거라는 대답을 내놓는다.

대기실에는 연보랏빛 인조가죽으로 마감된 좁고 기다란 벤치 세 쌍이 등을 맞댄 채 놓여있다. 모두 수납 창구와 직각이 되도록 배치되어 있다. 공간이 좁아 벤치 끝은 창구 바로 앞까지 바짝 다가와 있고, 수납 창구와 벤치 사이에는 사람 하나가 겨우 지나다닐 만큼의 틈만 남아있다.

벤치는 어른 네 명도 거뜬히 앉을 수 있는 크기였지만 늘 만석인 대기실에서 벤치가 비는 날은 드물다. 환자들은 꼭 옹기종기 다섯 명씩 붙어 앉는다.

오늘도 수납 창구에 앉은 리키 앞으로, 다섯 명을 꽉 채운 벤치 끄트머리에서 상반신을 앞으로 쑥 내밀고 앉아있는 나이 지 굿한 남자가 리키의 손 주변을 들여다보고 있었다.

진료가 끝난 환자는 간호사가 준 서류를 끼운 클리어파일을 들고 수납 창구로 온다. 그 파일을 뒤쪽의 회계 부서로 보내는 게 창구에 있는 리키의 일이다. 보낸다고 해봤자 몸을 틀어 뒤에 앉아있는 회계 담당자에게 건네는 것이다.

회계 담당자가 진료 내용과 보험 종류에 따라 계산을 마치면, 파일은 다시 리키 쪽으로 돌아온다. 그러면 리키는 이름을 부르고 돈을 받는다. 단순한 시스템이다. 약국은 원외에 있다.

"다카하시 씨, 다카하시 쇼조 씨."

이름을 부르자, 아까부터 뚫어지게 보고 있던 벤치 끄트머리의 남자가 고개를 들어 가래 끓는 목소리로 대답했다. 70대 초반일까. 머리에 하얀 털이 난 새를 연상시키는 외모에 수척하고 지친 표정이지만 복장은 의외로 젊은 느낌이다. 짙은 색 청바지에 상표 없는 스니커즈, 위에는 흰색 티셔츠에 카키색 셔츠를 걸치고 있다. 셔츠는 세탁소에서 막 찾아온 것처럼 반듯하게 각이 잡혀있었다.

"다카하시 씨세요?"

"어."

다카하시는 건성으로 대답하고는 리키의 손에 들려있는 파일을 새삼스레 들여다봤다. 리키의 사무 능력에 불신을 품고 마치 정말 본인 것이 맞는지를 확인하려는 듯했다.

"1,640엔입니다."

다카하시는 말없이 끄덕이고, 까만 나일론 배낭에서 손때가 탄 지갑을 꺼내 1,000엔짜리 두 장과 140엔을 냈다. 500엔짜리 동전을 모으는 사람 중에는 할머니가 많던데, 라고 생각하면서 리키는 거스름돈 500엔과 영수증을 건넸다. 다카하시는 잔돈을 지갑에 넣고 돌아설 듯하더니, 갑자기 리키를 똑바로 보며 말을 꺼냈다.

"저기 근데 자네, 세이루카에 가본 적 있나?"

리키가 대답하기도 전에 그는 말을 이었다.

"세이루카국제병원 말이야. 그래, 히노하라 선생네. 거긴 수납이 전부 자동화돼 있더라고. 기계가 다 알아서 해. 그러니까 대기가 획획 줄어들지. 컴퓨터 시스템이 완성돼 있다니까. 그래서 이렇게 수납하는 데만 20분이고 30분이고 기다리게 하지 않는다고. 내 앞 사람은 글쎄, 45분이나 기다렸어. 아무리 그래도 그렇지, 45분은 아니지 않아?"

"죄송합니다."

리키가 차분한 목소리로 사과하자, 등 뒤의 사무직 직원이 단숨에 긴장하는 게 느껴졌다.

"아니, 아니, 자네한테 뭐라 하는 게 아니고. 이 병원이 좀 레트로잖아. 이건 이거대로 좋긴 해. 하기야 세이루카의 시스템을 도입해 봤자 노인들이 뭘 할 줄이나 알겠나. 뭐, 나야 대처 가능하다만. 내 할 말은, 여기까지."

결국 자랑인가. 민원인가 싶어 귀를 기울이고 있던 사무직 직원이 맥이 빠진 듯 한숨 돌리는 게 느껴졌다.

하지만 리키는 정직원이 아니니까 그런 건 아무래도 좋았다. 열심히 해봤자 급여 인상도 없고, 정규직으로 전환될 일도 없으니까. 어찌 됐든 주어진 일을 무난하게 해내면 문제는 발생하지 않는다. 이런 걸 노예근성이라고 하던가. 노예근성은 사람을 부정적으로 만들 수는 있을지언정, 결코 행복하게 하지는 않았다.

"뭐, 자네한테 말한다고 별수 있겠냐만."

다카하시는 자조하는 듯한 웃음을 띠었다.

"네, 그렇죠."

리키는 시원하게 인정했다. 그 말이 맞다. 그녀에게 말해봤자 별 도리가 없다.

"제가 결정하는 일이 아니니까요."

"그렇겠지. 자네 왠지 맨날 지루해 보이거든."

리키는 흠칫해서 얼굴을 들었다. 기분 나쁜 지적인데 맞는 말이라는 게 짜증이 났다. 뭐라도 한마디하려고 침을 삼킨 순간, 등 뒤로 계산이 끝난 파일 모서리가 닿는 게 느껴졌다. 돌아보니 데루가 무표정을 가장해 파일을 내밀고 있었다.

"이거, 잘 부탁해요."

리키는 파일을 받아 들고, 파일에 적혀있는 이름을 불렀다.

"미야기 씨, 미야기 이쿠에 씨."

다카하시는 대꾸하기를 포기하고 돌아갔다. 리키가 돌아보자, 데루가 자그마한 입 안에 미처 다 담지 못한 크고 튼튼해 보이는 치아를 드러내며 웃었다. 그러고서 힐끗 벽시계를 쳐다보는 시늉을 했다. 점심시간에 천천히 이야기하자는 뜻이리라.

"그 할아버지, 리키한테 관심 있는 거 아냐?"

"설마."

생각만 해도 끔찍해 리키는 진저리를 쳤다.

"모르지. 아니, 맨날 지루해 보인다고 말하는 건 매일 관찰하고 있었다는 거 아냐? 본 적 없어?"

"다카하시 쇼조란 이름은 평범하잖아. 기억 안 나. 할아버지는 다 똑같단 말이야."

"맞아. 다 똑같지."

데루가 플라스틱 도시락통의 뚜껑을 어설픈 손놀림으로 열었다. 오늘은 직접 만든 도시락인 듯했는데, 케첩 같은 게 한가득 들어있었다.

"그게 뭐야?"

"삶은 달걀이랑 채소."

작은 삶은 달걀 두 개와 냉동 제품인 듯한 껍질콩 몇 줄기가 케첩 바다에 파묻혀 있었다.

"케첩 많지 않아?"

"케첩 좋아하거든. 내 유일한 사치야."

"그건 아는데, 그래도 많아 보여서."

"내용물이 부실하니까 어쩔 수 없어. 가난뱅이 신세잖아."

데루는 병원 일 말고도 주말이면 업소 아르바이트도 하고 있는데, 왜 돈이 없는 걸까.

"돈이 왜 없는데?"

데루는 처음 보는 라벨의 컵라면에 포트의 뜨거운 물을 부으면서 난처한 표정을 지었다.

"또 돌아왔거든. 그래서 빌려줬어."

"아, 그랬구나. 그래서……."

데루에게는 악연이라고 부를만한 남자친구가 있다. 중학생 때부터 사귄 사이로 데루가 도쿄로 오면서 한 번 헤어졌는데, 남자가 도쿄까지 쫓아와 데루네 집에 기어들어 왔다. 그러다 유흥업소 아르바이트에 화를 내고 나갔나 싶으면 또 돌아와서 사과하고 원상태로 돌아가는 패턴을 몇 번이고 반복했다.

남자는 '소무타'라고 불렀다. 본명은 '솜차이 무슨 타라'라는 좀 더 긴 이름인데, 줄여서 일본인 이름처럼 만들었다고 데루가 이야기했었다. 소무타는 일본인 아버지와 태국인 어머니 사이에서 태어난 혼혈이다. 두 사람은 아이치의 전기제품 제조공장에서 일했다고 한다. 하지만 소무타가 갓난아기일 때, 그의 아버지는 일을 그만두고 떠났다.

그 뒤로 어머니는 우울증에 걸려 집에 틀어박힌 모양이었다. 그래서 소무타가 돌보고 있다고 들었는데, 소무타는 또 고등학교 중퇴라 일거리라곤 비정기적인 공사 관련 일밖에 받지 못해서 맨날 돈이 없다며 데루에게 의존하고 있었다.

데루가 유흥업소 아르바이트를 그만두고 싶어도 그만두지 못하는 이유에 본인의 학자금 대출뿐 아니라, 데루에게 들러붙어 있는 소무타와 그의 어머니가 있다는 건 리키도 최근에야 알았다. 그러잖아도 한동안 소무타 소식이 들리지 않길래 슬슬 돌아올 때가 되지 않았나 불안해하고 있던 차였다.

“이게 몇 번째야?”

주변에 들리지 않게 리키가 속삭이자, 데루가 씁쓸한 표정을 지었다.

“다섯 번째쯤. 리키한테 한소리 들을 줄 알았어, 또냐고.”

“나 아무 소리도 안 했다.”

리키는 어젯밤 남긴 음식을 담아온 도시락 뚜껑을 열었다. 돼지고기양배추볶음과 밥이다. 밥 위에서 눅눅해진 김과 달걀 후리카케를 본 데루가 순간 부러운 듯한 표정을 지었다.

“소무타네 어머니 상태가 별로 좋지 않나 봐. 그래서 혼자 둘 수 없다면서 하룻밤만 묵고 바로 돌아갔어.”

소무타네 집은 정말 찢어지게 가난해서 태국인인 어머니는 돌봐주는 사람도 없이, 폐가처럼 낡은 다세대주택의 단칸방에서 이불만 깔고 지낸다고 했다.

“그래서 돈 빌려줬어? 고생이네.”

“어쩔 수 없잖아. 이 일본 땅에서 누가 소무타를 도와주겠니. 소무타가 울먹이면서 ‘빌려줘도 바로 갚진 못해. 미안해.’ 하길래 ‘그냥 줄 테니까 써.’ 그래버렸지.”

데루는 사람이 좋아서 늘 손해를 보는 쪽이다. 부모가 생활비까지 보태 한껏 빌린 학자금을 바지런히 일하며 갚는 것도 데루고, 남자친구 집이 가난하다며 차마 모른 척하지 못하는 것도 데루다.

데루네 집도 유복하지는 않아서 애초에 대학에 진학할 생각은 없었던 모양이다. 하지만 대학도 안 나오면 쪽팔릴 것 같아서 학자금을 신청했다고 한다. 그게 모든 잘못의 시작이었다며 데루는 후회했다. 대학을 나와봤자 지방의 이름도 없는 대학이면 아무짝에도 소용없다고, 그녀는 몇 번이나 말했다.

"얼마나 빌려줬어?"

리키는 젓가락을 놓고 물었다.

"있는 대로 빌려줬으니까, 5만 엔 좀 넘게? 아니, 일부러 나한테 돈 빌리려고 히치하이킹해서 도쿄까지 왔대. 게다가 하루에 한 끼만 먹는다는데, 딱하잖아."

"그야 안됐기는 한데, 데루도 월급날까지 2주나 남았잖아. 괜찮아?"

"주말에는 가게에 나가니까, 어떻게든 되겠지."

말은 그렇게 하지만 유흥업계에도 데루 같은 애들이 잔뜩 몰려들고 있다고 했다. 경쟁이 치열한 모양이다. 왠지 보기만 해도 불행한 기운이 느껴지고 덧니가 심하게 난 데루에게 돈까지 척척 내는 착한 손님이 붙을 것 같진 않다.

"안 되면 결국 AV로 나갈지도 모르지."

"그러지 마. 평생 후회할 거야. 나, 일단 조금은 빌려줄 수 있어. 그래봤자 만 엔이 한계지만."

리키의 생활에도 여유는 없었다. 저축하고 싶어도 손에 남는 월급이 거의 없으니 하루살이 신세에 가까웠다. 하지만 빚과 소무타를 떠안은 데루보다야 나았다. 게다가 세상에 여유 있는 인간이 흔치 않다는 건 수납할 때 환자들의 모습을 보면 알 수 있다. 만 엔짜리 지폐를 내는 환자도 극히 드물다. 리키는 돈이 없는 환자를 볼 때마다 늘 안도했고, 이내 쓸쓸함이 몰려왔다.

"됐어. 리키 사정도 뻔한데."

데루가 케첩이 묻은 삶은 달걀을 베어 먹으면서 중얼거렸다. 데구루루 굴러갈 것 같은 달걀을 젓가락으로 야무지게 잡아, 노른자 부분에 조심스럽게 케첩을 발랐다. 그렇게 달걀과 껍질콩을 먹어버리더니, 소중하다는 듯 플라스틱 통의 뚜껑을 덮었다. 남은 케첩을 재활용하는 것이리라.

"맞다, 맞다. 리키한테 이거 말하려고 했는데. 어젯밤에 전화가 왔었어, 플란테에서."

"플란테에서? 왜?"

난자 제공자 지원서에 의욕 없는 사람처럼 써서 심사에서 떨어진 것 아니었나. 그 후 데루는 애초에 지원할 마음이 없었다고도 덧붙였었다.

"정말 안 하겠냐고."

"심사에서 떨어졌다고 하지 않았어?"

"아니, 지원서를 대충 적어서 보냈더니 다시 제대로 적어달라는 거야. 이걸로는 심사도 할 수 없다고. 그래서 그냥 손을 놔버렸지. 갑자기 질리더라고. 이런 것까지 해야 하나 싶고, 괜히 비참해져서. 그랬는데 어제 아오누마 씨라는 사람한테서 갑자기 전화가 와서 깜짝 놀랐잖아. 지원서 항목은 채웠냐고 묻더라. 그래서 안 했고, 이제 별로 관심이 없다고 했더니 그렇게 구체적으로 쓰지 않아도 된다면서 꼭 한번 들러달라고, 얘기만이라도 들어달라고 하더라고. 그러고서 괜찮으면 난자 제공 일을 고려해 보라고 했어. 난자 채취는 간단하기도 하고, 해외에도 갈 수 있대. 그런데 젊을 때 어려운 사람 도와주고 싶은 마음 없냐고 그러더라. 다른 사람을 도와주라는데, 내가 도움을 받아야 할 판 아니냐? 뭔 소리 하나 싶더라니까."

데루는 소중한 물건 다루듯 라면을 한 가닥씩 호로록 빨아들이며 웃었다. 대리모 이야기를 꺼냈을 때는 노골적으로 혐오감을 드러내더니, 난자 제공자라면 괜찮다는 건가. 리키는 선뜻 이해가 가지 않았다.

"그래서, 관심이 다시 생겼어?"

"응, 관심이라기보다는 지금은 정말 한 푼이 아쉬우니까."

데루는 덤덤하게 말했다.

"이제 뭘 하든 마찬가지려나 싶기도 하고. 모르는 남자 고추 만지고 핥고 삽입하게 하는 거랑 난자 채취하는 거랑 둘 중에 어느 게 낫냐 하는 얘기야, 나한테는. 출산한 적이 없으니 대리모는 할 수 없지만 할 수만 있다면 '그래, 까짓거 해본다. 아이도 낳아줄 수 있는 거지 뭐' 그런 기분이야. 팔 수 있는 거면 뭐든 팔아볼까 싶네."

"데루, 너무 쉽게 놔버리는 거 아냐?"

"맞아, 자포자기지. 진짜로."

데루는 딱 잘라 말했다. 하지만 리키에게는 데루를 타이르거나 위로할 기운이 없었다. 그 마음이 낯설지 않았기 때문이다.

이대로라면 평생 가난에 매달린 채 살아가게 될 것이다. 젊을 때는 희미한 희망이라도 붙잡을 수 있지만, 나이가 들면 남는 건 더 적나라한 비참함뿐일 테니까.

병들고 가난한 노인의 모습은 기타무키종합병원에서 지겹도록 보고 있다. 그리고 고독한 노인의 모습 또한 홋카이도의 요양원에서 물리도록 봤다.

요양원에는 면회 오는 사람이 없는 노인이 대다수였다. 설사 찾아오더라도 금방 돌아가 버리는 자식들. 모두 가족에게 버림받고 죽음을 기다리고 있는 사람들 같았다.

너무 외로우니까 자칭 먼 친척이라면서 뻔질나게 찾아오는 남자에게 재산을 홀라당 다 넘겨버린 할머니도 있었다. 알고 보니 그 남자는 친척이고 뭐고 아무것도 아니었다. 당황해서 달려온 아들들이 도대체 제정신이냐, 노망이 났다, 하면서 매도해도 그 할머니는 내심 웃고 있는 것처럼 보였다.

리키는 틀림없이 그 사람들과 똑같은 운명을 살아갈 것이라는 예감이 들었다. 돈도 없고, 가족도 없다. 설사 누군가와 결혼한들 그쪽도 보나 마나 가난뱅이 동지일 테니, 여유는 없을 것이다. 그런 상대와의 사이에서 자식까지 태어난다면 볼 장 다 본 것이다. 소무타의 태국인 어머니와 똑같은 길을 걷게 된다. 내일은 리키의 차례일 것이다.

"우리 사방이 꽉 막혔네. 앞이 깜깜하다."

"응, 진짜 돈 좀 있었으면. 근데 리키, 대리모는 안 해?"

아오누마는 슬슬 대리모를 할 생각이 있는지에 대한 대답을 원했다. 승낙한다면 이야기를 진행할 것이고, 안 되면 안 되는 대로 난자를 제공해 주면 좋겠다는 말이었다.

"결정하기가 어려워. 나, 임신은 한 번 해봤지만 아이를 낳은 적은 없거든. 초산이 그거라고 생각하니까 좀 망설여져."

"그럼 어떤 부부인지 만나보는 건 어때? 의외로 느낌 괜찮을지도 모르잖아."

"글쎄."

"뭐, 상대가 누군지 뭐가 중요하겠니. 일단 돈이지, 돈."

그때 데루는 이렇게 말했었다.

'내가 낳을 자식만큼은 사랑하는 사람이랑 만들고 싶어. 실제로 낳아보면 엄청 귀여울 수도 있지 않을까? 내 안에 모성이 있을 것 같거든. 그런 걸 생각하면 대리모 같은 건 아무래도 힘들지.'

데루는 이번에 소무타에게 돈을 빌려준 일로 마음가짐이 바뀐 것 같았다.

"데루, 많이 변했네."

데루는 컵라면 국물을 다 비우고, 안에다 젓가락을 꽂은 뒤 작게 탄식했다.

"나, 실은 소무타랑 헤어질까 고민 중이야."

놀라지는 않았다. 주인공이 바뀌지 않는 이 이별 이야기를 몇 번이나 들었는지. 또야, 하고 리키가 기가 찬 표정을 짓자 데루가 괴로운 표정을 지었다.

"이번에는 진짜야. 소무타는 불쌍하지만, 소무타 모자한테

줄기차게 돈 빌려주는 나도 불쌍하잖아. 그렇지 않아? 아니, 지금까지 한 푼도 안 갚았어. 뭔가 전부터 그런 생각 들긴 했는데, 나 그 모자한테 완전 호구 잡힌 거 아냐? 이제 진짜 그 생각이 들더라니까.”

데루의 목소리가 커져서 조용한 휴게실에 ‘호구’라는 단어가 울렸다. 데루가 깜짝 놀라 주위를 둘러봤다. 사무직 정직원인 중년 여성이 열심히 핸드폰을 들여다보고 있는 것 외에는 소곤거리며 편의점 도시락을 먹고 있는 임상병리사 남자 둘뿐이다. 설사 들렸다 해도 리키와 데루에게는 아무도 관심이 없을 것이다.

리키는 소리를 죽이고 물었다.

“근데, 소무타 좋아하는 거 아냐?”

“으음.”

데루가 생각에 잠긴 듯한 소리를 냈다.

“미묘해. 싫진 않아. 오래 알고 지내기도 했고. 끊어내기 힘든 인연인 건 맞는데, 그쪽도 이제는 자립할 때가 되지 않았나 싶어. 그래서 나, 난자 제공자가 돼서 그 사람들한테서 뿅 하고 사라질까 생각 중이야. 이거 하면 2, 3주나 해외에 갈 수 있잖아? 그럼 딱 좋은 기회 아니겠어? 일 같은 건 때려치우고, 다세대주택에서도 방 빼고 해외로 가는 거지. 뒷일은 그 뒤에 고민하면 되는 거야.”

데루는 시원시원하게 말했다.

“학자금 대출은?”

“착실히 갚아나가야지. 근데 말이야, 나도 휴가를 떠나고 싶

어졌어. 그게 어떤 형태든 지금의 나로서는 해외는 꿈도 못 꾸
고, 쉬지도 못하잖아. 그렇게 생각하니까 이제 아무렴 어떤가
싶더라고. 젊을 때만 난자를 팔 수 있다면 팔아보지 뭐, 그런
느낌."

300만 엔 받고 1년 동안 여유롭게 지낼 수 있다면, 대리모를
해도 괜찮은 거 아닌가. 데루의 이야기를 듣고 있으니 리키도
그런 생각이 들었다. 임신 중에는 아무 일도 하지 않아도 된다
면, 그사이에 출산 후의 길을 천천히 고민하면 되는 것이다. 지
금처럼 하루하루 사는 데 급급하면 다른 길은 아예 생각조차 할
수 없으니, 새출발을 하기 위해서라도 시간과 돈이 필요했다.

일요일 오후, 리키와 데루는 약속을 잡고 같이 플란테를 방
문했다.

데루가 먼저 아오누마의 방으로 불려 들어갔다. 시간이 오래
걸린 것은 이것저것 서류 작성이 필요했기 때문일 것이다.

이윽고 데루가 조금 상기된 듯한 얼굴로 방에서 나왔다. 첫
날 리키도 받았던 작은 에비앙 물병과 교통비가 들어있을 흰
봉투를 손에 쥐고 있었다.

"어떻게 됐어?"

데루는 몇 번이나 고개를 끄덕였다.

"응, 하기로 했어. 아니, 목적지가 태국이냐고 물었더니 하와
이라잖아. 처음에 태국이라고 들었을 때는 소무타네 어머니 고
향이라 괜히 좀 찜찜했는데, 하와이면 오케이지. 한번 가보고

싶기도 했고.”

“같이 가자.”

그것도 괜찮을지 모른다. 난자 채취는 두렵지만 데루와 함께 2, 3주나 하와이에 체류할 수 있다면 어떤 힘든 일을 겪어도 수지 타산은 맞을 것 같았다.

“오이시 씨, 들어오세요.”

이번에는 리키의 차례였다. 다양한 색감의 핑크로 도배된 방으로 들어간다. 아오누마는 아기자기한 꽃무늬 원피스를 입고 생글생글 웃고 있었다.

“어서 오세요, 오이시 씨. 오늘 친구분과 함께 와주셔서 정말 감사합니다. 친구분은 난자 제공에 승낙해 주셨답니다. 젊고 긍정적인 분이라 참 다행이에요. 이건 친구분과 함께 와주셔서 드리는 사례금과 오늘분 교통비예요.”

흰 봉투를 건네받았다. 소개비 같은 게 나올 줄은 몰랐기에 기뻤다. 나중에 데루와 맛있는 걸 먹어야겠다고 생각했다.

“그건 그렇고, 그때 제안한 서로게이트 마더 건은 생각 좀 해 보셨나요?”

“네. 이야기만이라도 한번 들어볼까 해서요.”

“감사합니다. 의뢰한 부부는 이분들이에요.”

아오누마는 책상 아래에서 클리어파일을 꺼내 부부의 얼굴 사진을 골라 보여줬다.

“여기, 구사오케 씨 부부입니다.”

“구사오케?”

특이한 이름이라고 생각했다. 데루라면 발음을 듣고 "냄새나는 통? 뭐가 들었었어?"라며 놀릴 것 같았다.

남편 쪽 사진은 깔끔하게 다듬은 짧은 머리에 살짝 옆을 향하고 있는 모습이었다. 그 오만한 느낌에 기시감이 들었는데, 정확하게는 기억나지 않는다.

그리고 아내 쪽 사진으로 시선을 옮긴 리키는 깜짝 놀라 침을 삼켰다. 확실히 자신과 조금 닮은 듯한 느낌이었다. 나이만 놓고 보면 리키보다 많아 보이는데도 훨씬 아름다워 보였다. 강단이 느껴져서일까. 무엇이 다르고, 무엇이 닮았는지 알고 싶다는 생각에 리키는 사진에서 눈을 뗄 수 없었다.

2장

시간과의 싸움

1

리키가 사는 다세대주택의 자전거 보관소에는 자전거를 딱 다섯 대만 댈 수 있다. 그 다섯 대는 이미 정해져 있었다. 밤낮없이 아이를 울리는 싱글맘의 장바구니가 달린 자전거, 아르바이트로 동분서주하는 대학생의 로드 자전거, 피로가 얼굴에 고스란히 남은 중년 회사원의 검은색 자전거, 주인을 알 수 없는 무인양품 자전거 그리고 리키의 출퇴근용 중고 자전거다.

이 다섯 대가 자전거 보관소를 차지한 지도 오래라 배치 순서도 거의 정해져 있었다. 주인을 알 수 없는 무인양품이 늘 오른쪽 끝에 바짝 붙어있어, 리키는 자연스레 왼쪽 끝에 바짝 붙여놓고 있다. 나머지 세 대도 각자 자기 자리가 있었다.

그런데 언제부터인지 지저분한 은색 자전거가 억지로 비집고 들어오기 시작했다. 다들 아무리 가지런히 줄을 세워놔도,

밤늦게 들어오는 은색 자전거 주인이 마구잡이로 끼워놓다 보니 은색 자전거가 먼저 나가지 않으면 자기 자전거를 꺼낼 수 없게 되었다.

가끔 페달이나 핸들이 서로 엉겨붙어 쉽게 빠지지 않는 때도 있었다. 게다가 은색 자전거는 낡고 부피가 커서 무겁기도 무거웠다. 그래서 자전거 꺼내기가 분주한 아침에 해야 할 하나의 성가신 작업으로 자리 잡았다.

은색 자전거 주인은 밤늦게 들어와 점심 전에 나간다. 2층 동쪽 끝 방의 주인일 거라 짐작되지만, 불만을 털어놓으려 해도 마주친 적이 없고 어떤 사람인지도 알 수 없었다.

그래서인지 은색 자전거는 종종 도로에 내동댕이쳐져 있었다. 다섯 사람의 짜증이 고스란히 묻은 듯 핸들이 홱 꺾여있기도 했고, 안장이 빠질 것처럼 덜렁거리던 적도 있었다. 세울 공간이 없어서 그러는 거지만 한편으로는 미안한 마음도 들었다. 그래도 억지로 욱여넣은 모습이 사람들의 심기를 더 건드리는지 늘 험하게 다뤄졌다.

오늘 아침도 은색 자전거가 리키의 자전거를 깔아뭉개듯 엎혀있었다. 아침 일찍 나가는 로드 자전거 학생이 걸리적거린다고 마구 치워두고 자기 자전거를 빼낸 결과인 듯했다. 실제로 학생의 자전거는 이미 사라진 뒤였다.

리키는 한숨을 깊게 쉬고 천가방을 사선으로 멘 뒤, 도시락이 든 종이봉투를 바닥에 내려놓았다. 그리고 은색 자전거를 빼내기 시작했다. 하지만 오늘 아침은 페달이 복잡하게 얽혀있어 쉽게 빠지지 않았다. 게다가 은색 자전거에는 자물쇠까지 채워져 있어 페달을 마음대로 움직일 수도 없었다. 결국 자전거를 들어 올린 채 몇 분이나 끙끙대다 겨우 엉킨 것을 풀어냈다.

"나쁜 새끼."

리키는 훅 올라온 짜증을 참지 못하고 은색 자전거를 발로 차 넘어뜨렸다.

"어이, 잠깐 기다려!"

그때, 위쪽에서 남자의 격앙된 목소리가 들렸다. 놀라 올려다 본 리키의 눈에 외부 계단을 뛰어 내려오는 남자의 모습이 보였 다. 퉁퉁한 체형에 반백인 남자였다. 쉰을 넘겼을까. 회색 추리 닝에 목이 늘어난 흰 티셔츠 차림은 막 잠에서 깬 듯 보였다.

"내 자전거에다 뭐 하는 거야?"

"아, 죄송합니다."

리키는 하필 이런 순간에 딱 걸린 것도, 냉큼 사과부터 한 스 스로에게도 짜증이 났다. 더 큰 오해를 불러일으키기 전에 그 녀는 덧붙였다.

"엉망진창으로 대어놓으셔서 제 걸 뺄 수가 없었어요."

"어디가 엉망진창이야. 넣을 데가 없으니까 어쩔 수 없이 그 런 건데. 근데 너희들이 내동댕이치니까 망가지기 일보 직전이 잖아. 요 앞전에는 비에 쫄딱 젖었단 말이야."

"그건 모르는 일이에요."

"근데 너 지금 발로 찼잖아. 내가 다 봤다, 이 말이야."

남자도 치미는 화를 참지 못하고, 일찍 일어나서 지켜보고 있었던 모양이었다. 그렇다는 말은 리키가 자전거와 씨름하는 모습을 시치미 떼고 위에서 바라보고 있었다는 말이 된다.

"누가 제 자전거 위에 당신 걸 얹어놔서 제 걸 뺄 수가 없었다고요. 그게 짜증 나서 그런 거예요."

남자는 듣고 있는 건지 아니면 오기로라도 제 손으로는 일으키지 않겠다는 건지, 쓰러진 자전거 앞에서 팔짱을 낀 채 끈질기게 눈을 감고 있었다.

"뭐야, 그게. 책임 전가하지 말고 얌전히 사과해."

"아까 죄송하다고 했잖아요. 발로 찬 건 확실히 잘못했지만 위에 올려져 있어서 저도 짜증이 났다니까요."

리키의 태도가 반항적으로 보였는지 남자는 화가 풀리기는커녕 얼굴이 점점 달아올랐다.

"죄송합니다. 저 이제 가봐야 해서요."

남자를 비켜 밀고 자전거에 올라타려는 순간, 남자가 팔뚝을 붙잡았다. 예상치 못한 힘에 팔이 욱신거렸다.

"하지 마세요! 성희롱이잖아요."

손을 뿌리치며 소리를 높였지만 남자는 눈 하나 깜빡하지 않았다.

"뭐가 성희롱이야? 내 자전거 세워놓고 가!"

어쩔 수 없이 리키는 남자의 자전거를 일으켜 지지대를 세웠다. 그때 발소리가 나더니 외부 계단을 따라 중년 회사원이 내려왔다. 검은색 자전거를 타는, 늘 피곤한 얼굴의 남자였다. 오늘 아침도 눈 밑에 붉은 다크서클이 선명했다. 리키는 도움을 청하듯 그를 바라봤지만 회사원은 슬쩍 시선을 피했다.

"거기 당신, 이것 좀 봐."

은색 자전거 남자가 말을 걸었지만 회사원은 아무 대답도 하지 않은 채 자전거를 꺼내더니 휙 떠나버렸다.

"뭐야."

남자는 쓴웃음을 머금었다.

"저 사람이 이렇게 했을 수도 있잖아요. 저 사람한테는 왜 아무 말 안 하세요?"

남자는 발끈한 듯 받아쳤다.

"왜 해야 하는데? 지금 발로 걷어찬 건 너잖아."

"남자랑은 싸우기 싫은 거겠지."

리키는 거의 들리지 않을 만큼 작게 중얼거렸다. 남자들은 같은 남자 앞에서는 서로 감싸거나 적당히 넘어간다. 은색 자전거 남자는 리키가 어린 여자라 얕잡아보고 분풀이를 하는 게 분명했다.

"너 지금 뭐라고 중얼거리는 거야. 자기가 한 짓은 싹 빼놓고."

불같이 화를 내는 남자의 눈자위 안쪽에 회색 눈곱이 끼어있는 게 보였다. 리키는 시선을 돌렸다. 세수도 하지 않은 채 아래를 내려다보고 있었던 거다. 덫에 걸린 것이나 다름없었다.

대꾸하는 것도 한심하게 느껴진 리키는 자전거에 올라탔다. 그러자 남자는 리키의 천가방을 붙들었다.

"기다려."

"뭐 하는 거예요?"

"진흙 털어내고 나서 가."

"하지 마세요."

"기다리라고 했잖아."

리키는 대답하는 대신 남자의 손을 뿌리치고, 도망치듯 힘껏 자전거 페달을 밟았다. 남자는 쫓아오지는 않았지만 고함을 질렀다.

"네 손으로 씻게 만들 거다! 알겠냐? 기억해 두라고!"

그 목소리가 소름 끼쳐 리키는 오늘 밤 집으로 돌아가기가 무서웠다. 협박당하고 있다고 경찰에 신고해 볼까. 하지만 그렇게 했다가 오히려 저 남자가 앙심을 품는다면 역효과가 날 수도 있다. 어떻게 해야 할까.

그건 둘째치고, 리키는 남자의 분노가 자신에게만 향해있는 게 억울했다. 남자의 자전거를 그녀의 자전거 위에 얹어놓은 건 보나 마나 그 아르바이트하는 학생일 것이다. 회사원인 중년 남성도 몇 번이나 은색 자전거를 확 내팽개친 적이 있을 것이다.

불현듯 귀찮은 일에 휘말렸다는 찝찝함과 불안이 리키의 마음을 무겁게 가라앉혔다. 게다가 이 소동 때문에 지각할 위기였다. 리키는 죽기 살기로 페달을 밟았으나, 속도 모르는 신호등은 빨간색으로 바뀌었고 앞쪽은 사람이 가로막고 있어 나아갈 수도 없었다.

결국 리키는 업무 시작 직전이 되어서야 병원에 도착했다. 서둘러 출퇴근 카드를 찍었지만 2분 지각이다. 단 2분이라도 지각임에는 변함없다. 당연히 근태 평가에 영향을 미칠 것이다. 하지만 그보다도 앞으로 그 2층 남자와 계속 부딪칠 것만 같다는 생각에 더 우울해서 견딜 수 없었다.

오늘따라 데루의 모습이 보이지 않았다. 황급히 핸드폰을 보니 [피곤해서 오늘은 쉬려고.]라는 메시지가 와있었다. 그 남자와 실랑이를 벌이느라 이런 연락이 온 줄도 몰랐다.

[알았어. 푹 쉬어.]

적당한 이모티콘을 보낸 리키는 데루에게 오늘 일을 넋두리하지 못해 아쉬워하면서 로커룸에서 유니폼으로 갈아입고 사무실로 향했다.

간신히 지루한 오전 업무를 끝내고 점심시간이 되었다. 휴게실로 가려던 리키는 아침에 도시락이 든 종이봉투를 자전거 보관소 앞에 두고 온 사실을 깨달았다. 은색 자전거를 뺀다고 종이봉투를 바닥에 두었었으니까.

안에 든 건 고작 주먹밥 두 덩이에 삶은 달걀과 숙주나물오이무침이었다. 그래도 오늘 아침은 큰맘 먹고 주먹밥에 연어를 넣었기 때문에 충격이 컸다. 플라스틱 통에 넣어놨지만, 지금쯤이면 길고양이 밥이 됐을 게 뻔했다.

할 수 없이 리키는 병원 옆에 있는 편의점에서 주먹밥과 컵라면을 샀다. 예정에 없던 지출에 속이 쓰렸지만, 그보다도 오늘 밤 집에 무사히 들어갈 수 있을지가 걱정이었다.

컵라면을 후루룩 먹으면서 [지금은 몸 좀 어때?] 하고 데루에게 메시지를 보냈다. 데루가 [사실 아르바이트 중이야. 지금 손님이랑 같이 있어.] 하고 답장을 보내왔다. 돈이 없다고 했었으니 그럴 수도 있겠다 짐작은 했지만, 2층 남자나 대리모 일 같은 걸 의논하고 싶었던 리키는 데루가 결근한 것이 못내 아쉬웠다.

해 질 녘, 미요시마트에 들른 리키는 반찬 코너에서 반값이 된 돈가스와 마카로니샐러드를 사고 긴장을 늦추지 않은 상태로 집으로 돌아왔다. 소리가 나지 않도록 자전거를 끌면서 보관소로 다가가는데, 은색 자전거는 보이지 않았다. 아직 돌아오지 않은 듯해 한시름 덜고 자전거 보관소의 정위치에 세운 뒤, 1층 서쪽에서 두 번째에 있는 그녀의 집으로 향했다.

문 앞에 종이봉투가 놓여있는 게 리키의 눈에 들어왔다. 아침에 깜빡하고 놓고 간 도시락 봉투였다. 2층 남자가 주워다가 여기에 놓아둔 걸까. 아니, 그의 살벌한 분위기로 봐선 그런 일을 할 것 같진 않다. 리키가 종이봉투를 드니 이상하리만큼 가벼웠다. 리키는 께름칙함을 느끼며 일단 종이봉투를 손에 들고 집으로 들어갔다.

조명을 켜고 플라스틱 도시락통을 열어보니, 아니나 다를까 텅 비어있었다. 그것도 지저분하게 먹은 상태 그대로에 쪽지 한 장이 들어있었다.

[다음엔 네 명란젓을 넣어줘.]

꺅, 하고 비명이 터졌다. 쓰레기통에 플라스틱 통을 그대로 내동댕이치고 발로 마구 짓밟았다. 참을 수 없는 불쾌함에 속이 메스껍고 끔찍해서 견딜 수 없었다. 누군가 자신을 향해 던진 진흙을 온몸으로 맞고 목구멍에도 들어간 것처럼 몸과 마음이 더럽혀지고, 그 더러움을 영원히 씻어낼 수 없을 것 같은 기분이 들었다.

짜증 나, 짜증 나, 짜증 나. 입 밖으로 내뱉자 멈출 수가 없었다. *짜증 나, 짜증 나, 짜증 나, 짜증 난다고! 으악, 싫어. 끔찍해.* 그러는 사이 눈물까지 흘러내렸다. 유일한 도피처인 집에서도 쉴 수 없다면 앞으로 어떻게 살아야 하는 걸까. 리키에게는 이사할 돈도 없었다.

그때 복도에서 발소리가 들린 것 같아 리키는 숨을 멈췄다. 2층 남자가 귀가를 지켜보고 있었을지도 모른다고 생각하자 공포가 엄습했다. 리키는 황급히 집 안의 조명을 끄고 숨을 죽였다.

어둠 속에서 핸드폰이 울렸다. 어둠 속에서 빛나고 있는 화면에 뜬 발신인은 홋카이도에 있는 엄마였다. 통화하는 것 자체가 수개월만인 데다, 두려움에 떨고 있던 차였기에 긴장이 풀려 응석 섞인 목소리가 나왔다.

"여보세요, 엄마."

— 리키니?

"응, 무슨 일이야?"

용건이 있으면 메시지로 해결하는 엄마와의 오래간만에 하는 통화였다. 목소리가 어두워 불길한 예감이 스쳤다.

— 그게 말이야, 요시코가 좀 전에 세상을 떠났어.

"뭐? 요시코 이모가?"

— 요즘 들어 몸이 좀 안 좋았거든. 바로 2주 전만 해도 기운

을 차렸었는데. 장어 먹고 싶다, 그런 말도 할 정도였으니까. 그래서 슈퍼에서 팩에 든 거 하나 사서 전자레인지에 돌려 가지고 갔었어. 팩도 비싸다, 얘.

엄마는 기운 없는 와중에도 재잘거렸다. 내버려두면 끝도 없이 이야기할 것이다. 그 생각에 리키는 속이 부대꼈다.

요시코 이모는 엄마의 동생으로 독신이었다. 아직 마흔여덟인가, 그 어디쯤이었다. 농협에서 근무한 뒤 국도변의 휴게소에서 파트타임으로 일했다. 5년 전에 유방암 수술을 하고 예후가 매우 좋다고 들어 안심하고 있었는데, 2년 전 위에서도 암이 발견됐다. 그쪽은 유방암이 전이한 게 아니라 원발암인 데다 모양까지 나빴던 모양이다.

— 눈 감기 직전까지 너 보고 싶다고 그랬어.

"나도 보고 싶었는데⋯⋯."

리키는 어릴 때부터 요시코 이모의 사랑을 받으며 자라서 엄마보다도 이모를 잘 따랐다. 그래서 얼굴도 못 보고 떠나보냈다는 게 가슴에 사무쳤다.

— 시간과의 싸움이라고 그러더라. 네가 시집가서 아이 낳을 때까지 지켜보고 싶은데, 시간이 될지 모르겠다고 초조해했어.

요시코 이모는 리키에게 언니 같은 존재였다. 그런데 마흔 무렵부터 조금 이상해지기 시작했다. 결혼하지 못한 것을 마음에 담아두다 동급생이나 지인의 근황에 과하게 신경을 곤두세우게 된 것이다. 요시코 이모는 출퇴근용으로 자주 쓰던 경차에 리키를 태우고는 온 동네를 돌아다녔다.

'저 집 큰애는 삿포로로 나가더니 상사랑 불륜을 저질렀대. 그래서 아직 결혼 못 하고 있다네? 저쪽 집 애는 맞선을 수도 없이 봤지만 잘 안 풀려서 아직 못 했고. 그 건넛집에는 1년 선배가 사는데, 삿포로에 있는 전문대에 간 것까진 좋았는데 거기서 취직해서는 오질 않아. 그게 다 결혼을 못 해서 그렇대.'

'미혼녀 찾아 삼만리'다. 그 당시의 리키는 아직 스물한 살이었지만, 언젠가 자신을 두고 누가 그런 식으로 말한다면 불쾌할 것 같았다. 동급생의 비혼 소식에 안심했다는 듯이 이야기하는 이모가 안타깝기도 했다. 그래서 돈을 모아 도쿄로 나가야겠다고 결심한 것이다.

— 여보세요. 리키, 듣고 있니?

엄마가 쥐 죽은 듯 조용해진 리키를 염려했다.

"응, 듣고 있어. 엄마, 근데 나 장례식 못 가. 돈이 없어."

— 어쩔 수 없지. 요시코도 이해할 거야.

홋카이도 북동부 시골에 사는 부모님 역시 딸의 귀성 비용을 대신 내줄 정도로 사정이 넉넉하진 않았다.

"하, 아무튼 너무 충격적이다."

— 그래도 요시코의 마지막 길은 편안했어. 마음 편히 가져.

말이 끊긴 리키를 엄마가 위로했다.

"그래, 알았어."

— 그럼 또 보자.

엄마는 정신없이 전화를 끊었다. 수화기 너머로 리키의 아빠가 누군가와 통화하는 소리가 들렸다. 요시코 이모의 가까운 친척은 엄마뿐이라 리키의 부모님이 장례식 준비로 바쁜 것일 테다.

고향에 가지 못하는 처지가 슬프다고 느낀 적은 단 한 번도 없었는데, 오늘은 일이 많아서인지 리키는 마음이 약해진 것 같았다. 그저 고향에 가고 싶었다.

리키가 구사오케 모토이와 유코 부부를 만난 건 그로부터 사흘이 지난 일요일이었다. 데루와 둘이서 플란테를 방문한 지 2주가 지났다.

일단 한 번이라도 그 부부를 만나달라고, 대답은 그 이후에 해도 된다는 아오누마의 간청에 리키는 별로 내키지는 않지만 나가게 되었다.

약속 장소는 시부야의 고층 호텔 안에 있는 이탈리안 레스토랑이었다. 리키는 고층 호텔 근처에도 가본 적이 없어 당황했다. 뭘 입고 가야 할지 몰라 회사에 다닌 경험이 있는 데루에게 물어 옷을 골랐을 정도였다.

점심시간대면 평소대로 입어도 괜찮을 거라는 데루의 조언에 검정 바지에 티셔츠, 카디건인 평소 차림대로 갔지만 가난하니까 난자 제공이나 대리모 일을 하려는 건가 하고 무시당할까 봐 찜찜하긴 했다.

더군다나 난자만 제공하면 익명으로 진행할 수 있는데, 대리모는 면접이 있다는 게 그야말로 아이를 출산하는 암컷으로서의 능력을 검증받는 것 같아 불편했다. 이런 일까지 해서 돈을 벌고 싶은 건가 하고 자기혐오에 빠져, 중간에 몇 번이나 되돌아갈까 생각했을 정도였다. 2층 자전거 남자의 일까지 겹쳐 더 우울했던 것도 사실이다. 그날 아침 이후 2층 남자가 성가시게 구는 일은 없었지만, 내내 겁에 질린 상태로 지내고 있었다.

리키가 레스토랑에 도착한 것은 약속 시간이 몇 분 지나서였다. 입구에서 아오누마가 조마조마한 표정으로 서있는 모습이 보였다. 아오누마는 이국의 여인을 연상시키는 선명한 푸른색 원피스를 입고 있었다.

"어머, 다행이다. 안 오시나 하고 걱정했어요."

아오누마가 환한 얼굴로 달려온다.

"구사오케 씨는 벌써 와계신답니다."

"아, 그렇군요. 지하철을 놓쳐서……."

리키의 입에서 우물우물 변명이 흘러나왔다. 그러나 아오누마에게는 그 말이 들리지도 않는 모양이었다. 그녀는 리키가 도망치는 걸 두려워하기라도 하듯 팔을 부여잡았다.

검은색 양복 차림의 웨이터가 오가는 식당 내부는 인테리어가 화려했다. 유리창이 넓게 펼쳐진 창가석에는 부유해 보이는 손님들로 가득 차있고, 그들은 아래를 내려다보며 이야기꽃을 피우면서 식사하고 있었다. 리키는 주눅이 들어 발걸음을 떼지 못했다.

리키는 아오누마에게 등 떠밀리듯 꿈지럭거리며 안쪽으로 걸어갔다. 프라이빗룸의 문이 열려있어서 보니, 반듯한 자세가 눈에 띄는 남자가 상냥한 미소를 지으며 서있었다. 검은색 정

장에 셔츠 차림의 남자는 소개받을 것도 없이 구사오케 모토이
라는 걸 알 수 있었다.

아내인 유코는 테이블에 앉아있다가 리키의 모습을 보고 급
히 일어섰다. 이쪽은 회색 블라우스에 검은색 스커트, 목에는
진주 목걸이. 부부 모두 고급스러워 보이는 우아한 복장을 하
고 있었다.

"어서 오세요. 오늘 이렇게 와주셔서 감사합니다."

모토이가 감개무량하다는 듯한 몸짓으로 인사했다. 무용수
라고 듣지 않았다면 그 몸짓이 거슬렸을지도 모르지만 세련된
느낌이 나쁘지는 않았다.

"자, 자, 앉으시죠."

아오누마가 의자를 빼주어 리키는 하얀 테이블보가 깔린 테
이블에 앉았다. 아오누마가 옆에 앉고 건너편에 구사오케 부부
도 앉았다. 모토이가 재차 자기소개를 했다.

"처음 뵙겠습니다. 저는 구사오케 모토이고, 이쪽은 제 아내
인 유코입니다."

"아, 네."

리키는 고개를 앞으로 내밀듯 인사했다.

"안녕하세요. 오늘 휴일인데 죄송해요."

유코가 미소 지으며 말했다. 그녀는 대리모를 내키지 않아
한다는 걸 리키는 단번에 알아챘다. 자신과 마찬가지로 앞으로
일어날 일들이 예상되지 않아서인지 망설이고 있는 것이다.

모토이가 메뉴판을 펼쳐 리키 앞에 놓았다.

"오이시 씨, 음료는 뭐가 좋으세요?"

매사에 세심한 남자인 듯했다. 아내의 의견은 제쳐두고 무엇이든 척척 결정해 버릴 것 같은 인상이다. 아이에 관한 일도 모토이가 앞장서 정하고 있을 거라고, 리키는 생각했다.

"물이면 됩니다."

모토이가 바람직하다는 듯 끄덕였다. 리키는 자신이 심사받는다는 것에 잔뜩 긴장하고 있었지만, 눈앞에 앉아있는 구사오케 부부가 처음부터 자신을 마음에 들어 한다는 게 느껴져 서서히 안정을 되찾았다. 오히려 그들이 리키의 마음에 들기 위해 애쓰고 있었다. 그리고 모토이는 리키가 자신의 아이를 낳아주기를 원하고 있었다.

그렇다면 유코는 어떨까. 모토이와 같은 마음일까. 리키는 아내인 유코를 바라보았다. 유코는 다소곳이 말을 아끼고 있었다. 남편인 모토이에게 전부 맡긴 듯 보였지만, 이따금 리키를 향하는 눈빛에는 묘한 그리움이 스쳤다.

아, 요시코 이모다. 리키는 문득 떠올렸다. 아오누마는 리키와 유코가 닮았다며 놀라워했지만, 실은 계란형 얼굴의 윤곽이 세상을 떠난 요시코 이모를 더 닮아있었다.

아마도 구사오케 부부는 자신의 얼굴이 유코와 얼핏 닮았다는 사실에 안심한 것일 테다. 그것은 조금이라도 더 진짜 부모 자식에 가까워지기 위한 조건인 셈이었다. 그러나 그건 리키와 아무런 상관도 없는 일이었다.

"오이시 씨, 갑자기 이런 제안을 드려 정말 죄송합니다. 아오누마 씨에게 들으셨겠지만, 저희는 다년간 난임 치료를 받아왔습니다. 하지만 무슨 수를 써도 아이가 생기지 않더군요. 작년에는 유코의 임신이 거의 불가능하다는 말까지 들었습니다. 저희가 받은 충격은 경험해 보지 않은 사람은 이해할 수 없을 겁니다.”

리키는 마른침을 삼켰다. 테이블 위에 놓인 찻잔의 수면이 미세하게 떨리고 있었다.

“그럼에도 희망의 끈을 놓지 못하고 아오누마 씨에게 조언을 구했고, 서로게이트 마더를 통하는 방법이 있다는 말에 거기에 희망을 걸기로 한 거예요. 현재 대리모가 가능한 나라는 매우 적습니다. 미국의 일부 주와 우크라이나, 러시아 등이죠. 하지만 저희는 가능하다면 일본인에게 의뢰하고 싶습니다. 법률상 불가능하다는 건 알고 있습니다만 외국인 대리모에게 의뢰하게 되면 기계적으로 진행되는 느낌이라, 아무래도 위화감이 느껴져서요. 여성의 몸은 아이를 낳는 기계가 아니잖아요.”

모토이의 입에서 나온 ‘기계’라는 단어가 리키의 가슴에 박혔다. 기계가 아니기에 더 정교하게 다뤄져야 한다는 뜻인지, 아니면 감정적 유대를 강요하겠다는 뜻인지 알 수 없었다.

“저희는 가능하면 저희가 친근감을 느끼는 분이 아이를 낳아주시면 좋겠다고 생각하고 있어요. 그리고 아이를 낳을 분도 저희의 심정을 헤아려 주셨으면 합니다. 제 아이는 가능한 한 자연 임신, 자연 분만에 가까웠으면 하는 바람이 있거든요. 아이를 출산하는 여성 입장에서 이 생각이 이기적이라고 비난하신다면, 그 비난은 달게 받겠습니다. 하지만……."

리키는 조심스러운 듯하지만 망설임 없이 말을 이어가는 모토이를 보며, 등 뒤로 식은땀이 흐르는 것을 느꼈다. 잠깐씩 일어나는 정적은 분위기를 더욱 무겁게 만들었다.

"아이를 원하는 저희 부부의 간절한 염원을 들어주실 순 없으실까요? 오이시 씨, 단도직입적으로 부탁드리겠습니다. 인공 수정으로 저희 아이를 낳아주세요. 낳아주신 바로 그날, 그 아이를 저희의 정식 양자로 삼겠습니다. 또한 임신 기간 중, 그리고 출산 후 체력이 회복될 때까지 저희가 성심껏 돌봐드리겠습니다. 당신의 소중한 몸을 빌려 사용하는 것인 만큼 할 수 있는 건 뭐든 다 해드릴 테니 걱정하지 마시고요. 부디, 부디, 이 제안을 숙고해 주세요. 잘 부탁드립니다."

모토이가 장황하게 말하고는 머리를 숙였다. 몇 초 늦게 유코도 머리를 숙였다. 성인 남녀가 자신에게 머리를 숙인 적은 처음이라 리키는 난감해져 유리잔의 물을 벌컥 들이켰다. 카페 안의 소음이 마치 먼 나라의 일처럼 아득하게 느껴졌다.

리키가 망설이는 게 느껴졌는지 아오누마가 끼어들었다.

"제가 아는, 캘리포니아의 에이전트는 대리모의 난자를 사용하지 않는 것을 철칙으로 삼더라고요. 대리모가 아이에게 모성애를 느껴 훗날 분쟁이 생기는 걸 막기 위해서죠. 철저히 아이의 복지를 최우선으로 생각하는 겁니다."

아오누마가 말을 이었다.

"그쪽 방식은 제공된 난자와 남편분의 정자로 만든 수정란을 대리모의 자궁에 이식하는 식입니다. 하지만 아시다시피 착상 실패 사례가 많아요. 모체의 신체적 부담과 안전을 고려한다면 역시 인공수정이 가장 확실하고 효율적인 방법이죠. 오이시 씨, 어떻게 생각하시나요?"

"어떠냐고 물으셔도 아이를 낳아본 적이 없으니까……."

리키는 말을 잇지 못했다. 뭐라고 말해야 할지 알 수 없었다.

"그러네요. 갑자기 이런 제안을 들으면 혼란스럽기만 하시겠죠. 죄송합니다."

아오누마가 사과하듯 리키의 어깨에 손을 얹었다.

"죄송합니다. 오이시 씨의 감정은 헤아리지도 못하고, 저희 사정만 늘어놨군요."

모토이가 풀 죽은 모습으로 고개를 숙였다. 리키는 조심스럽게 물었다.

"저, 인공수정이란 건 어떻게 하는 건가요?"

아오누마가 일순 유코의 얼굴을 살폈다. 설명하기를 꺼리는 눈치였다. 하지만 유코는 계속하라는 듯 끄덕였다.

"방법은 여러 가지가 있습니다만, 확실한 건 카테터 관으로 정자를 자궁에 넣는 방식입니다."

리키는 모토이의 얼굴을 보았다. 이 남자의 정자를 몸 안에 넣어 이 남자의 아기를 낳는 것인가. 순간 유코와 눈이 마주쳤다. 유코는 아무 말도 하지 않았지만, 리키가 무슨 생각을 하고 있는지 알고 있는 것만 같았다.

"오이시 씨는 아직 젊으셔서 확 와닿지 않을지도 모릅니다.

하지만 저희에게 아이가 생기냐 마느냐는 시간과의 싸움이에
요. 적어도 쉰이 되기 전에 아이가 생기기를 바라고 있습니다.
그렇게 돼야 아이가 성인이 될 때까지 지켜볼 수 있으니까요.”

시간과의 싸움. 요시코 이모가 했던 말과 똑같다. 다들 궁지
에 몰려있었다.

“부탁드립니다. 저희는 시간이 없습니다. 정말로 이건 시간
과의 싸움이에요.”

리키는 생각했다. 이사 가고 싶다. 이 생활에서 벗어날 돈이
있으면 좋겠다. 사실 그녀도 알고 있었다. 본인 또한 막다른 길
에 다다랐다는 걸. 리키는 크게 한숨을 내쉬고 고민하는 시늉
을 했다. 사실 마음은 이미 정해져 있었다.

2

‘*빨리, 빨리, 빨리. 서두르지 않으면 늦어.*’

요시코 이모는 늘 조급해했다.

‘*리키, 여자는 말이야, 어영부영하다가는 시기를 놓치는 법
이야.*’

대체 무슨 시기를 놓치게 된다는 걸까. 왜 조바심을 내야 하
는 걸까. 이모는 정확한 이유를 설명해 주지 않았지만, 그 무언
의 압박은 바람처럼 늘 리키의 등을 떠밀었다. 그런 경향은 리
키가 중학교에 올라갈 즈음에 한층 뚜렷해졌으니, 이모는 서른

이 넘어가면서 갑자기 초조함을 느끼기 시작한 게 분명했다.

이모는 "이런 시골에서 빨리 벗어나고 싶다."는 말도 자주 했다. 지금 생각해 보면, 결혼을 발판 삼아 도시로 나가 행복하게 살고 싶었던 것 같다. 실제로 리키는 그 말에 등을 떠밀리듯 고향을 떠났지만 이모는 변변한 혼담도, 함께 시간을 보낼 친구도 없이 겨울이면 반년 가까이 눈에 갇히는 인구 5,000명도 되지 않는 작은 마을에서 나이를 먹고 병들어 죽어 갔다. 눈 씻고 찾아봐도 특별할 것 없는 인생이었다.

리키는 한동안 '시기를 놓친다'는 말이 어느 순간 외모가 시드는 걸 뜻한다고 막연히 넘겨짚었다. 하지만 이제 보니 이모가 말한 것은 여자의 생식능력의 한계였던 것 같다. 생식능력이 곧 결혼 가능성의 증표였던 셈이다. 이모에게 결혼이란 따분한 마을로부터의 탈출이자 경제적, 정신적 빈곤에서 벗어나는 유일한 수단이었다. 그리고 그 시기를 놓친 자신 대신 조카인 리키만은 무사히 결혼해 아이를 낳고 행복해지기를 바라며 죽어갔던 것이다.

지금 리키는 스물아홉 살이다. 난자 제공은 서른 살 미만까지 가능하다고 하니 내년이면 시기를 놓친다. 확실히 여자의 인생에는 '놓치면 안 될 시기'가 따라다닌다.

리키는 대각선 방향에 앉은 유코의 온화한 얼굴을 넌지시 바라보았다. 요시코 이모의 시골티를 쫙 빼고 지적인 눈빛을 장착한 그 사람은 젤라토를 한 숟가락 뜬 뒤, 리키의 시선을 느꼈는지 고개를 들었다.

이 사람도 시기를 놓쳤다는 평가를 받은 사람이구나. 리키는 생각했다. 그런데도 남편인 모토이는 아이를 성인까지 키우는 데 걸리는 시간을 걱정하고 있다. 여자의 한계와 남자의 한계. 왠지 서글퍼진 리키는 아오누마와 발레 이야기에 열중하고 있는 모토이를 보았다. 마치 남근과 같은 길고 굵다란 목 위에 작은 얼굴이 놓여있다. 외꺼풀은 살짝 무거워 보이지만 눈꼬리가 올라가 있어 호감이 가는 얼굴이다. 저 남자와 섹스하고 저 남자의 아이를 낳아보고 싶어 하는 여자도 적지는 않을 것 같았다.

그러나 모토이 쪽에서는 그렇게 흘러가면 곤란하다. 어디까지나 모토이와 유코의 아이로 키울 생각이기에 아이의 엄마와 특별한 관계가 되어서는 안 된다. 따라서 돈이 목적이고 내세울 것이라곤 건강뿐인 젊은 여자에게서 아이를 얻어, 이후에 골칫거리가 생기는 일은 피하고 싶을 것이다.

가령 리키가 인공수정이 아니라 모토이와 직접 성관계를 맺어 임신하고 싶다고 제안한다면 구사오케 부부는 어떻게 나올까. 모토이는 성공 확률만 높아진다면 가능하다며 응할지도 모른다. 목적을 위해서라면 무엇이든 감수할 것 같은, 아슬아슬한 면이 그에게는 있었다. 그렇다면 유코는 어떨까.

거기까지 생각한 순간, 리키는 퍼뜩 정신이 들었다. 잘 알지도 못하는 남자의 성기를 오로지 생식을 위해 자신의 몸에 받아들일 수 있을까. 갑자기 이 상황 자체가 지나치게 노골적으로 느껴져 얼굴이 화끈거렸다. 아주 진지하게 생식에 대해 이야기하고 있지만 결국 출발점은 남자와 여자의 성교다. 리키는 속으로 크게 동요한 채 벌떡 일어섰다.

"죄송해요. 화장실 좀 다녀오겠습니다."

리키의 돌발적인 행동에 아오누마가 당황한 듯 어정쩡하게 따라 일어났다.

"입구 쪽에 있어요. 같이 가드릴까요?"

리키는 안내를 거절하고 혼자서 룸을 나섰다. 자리에 카디건을 놓고 왔으니 도망쳤다고 생각하지는 않을 것이다.

용변을 보고 손을 씻으며 리키는 거울 속 자신의 얼굴을 바라봤다. 아까까지만 해도 마음을 굳혔다고 여겼는데, 다시 흔들리기 시작했다.

정말 이대로 괜찮을까. 오로지 돈 때문에 사랑하지도 않는 남자의 아이를 낳아도 되는 걸까. 나중에 정말 사랑하는 사람이 나타나면 뭐라고 설명해야 할까. 입을 다물고 있으면 경산부라는 사실을 모른 채 지나갈 수 있을까. 홋카이도에 있는 부모가 알게 되면 뭐라고 할까. 그리고 출산한 뒤, 그 아이를 원하게 되지는 않을까. 사흘 전에 세상을 떠난 요시코 이모의 기막혀하는 얼굴이 머릿속에 떠올랐다. 이모는 분명 "아직 시간 충분한데."라며 나무랐을 것이다.

그럼에도 이렇게 망설일 때마다, 결국 자신이 돈 앞에서 모든 것을 포기하게 되리라는 생각이 들었다. 100만 엔이 넘는 목돈이 눈앞에 어른거려 미칠 것 같았다. 파견 일을 계속해도 평생 모으지 못할 돈이다.

그 돈만 있다면 은색 자전거 남자 같은 인간은 없는, 훨씬 나은 다세대주택으로 이사할 수 있다. 파견직에서 벗어나 다른 일자리를 찾기 위한 직업훈련을 받을 수도 있을 것이다. 전문 기술을 배우는 학교에 가도 좋고, 정말 휴가라고 생각하고 한번도 가보지 못한 해외여행을 떠나도 된다. 혹은 무언가 취미를 시작해도 좋다. 도쿄에 온 뒤로 쉬지 않고 일만 하며, 아무런 전망도 보이지 않는 생활에 리키는 이미 염증이 나있었다.

머릿속이 뒤죽박죽되어 어수선했다. 리키가 우두커니 자기 얼굴을 바라보며 생각에 잠겨있는 그때, 문이 열리고 유코가 들어왔다.

"오이시 씨."

유코가 거울 너머로 미소를 건넨다.

"아까는 미안해요. 남편이 그런 이야기를 장황하게 늘어놔서 오히려 고민만 늘려놓은 건 아닌지 걱정됐어요. 저 사람, 자기 생각을 좀 거침없이 말하는 편이거든요. 이해해 주세요."

"아뇨, 괜찮습니다."

핸드드라이어에 손을 말린 리키가 나가려고 하자, 유코가 "잠깐만요." 하고 손으로 막았다.

"저, 솔직히 말하면요. 전 이번 일이 썩 내키지 않았어요. 아무래도 대리모가 될 분의 부담이 너무 크잖아요. 같은 여자로서 어딘가 석연치가 않달까. 굳이 그렇게까지 해서 아이를 가져야 하나, 계속 고민됐거든요. 그런데 오늘 오이시 씨를 뵙고 나니까 오이시 씨가 낳아주신다면 제가 키워보고 싶다는 생각이 들었어요. 진심이에요.”

“어째서죠?”

“잘 모르겠어요. 그냥 왠지 친근해요. 여동생 같은 느낌이랄까. 물론 당신 입장에서 보면 아주 이기적인 이유겠죠. 저희 부부가 이기적이라는 건 변명의 여지가 없어요. 정말로요. 그저 이해해 주시길 바랄 뿐이에요.”

“어차피 저한테도 비즈니스라서요.”

“그래요?”

유코가 안쓰럽다는 듯한 표정을 지었다.

“정말 그래요?”

“맞아요. 저는 돈이 필요하거든요. 그러니까, 비즈니스죠.”

리키는 거울 너머로 마주치고 있던 눈길을 피하면서 말했다.

“비즈니스는, 좀 더 대등한 느낌 아닌가.”

유코가 자신 없는 듯 말했다.

“그런가요……?”

리키는 요시코 이모의 얼굴을 떠올렸다. 요시코 이모, 내가 자궁을 내주고 저쪽이 돈을 주는 건 대등하지 않은 걸까. 1,000만 엔쯤 받으면 대등해지는 걸까.

유코가 머리칼에 손을 얹으며 거울 너머로 말을 걸었다.

“쓸데없는 참견일지도 모르지만, 사귀는 사람이라든가 좋아하는 분은 없어요? 한창 누구 만나고 그럴 나이잖아요. 얼굴도 예쁘고요.”

리키는 말없이 고개를 가로저었다. 그녀는 예쁜 얼굴과는 거리가 멀다고 생각했다. 하나도 안 예쁜 거 아니까, 입에 발린 말은 그만해. 마음속에서는 또 하나의 그녀가 격하게 고개를 저으며 소리치고 있었다.

리키는 미인이 아니다. 키가 166센티미터인 건 타고났다고 생각하지만, 그만큼 체격이 좋고 근육질이라 체중은 늘 나가는 편이다. 튀어나온 이마에 무게감 있는 둥근 턱까지, 전체적으로 촌스러운 인상을 준다. 초등학생 때 남자아이들이 여자 프로레슬러다, 표주박녀다 하며 놀리던 기억은 아직도 트라우마로 남아있다. 요시코 이모는 미인이었지만, 리키의 이목구비는 이곳저곳을 조금씩 다듬어야 겨우 매력이 드러나는 얼굴이었다.

"없어요? 남자가 싫다든가 그런 건 아니죠?"

"딱히요."

냉랭하게 대답하자 유코가 반성한 듯 변명했다.

"미안해요. 제가 캐묻고 있었네요. 그럴 생각은 아니었어요. 다만…… 당신처럼 젊고 예쁜 사람이 왜 대리모를 하려는 걸까, 너무 이상해서요. 나중에 후회하지는 않을까, 그런 걱정이 들어서."

그건 진심일 것이다.

"후회한다 해도 나중에는 엮일 일 없을 테니까 괜찮습니다."

리키는 스스로 생각해도 허세를 부린다는 생각이 들었다.

"그럴까요?"

유코는 고개를 갸웃했다.

"전 아이가 없으니까 잘 모르겠지만, 아이를 가지면 그때부터 마음가짐이 달라질 수도 있겠다는 생각도 들거든요. 뭔가 다른 통로가 열린달까, 생각이 바뀔 수도 있을 것 같아서요. 당신도 아이가 보고 싶을 수도 있지 않을까요?"

"절대 그럴 일은 없을 거예요."

"그래요. 그럼 됐죠. 미안해요."

좀처럼 곁을 주지 않는 리키에게 속내를 묻는 걸 포기한 듯, 유코는 몸을 돌려 돌아가려고 했다. 그러자 다시 출입문이 열리며 아오누마가 들어왔다. 선 채로 이야기를 나누던 두 사람을 본 아오누마의 눈이 동그래졌다.

"미니 화장실 회담이네요."

"네. 구사오케가 혼자만 길게 얘기하니까, 오이시 씨가 불쾌하진 않으셨을까 걱정이 돼서."

유코가 쓴웃음을 짓는다.

"구사오케 씨가 두 분이 돌아오지 않으니 마음 졸이고 계셨어요."

아오누마가 눈치껏 데리러 온 모양이었다. 유코는 쓴웃음을 지으며 안쪽 칸으로 들어갔다.

"저도 이만 가보겠습니다."

리키는 아오누마를 두고 화장실에서 나왔다.

"오래 걸리셨네요. 제 아내와 이야기 나누셨나요?"

리키가 문을 열고 들어가자, 커피잔을 도로 받침에 내려놓은 모토이가 말을 걸었다.

"네, 잠깐."

"오이시 씨가 망설이고 계신 것 같아 걱정했습니다. 만약 조금이라도 껄끄러운 마음이 드신다면 거절하셔도 됩니다. 저는 아쉽지만."

모토이가 낙담한 듯한 표정으로 말했다.

"그런 거 아니에요. 그냥 잠깐 고민한 거예요."

"물론 그렇겠죠. 아직 어리시기도 하고, 앞으로 어떤 인생이 펼쳐질지도 모르니까요. 그런 와중에 이런 부탁을 드려 죄송하게 생각하고 있습니다. 만약 제안을 받아주신다면 원하시는 금액을 사례할 생각입니다."

"그게, 어느 정도인가요?"

"원하시는 수준은?"

되묻는 모토이의 얼굴이 진지했다.

"1,000만 엔이요."

말도 안 되는 액수라고 생각하면서도 리키는 한편으로 모토이와 스스로를 시험하고 싶었다.

"좋습니다. 드리죠."

순간 정적이 흘렀지만, 모토이가 예상외로 밝은 목소리로 답했다.

"당신이 인공수정과 임신, 출산을 받아들여 주신다면. 그리고 출산한 뒤 아무런 이의를 제기하지 않고 아이를 순순히 저희에게 넘겨주신다면."

모토이의 정자로 아이를 낳아 모토이에게 주면 1,000만 엔을 받을 수 있다. 리키는 묵묵히 끄덕였다. 이건 일생일대의 초대형 비즈니스다. 그 순간, 모토이가 손뼉을 쳤다.

"감사합니다. 정말 감사합니다. 오이시 씨에게 진심으로 감사드립니다."

마치 박수 소리를 들은 것처럼 문이 열리고 유코와 아오누마가 모습을 드러냈다.

"오이시 씨가 제안을 받아들여 주셨어."

모토이가 전하는 소식에 아오누마도 손뼉을 치며 호들갑스럽게 기쁨을 표현했다.

"어머, 잘됐네요. 오이시 씨, 감사해요."

그녀의 뒤로 유코는 미소만 머금을 뿐이었다.

"그럼 오이시 씨, 조만간 사무실로 한번 오세요. 간단히 계약서를 작성하죠. 아니, 그냥 우리끼리 기억하자고 적는 거니까, 너무 신경 쓰진 마시고요. 출산 1회당 얼마, 하는 식으로 금액을 확정 짓고 지급 방법 등도 정해놔야 하니까요. 분할 지급이 편하시겠죠?"

"일시불이 낫지 않겠어요? 저희도 번거로운데."

구사오케가 답했다.

"구사오케 씨, 세무사와 상담해 보시는 게 좋을 거예요. 큰돈이 움직이면 사용처 등을 캐물으니까요. 게다가 갑자기 큰돈이 들어오면 이런 젊은 아가씨들은 동요하거든요. 또 마음이 바뀌는 경우도 있고."

아오누마는 속삭인다고 낮춘 목소리였지만, 다른 사람들에게도 그대로 들려 모토이는 겸연쩍게 웃었다.

"그런 일은 없겠죠."

그 건너편에서 유코 홀로 각오를 다지듯 입술을 굳게 다물고 있었다.

리키의 손에 '사례'라고 적힌 하얀 봉투가 들어왔다.

"오늘 감사했습니다. 이걸로 택시 타고 들어가세요. 이제 서로 의사도 확인했겠다, 오이시 씨의 몸은 아주 귀한 몸이 되었으니, 맛있는 거 드시고 감기에 걸리거나 다치지 않도록 부탁드립니다."

헤어지는 길에 모토이의 당부와 함께 건네받은 봉투는 풀칠이 싹 되어있었다. 집으로 돌아와 열어보니, 손이 베일 것같이 빳빳한 만 엔짜리 지폐가 다섯 장 들어있었다. 실수령으로 14만 엔을 받는 리키에게는 월급의 삼분의 일에 해당하는 큰돈이다. 순간 가슴이 두근거렸다. 이걸로 구제매장 말고 다른 데서 새 옷을 살까, 아니면 데루를 불러내 고기라도 사먹을까.

하지만 1,000만 엔의 대가로 그녀는 자궁을 내주고 아이를 밴다. 임신은 40주. 앞뒤 기간까지 포함하면 거의 1년은 임신과 출산에 몸을 바치게 된다. 게다가 출산한 아이는 구사오케 부부의 양자가 되고, 자신은 그냥 경산부가 된다.

그렇게 생각하자, 리키는 뭐라 형용하기 힘든 허무함이 밀려드는 걸 막을 수 없었다. 공허해지자 몸의 중심이 뻥 뚫린 느낌이 들면서 그 구멍을 무언가로 메우고 싶은 이상한 갈망이 차올랐다.

지금까지 같이 잔 남자는 세 명이다. 첫 번째는 고등학교 3학년 때로, 상대는 리키의 왼편에 앉아있던 동급생이었다. 친구 그 이상도 이하도 아닌 편하게 대화하는 사이였는데, 여름방학 때 편의점에서 우연히 마주치고부터는 다르게 느껴졌다. 그 애도 같은 마음이었는지 그 후 오락실에서 다시 마주친 일로 서로에 대한 호기심은 더욱 짙어졌고, 걸어서 변두리에 있는 모텔로 향했다.

하지만 말이 첫 경험이지 완벽하지는 않았다. 동급생은 가까스로 삽입하려던 시점에 사정해 버렸고, 그 바람에 리키의 허벅지는 정액으로 더럽혀졌다. 그게 퍽 창피했는지 의기소침해져서 어깨를 늘어뜨리고는 리키는 챙기지도 않았다.

그 이후 교실에서도 데면데면해졌고, 졸업 후에는 삿포로에 기술을 배우러 전문학교로 가버렸기 때문에 만난 적은 없다. 나중에 그 동급생이 리키와의 성교를 친구들에게 퍼뜨리고 다녔다는 말을 듣고 그녀는 기가 막혔을 뿐이다.

두 번째는 요양원에서 근무했을 때 만난 상사로, 서른 살의 유부남이었다. 말하자면 불륜이었다. 아내가 임신 중이라 그랬는지, 리키를 완전히 아내 대용 취급했다.

리키는 그 남자와의 섹스를 통해 오르가슴을 알았는데, 남자는 리키가 성교에 정신없이 빠져든 직후에 아내가 출산을 마치자마자 일상생활로 돌아가더니 알은체도 하지 않았다. 이 남자와 수시로 들락거린 모텔이 첫 경험 때와 같은 곳이었는데, 이

때는 남자의 경차로 드나들었었다.

세 번째는 그때 그 의류 잡화점에서 같이 일했던 북간토 출신의 턱수염남이다. 거의 반동거 상태였기에 임신도 한 번 했고 소파술도 경험했다. 그러나 리키가 남자라는 존재에 정말 학을 뗀 것도 이 미숙한 턱수염남 때문이었다.

턱수염남과 다투고 헤어진 지 3년이 지났다. 그 이후 누구와도 섹스를 하지 않았다. 그런데 대리모가 되기로 결심하자마자 제어하기 힘든 성욕에 시달리는 이유는 대체 뭘까. 마치 몸속에서 '야, 쾌락은 어떻게 해결해 줄 거야' 하고 외치고 있는 것 같았다.

리키는 데루에게 물어보고자 전화했다.

— 그쪽은 어땠어?

데루는 바로 전화를 받았다. 구사오케 부부와 만난다고 이야기했기 때문에 자초지종을 듣고 싶은 모양이었다.

"응, 느낌은 나쁘지 않았어. 특히 아내분이 친절하더라."

— 오, 아내가 제일 싫어할 것 같았는데.

"나도 그렇게 생각했는데, 착한 사람 같았어."

— 남편은 그 구사오케 모토이지? 유명한 것 같던데. 아내는 발레리나 아냐?

"아닌 것 같아."

유코의 보드라워 보이는 몸을 떠올리며 리키는 대답했다. 유코의 매력을 타인에게 설명하기는 어려웠다.

— 그래서, 할 거야?

"하려고. 나, 이제 이런 생활은 진짜 지긋지긋해."

리키는 단호하게 말했다.

— 그럼 잘됐네. 나도 대리모 할 수 있으면 하고 싶다.

이전에 아이는 신성한 것이라며 분개하던 장본인이라고는 생각할 수 없는 대사였다. 소무타 모자에게 돈을 탈탈 털리고, 데루도 궁지에 몰린 것이리라. 그렇기에 더더욱 리키는 보수 1,000만 엔에 합의를 봤다는 사실을 데루에게 알릴 수 없었다.

별문제 없이 1,000만 엔을 받는다 해도 데루에게 돈을 빌려줄 수는 없다. 그것은 내 몸에 대한 대가니까. 반대의 경우여도 마찬가지다. 몸을 사용한 일의 대가는 오롯이 자신을 위해 써야 한다.

그걸 알고 있는지 데루도 정확한 금액을 물으려 하지 않았다. 얼마 지나지 않아 데루가 생각난 듯 말했다.

— 나는 난자 제공 하기로 했어.

"그럼 병원 그만두겠네?"

— 그렇지. 리키도 임신하면 그만둘 거지?

"당연하지. 그러려고 하는 건데."

— 진짜 그런 덴 때려치우고 푹 쉬면 좋겠다.

데루가 밝은 목소리로 말했다.

— 나도 하와이에서 느긋하게 여유나 부려야지.

"하와이라니, 가보고 싶다."

— 가자, 같이.

데루는 들뜬 목소리였다.

"실은 나, 대리모 하기로 마음먹자마자 무슨 영문인지 섹스가 엄청 당기는 거 있지. 뭔가 몸이 제어가 안 돼. 이런 거 처음이야."

아하하, 하고 데루가 웃는 소리가 들렸다. 그 삐뚤빼뚤한 덧니가 도드라지는 입을 벌린 채 크게 웃어 젖히는 모습이 눈에 선했다.

— 뭔지 알 것 같아.

"이럴 땐 어떻게 하면 좋지? 자위 같은 건 싫은데. 남자는 살 수 없나?"

— 살 수 있지.

데루는 무심하게 대답하고는 덧붙였다.

— 다들 사.

"다들이라니?"

— 유흥업 쪽 애들이긴 하지. 난 소무타가 불쌍해서 가본 적은 없지만 다들 자기가 돈 받고 팔린 거에 대한 분풀이로 사는 모양이야. 호스트클럽이랑 같은 원리지. 누가 날 샀으니 나도 사주겠다 같은. 눈에는 눈, 이에는 이 느낌이랄까.

소무타가 불쌍하다고 말은 하지만 데루에게는 그럴 돈이 없을 것이다. 동료의 이야기에 적당히 맞장구만 치는 데루의 모습이 상상이 돼 리키는 가슴이 아렸다.

"어떻게 사는 거야? 위험한 건 없어?"

— 괜찮을 거야. 가끔 넣어도 되냐고 묻기도 하는 모양인데, 법에 걸린다고 거절한대. 그건 여자들 있는 업소도 마찬가지잖

아. 2차는 기본적으로 금지니까. 근데 다들 마음에 들면 그냥 넣으라고 하나 봐. 뭐야. 리키는 그걸 넣고 싶어? 진짜 섹스가 하고 싶은 거구나?

"응, 넣고 싶어. 미친 듯이 기분 좋고 싶어. 아니, 자궁을 팔잖아. 그 전 단계가 있어야 하는 거 아냐? 그게 부족해."

─ 그러네. 전 단계 없이 다짜고짜 임신은 좀 이상하지.

데루가 이제 막 이해가 됐는지 빠르게 동의했다.

─ 그럼 평판 괜찮은 데 물어보고 사이트 보내줄 테니까 예약해 봐. 근데 돈은 있어?

"있어. 오늘 사례금 받았거든."

─ 얼마 받았는데?

사례금이라면 물어봐도 괜찮다고 생각한 것 같았다.

"응, 뭐 조금."

5만 엔이라고는 말할 수 없었다.

─ 리키가 무슨 마음인지 알 것 같다. 힘내.

잠시 후 데루에게서 사이트 주소가 도착했다. '마시멜로 클럽'이라는 날티나 보이는 이름이었다. 아래에는 [여기 세 번째에 있는 다이키라는 애가 느낌이 괜찮대. 근데 인기가 많아서 일요일은 스케줄이 빡빡할 거 같다네.]라는 데루의 추가 설명이 달려있었다.

리키는 곧장 사이트를 열어봤다. 추천받은 다이키의 프로필에는 스물여덟 살, 176센티미터, 65킬로그램, 혈액형 O형, 히가시데 마사히로를 닮은 부드러운 스타일이라고 적혀있었다. 댓글 칸을 보니 칭찬만 주르륵 달려있었다. 확실히 평판은 좋은 모양이다.

리키는 메신저로 예약 문의를 넣었다. 그러자 바로 예약 템플릿이 도착했다. 이용 희망일 1순위는 오늘 밤으로 하고 시간은 120분. '처음'이라고 적었다. 만나서 쓸 이름은 '푸치토마'로 했다. 약속 장소는 시부야의 하치코 동상 앞. 복장은 늘 입는 검은색 바지에 흰색 티셔츠, 카디건과 스니커즈다. 표식으로 '딘앤델루카의 검은색 가방'을 적었다. 참고로 딘앤델루카 토트백도 메루카리에서 400엔에 산 중고품이다.

금세 답이 왔다.

[푸치토마 씨, 예약해 주셔서 감사합니다. 다행히 취소하신 고객이 있어서 원하시는 시간에 가능합니다. 저녁 8시에 하치코 앞에서 만나면 될까요? 저는 청바지에 검은색 티셔츠, 빨간색 캡모자를 쓰고 있겠습니다. 표식은 왼쪽 손목에 찬 흰색 밴드의 애플워치입니다. 잘 부탁드립니다.]

적어도 답장은 빠릿빠릿하니 호감이 갔으나 욕망을 실현할 계획이 순조롭게 진행되는 데 반해 마음만은 따라가지 못하고 있었다. 가야 하나, 말아야 하나. 리키는 잠시 고민했다.

그때 집 앞을 어슬렁거리는 듯한 발소리가 들렸다. 은색 자전거남일까. 이윽고 조심스럽게 똑똑 문을 두드렸다. 리키는 양손으로 귀를 막았다. 집 밖에 있는 인간은 리키가 안에 있다는 사실을 알고 있다. 그럼에도 대꾸하고 싶지 않았다. 리키가 잠시 가만히 있자 발소리가 멀어져 갔다.

리키는 서둘러 나갈 채비를 시작했다. 우선 시내로 나가고, 다이키를 만날지 말지는 나중에 몰래 관찰한 뒤에 정하기로 했다. 리키는 봉투에서 만 엔짜리 세 장을 빼고 나머지 지폐가 든 봉투는 냉장고 문 수납 칸에 넣었다.

3

리키는 시부야로 향하는 지하철 안에서 다시 한번 다이키의 프로필을 확인했다. 댓글 칸에 '좋아요'만 찍혀있어 안심하고 신청하긴 했지만, 약속 장소에 가까워지자 갑자기 불안이 고개를 들었기 때문이다.

데루는 동료에게 들은 평판을 바탕으로 다이키를 추천해 줬다지만, 데루의 동료들이 남자의 어떤 면 때문에 추천했다는 건지 좀 더 자세히 물어보면 좋았을 걸 후회가 됐다. 외모나 스타일이 좋다는 건지, 믿을 수 있는 성격이란 건지, 아니면 성적 테크닉인지.

다이키 본인이 작성한 '자기소개'에는 [직업상 타인의 말을 잘 들어주며 맞춤형 대화가 가능합니다.]라고 적혀있었다. 아니, 다이키에게 다른 직업이 있다는 건가 하고 놀라서 자세히 읽어보니 [교사 출신으로, 지금은 무역 회사원]이라고 적혀있다.

무역 회사원이라니 의외였다. 게다가 교사 출신이라고 적혀있는데, 무슨 교사였던 건지는 정확히 드러나 있지 않아 수상쩍었다. 설사 교사나 무역 일을 하고 있다는 게 진짜라고 해도 아직 스물여덟이니 경력이 길진 않으리라.

이런 수상한 남자에게 알몸을 드러내고 만지게 내버려두다 끝내는 삽입당할지도 모른다. 이런 불안한 마음을 품은 채 진짜 쾌락을 얻을 수는 있는 걸까. 갑자기 소심해진 리키는 서둘러 돌아가는 게 낫지 않을까 하고 차내를 둘러봤다. 그러나 시부야가 코앞이었다.

학자금 대출 건도 그렇고 무슨 일이든 경솔하게 행동하는 데루에 비해 리키는 자신이 신중한 성격이라고 믿었다. 하지만 신중했어야 할 대리모 일을 쉽게 승낙하고, 이렇게 남자를 사기 위해 시내까지 나와있다.

조금 더 숙고했어야 한다고 반성하면서도, 지금의 리키는 1,000만 엔을 손에 넣는 것과 어떻게 하면 성적 쾌락을 손쉽게 얻을 수 있을까를 최우선으로 생각하고 있었다. 시기를 놓치겠다며 재촉하는 요시코 이모의 설교가 뜻밖의 형태로 표출되어 제동장치가 고장 난 열차를 끝내 출발시킨 것만 같았다.

시부야에 도착했다. 만남의 장소나 다름없는 하치코 동상 앞에서 기다리기는 꺼려져서 리키는 이노카시라선과 JR을 연결하는 통로에서 광장을 내려다보기로 했다. 다이키를 멀찍이서 살펴보고 마음에 들지 않으면 돌아가려고 했다.

하치코 앞 광장은 외국인 관광객과 약속 상대를 기다리는 듯한 남녀로 북적이고 있었다. 다이키는 어떤 남자일까. 나무 사이로 표식인 빨간 캡모자를 찾았지만 좀처럼 눈에 들어오지 않았다.

왠지 시선이 느껴져 승객들이 오가는 연결 통로 안쪽으로 시선을 돌렸다. 기둥 뒤에서 새빨간 캡모자를 쓴 남자가 이쪽을 봤다. 남자는 손목에 찬 흰색 밴드의 애플워치를 보여주려는 듯 캡모자의 챙에 왼손을 갖다대 보였다.

아차 싶은 순간, 남자가 다가와 다정하게 웃었다. 하얗고 가지런한 치아에서 풍기는 뜻밖의 깨끗한 인상에 리키는 그 자리에서 몸이 굳었다.

"푸치토마 씨죠?"

다이키가 리키의 딘앤델루카 가방을 가리켰다.

프로필에는 분명 176센티미터라고 적혀있었던 것 같은데, 실제로는 그보다 몇 센티미터는 작은 것 같았다. 게다가 체구가 호리호리해 리키가 더 덩치가 클 것 같기도 했다. 까만 피부에 큼직한 눈을 가진 진한 얼굴이었다. 왠지 촌스러운 분위기가 풍겼다.

"맞아요."

순간 멈칫했지만 리키는 솔직하게 대답했다. 멈칫한 이유는 2층에서 내려다보던 모습을 들킨 게 민망했기 때문이다. 하지만 다이키도 부끄러운 듯한 표정을 짓고 있었다. 그도 리키처럼 상대를 정찰하고 있었을 것이다.

"저는 테라피스트인 다이키입니다. 처음 뵙겠습니다."

자신을 '테라피스트'라고 소개하기에 리키는 놀랐다. 섹스의 쾌락을 제공해 주는 게 아니었던가.

"아, 저도 처음 뵙겠습니다."

리키가 고장 난 듯 인사하자 다이키는 웃어 보였다.

"푸치토마 씨, 생각보다 귀여우셔서 놀랐네."

다이키의 말투에는 어느 지방인지 모를 사투리 억양이 배어 있었다.

"네? 제가 귀엽다고요?"

다행히도 리키는 빈말도 지나치면 짜증을 부른다는 정도는 아는 사람이었다.

"응, 귀여워요. 그 옷도 마음에 들고. 그 카디건은 빈티지?"

다이키는 수줍은 듯 다른 쪽을 보며 말했다. 구제매장에서 산 카디건을 빈티지라고 칭찬받은 리키는 뭐든 말하기 나름이라는 생각에 기분이 나쁘지는 않았다.

"저기, 괜찮으면 이것저것 상담해 줄 수 있는데. 어때?"

다이키가 살짝 긴장한 눈빛으로 리키의 얼굴을 들여다봤다.

"물론, 좋아요."

"다행이다. 이럴 때마다 나 두근두근하거든. 제 스타일 아니니까 가보겠습니다, 막 그런 소리 들으면 눈도 못 마주치겠다니까."

다이키는 호들갑스럽게 가슴을 쓸어내리는 시늉을 했다. 얼굴만 보고 돌아가려던 여자가 있었던 걸까. 리키는 물어보고 싶었지만 참았다.

다이키가 왼쪽 손목에 찬 애플워치로 시간을 확인했다.

"그럼, 장소를 바꿔볼까? 둘만 있을 수 있는 조용한 곳으로 가자. 푸치토마 씨의 요구 사항을 듣고 그대로 따를 테니까."

자연스럽게 함께 걷게 되었다. 다이키는 리키를 계단으로 유도했다.

"러브호텔로 갈까 하는데, 괜찮겠어? 아니면 처음이니까 카페 같은 데서 먼저 이야기하고 나서?"

"아뇨. 그냥 바로 가도 괜찮아요."

"다행이다. 그, 너무 긴장하지 마. 나 당신이 싫어하는 건 절대로 안 할게."

반동거를 했던 턱수염남은 리키가 싫다고 거부해도 이런저런 것들을 시키고, 하게 만들었다. 요양원에 있을 때 불륜 상대였던 남자도 마찬가지였다. 마치 섹스할 때 남자가 시키는 대로 하지 않는 여자는 아무런 가치도 없다고 말하는 것처럼.

그런데 다이키는 리키가 싫어하는 일은 절대로 하지 않겠다고 말했다. 그건 리키가 돈을 내고 다이키를 샀기 때문일 것이다. 그래, 비즈니스. 그렇지만 여자가 몸을 팔 때는 남자에게 "싫어하는 건 하지 않겠다."라고 말하지 않는다. 오히려 여자의 생명이 위태로울 때도 있다.

리키도 1,000만 엔이라는 거금을 받고 자궁을 1년 동안 빌려주기로 했다. 그렇다면 의뢰인인 구사오케 부부가 싫어하는 일은 절대로 하면 안 되는 걸까. 예를 들어 다른 남자와 주기적으로 성적인 관계를 맺거나 술, 담배를 즐긴다든가 아니면 구사오케 부부의 일을 다른 사람에게 말한다든가. 그것은 상도덕에 어긋나는 걸까?

그러자 유코의 말이 떠올랐다.

'비즈니스는, 좀 더 대등한 느낌 아닌가.'

여자가 몸을 팔거나 자궁 또는 난자를 제공할 때, 여자는 자신의 몸이나 목숨의 일부를 떼어내서 판다. 확실히 그걸 진정한 의미의 비즈니스라곤 하지 않을 것이다.

남자의 정자 제공 과정은 간단하지만, 여자는 배란유도제를 이용해 난자를 성숙시키고 난소에 바늘을 찔러 난자를 채취한다고 했다. 절차만 들었는데도 겁이 났다. 하지만 임신은 더더욱 두려웠다. 자신의 자궁은 자기의 인생과 관계없는 아이를 품어도 정상적으로 기능하고, 앞으로도 정상적으로 기능해 줄까. 역시 하늘 무서운 줄 모르고 터무니없는 일에 발을 들인 건지도 모른다고, 리키는 생각했다.

생각에 잠긴 리키를 향해 다이키가 걱정스러운 듯 물었다.

"괜찮아? 싫으면 취소해도 돼. 그렇지만 이왕 만났으니까 차라도 마시고 가자. 다음이라는 것도 있으니까."

"아니, 괜찮아요."

생각지도 못한 다이키의 다정함에 리키의 마음이 움직였다. 생각해 보면 남자가 이렇게 다정하게 대해준 적이 없었다.

"그래. 그럼 가볼까?"

다이키가 리키의 손을 잡았다. 체형은 슬림한데 손바닥은 크고 두툼했고, 찹쌀떡처럼 보들보들했다.

"부드럽다."

무심결에 리키가 말하자, 다이키가 손바닥 안에서 그녀의 손을 반죽하듯 만지작거렸다.

"오일 마사지가 특기라서 그래. 나 잘하거든. 믿고 맡겨봐."

그 말끝에는 관능적인 유혹이 어려있었다. 리키가 다이키의 얼굴을 보자, 그가 진지한 얼굴로 마주 보았다.

"진짜야. 믿어도 돼."

자기 말을 리키가 믿지 않는다고 생각했는지 진지해지고 있다. 남자의 자신감은 무엇으로 만들어지는 걸까. 리키는 신기했다.

"믿긴 하는데……."

"데, 뭐?"

"여자가 만족한다는 근거가 있나?"

"딱 보면 알지."

어이없다는 듯 다이키의 목소리가 커졌다.

"이 몸은 여자를 황홀경으로 인도하는 프로니까."

리키에게서 아무 반응도 돌아오지 않자, 다이키는 얼굴을 굳히고 말을 이었다.

"진짜야. 내가 장담해. 기분 좋게 만들어 줄게."

그 말에 위화감을 느낀 리키가 걸음을 멈췄다. 하지만 그 감정이 무엇인지 선뜻 짚이지 않았다.

"진짜라니까."

걸음을 멈춘 다이키가 리키의 손을 꽉 잡았다. 부끄러워한다고 여긴 모양이었다. 그러나 그 행동은 오히려 리키가 느낀 위화감을 커지게 했다. 내가 원한 게 이런 거였나.

하지만 다이키는 이미 리키를 돌아보지도 않은 채, 의욕적으로 마루야마초의 호텔가 쪽으로 이끌고 있었다. 그러다 자판기를 발견하고 물었다.

"마실 거 살 건데, 뭐가 좋아?"

"물이면 돼요."

"물? 맥주도 있어."

"아니, 물이면 돼요."

다이키는 미네랄워터와 맥주 두 캔을 뽑아, 캔맥주는 자기 백팩에 넣고 물은 리키에게 건넸다.

"저기, 돈 낼게요."

"됐어, 이 정도는."

"아, 감사합니다."

리키는 물을 가방에 넣어도 될지 망설이다가 그대로 손에 들었다. 바로 넣는 건 괜히 염치없는 짓처럼 느껴졌다. 차가운 물병에 맺힌 물방울이 손을 적셨다.

"여기 어때?"

다이키가 가리킨 곳은 골목 안쪽, 막다른 곳에 자리한 소박한 러브호텔이었다. 입구 패널에서 객실 사진을 보고 방을 고른 뒤, 무인 프런트에서 카드키를 받았다. 리키는 어떻게 해야 할지 몰라 잠시 머뭇거리다 결국 다이키를 따라 방으로 향했다.

방에 들어가자 다이키가 익숙한 몸놀림으로 비좁은 욕실로 가 뜨거운 물을 틀었다. 리키는 그의 뒷모습을 보다가 객실에 놓여진 비품들을 훑었다. 도쿄에 온 뒤로 러브호텔에 들어온 적은 처음이었다.

칙칙한 커튼이 달린 창문이 있긴 하지만, 바깥쪽이 널빤지로 막혀있어 갇힌 듯한 느낌이 났다. 구석에는 싸구려 소파 세트가 있었다.

어느새 자리를 잡은 다이키가 캔맥주의 뚜껑을 따, 리키에게 하나를 건넸다.

"이렇게 만난 것도 인연인데 건배하자."

리키도 맥주를 들어 다이키의 캔과 가볍게 부딪쳤다. 쨍, 하는 소리와 함께 욕조에서 뜨거운 물이 차오르는 요란한 소리가 들려왔다. 리키는 쿠션감이 거의 느껴지지 않는 소파에 걸터앉아 캔맥주를 마셨다. 다이키는 침대 가장자리에 앉아, 생글거리며 리키를 바라보고 있었다.

"나한테 뭐 질문 없어? 이 시스템에 대해 물어봐도 되고."

다이키의 프로필에 적혀있던 나이, 스물여덟이 사실이라면 리키 쪽이 한 살 위였다. 하지만 피부결이나 생김새를 보면 실제로는 다섯 살쯤 더 많은 게 아닐까 싶었다. 그렇다고 나이를 묻는 건 왠지 꺼려졌다.

"저기, '자기소개' 칸에 교사 출신이라고 쓰여있던데. 무슨 선생님이었어?"

다이키는 올 게 왔다는 듯 어깨를 으쓱했다.

"중학교. 나, 오키나와에서 교사로 일했어."

"진짜?"

"진짜."

다이키는 치아를 훤히 드러내며 웃었다. 아무래도 이 하얗고 가지런한 치열이 자랑인 모양이었다.

"왜 그만뒀어? 학교 선생님이면 좋은 직업 아닌가. 안정적이기도 하고, 되기 쉽지 않다는 이야기도 들었는데."

다이키는 잠시 대답을 고르듯 허공을 바라봤다.

"한마디로, 도쿄에 오고 싶었지."

"어, 나랑 똑같다."

"푸치토마 씨도?"

다이키의 목소리가 반가운 듯 한층 높아졌다.

"응. 나도 그냥 시골에서 벗어나고 싶었거든. 오키나와 정도면 괜찮지만, 나는 고향이 홋카이도에서도 엄청 작은 마을이야."

"홋카이도라니 좋네. 부럽다."

"아니야. 머니까 쉽게 가지도 못해. 좋지도 않아."

요시코 이모의 장례식에 가지 못했던 기억이 떠올라, 리키는 가슴 한쪽이 저릿해졌다.

"오키나와도 마찬가지야. 쉽게 못 가. 게다가 오키나와라고 해도 우리 집은 나하가 아니라서. 나하엔 자주 놀러 다녔지만, 더 큰 도시로 가보고 싶었어. 어차피 갈 거면 오사카보단 도쿄 아니겠어?"

다이키는 오키나와 어디 출신인지는 굳이 밝히지 않았다.

"그럼 도쿄에서도 중학교 선생님 하면 됐을 텐데."

"안 돼, 안 돼. 아니, 못 해. 도쿄 꼬맹이들 상대라니, 생각만 해도 살 떨린다."

"그래서 지금은 무역 회사원? 대단하네."

"대단할 거 없어."

“어디 다니는데?”

“그 질문은 일단 넣어두셔.”

낮에는 회사에서 일하고, 밤에는 업소 일을 하는 걸까. 하지만 중학교 교사를 그만두고 도쿄로 와서 무역 회사원으로 일하면서 여성 전용 업소의 ‘테라피스트’가 된다는 게 리키로서는 도저히 이해되지 않았다.

더 캐묻고 싶었는데 다이키가 손을 뻗어 리키의 무릎을 어루만졌다.

“내 이야기는 됐고, 푸치토마 씨는 뭐 때문에 힘든 건데? 괜찮으면 말해봐.”

“힘들다고 해야 하나.”

리키는 바로 말문이 막혔다.

“뭐라고 해야 하지. 그냥 내가 결정한 일인데, 이래도 되나 싶은 느낌이랄까. 막 고민이 돼. 근데 결정한 건 확실하고 이미 정해진 일이야.”

스스로 내뱉고 있기는 하지만 누가 들어도 뜬구름 잡는 이야기였다.

“결혼하기로 한 거야? 결혼 상대로 괜찮을지 고민된다든가.”

리키는 손을 내저었다.

“아냐, 그런 건.”

다이키가 고개를 갸웃거렸다. 아마 그로서는 이해하기 힘들 것이다.

“여성 전용 업소에는 말이야, 성적 고민이 있는 사람이 많이 찾아와. 얼마 전 손님은 섹스리스였어. 남편이랑 벌써 5년 넘게 리스인데, 이대로 나이를 먹어가도 되나 고민했어. 그래서 이야기를 들어준 뒤 시술했지. 너무 좋아하니까 덩달아 기분이 좋더라고. 아, 그리고 처녀인 채로 죽기 싫다는 사람도 왔었어.”

“그 사람은 몇 살이었는데?”

“40대 후반이었던가.”

“섹스했어?”

“했지. 사실 그럼 성매매가 되니까 하면 안 되지만, 사람 한번 도와주는 셈 치고 해줬어.”

다이키가 태연하게 말한다.

“도와준다고?”

“응, 내 일이란 게 그런 면이 있거든. 여자는 자기 욕망을 마주하기가 어렵잖아. 욕구불만이어도 그걸 겉으로 드러내지 못하지. 남자는 유흥업소라거나 풀 데가 다 마련되어 있어서 괜찮지만.”

다이키는 마치 어려운 문제를 설명하는 선생님처럼 차분한 미소를 지었다.

“그래서 안쓰러워. 막말로 일단 오늘 하루 만족하면 당장은 해소가 되니까 또 즐겁게 살아갈 수 있거든. 여자한테도 그런 욕구가 있다는 걸 사회에서도 더 적극적으로 인정해야 하는데. 아니지. 여자 본인들도 알아야 해. 욕구가 쌓이면 또 우리를 이용하면 되는 거야.”

다이키는 설득에 일가견이 있었다. 그 모습을 보며 리키는 그가 확실히 중학교 교사였을지도 모른다고 생각했다. 리키가 작게 탄식하자, 그 모습을 보고 있었던 듯 다이키가 물었다.

"푸치토마 씨도 그런 느낌이야?"

"아니, 그런 것도 확실히 있긴 한데⋯⋯. 지금 내 상황을 뭐라고 설명해야 할지 모르겠어."

왜 쾌락만을 원한다고 말하지 못하는 걸까. 스스로도 의아했다. 사실은 그게 아니라서겠지. 리키는 자신을 속이기 위해 또 맥주를 들이켰다.

뜨거운 물이 욕조에 가득 찼는지 이제 물이 쏟아지는 소리가 바뀌었다. 눈치 빠른 다이키가 욕실로 가 욕조의 수도꼭지를 잠그며 말했다.

"이제 욕조 들어가도 돼. 시간 줄어드니까, 들어가기 전에 요금 설명이랑 옵션 같은 거 정해보자."

다이키는 백팩에서 클리어파일을 꺼냈다. 컬러 복사본에 요금이 적혀있었다. 120분에 1만 6,000엔.

"연장은 30분에 5,000엔. 첫 이용 시에는 3,000엔 할인이니까 이득이야."

"시간이란 건 만난 시간부터를 기준으로 해?"

다이키가 손목의 애플워치를 보며 말했다.

"아니, 지금부터 재도 돼."

"미안. 그럼 그냥 처음에 신청한 대로 두 시간 할게."

"메뉴는 오일 마사지랑 성감 마사지면 될까? 그게 일반 코스거든. 부끄러우면 말해. 안대 있으니까."

다이키는 백팩 안에서 안대를 꺼내 보여줬다.

"그거 다른 사람도 쓴 거야?"

"아니, 새 제품. 백엔숍에서 샀어."

"안대도 파는구나."

"뭐든 다 있어. 오일은 제대로 된 아로마오일이니까 믿고 쓰시고."

다이키가 강렬한 녹색 액체가 든 플라스틱병을 보여줬다. 병 안에서 걸쭉하게 흔들리는 액체가 리키에게는 구강청정제로 보였다.

"향은 시트러스."

"시트러스라……."

"몸 좀 담그고 나와. 긴장 푸는 게 최우선이니까."

고개를 끄덕이며 욕실로 들어갔지만 아직 리키는 결심이 서지 않았다. 결국 그녀는 입고 있는 옷 그대로 욕실을 빠져나왔다.

다이키는 놀란 기색도 없이 클리어파일을 손에 든 채 서있었다.

"왜 그래? 안 할 거야?"

"뭔가 이건 아닌 것 같아서. 설명은 잘 못하겠지만."

리키는 생각했다. 스스로가 보기에도 정말 따지기 좋아하고 피곤한 여자라고. 자칭 신중한 성격이라고 하지만 결국 우유부단하고 용기 없는 인간일 뿐이다.

데루라면 이럴 때 어떻게 할까 하고 상상한 순간, 자기는 소무타가 불쌍해서 남자는 사지 않는다고 말했던 게 떠올랐다.

리키는 돈이 없어서 그랬을 것이라고 넘겨짚었지만, 그녀의 짐작은 틀렸고 데루의 말이 진실이었는지도 모른다. 데루의 마음을 얕잡아 보고 있었던 것 같아 부끄러워졌다. 그와 동시에 소무타라는 존재가 있는 데루가 부러웠다.

임신하기 전에 쾌락은 즐겨봐야겠다고 생각했는데, 틀렸다. 리키는 사실 쾌락을 얻기 전 단계, 즉 연애 감정이 필요했던 게 아닐까 하는 생각에 이르렀다.

"울어?"

다이키의 말에 리키는 화들짝 놀랐다.

"아니, 누가 운다고 그래."

당황한 그녀가 손으로 눈언저리를 훔치자, 뜨끈한 것이 손등에 닿는 게 느껴졌다. 확실히 눈물이 흐르고 있었다.

"괜찮아? 이야기하고 싶으면 해도 돼."

리키는 그 순간 맥이 풀려 욕실 앞의 카펫 바닥에 털썩 주저앉았다. 눈물이 뺨을 타고 흘러내렸다. 대리모 일로 얼마나 안간힘을 쓰며 버티고 있었는지 오늘에서야 깨달았다. 그리고 요시코 이모의 장례식에 가보지도 못했다는 서글픔에 몸부림치고 있다는 것도.

"나라도 괜찮으면 들어줄게. 말해봐."

"이런 일 하기 전에, 누군가와 연애하고 싶었다는 생각이 들었어."

"이런 일이라면, 이거?"

다이키가 클리어파일을 가리켰다.

"아니. 다른 어떤 일을 말하는 거야."

"어떤 일?"

"말하고 싶지 않아."

리키가 고개를 옆으로 저었다.

"아니, 말하면 안 되는 일인 것 같아."

"억지로 말하지 않아도 돼."

다이키는 더 캐묻지 않고 리키의 머리를 쓰다듬었다. 잘한다, 잘한다, 하는 것처럼.

"그 일이 너무너무 부담스러워. 그런데 하기로 정했어. 왜냐면 나는 돈이 없으니까, 너무 갖고 싶었거든. 목돈만 있으면 지금 사는 집에서도 나갈 수 있고, 여러 가지를 할 수 있을 것 같았어. 난 이제 지긋지긋해. 돈이 모자라서 아끼고 또 아끼고 이번 달은 어떻게 살아가지, 전전긍긍하는 거."

"무슨 말인지 알겠다. 나도 그렇거든."

"하지만 그쪽은 무역 회사원이잖아."

리키가 눈물 젖은 눈으로 올려다보자 다이키는 쓸쓸한 미소를 띠었다.

"무역 회사원이지만 굳이 따지자면 프리랜서야. 회사에 소속되어 있는 게 아니거든. 개인적으로 직구해서 파는 거니까. 그렇게 잘 벌지도 못하고."

뭐야. 리키는 살짝 웃었다.

"그리고 나, 오키나와 출신이긴 한데 낙도에서 자랐어. 인구가 2,000명도 안 되는 작은 섬. 거긴 학교도 중학교까지밖에 없어. 고등학교는 다들 본섬으로 나가. 나도 본섬에서 고등학교랑 대학을 나왔는데, 낙도 출신이라고 따돌림을 당했지. 그 뒤에 섬으로 돌아가서 교사를 했는데, 본섬 생활을 겪고 나니까 더는 못 버티겠더라고. 그래서 도쿄로 가야겠다고 다짐했어.”

“에이, 뭐야.”

그 말은 리키의 뇌를 거치지 않고 바로 입으로 튀어나갔다.

“내가 이 일을 하는 것도 밥줄이 끊겨서 그래. 그래도 다양한 여자를 알게 되니까 재미있기도 하고.”

“그냥 하는 소리 아니고?”

리키는 자신이 이렇게 짓궂은 말도 할 줄 알았나, 하고 놀랐다. 하지만 다이키는 기분 상한 기색도 없이 환하게 웃었다. 그 모습은 정말로 아이들을 상대하는 선생님 같았다.

“아니야. 나는 여자를 좋아해. 섹스도 좋아하고. 그러니까 이건 천직이지. 너도 나한테 한번 맡겨보라니까.”

리키가 가지고 있는 고민은 그런 게 아니었다. 아무도 이해하지 못한다. 리키는 자기 안에 가라앉아 있는 고독의 깊이에 한숨을 내쉬었다.

“어라, 방금 엄청 크게 한숨 쉬었지. 다 들었어.”

“어, 그랬어?”

“쉬었다니까, 하아아 하고. 나랑 있는 게 그렇게 싫어?”

다이키는 알랑거리듯 말하며, 일부러 과장된 한숨을 흉내 냈다.

“그랬나. 몰랐어.”

리키는 고개를 갸웃했다. 오히려 다이키가 집요하게 다가오자 마음이 식었다. 그와 거의 동시에, 다이키가 낮고 느릿한 목소리로 중얼거렸다.

"답답하네. 뭔지는 모르겠지만."

갑작스레 사투리가 섞인 말이 들리자, 껍질이 한 겹 벗겨지고 진짜 다이키가 모습을 드러낸 것 같았다. 리키는 무심코 다이키의 얼굴을 보았다. 짙은 눈썹과 부리부리한 눈에 비해 몸은 유난히 빈약해 보였다.

갑자기 잘 알지도 못하는 남자와 단둘이서 러브호텔에 있다는 게 이상했다. 내가 왜 이런 곳에 있지. 시간과 장소에 대한 감각이 흐려진 리키는 기억을 잃은 사람처럼 불안해졌다.

리키의 동요를 눈치챘는지, 다이키가 리키의 눈썹 위에 살짝 손을 얹었다.

"진정해, 진정. 긴장하면 기분 좋아질 것도 안 좋아져."

그는 양손으로 리키의 어깨를 고루 어루만졌다.

"그래도……."

"괜찮아, 괜찮아. 여기 앉아봐. 응? 진정하고."

리키의 겨드랑이 밑으로 들어온 손이 몸을 쑥 들어 올렸다. 그녀를 침대에 걸터앉힌 다이키가 자연스럽게 카디건을 뒤로 빙 둘러 벗겼다. 그러고는 불쑥 리키의 티셔츠 위로 풍만한 가슴을 만졌다. 속옷 아래에 있는 유두를 손끝으로 찾아내려고 하자 리키는 몸을 비틀어 피했다.

"예쁘네. 매력적인 가슴이야. 나, 이런 가슴 진짜 좋아해. 푸치토마 씨, 정말 아름답다. 멋진 여자야.”

다이키는 리키의 머리 위로 티셔츠를 스르륵 벗겼다. 리키가 속옷 차림으로 멍하니 서있자, 그는 이내 표정을 바꿔 밝게 말했다. 반응이 없는 리키를 보며 작전을 바꾼 모양이었다.

“탕에 들어갈 거면 내가 씻겨줄게. 부끄러워할 것 없어. 난 익숙하니까. 다들 처음에는 쑥스러워해. 낯선 남자와 같이 있는 게 좀 무섭기도 하고, 어떻게 해야 좋을지 모를 테니까. 그렇지?”

잠깐 드러났던 다이키의 본성 같은 것이 다시 숨어버린 느낌이었다.

“아니, 괜찮아.”

리키는 일어서며 다이키의 손을 떼어냈다. 자신이 원하는 건 이런 남자가 주는 성적 쾌락이 아니라는 생각이 또렷해졌다. 다이키는 이런 상황에 익숙한지 담담한 얼굴이었다.

“그럼 이야기를 할까?”

“아니. 말해도 소용없는 거라.”

“어라, 그래?”

다이키는 마치 받침대가 갑자기 치워진 사람처럼 익살스럽게 쓰러지는 시늉을 했다.

“미안. 다이키 씨한테 상처 주려는 건 절대 아닌데.”

말은 그렇게 했지만, 리키는 그가 이런 일로 상처를 받을 사람은 아니라고 생각했다.

“이야, 충격인데. 아니, 내가 어찌 됐든 테라피스트잖아. 직능적으로 충격받았어.”

직능적이라는 게 뭘까. 의미를 알 수 없는 단어에 리키가 물었다.

"테라피스트 자격이라는 게 진짜 있어?"

"정식 자격은 없긴 하지."

다이키는 피식 웃으며 널빤지처럼 딱딱한 소파에 걸터앉았다. 그리고 남아있던 맥주를 단숨에 들이켰다.

"근데 중학교 선생님이었잖아."

"맞아. 그건 진짜야. 근데 내 이야기가 뭐가 중요하겠어. 그보다 푸치토마 씨 얘기를 해보자. 시술이 필요 없으면 왜 마클에 신청한 거야?"

'마시멜로 클럽'이라는 장난스러운 이름을 줄여 마클이라고 부르는 모양이었다.

"어쩌다 보니."

"욕구불만? 기분 좋아지고 싶었던 거 아닌가?"

"그런 마음이었는데, 여기 오고 나니까 뭔가 그게 아닌 것 같은 기분이 드네."

리키는 솔직하게 대답했다.

"아까 연애하고 싶다고 그랬지? 그런 건가?"

"뭐, 그것도 그렇지."

무의식중에 속마음을 내뱉은 것이 부끄러워 리키는 대답을 뭉갰다.

"뭔가 더 앞 단계가 있는 게 아닌가 싶어서. 누군가를 좋아하고 싶었나 봐."

"나는 안 되나?"

다이키가 장난식으로 자기 얼굴을 가리켰다.

"나 히가시데 마사히로랑 닮았다는 말 자주 듣는데."

"눈썹만 닮았네."

"와, 기준 빡빡하네. 아니면 혹시 나 말고 다른 사람이면 좋았겠다, 그런 건가?"

"아니야. 내가 지명했는데, 뭐."

"음."

만족스러운 듯 다이키가 끄덕였다.

"아까 푸치토마 씨가 말한 거, 좀 더 풀어봐. 나라도 괜찮으면 어드바이스 해줄게."

"어드바이스?"

"조언."

못 알아들었다고 생각했는지 다이키가 바꿔 말했다.

"그 정도는 알아."

"그렇겠지."

다이키가 하얀 이를 드러내며 웃었다.

"진짜로 그 이야기가 듣고 싶어. 그렇게나 고민이 된다고 하니까 말이야."

일본에는 난자 제공과 대리모 둘 다 관련 법이 정비되어 있지 않아 사회에서 제대로 인정받지 못하고 있다고 했다. 그러므로 타인에게 발설해서도 안 되겠지만, 리키의 입에서는 생각과는 다르게 말이 툭 튀어나왔다.

"다른 사람의 자식을 대신 낳는 일."

"와우, 대박."

다이키가 놀란 듯 안 그래도 커다란 눈을 더 동그랗게 떴다.

"그치? 원래는 하면 안 되는 일 같으니까, 절대 아무한테도 말하지 마."

"내가 누구한테 말하겠어."

다이키의 가벼운 대답에 리키는 아랫입술을 살짝 깨물었다.

"고마워. 나는 이제 돈에 허덕이는 거 진짜 진절머리 나. 그래서 늘 조금이라도 나은 일을 하고 싶었거든. 그런데 그런 좋은 일자리 같은 건 이 세상에 없잖아. 아르바이트나 파견직 같은 건 시급이 낮단 말이야."

오늘 처음 만난 남자에게 이런 말을 하다니. 리키는 새삼 자신에게 놀랐다. 하지만 처음이라 더욱 말할 수 있는 것일지도 몰랐다.

"친구 중에 투잡으로 업소 일을 하는 애가 있는데, 벌이가 신통찮다고 그러더라고. 난 그쪽은 내키지도 않고, 모르는 남자랑 단둘이 있는 것도 싫어. 그래서……."

리키가 말을 멈추고 다이키를 빤히 바라봤다.

"차라리 자궁을 팔아볼까 고민 중인 거야. 그러니까 아이를 갖지 못하는 부부 대신 아이를 낳아주는 일. 그런데 그 일에 아직 확신이 안 서서 그렇지, 뭐."

"그게 그, 대리모?"

불행인지 다행인지 다이키는 이 사연에 솔깃해했다.

"그런 게 있다고 들어본 적은 있는데, 이렇게 직접 듣는 건 처음이네. 그런데 여자라면 누구든 할 수 있을 테니까, 앞으로 활성화될 수도 있겠는데? 새로운 비즈니스네."

"비즈니스……."

그 반응에 리키의 머리에는 또 유코의 말이 떠올랐다.

"그래도 대등하지는 않은 것 같지? 뭔가 나만 손해 보는 기분이야."

"그런가. 그렇지만 대리모라면 돈은 꽤 받지 않아? 돈이 부족한 것 같다는 뜻이야?"

리키는 고개를 가로저었다.

"돈은 많이 준대. 근데 그래도 뭔가 찜찜해."

"그럼 관두면 되지. 별거 있나."

사투리 억양이 담긴 도쿄 말투가 부자연스럽게 들렸다.

"아이를 낳는 게 두렵기도 하고, 리스크도 있으니까."

"그건 그렇지."

"근데 도와주는 셈 치면 마찬가지려나 싶기도 하고."

갑자기 다이키가 큰 소리로 웃었다.

"다른 사람을 도와준다는 건 지금 내가 하는 일 같은 거지. 욕구불만인 여자를 기분 좋게 만들고, 행복하게 만들어 준다. 딱 그 정도의 일일 때 도와준다고 말할 수 있지."

"임신이랑 출산은 그렇게 말 안 한다는 거야?"

"스케일이 좀, 너무 크지."

"그냥 도와주는 개념이 아니다?"

"응. 좀 더 큰일이잖아. 그러니까 비즈니스라는 거 아냐?"

"이게 비즈니스야?"

리키는 혼란스러워서 따라 말했다. 유코에게 "비즈니스는, 좀
더 대등한 느낌 아닌가."라는 말을 들은 이후, '다른 사람을 도와
주는 일'이라고 생각하려고 했는데, 다이키는 그걸 부정했다.

"그게 마음에 안 들면, 거래는 어때?"

"거래라."

확실히 '거래'라는 단어가 더 와닿는 듯했다. 하지만 아직도
리키의 마음 어딘가에서는 뭔가 석연치 않았다.

"어, 또 한숨 쉰다."

다이키가 지적했다.

"그렇게 싫으면 그만두면 되잖아. 그럼 되는 거야. 괴로워서
울 정도로 싫은 거잖아, 지금."

정곡을 찔렀다. 하지만 1,000만 엔이라는 액수는 매력적이었
다. 1,000만 엔이나 되는 큰돈을 벌려면 어쩔 수 없다는 생각도
들었다. 곰곰이 생각하는 리키의 얼굴을 다이키가 들여다봤다.

"아이를 낳으면 그쪽에서는 얼마 준다는데?"

"말하고 싶지 않아."

리키가 단호하게 머리를 저었다.

데루에게도 금액은 밝히지 않았다. 말하면 경악할 게 분명하
니까. 그리고 제발 대리모가 되어달라는 이야기를 들은 리키를
부러워할 것 같았다.

"마음에서 이 정도면 됐다 싶으면, 하면 되는 거야."

"그게 안 돼서 고민 중이야."

제자리걸음이다. 역시 금액 문제가 아니었다. 1억 엔을 준다면 물론 할 것이다. 아니, 1,000만 엔이어도 한다. 500만 엔이어도 할 것이다. 그런데도 마음 한켠에 찝찝하게 눌러앉은 이 감정은 뭘까. 도대체 무엇이 걸리는 건지, 그 핵심을 붙잡지 못한 채 생각만 빙글빙글 맴돌아 마음이 좀처럼 가라앉지 않았다.

다이키가 리키의 어깨를 툭 쳤다.

"있지, 너무 깊이 생각하지 마. 벌써 한 시간이나 지났어. 시간 아까우니까 욕조에 몸 담그고 와. 내가 마사지 해줄 테니까. 성감은 빼고 그냥 마사지면 되지? 그러니까 신경 쓰지 말고 긴장 풀어. 욕조에서 나올 때 이거 입고 나오고."

다이키가 내민 것은 둥글게 말아놓은 부직포 팬티였다. 리키는 순순히 팬티를 받아 들었다. 마사지 정도는 괜찮겠지 싶었다. 무엇보다 오랜만에 욕조에 몸을 담그고 싶었다. 수도세와 가스비가 아까워 일주일에 두세 번만 욕조를 쓰고, 대부분은 샤워로 때우고 있으니까.

리키는 좁은 욕조에 무릎을 세우고 앉아 양팔로 다리를 끌어안은 채 몸을 담갔다. 물은 이미 뜨거움이 가시고 미지근해져 있었지만, 몸속 깊숙이 박혀있던 거추장스러운 고집 같은 것들이 녹아내리기에는 딱 적당한 온도였다. 이대로 개운해질 수도 있겠다는 생각이 들었다.

그러다 문득 다이키에게 1만 6,000엔을 주는데 호텔비까지 자신이 내야 한다면 지출이 2만 엔이 넘는다는 사실을 깨달았다. 손에 남는 돈은 3만 엔도 채 되지 않는다. 구사오케 부부에게 받은 5만 엔을 그대로 남겨뒀다면 홋카이도에 있는 본가에도 다녀올 수 있었을 것이다. 요시코 이모의 칠일재도 챙길 수 있었을 텐데, 허투루 쓰고 말았다.

난 대체 뭘 하고 있는 걸까. 앉아있기도, 서있기도 뭐한 기분이 들어 리키는 철퍼덕 소리를 내며 욕조에서 나왔다.

"소리가 장난이 아니던데, 괜찮아?"

욕실 문밖에서 다이키의 목소리가 들렸다.

"별일 아니야."

"빨리 나와. 20분이나 들어가 있었어."

뻣뻣한 부직포 팬티를 입고 수건을 몸에 두른 채로 나가자, 다이키가 수영복처럼 달라붙는 팬티 차림으로 기다리고 있었다. 침대 위에는 호텔의 얇은 목욕수건이 깔려있었다.

"엎드려서 누워봐."

등에 끈적하고 미적지근한 액체가 부어졌다. 시트러스라기보다는 화장실 방향제 향이 났지만, 리키는 잠자코 몸을 맡겼다.

"뭉친 데는 없어?"

"목이랑 어깨."

"성감 마사지는 진짜 괜찮아?"

"그건 다음에 할게."

'다음에'라는 말을 듣고 기분이 좋아졌는지 다이키가 의욕적으로 대답했다.

"오케이."

다이키가 자신만만해했던 마사지는 정말로 시원했다. 두툼한 손바닥이 능숙하게 움직이며 리키의 부드러운 살을 주무르고 뭉친 곳의 핵심을 찾아 눌러 나갔다. 뭉쳐있던 목과 등이 풀리자 마음이 편안해졌다.

어느새 잠깐 졸았는지, 리키는 얕은 꿈을 꾸었다. 데루와 함께 유흥업소에서 일하는 꿈이었다. 데루도, 자신도 어째선지 뻣뻣한 부직포 팬티 차림으로 잡담을 나누고 있다. 그때 구사오케 모토이가 들어와 이 사람이 좋다며 데루를 가리킨다. 리키는 꿈속에서 반은 안도하고, 반은 시샘했다.

"많이 뭉쳤었네."

다이키의 목소리에 잠에서 깬 리키가 눈을 떴다.

"슬슬 마칠 시간이야."

리키는 몸을 비틀어 다이키를 올려다봤다. 희미하게 숨이 가빠진 다이키의 이마에 땀이 맺혀있었다.

"있잖아, 섹스해 줄래?"

왜 그런 말이 튀어나왔을까. 스스로도 이해가 되지 않았다. 마사지를 받고 기분은 좋아졌지만 성감이 자극된 건 아니다. 삽입해 줬으면 할 만큼 다이키가 마음에 든 것도 아니다. 이대로 나가기에는 돈이 아깝다는 쪼잔한 마음은 살짝 들었는지도 모른다. 지금까지의 자신과는 다른 일을 하고 싶다는 바람도 약간 있었다. 어쨌든 이렇다 할 명확한 이유는 찾지 못한 채, 리키는 러브호텔의 침대 위에서 양팔을 벌리고 반듯하게 누웠다.

"그럼 30분 연장이면 될까?"

"아니, 한 시간 연장으로 부탁할게."

"오케이. 콘돔 갖고 있으니까 안심해."

다이키가 팬티를 끌어내리고 성기를 자극하는 모습을 흘긋거리다 리키는 눈을 꼭 감았다.

다이키가 몸 안으로 들어왔을 때, 리키는 이상한 감정에 빠져들었다. 이래서는 요시코 이모의 명복을 빌 수 없다. 요시코 이모라면 남은 시간이 얼마 없는데, 왜 그런 쓸데없는 짓을 하고 있냐고 버럭했을 것이다. 확실히 사랑하는 마음도 없는 낯선 남자에게 돈을 내서까지 성관계를 맺다니. 지금까지 생각해 본 적도 없고, 생각해 본 적이 있다 쳐도 실천할 수 있으리라곤 생각지도 못했다.

하지만 리키는 만족했다. 몸 위에 올라타 있는 다이키의 단단한 몸을 부둥켜안았다. 돈으로 다이키의 성적 서비스를 구매했으니 다이키를 안는 건 스스로를 안는 것이기도 했다.

"좋아, 푸치토마 씨, 좋아. 아주 좋아."

다이키는 그렇게 말하면서 몸을 쉬지 않고 움직였다. 그러다 큰 소리를 내지르며 끝을 냈다. 거친 숨을 몰아쉬며 리키의 머리칼을 부드럽게 어루만졌다.

"느꼈어?"

리키는 강하게 머리를 흔들었다. 지금껏 사귄 남자들에게는 배려 차원에서 느끼지 않아도 느꼈다고 거짓말한 경우가 많았지만, 다이키에게는 솔직해도 된다고 생각했다. 하지만 다이키는 아마도 솔직하지 않을 것이다.

"다음에는 꼭 만족시켜 줄 테니까, 또 불러줘. 아니, 내 연락처 알려줄 테니까 거기로 바로 해도 돼. 가게 통하지 말고 만나자. 그게 더 싸기도 하니까. 나, 푸치토마 씨랑 또 만나서 더 이야기하고 싶은데. 괜찮지?"

"응, 뭐……."

"푸치토마 씨는 뭔가 달라. 지금껏 만나본 적 없는 타입이야."

샤워를 마친 다이키가 젖은 머리를 그대로 두고 검은색 팬티를 입으면서 말했다.

"어떤 타입?"

"한마디로 설명하기 어려우니까, 생각해 둘게."

다음에 만날 때 이야기하자는 건가. 리키는 다이키라면 돈을 내고 관계를 가져도 괜찮겠다고 생각했다. 정체 모를 업소 남자와 성적 관계를 맺는 것이 구사오케 모토이에 대한 복수처럼 느껴졌기 때문이다.

모토이는 자신의 아이를 낳을 여자는 아주 깨끗하기를 바랄 것이다. 리키는 자신이 이렇게 그 '거래'와 타협점을 찾아갈 것이라는 예감이 들었다.

역에서 집으로 향하는 길에 리키는 데루에게 보고했다.

[다이키, 꽤 괜찮았어.]

데루는 답장으로 [야호!] 하고 토끼가 만세를 외치는 독특한 이모티콘을 보내왔다. 그로부터 몇 분 후, 편의점에 들어가 있는데 그녀에게서 전화가 왔다. 리키는 밖으로 나와 데루와 소곤소곤 이야기했다.

— 느낌 괜찮았어?

"아니, 그런 것도 아니었는데, 섹스해 버렸어."

리키는 목소리를 낮추고 말했다.

— 이야, 넣었구나.

"그래, 넣었다."

다이키의 남근을 자신의 질에 넣었다. 아니, 그 전에 손가락도 넣게 하고 핥게도 했다. 다이키를 좋아하진 않지만 그렇게 싫지도 않았다. 사랑이 없어도 섹스는 할 수 있다. 리키는 연애가 먼저라고 생각해 왔다. 하지만 지금은 일단 섹스부터 해도 뭔가가 생겨날지도 모른다는 방향으로 바뀌었다.

"데루, 섹스에서 뭔가가 생겨날 수도 있을까?"

— 아무것도 없지. 아이밖에 더 생기나? 쓸리고 아파서 최악일 뿐이야.

데루는 냉정하게 말했다.

"하지만 소무타랑 섹스하잖아?"

— 그야 하지. 남자친구인걸.

"소무타랑 할 때 좋아?"

— 뭐, 그럭저럭. 소무타가 열심히 해줘.

"손님이랑은 어떤데?"

— 마지못해서 하지. 손님이 내 가슴에 땀이라도 떨어뜨리면 진짜 기분 더러워져서 그만하라고 소리 지르고 싶다니까.

그렇다면 다이키는 훨씬 나은 거구나. 리키는 그렇게 생각했다.

다음 날, 리키는 병원에 도착한 후에 계약은 갱신하지 않겠으며 최대한 빨리 퇴사를 희망한다는 내용을 파견 회사에 메일로 전달했다. 그 소식은 금세 병원에도 전해져 즉시 사무장과의 면담이 잡힐 것이다. 하지만 병원 측도 파견 회사에서 새로운 직원만 오면 문제는 없을 테니 모든 것은 순조롭게 진행될 것이다. 다만, 퇴로를 끊어버린 느낌이었다.

점심시간, 리키는 늘 그렇듯 휴게실로 가 데루와 점심을 먹었다. 리키의 도시락은 어젯밤 편의점에서 산 주먹밥과 컵라면이다. 데루는 웬일로 슈퍼에서 샀다는 닭고기함박스테이크 도시락이었다.

"저녁 7시 넘어서 사러 갔더니 도시락을 60퍼센트 할인하고 있는 거야. 맨날 매진이었는데 어제는 있길래, 돈가스 도시락이랑 함박 도시락 두 개 샀지. 아니, 아니, 두 개에 500엔도 안 하더라니까? 돈가스는 어제 홀라당 먹었어."

데루는 신이 난 듯 말하며 나무젓가락을 갈랐다. 함박스테이크는 작지만, 만두에 채소와 두부완자조림 따위가 들어있어 풍성했다.

"괜찮네. 엄청 알차다."

"다음에 리키도 사다 줄게."

"응, 고마워. 근데 나, 파견 회사에 그만둔다고 메일 보냈어. 그래서 조만간 그만둘 거야. 데루도 그럴 거지?"

데루가 도시락에서 얼굴을 들었다.

"그거 말인데, 좀 더 고민해 보려고."

분명 어제는 같이 하와이에 가자고 했는데, 어떻게 된 일이지. 리키가 당황하며 물었다.

"소무타?"

"응, 소무타한테 말했더니, 난자 제공은 안 된다고 그러네."

"왜?"

"내 아이가 나도 모르는 데서 태어나면 불쌍하다고. 소무타가 친아버지랑 만난 적이 없다 보니까, 아이에게 그런 일을 겪게 하고 싶지 않대."

"그렇구나."

"그래서 나, 아이치로 돌아가서 소무타랑 살아볼까 생각 중이야. 둘이 벌면 그런대로 살만하지 않겠어?"

무시무시한 절망감이 리키를 삼켰다. 사실 데루가 난자 제공을 한다고 해서 그녀도 대리모를 받아들인 면도 없지 않아 있었다.

"너랑 같이하니까 이런저런 일들도 감수하고, 대리모를 하기로 마음 굳힌 건데."

리키가 가까스로 말하자 데루가 사과했다.

"미안. 리키랑 같이 할 생각이었는데, 소무타도 그렇게 말하는 데다 나도 도쿄에 있는 게 지치기도 하고, 돈도 안 모이기도 하고. 그냥 개인 파산 같은 거 신청해서 다시 시작해 볼까 싶어."

"개인 파산 하면 힘들다던데, 좀 더 버텨보는 건 어때?"

데루가 함박스테이크를 부수던 젓가락질을 멈췄다.

"리키는 대리모가 되면 얼마나 받는지 나한테 말 안 했잖아.

아마 액수가 상상 이상이니까 말하기 어려운 거겠지. 근데 난 자 제공은 받아봤자 50만 엔 수준이잖아. 나는 아직 빚이 400만 엔 넘게 남아있는데 그걸로는 어림도 없고, 잘 따져보니 수지가 안 맞는다는 생각이 들었어.”

아아, 데루는 돈이 마음에 걸렸던 것이다. 그럼에도 리키는 구사오케 모토이에게 1,000만 엔을 불렀다는 사실을 말할 수 없었다. 데루가 굳은 표정으로 말했다.

“아오누마 씨한테는 내가 알아서 말해둘게.”

“그래.”

리키의 의기소침한 모습을 보고는 그래도 안쓰러웠는지 데루가 다시 작은 목소리로 사과했다.

“리키, 미안해.”

그때 리키의 핸드폰으로 메일이 들어왔다. 마치 짠 듯이 아오누마가 보낸 것이었다. 토요일도 좋으니, 구사오케 부부와의 계약 건으로 사무실로 와달라는 내용이었다.

[기록을 남기는 차원에서 쓰는 거니까 너무 심각하게 생각하지 않아도 돼요. 그걸 교환하고 나면 오이시 씨에게 계약금을 지급할 예정이에요. 그 돈으로 생활환경과 몸 상태도 정비하시고, 그 뒤에 인공수정 일정 등을 결정하기로 해요. 잘 부탁드립니다.]

인공수정 일정. 드디어 구사오케 모토이의 정자를 몸 안에 집어넣는 날이 온 것이다.

“누가 보낸 메일이야? 아오누마 씨?”

데루는 촉이 좋았다. 리키가 끄덕이자 그녀는 힘내라고 격려

했다. 뭘 어떻게 힘내라는 건지 리키는 알 수 없었다.

4

계획대로 작업이 진행되지 않은 탓에 유코는 저녁 9시가 넘어서야 집에 들어왔다.

모토이에게 [늦을 것 같으니까 먼저 먹고 있어.] 하고 메시지를 보냈더니 [그럼 그렇게 할게.]라고 답장이 왔었다. 그러나 메시지의 내용과는 다르게, 식탁 위의 요리는 손도 대지 않은 채 그대로였다. 와인잔도 두 개가 나와있는데 마신 흔적은 없었다.

모토이의 생활은 규칙적이다. 매일 아침 6시에 일어나 스트레칭을 한 뒤, 커피와 샐러드나 과일 등으로 간단하게 아침 식사를 한다. 그리고 마티외를 데리고 산책 겸 느긋하게 연습실로 향한다. 일주일에 이틀은 저녁 수업이 있지만, 없는 날은 장을 봐 와 저녁상을 차린다. 저녁 6시 반에는 꼭 둘이 식사하자고 해서, 유코도 그 시간까지는 돌아오려고 하고 있었다.

저녁 시간에 수업이 있는 날은 반대로 유코가 저녁을 차리고 모토이의 귀가를 기다렸다가 함께 식사한다. 일요일에는 외식할 때도 있지만, 저녁 식사는 거의 같은 시간에 거의 비슷비슷한 메뉴를 먹는 걸 둘 다 좋아했다.

오늘 밤도 그렇지만, 주로 식탁에 올라오는 것은 이탈리안 스타일의 메뉴다. 채소를 데쳐 색색으로 담고 생햄이나 치즈, 키위 따위도 없어 올리브오일과 소금을 쳐서 먹는다. 체형 유지에 신경을 쓰는 모토이가 즐기기에 적당한 요리다. 아니, 요리라고 할 정도의 음식은 아니지만, 이 정도만 해도 배가 꽤 찬다.

하지만 늦게까지 일하느라 빈속이었던 유코는 파스타라도 추가할 요량으로 냉장고 안을 물색하기 시작했다. 냉동 새우와 치즈를 펜네와 섞어볼까. 하지만 모토이는 파스타에는 손도 대지 않을 것이다. 유코는 혼자 먹자고 이 시간에 조리하는 게 조금 귀찮게 느껴졌다. 망설이고 있는데 등 뒤에서 모토이의 목소리가 들렸다.

"잘 다녀왔어?"

침실에서 모토이가 나타났다. 풋잠이라도 잤는지 머리칼이 헝클어져 있었다.

"늦어서 미안."

"아냐, 아냐. 수고했어."

이럴 때 모토이는 꽤 다정했다.

"먼저 안 먹었어?"

"응, 좀 잤어."

"모토가 이런 시간에 자다니 웬일이야."

"아니, 그것보다 이 동영상 봐봐."

모토이가 들뜬 모습으로 핸드폰을 건넸다. 까만 화면에 동그란 렌즈 같은 것이 보였다.

"이게 뭐야?"

"아니, 일단 봐보래도."

모토이가 유코의 눈앞에 핸드폰을 들이밀었다. 가만 보니 렌즈 안에 작은 벌레 같은 것이 다수 꿈틀거리고 있었다.

"이게 뭔데?"

"내 정자야."

유코는 놀라서 장난기 어린 미소를 띠고 있는 모토이의 얼굴을 쳐다봤다.

"어떻게 찍은 거야?"

"확대해서 정자를 볼 수 있는 키트를 팔더라고. 인터넷에서 한번 사봤어. 사는 김에 정자를 건강하게 만들어 준다는 영양제도 사서 마셨고. 병원에서 파는 게 아니니까 반신반의했는데, 꽤 효과가 있는 것 같아서 놀랍네. 어때? 내 정자 건강하지?"

모토이는 만족스러운 듯 동영상을 열심히 들여다봤다.

"진짜 건강하네."

유코가 동의하자 모토이는 수줍게 웃었다.

"응, 솔직히 말하면 감동했어. 마흔셋이 됐는데도 건강하다니. 요즘 임신 준비 아예 안 했잖아. 그래서 아직 내 정자가 제대로 살아있나 걱정이 됐거든. 그래서 실전 들어가기 전에 확인해 볼까 하고 산 거야."

"그래? 그런 키트가 있는 줄은 몰랐네."

모토이와 유코는 지난주 리키와 대리모 계약을 마친 참이었다. 리키가 아이를 낳아주는 게 현실이 되자 갑자기 불안이 몰려온 모양이었다. 하지만 동영상을 보고 나니 만족스러운 듯, 넋을 놓고 몇 번씩이나 돌려 보는 모토이를 보며 유코는 마음이 복잡했다.

여자에게 임신 시도는 매우 고된 과정이다. 배란기에 맞춰도 임신이 되지 않아 인공수정으로 전환했을 때, 유코가 임신 시도를 중단하고 싶었던 이유는 자궁 안으로 기구를 넣을 때 겪는 통증 때문이었다. 자궁 입구로 억지로 관을 넣다 보니 몹시 고통스러웠는데, 유코는 꼭 육체적인 통증만이 아니라 더 근원적인 통증이 있는 것 같았다.

민망한 자세를 하고 모토이의 정자를 타인의 손을 통해 자궁에 주입한다는 사실이 언젠가 텔레비전에서 본 가축의 교배를 연상케 했다. 인간이나 가축이나 원리는 똑같다는 사실을 온몸으로 체험하면서 서글픔과 부끄러움이 밀려들었다.

하지만 반복해서 그런 일을 겪었음에도 성공하지 못했고, 끝내 습관성 유산과 난자의 노화라는 진단을 받았다. 지금까지의 노력이 물거품이 되었다는 생각에 실망이 이만저만이 아니었지만, 이걸로 드디어 고통에서 해방된다는 마음도 없지는 않았다. 그래서 입양을 하거나 아니면 부부 둘이 살아가는 것도 좋겠다고 생각을 바꾸려던 참이었는데, 모토이는 의외의 길을 선택했다.

"남자는 좋겠어."

쓰라린 경험이 떠오르자, 엉겁결에 이런 말이 튀어나왔다. 그러자 아니나 다를까 모토이가 과민 반응을 보였다.

"그런 거 아니야. 남자는 빼면 끝이라고 생각하겠지만, 남자도 자기 능력을 평가받는 것 같아서 부끄럽다고."

“하지만 육체적 고통이나 다리를 벌려야 하는 수치스러움은 없잖아.”

“그건 그렇지만…….”

모토이의 얼굴빛이 흐려졌다.

“그래도 남자는 한계가 빨리 오잖아. 여자는 재가 될 때까지 가능하다는 말도 있고.”

“그런 건 그냥 하는 말이잖아.”

유코는 코웃음을 쳤다.

“섹스를 할 수 있다는 말이지.”

“할 수 있는지는 몰라도, 내가 하고 싶은 말은 생식능력 얘기야. 남자는 일흔이 되어도 아이를 만들 수 있는 사람이 있잖아. 여자는 그렇게는 안 되고.”

유코는 습관성 유산인 데다 난자가 노화한 탓에 임신은 불가능에 가깝다는 말을 들었을 때의 좌절이 떠올랐다. 모토이도 유코의 생각을 눈치챘는지 위로하려는 듯 아내의 어깨를 토닥였다.

“뭐 어때. 이제 오이시 씨한테 부탁했잖아.”

“그렇긴 한데…….”

유코는 이미 이야기가 다 끝났다는 듯한 모토이의 말투가 조금 거슬렸다.

“그렇긴 한데, 뭐?”

모토이가 물었다.

“키우는 건 우리니까, 애를 낳지 못하는 나한테도 좀 더 신경을 써줘야 하는 거 아닌가 싶어서.”

“그러네. 미안. 내가 좀 무심했다.”

모토이가 끌어안으려는 듯한 동작을 취했지만, 아직 이해하지 못하는 것 같다는 생각이 들어 유코는 몸을 틀어 피했다.

“왜 그래.”

모토이가 어깨를 으쓱했다.

“일단 얼른 먹자.”

“그래, 출출하긴 하다. 빈속에 자위했더니.”

유코는 무심결에 모토이의 얼굴을 보고 웃었다. 임신 시도는 아프고 부끄럽고 슬프기만 한 게 아니라 어딘가 우스꽝스럽기도 하다. 병원에 따로 마련된 방에서 직원이 틀어준 성인비디오를 보며 자위하는 남편들을 상상하며 누구나 한 번쯤은 웃지 않았을까.

결국 유코는 펜네를 삶아 해동한 새우와 치즈를 버무린 요리를 추가했다. 여간해서는 탄수화물에 손을 대지 않는 모토이도 속이 허했는지 반 이상을 비웠다.

“펜네 맛있네. 유코는 역시 요리 센스가 좋아.”

“그래? 고마워.”

“태어날 아이 말이야, 내 유전자를 이어받긴 하지만 한쪽은 아닌데, 요리 솜씨는 어떨까.”

기분이 들떠있던 모토이는 결국 실언을 했다.

“어머, 오이시 씨도 요리 잘할지도 모르지.”

“설마. 홋카이도 시골 출신이라 그랬으니, 연어나 연어알이 들어간 이시카리나베나 먹어봤지, 고급스러운 요리를 먹어본 적이나 있겠어?"

유코는 '연어알'이라는 단어를 듣고, 소녀의 배를 누르면 질에서 연어알이 나오는 예술 작품이 떠올랐다.

"너무하네. 대리모 해주는 사람한테 그런 심한 말이나 하고."

"미안. 그냥 농담이야."

모토이는 살짝 취한 듯했다. 유코는 슬며시 화제를 바꿨다.

"오이시 씨 말이야, 이름이 리키였지? 남자 이름 같아서 싫었겠다."

모토이는 와인을 마시면서 끄덕였다.

"응, 릿키라고 불렸다고 했었지."

"드문 이름이니까."

"그 사람은 몸이 탄탄해 보이더라. 건강미가 있다고 해야 하나. 분명 건강한 아이를 낳아줄 거야."

모토이가 흡족한 듯 말했다.

"그나저나 오이시 씨가 어떻게 승낙해 줬네?"

얼마 전 주고받은 계약서에는 병원 근무를 그만두고 나면 최대한 몸의 부담을 줄이기 위해 일단 인공수정을 시행하기로 되어있었다. 그렇게 해도 임신이 되지 않으면 체외수정으로 진행하게 된다.

그 착수금으로 일단 200만 엔, 임신이 되면 300만 엔, 그리고 아이가 태어나면 잔액을 지급한다고 약정했다. 그밖에도 '아이가 태어난 뒤에는 회복 상황에 맞춰 최대한 빨리 떠난다', '대리 출산 일은 아오누마에게 소개받은 담당 의사에게만 알리고 다른 병원 직원에는 일절 발설하지 않는다', '리키가 생활하면서 필요한 것은 수시 제공된다', '리키의 신변에 변화가 있을 시에는 낱낱이 보고할 의무가 있다'는 등의 내용이 담겼다.

"오이시 씨에게는 감사하지. 근데 우리 엄마는 플란테에도 돈을 내는데, 대리모한테 1,000만 엔이나 주냐고 놀라더라고."

"어머님이?"

엄격하고 신랄한 시선으로 세상을 보는 지미코라면, 그 정도 말은 할 법했다.

"더 싸게 되는 사람은 없었느냐고 묻길래, 내가 그 애가 마음에 든다고 말해뒀어. 아무리 배만 빌리는 거지만 모르는 나라의 모르는 여자가 낳아주길 바라는 건 아니지 않느냐고."

"배만 빌린다는 표현, 실례야."

"미안. 말이 헛나갔네."

유코가 나무라자 모토이는 머쓱한 표정을 지었지만, 그게 진실된 속마음일 것이다. 모토이는 '모르는 나라의 모르는 여자'보다는 출신 정보도 확실하고, 건강해 보이는 리키가 낳아주니 만족하는 것이다.

"맞다. 엄마가 오이시 씨를 스튜디오에서 지내게 하면 어떠냐고 그러던데. 빈방도 있으니까 임신이 확인되면 여기서 조리하면 되겠다고. 확실히 그것도 일리 있는 말 같아서 제안해 보려고."

유코는 반사적으로 물었다.

"오이시 씨가 동의할 것 같아? 요즘 젊은 사람이야."

"글쎄. 그래도 집세도 안 들고, 밥은 엄마가 해줄 테니까 아무것도 안 해도 되고, 편하지 않을까?"

낙관적인 모토이와 달리 유코는 리키가 승낙하리라곤 생각지 않았다. 리키는 아직 대리모 일을 망설이고 있었다. 망설이면서도 계약을 맺은 까닭은 지금 상황이 어지간히 힘들어서일 것이다. 유코는 레스토랑 화장실에서 거울 속 자신을 응시하고 있던 리키의 어두운 눈빛이 떠올라 가슴이 답답해졌다.

'비즈니스는, 좀 더 대등한 느낌 아닌가.'

그날 무의식중에 내뱉은 말에 리키는 흠칫 놀란 표정을 지었다. 계속 리키의 마음속에 걸려있던 무언가를 유코가 수면 위로 끌어올린 건지도 몰랐다.

"요즘 젊은 여자들은 더 자유롭고 싶어 하지 않을까."

"그렇지만 임신하면 내 아이니까 우리 말도 어느 정도는 들어줘야지. 다른 사람들과의 관계도 생각도 좀 해보고."

모토이는 은연중에 오만함을 살짝 내비쳤다. 그 사실을 깨닫지 못하는 것은 정자의 운동량을 보고 안심했기 때문일까.

"지금 말투 무례하게 들려."

"그렇지만 그 사람한테 거금을 주잖아."

"그렇다고 그런 것까지 구속해도 되는 거야?"

"구속하는 게 아니라 안전하고 편안한 환경을 제공하고 싶은 거야. 이를테면 가족 같은 거지."

안전과 편안함은 리키 본인이 그렇게 느껴야 의미가 있다.

그러니 한쪽이 제공한다는 말은 건방지다. 유코는 입을 다물고 있었지만, 속으로는 끊임없이 솟아나는 의문과 그에 뒤따르는 불쾌감과 싸우고 있었다.

"아이가, 나중에 내가 진짜 엄마가 아니라는 걸 알게 되면 어떻게 될까."

무심결에 내뱉은 말이 모토이의 귀에 들어간 모양이다.

"난 그 아이에게는 언젠가 진실을 알려줘야 한다고 생각해. 그게 자연스러운 일이기도 하고, 해외에서는 입양한 아이에게 일찌감치 알려주는 것 같던데?"

"우리는 진짜 양자도 아니고, 여기는 해외가 아니잖아."

유코가 반론했다. 모토이의 아이지만 유코의 아이는 아니다. 그 아이는 자신을 어떻게 생각할까. 진실을 알게 되면 친모인 리키를 만나러 가려고 하진 않을까.

엄마로서 최선을 다해 키워도 언젠가 배신당할 것 같은 생각이 드는 건 아무래도 자신이 없어서일까.

이런 게 걱정돼, 저런 게 불안하기도 해, 하고 모토이에게 골백번을 말해도 소용없을지도 모른다. 여자와 남자의 감정은 마치 평행선 같아서 아무리 가도 교차할 일은 없을 테니까. 하지만 우리는, 그럼에도 부부다.

유코는 와인잔을 옆에 놓고 논쟁으로 달아오른 뺨을 양손으로 지그시 눌렀다.

머칠 뒤, 리리코에게서 오랜만에 연락이 와 누가 먼저랄 것도 없이 밥 한번 먹자는 이야기로 흘러갔다. 장소는 리리코가 정했다. 간다에 있는 중국 동북요리점이라고 했다.

고가도로 아래에 자리한 허름한 가게는 선뜻 들어가기가 망설여지는 왁자지껄한 분위기의 술집이었다. 일찍 도착한 유코는 삐걱대는 계단을 통해 2층으로 올라갔다. 2층은 이미 직장인인 듯한 남자들로 북새통을 이루고 있었다. 너 나 할 것 없이 큰 소리로 떠들어 굉장히 시끌벅적했다.

유코는 리리코가 올 때까지 혼자 어떻게 있나 걱정하고 있는데, 구석에서 리리코가 웃지도 않고 손만 흔들며 걸어왔다.

까만 롱티셔츠에 까만 스커트와 까만 양말이라는, 변함없이 새까만 차림에 새파란 베레모를 쓰고 있다. 지난번에는 주홍이더니, 오늘은 파랑이다. 화장기도 없는 데다 부루퉁하게 음침한 얼굴을 하고 있으니까, 파란 베레모만 유독 아름답게 보였다.

"리리코, 오늘 완전 예술가인데."

"일단 생맥주, 오케이?"

"인사도 없이 훅 들어오네."

유코는 머쓱한 웃음을 보이며 자리에 앉았다.

"그리고 양꼬치랑 쯔란양고기볶음, 양고기군만두, 건두부냉채면 될까?"

혼자서 메뉴판을 보면서 주문할 요리를 마음대로 정한 뒤, 리리코는 처음으로 얼굴을 들었다.

"유코, 양고기 먹어?"

"좋아해. 근데 메뉴 너무 많지 않아?"

"그런가? 이 정도는 먹을 수 있을 거야."

주문을 넣은 뒤 리리코는 테이블 위로 엎어지듯 팔꿈치를 괴고 가게 안을 둘러봤다. 유코도 그 시선을 따라갔다. 술에 취해 흥분한 남자들의 걸걸한 목소리가 가게 안을 울려 귀가 얼얼했다. 한 중년 남성이 흥미로운 듯 리리코의 얼굴을 쳐다봤지만, 눈썹도 그리지 않은 짜증 가득한 얼굴에 놀랐는지 당황해서 눈길을 피했다.

생맥주가 나오고, 한 모금 마신 유코가 맥주잔을 내려놓기도 전에 리리코가 물었다.

"그때 그거, 어떻게 됐어?"

"그거?"

"그거 말이야, 그거."

"우리 섹스를 그리고 싶다는 이야기?"

"아니, 그건 농담이고."

그 대단한 리리코도 멋쩍게 웃으며 속삭였다.

"아이 이야기."

"아아, 그거. 대리모 해줄 사람이 정해졌어. 스물아홉 살짜리 여자."

"와우, 대박이네. 어떤 사람인데?"

"홋카이도 출신인데, 병원 접수 업무 같은 거 한다고 하더라고. 맞다. 기타무키종합병원이라고 알아? 거기서 일한다던데."

병원장 딸인 리리코는 뭔가 알고 있을까 싶어 물었지만, 리리코는 아무런 관심도 없는지 고개를 옆으로 저었다.

"모르겠는데."

"그래. 무슨 상관이겠니. 아무튼 거기서 일하는 애가 나 대신 낳아주기로 했어. 근데 이거 비밀이다. 너한테만 말하는 거야. 너도 아무한테도 말하면 안 돼. 애가 태어난 뒤에 애 귀에 들어가면 가엾잖아."

그런 말을 하면서 이런 미래까지 걱정해야 하는 건가 싶어 유코는 진절머리가 났다. 리리코는 이런 웃지 못할 상황을 이해했는지 쓴웃음을 지었다.

"말 안 해, 그런 거. 근데 어떤 사람이야?"

"그게, 모토 말로는 나랑 좀 닮아서 마음에 든다고 하더라고. 그런데 난 그렇게 닮았는지 모르겠어. 뭔가 나보다 내향적인 느낌이 나던데. 요즘 사는 게 힘든가 싶었어. 체격은 좋아. 그러니까 몸은 건강한 것 같은 사람. 지금 당장 돈이 필요한지 마음은 아직 확실하지 않은 것 같았는데, 일단 계약은 마쳤어."

"얼마나 줘?"

건두부냉채 접시에 젓가락을 찔러넣으며 리리코가 물었다. 유코는 대답 대신에 손가락 하나를 세웠다.

"대박. 한 장까지나 갔다고?"

"그 애가 직접 말하더래. 낳을 테니까 1,000만 엔 주세요, 라고. 그래서 들어줄 수밖에 없었다고 모토가 그러더라. 그런데 생각해 보니 모르는 남자의 정자를 자궁에 넣고, 임신하면 목숨 걸고 낳아야 하니 그 정도는 받아도 되지 않나 싶기도 하네."

"여유 있네, 유코."

리리코가 유코의 옆얼굴을 관찰하듯 보았다.

“아니, 모토네 어머니가 내주시는 거라.”

“손주를 위해서라면 그 정도 희생쯤은 가능하다는 건가. 근데 그럼 유코는 완전히 외부인으로 튕겨져 나가는 거 아냐?”

“그러게.”

외부인으로 튕겨 나간다라, 정확한 표현이다. 확실히 대리모에게 의뢰해 보기로 결정한 뒤로 모토이와 지미코의 유대는 전보다 더 돈독해진 것 같다. 아니, 그렇다기보단 유코의 존재가 약해진 것뿐인지도 모른다.

“게다가 그 애가 임신하면 스튜디오에서 살게 하고 싶다는 둥 그러더라고.”

“못네 어머니가 계신 곳에?”

“맞아.”

“감금할 작정인가.”

리리코는 그렇게 중얼거리고는 이어서 나온 양꼬치를 손으로 집었다. 이로는 고기를 잡아빼면서, 번뜩이는 눈으로는 유코를 바라보고 있었다.

“그거 유코만 점점 소외되는 거잖아.”

“그러게. 붙잡고 의지할 데가 없는 느낌이야.”

“아기가 태어나고 나면 그 여자는 적당히 내쫓고, 모자 둘만 찰싹 달라붙으려는 거 아냐? 구사오케 발레 스튜디오의 후계자가 생긴 거잖아.”

“뭐, 그러려나.”

유코는 접시에 담긴 고소한 큐민볶음의 고기를 집었다.

"하이볼 마실 건데, 유코도 마실래?"

"마실래."

유코는 리리코가 자신의 불안을 정확히 짚어내고 있다는 생각이 들었다.

"모토는 글쎄, 정자의 움직임을 볼 수 있는 키트를 사서 확대경으로 매일 관찰하고 있는 모양이야."

"아, 그 확대경, 알아. 걸작이지."

갑자기 리리코가 관심을 보였다.

"그 동영상은 갖고 있어?"

"없어. 모토가 보여줄 때 본 게 다야."

"에이, 아쉽네."

작품에라도 쓸 생각이었는지 리리코는 진심으로 실망한 눈치였다.

"누구나 구매할 수 있는 모양이니까, 그 키트 사서 누구한테든 해달라고 하는 건?"

"안 돼. 그런 거 부탁할 사람 없단 말이야. 이모부는 나이가 있으니까 분명 사정도 못 할 거라고. 아아, 그 동영상 보고 싶다. 재미있을 것 같은데."

리리코는 핸드폰을 꺼내 이것저것 검색하기 시작했다.

"아, 찾았다."

유튜브에 정자 동영상이 많이 올라와 있는지 리리코는 하나씩 열심히 보기 시작했다. 그러더니 고개를 숙인 채 유코에게 말했다.

"정자는 이렇게 가시화할 수 있는데 말이야, 난자는 잘 안 보이니까 재미없네."

"그러게. 근데 내 건 어차피 안 보이겠지."

자학도 뭣도 아니라 유코는 솔직하게 말했다.

"뭐, 나도 상관없기는 해."

리리코가 깔깔 웃으면서 동의했다.

"그래도 슬프지 않아. 섹스 따위 평생 안 할 거거든."

"나도 슬프진 않은데, 뭔가 모토가 날 두고 앞서가 버린 것 같아. 혼자 뒤처진 기분이랄까. 그래도 임신이 안 된다는 걸 알고 나니까, 실컷 섹스나 즐겨볼까 싶은 마음도 들고."

리리코가 입꼬리를 비틀어 올리며 웃었다.

"그거 괜찮네. 한번 해봐."

"모토는 요즘 의욕이 없긴 하지만."

"그런 건 기구로 즐기면 돼. 난 늘 그래."

리리코는 아무렇지 않다는 듯 말을 이었다.

"요즘은 흡입형이 꽤 괜찮더라고."

리리코는 거리낌 없이 속내를 털어놓았다. 춘화만 그려대는 사람인 만큼 처녀일 리는 없다고 막연히 짐작해 왔지만, 남자와의 관계를 즐기지 않을 뿐 쾌락 자체는 충실히 누리고 있는 모양이었다. 유코는 자기만 빼고 모두가 금기 너머의 세상으로 건너가 버린 듯한 기분이 들었다.

리리코가 민망한 단어들을 큰 소리로 내뱉자, 주변의 직장인들이 슬쩍슬쩍 시선을 던지기 시작했다. 리리코가 한마디 할 때마다 방금 전까지 떠들썩하던 가게 안이 잠시 숨을 죽였다.

"봐, 남자는 발상이 죄다 자기 위주라 빈곤해. 그냥 넣고 왔다 갔다만 하면 여자가 느끼겠지, 그 정도밖에 생각을 못 한다니까. 그런데 여자는 그런 걸로 만족 못 하잖아. 그런 점에서 이런 기구들은 정말 굉장해. 과학 기술의 승리지. 나는 이 시대에 태어나서 정말 행복하답니다."

리리코가 열변을 마친 순간, 바로 뒤에 앉아있던 중년 남성이 의자 등받이에 팔을 올리고 굳이 돌아앉아 리리코의 얼굴을 확인하려 들었다. 그러나 리리코는 눈치채지 못한 채 하이볼을 들이켰다.

유코와 남자의 눈이 마주쳤다. 남자는 멋쩍은 듯 돌아서나 싶더니, 이내 노골적으로 유코의 얼굴을 빤히 쳐다봤다. 술집에서 주변 눈치도 안 보고 저속한 이야기를 해대는 여자들이 기가 찬 모양이었다. 유코는 남자의 시선을 피하며 리리코에게 눈치를 주었다.

"목소리 좀 줄여서 말해. 창피해."

"왜? 뭐가 창피해?"

리리코는 큰 소리로 되물었다. 리리코는 유코의 소심함을 놀리는 짓궂은 구석이 있다. 그건 유코가 상업적인 작업을 할 때도 종종 그랬다.

하지만 유코는 리리코가 큰 병원의 병원장 딸이니 아등바등 일하지 않아도 먹고살 수 있어서, 본인은 다른 사람의 눈살을 찌푸리게 하는 춘화를 계속 그리면서도 아티스트로서의 긍지를 유지할 수 있는 것이라고 생각했다.

"세상에는 그런 말을 못 참는 사람도 있다는 이야기야. 성희롱 소리 들어."

"뭐야. 고리타분해. 여기 있는 아저씨들은 다들 좋아할 텐데, 뭐가 성희롱이야?"

리리코는 코웃음을 치며 호기롭게 주위를 훑었다. 그녀의 적의가 느껴진 건지 주변 남자들은 당황해서 눈길을 피했다.

"그만해. 다 들린다니까."

유코는 조마조마해서 리리코의 폭주를 막으려고 했다. 그러자 리리코는 발끈해서 응수했다.

"유코, 사람이 왜 그렇게 재미없어졌어? 결혼해서 그래?"

리리코가 담배에 손을 뻗었다. 이곳은 요즘 가게치고는 드물게 흡연이 가능했다. 리리코가 이 가게를 고른 것도 그런 이유일 것이다. 리리코 외에도 당당하게 담배 연기를 내뿜는 남자들이 몇 있었다.

"내가, 재미없는 사람이라고?"

결국 유코도 기분이 상해, 들고 있던 젓가락을 접시 위에 내려놓고 팔짱을 꼈다.

"응, 보수적으로 변했어."

리리코가 담배에 불을 붙이고 연기를 내뱉었다.

"난 반대로 묻고 싶은데. 리리코는 왜 그렇게 삐딱하게 굴어? 페니스 그림도 마찬가지야. 일부러 상스러운 거 그리면서 아티스트인 척하잖아.”

유코는 말을 뱉고 눈을 질끈 감았다. 스스로 생각해도 최악인 말이었다. 아무리 친한 친구여도 해서는 안 될 말이 있는데.

“아티스트가 아티스트인 척하는데 뭐, 잘못됐어?”

리리코가 옅게 웃었다.

“상관없잖아.”

그녀의 반응에 유코는 어깨를 으쓱하고는 리리코에게 사과했다.

“미안. 오늘 뭔가 이상하다.”

“뭐가 이상해?”

“뭐가가 아니라 내가 이상하단 말이야.”

대화가 자꾸 어긋나는 느낌이 들었다.

“그럼 말이 나왔으니까 하는 말인데, 확실히 말할게. 쓸데없는 참견인데 난 너희 부부가 대리모한테 의뢰하는 거 반대거든. 진짜 이런 말 듣고 싶진 않겠지만 아무리 생각해도 납득이 안 돼.”

또 아이 이야기로 돌아왔다. 리리코는 반대할 거라고 어느 정도 짐작하곤 있었다. 유코는 이참에 그 근거를 들어봐야겠다고 생각했다.

“왜 반대하는데?”

“자궁 착취, 여자의 인생을 착취하는 거니까.”

“하지만 본인이 승낙한 거야.”

“돈이 없으니까 받아들인 거잖아. 팔 게 없으니까 난자랑 자궁을 판 거라고. 완벽한 착취지. 그 사람이 돈이라는 대가가 없다면 남의 집 아이를 출산하겠어?"

더 말하지 않아도 유코는 그 말의 의미를 알았다. 그녀의 속에서도 리리코와 똑같은 의문이 있었으니까. 하지만 세상의 여느 부부들처럼 아이를 갖고 싶어 하는 게 그렇게 나쁜 일일까.

남성 커플은 여성의 도움 없이는 아이를 가질 수 없다. 그들이 아이를 가지고 가족을 꾸리고 싶다고 했을 때 협조하는 여성에게도 리리코는 '착취당한다'라고 말할 수 있을까.

"남남 커플도 자궁이 없으니까, 아이를 가지면 안 된다는 말이야?"

"기본은 그렇지."

"근데 말이야, 말은 그렇게 해도……."

생식 기술은 무서울 정도로 발달하고 있다. 영국에서는 여성 커플 중 한쪽이 제공받은 정자로 수정란을 만들고, 그 수정란을 파트너의 자궁에 이식해 함께 낳았다는 이야기도 있었다. 생식 기술을 따라가지 못하는 건 오로지 법과 인간의 감정뿐일지도 모른다.

"말은 그렇게 해도, 뭐?"

리리코가 다음 말을 채근했다.

"리리코는 섹스 자체를 혐오하니까 아이를 갖는 문제랄까, 생식 자체를 부정하고 있는 거 아냐?"

"맞아."

리리코는 언제나 명확했다.

"난 남자라는 생물을 좋아하지 않아. 그러니까 인간은 모름지기 자신만을 위해 살아야 한다는 말이지."

"그럼 LGBTQ야?"

"요즘은 LGBTQIA라고 해. 난 에이섹슈얼이야. 다른 사람에게 성적 끌림이 없다고 했잖아."

"에이섹슈얼?"

"상대가 남자든 여자든 성적 욕구도 일지 않고, 연애도 하지 않는 사람들."

에이섹슈얼이라는 용어는 몰랐지만, 유코는 리리코의 연애나 성에 대한 초연한 태도를 보며 전부터 뭔가 다른 걸 느끼고 있었기 때문에 쉽게 수긍했다.

"그래. 리리코는 확실히 소수파일지도 몰라. 하지만 그렇다고 해서 타인을 비판해도 되는 거야? 사람은 다 다르잖아."

"소수파니까 비판하는 거 아닐까. 난 말하자면, 가족제도에서 떨어져 나온 진정한 안티잖아. 그런 안티 인간이 세상의 상식에 의문을 던지지 않으면 유코 같은 사람이 남자 입맛 따라 휘둘리는 거야."

"리리코, 넌 지금 내가 남편한테 휘둘리고 있다고 생각하는구나."

뜻밖의 지적이었다. 확실히 지금은 모토이에게 끌려가고 있었다. 하지만 유코는 난임 치료를 받을 때만 해도 언젠가 반드시 내 아이를 갖겠다고 다짐하며 그 고통을 견뎠다. 그러니까 힘든 치료 과정도 참아낼 수 있었던 것이다. 그때의 자신은 완벽하게 주체적이었다고, 유코는 생각했다.

"방금 한 말은 내가 좀 지나쳤네. 미안."

리리코는 순순히 머리를 숙였다.

"근데 유코는 아이 없이 살겠다고 막 정한 참이었잖아. 그러다 갑자기 어린 여자한테 출산을 의뢰하는 방향으로 튼 것도, 못이 강하게 밀어붙여서 아니야?"

"뭐, 말하자면 그렇긴 한데."

"못을 설득하지 못한 거지?"

유코는 선뜻 대답하지 못했다. 설득을 시도하기도 전에 아이를 갖고 싶다는 모토이의 집념 앞에서 이미 한발 물러서 버린 것 같았다. 사실 유코의 마음속에서도 둘 사이에 아이가 있다면 삶이 얼마나 다채로워질까 상상하던 마음이 완전히 지워지지는 않았다. 그런 아이를 만드는 일에 자신이 관여하지 않는다면 앞으로 어떤 미래를 살아가게 될까. 그려지지 않는 그 모습 때문에 유코는 망설이고 있었다.

대리모 제안을 받아들인 리키를 떠올리면 마음이 복잡해졌다. 그렇다고 리리코처럼 분노를 쏟아낸다고 해결될 문제도 아니었다.

유코가 그런 생각을 하는 사이, 리리코는 턱을 괴고 가게 벽에 붙어있는 사진이 박힌 메뉴판을 바라보고 있었다. 수제차슈, 훠궈 세트, 삼겹살, 백김치, 산초매운볶음밥. 그러다 리리코가 느닷없이 말했다.

"가문의 존속을 위해서라고 한다면, 완전 에도시대네."

"가문의 존속?"

유코는 고개를 저었다.

"아니, 본인 말로는 업그레이드된 자기 유전자가 보고 싶대."

그 말을 하자, 문득 떠오르는 장면이 있어 유코는 웃으며 덧붙였다.

"무슨 마일리지 적립하는 것도 아니고. 내가 보기엔 이기주의의 극치야."

리리코가 황당하다는 듯 눈을 크게 떴다.

"나도 그 말을 들었을 때는 좀 황당하긴 했어."

"그렇지? 그런 남자랑 잘도 살고 있네."

리리코가 다시 도발하듯 말했다.

"그건 오지랖이야. 난 모토이를 남자로서 좋아해. 여자로서 끌린다고."

"그럼 못의 남근이 좋은 거라고 확실히 말해."

리리코가 힐끔 곁눈질을 하며 하이볼을 비웠다.

"말 참 거칠게 하네. 그런 단어 쓰는 건 너밖에 없을 거야. 무슨 당근 같아서 웃기잖아."

유코는 그렇게 말하며 저도 모르게 웃음을 터뜨렸다. 정작 당사자인 모토이는 아내와 친구가 이런 적나라한 대화를 나누고 있다는 걸 꿈에도 모를 것이다.

"그러니까 내가 묻고 싶은 건 이거야. 못이랑 자고 싶어서 좋아진 건지, 좋아하니까 자고 싶어진 건지. 만약 섹스가 만족스러울수록 상대가 더 좋아지는 거라면 굳이 그 사람이 아니어도 속궁합만 잘 맞으면 괜찮다는 소리잖아. 그건 어떻게 생각해?”

유코는 당황했다. 왜 이렇게 지극히 사적인 이야기를 조금만 귀를 기울이면 누구나 들을 수 있을법한 가게에서 해야 하는지 알 수 없었다. 리리코의 삐딱한 태도에 말려들고 싶지 않다는 생각에 잠시 말문이 막혔지만, 그렇다고 대답할 말이 없는 것도 아니었다.

뭐라고 답해야 할지 잠시 고민하고 있는데, 뜻밖의 방향에서 목소리가 끼어들었다.

“저기, 실례지만…… 잠깐 껴도 괜찮으신가요?”

리리코 바로 뒤에 앉아있던 남자였다. 조금 전 일부러 고개를 틀어 유코의 얼굴을 바라보던 중년 남성이다. 머리카락이 듬성듬성해진 걸 보니 40대 후반쯤으로 보였다. 와이셔츠 차림에 술기운이 오른 듯 얼굴이 불그레했다.

일행은 네 명쯤 되는 듯했고, 옆자리의 젊은 남자가 그의 어깨를 붙잡고 말리려 들었다. 하지만 중년 남성은 그 손을 뿌리치고 소리를 내며 의자를 밀어냈다.

“왜 그러시죠?”

리리코가 돌아보자, 남자와의 거리가 좁혀졌다. 남자는 갑자기 리리코의 얼굴을 가까이에서 마주해 주눅이 든 것 같았다.

“말씀 중에 죄송합니다.”

남자는 정색하고 사과했다.

“저기, 아까부터 어쩌다 보니 얘기가 들렸는데, 흥미진진한 이야기라 저도 모르게 집중해서 듣고 말았거든요. 저도 좀 끼워주실 수 있나요?”

일행들은 “과장님, 그만하세요.” 하고 말리기도 하고, 유코네 쪽을 향해 “죄송합니다.”, “이 사람 취했어요.” 같은 말을 저마다 덧붙이며 고개를 숙였다.

“아뇨, 두세요. 괜찮습니다.”

리리코는 뜬금없이 낯선 남자가 말을 건 게 재미있는 듯 빙긋거렸다. 그녀의 태도에 안도했는지 중년 남성이 다행이라는 듯 질문했다.

“저기, 두 분 말씀을 듣고 있었는데요. 아주 흥미롭고 배울 점이 많아 보이더군요. 아, 이건 진심입니다. 실례지만 어떤 일을 하시는 분들인가요? 여쭤봐도 될까요?”

“그럼요. 일본화가예요.”

리리코가 답한다.

“전 일러스트레이터예요.”

유코도 어쩔 수 없이 솔직하게 말했다. 리리코가 금세 논쟁에 뛰어들 준비를 마친 것처럼 보여 유코는 이후의 일이 괜히 걱정됐다. 가게 안에서 유일하게 여자 둘이 앉아있는 테이블에 술 취한 사람이 말을 걸자, 주변의 직장인 무리도 흥미롭다는 눈길로 이쪽을 바라보고 있었다.

“일본화가시군요. 역시 뭔가 다르네요. 아우라라고 해야 할까요?”

중년남이 압도된 듯 감탄하며 말했다.

“일본화가라고 해도 이런 그림만 그립니다만.”

담담하게 말한 리리코가 일어나서 명함을 건넸다.

"잘 부탁드립니다."

직함에는 '춘화 작가'라고 적혀있었고, 표면에는 리리코의 극채색 춘화가 인쇄돼 있었다. 여자아이의 건강과 행복을 비는 행사인 히나마쓰리 때 쓰는 인형을 배경으로, 새빨간 융단 위에서 성교하는 남녀의 그림이었다. 아마도 어린 딸이 있을 법한 어머니의 불륜 현장을 그린 그림일 것이다. 결정적인 부분은 금색 원으로 가려져 있었다. 이 그림은 얼마 전 개인전이 열렸을 때 갤러리 앞을 지나던 파견직 여성이 한눈에 반해 15만 엔을 할부로 주고 사갔다고 들은 작품이었다.

"이렇게 멋진 명함은 처음 봅니다."

중년 남성은 놀란 기색으로 일행에게 명함을 보여주었다. 그들도 돌아가며 감탄사를 흘렸다.

"저도 하나 받을 수 있을까요?"

"저도 부탁드립니다."

남자들이 하나둘 자리에서 일어나 명함을 내밀었다. 간다에 본사가 있는 대형 인쇄 회사 직원들이라고 했다. 리리코도 그녀치고는 드물게 살가운 티를 내며 명함을 건넸다. 유코 역시 이 인연이 일로 이어질 수도 있겠다는 생각에 명함을 교환했다.

"종이도 좋고, 색감도 정말 잘 나왔네요. 돈이 꽤 들어간 명함 같습니다."

처음 말을 걸었던 남자가 감동한 듯 말했다. 남자의 이름은 미쓰모리였다.

"'견적 뽑는다 할 때'의 그 미쓰모리입니다."

그렇게 말하며 몇 번이나 강조했지만 일행에게는 모두 '과장님'이라고 불리고 있었다.

"맞아요. 한 장에 100엔 가까이 들었나?"

리리코가 고개를 갸웃하며 말했다. 돈 문제라면 리리코에겐 별일도 아니었을 것이다.

"저희 쪽에서 하면 더 싸게 해드릴 수 있습니다. 견적 한번 받아보세요."

미쓰모리가 약삭빠르게 말하자, 일행들 사이에서 웃음이 터졌다.

"그럼, 과장님. 마침 명함이 다 떨어졌으니 부탁드릴게요."

리리코가 새침하게 말했다. '춘화'라는 단어에 낯선 남자들이 몰려드는 개인전에서 단련된 덕인지, 이런 상황에서 리리코는 유난히 능숙했다.

"네, 뭐든 말씀만 주세요."

남자들은 여성 춘화 작가인 리리코에게 지대한 관심을 보이고 있었다.

"저기, 그림 그릴 때는 실물을 보고 그리나요?"

누가 성희롱의 경계를 아슬아슬하게 넘나드는 질문을 하자, 미쓰모리가 흘겨보듯 그 남자를 노려봤다.

"죄송합니다. 대답할 필요 없어요."

"아뇨, 괜찮아요. 그런 질문은 워낙 자주 들어서. 저는 우키요에 춘화에 나오는 남근을 참고해서 그려요. 대체로 크게 과장되어 있는데, 그게 흥미로워서요."

태연하게 리리코의 입에서 나오는 남근이라는 단어는 너무 자연스러워 야한 느낌이 들지 않았다. 리리코는 개인전을 찾은 흥미 본위의 손님에게 비슷한 질문을 자주 들었는지 설명하는 게 제법 능숙했다.

"그럼 실제 행위를 보고 그리는 건 아니란 말이네요."

다른 남자가 신기한 듯이 질문했다.

"네, 참고하고 싶지만 아무도 안 보여주거든요."

리리코의 대답에 테이블에서 웃음이 터졌다.

"거봐, 그럴 수밖에 없지."

누군가 맞장구치자 다른 남자가 웃으며 말했다.

"그래도 보여주고 싶어 하는 사람도 있지 않겠어요?"

"네, 그 부분이에요. 제 입장에서 보면 성교라는 건 사람마다 다 다른데, 어쩐지 우스꽝스러운 느낌이 있거든요. 절박하고 우스꽝스러운 그 골계미를 그림에 담고 싶은 거예요."

그때 안쪽에 앉아있던, 미쓰모리와 비슷한 또래로 보이는 간간한 인상의 남자가 조심스럽게 입을 열었다.

"옛날에는 춘화를 여자가 시집갈 때 들려 보냈다고 하지 않습니까? 정보가 부족하던 시대의 성 교과서 같은 역할을 했다는 얘기도 있고요. 그런 걸 요즘 시대에 그린다는 건…… 어떤 의도랄까, 콘셉트가 있으신 건가요?"

리리코는 재미있다는 듯 웃었다.

"그냥 제가 남근의 형상을 좋아해서요."

너무나도 분명한 대답에 일동이 술렁였다.

"그런 걸 좋아하시나요?"

미쓰모리가 머뭇거리며 물었다.

"네, 좋아해요. 막 변하고, 그런 게 재미있잖아요."

"저기, 아까 살짝, 데라오 씨가 남자는 싫어하신다고…… 그런 이야기를 들었는데요. 남자는 싫은데, 남근을 좋아할 수 있나요? 모순 아닌가요?"

"그런가. 전 남자는 좋아지지 않던데, 남근은 사랑해요."

허, 하고 탄식하는 듯한 소리가 들린다.

"구사오케 씨도 그런 일러스트를 그리시나요?"

미쓰모리 옆에 앉아있던, 아까 과장을 말리던 검은 테 안경의 젊은 남자가 유코에게 물었다. 지나치게 예의 바른 태도가 오히려 더 조심스러워 보였다.

"아뇨. 저는 아주 평범한 일러스트레이터예요. 주문이 들어오면 그에 맞는 그림을 그려서 납품하는 정도라서요."

유코는 조심스럽게 대답했는데 리리코가 덧붙였다.

"얘는 책 표지 작업도 하고 있고, 잡지에도 그림이 들어가요. 분명 어딘가에서 얘 일러스트를 봤을 거예요. 잘나가거든요."

"호오, 그래요?"

리리코의 말에 명함을 다시 확인하는 남자도 있었다. 그들 중 몇 명인가는 직업상 나중에 일러스트레이터 연감 등에서 확인해 보겠거니 유코는 생각했다.

"저, 데라오 씨. 데라오 씨는 남자가 싫다고 하셨죠. 전 여자도, 여자와의 섹스도 좋아하는데 어떻게 안 되겠습니까?”

미쓰모리가 리리코와 유코를 똑같이 번갈아 보면서 말했다. 의심의 여지 없이 분위기를 띄우려는 시답잖은 질문이었다.

“안 될 것 있나요? 좋으실 대로 하세요.”

리리코가 대답했다.

유코가 한숨을 쉬며 고개를 돌리자, 미쓰모리가 사과했다.

“죄송합니다. 쓸데없는 질문이었습니다.”

“과장님, 성희롱이에요.”

부하에게서 한소리가 날아들었지만 미쓰모리는 실실 웃고 만다. 그러자 검은 테 안경의 젊은 남자가 조심스럽게 끼어들었다.

“아까 어깨 너머로 에이섹슈얼이라는 단어를 들었는데요. 그렇게 말씀하신 거 맞죠?”

“네, 맞아요.”

“실은 저도 그런 게 아닌가 생각해서요. 제가 사내에서는 유명한데, 동정이거든요.”

일행이 와, 하고 웃었지만 리리코는 웃지도 않고 끄덕였다.

“저도예요.”

“그렇죠?”

검은 테 안경이 반가운 듯 동조했다.

“과장님은 여자가 좋다고 하셨지만 저는 여자에게 연애 감정이 든 적이 한 번도 없어요. 남자한테도요. 물론 일반적인 호불호는 있지만 단순한 친구거나 지인 수준에서 그치는 거, 그런 거 맞죠?"

"저도 그래요. 전 남자를 보고 설렌 적도 없고, 성욕도 느끼지 않아요. 동성에게도 그렇고요. 어릴 때는 내가 유별난가 싶었는데, 억지로 좋아하려고 해봤자 기분만 상한다는 걸 깨달아서 내 감정은 내버려두기로 했어요. 이렇게 세상에서 동떨어진 기분이 그림 그리는 데는 또 딱 좋거든요. 그래서 나는 혼자가 좋은 사람이구나, 를 깨달았습니다."

리리코는 검은 테 안경 쪽을 보면서 담담하게 말했다.

"그 얘길 들으니 마음이 좀 놓이네요. 저는 이대로 가다간 억지로 결혼하고 억지로 아이를 만들어야 하는 건가 불안했거든요. 사랑할 수가 없는데, 그런 척은 할 수 있는 걸까 하면서요."

"아이 같은 건 억지로 만들지 않아도 자연스럽게 생겨."

깐깐해 보이는 남자가 헤살을 놓았다.

"아니, 여자랑 섹스 같은 걸 하고 싶지 않다니까요."

검은 테 안경이 다시 반론했다.

"그래도 상대방이 아이를 원한다고 하면 해야지 별수 있나. 남자는 여자가 말하는 건 거의 다 들어줘야 하거든."

다른 중년 남성이 웃으면서 말했다.

"아이 만드는 건 굳이 따지자면 마누라 분부대로 하는 거 아니겠어?"

"그럼, 그럼."

남자들이 그 이야기에 열을 올리자 검은 테 안경은 곤혹스러운 듯 고개를 떨구었다.

이야기를 듣던 리리코가 힐끗 유코 쪽을 봤다. 친구가 상처받지는 않았을까, 걱정하고 있는 듯했다.

유코는 괜찮다는 듯 끄덕여 보였다. 다양한 사람이 존재하고, 다양한 형태의 욕망이 존재하고, 다양한 관계가 존재한다. 그러니 성이든 생식이든 한 가지 정답만 있는 건 아니다. 그 생각 끝에 유코는 남편과 리키 사이에서 태어날 아이를 한번 키워보자, 그런 생각을 했다. 답답했던 가슴의 응어리가 풀린 듯한 획기적인 밤이었다.

"불러줘서 고마워."

유코는 리리코에게 고마움을 전했지만 목소리가 작아 들리지 않은 모양이다. 리리코는 남자들의 이야기를 자못 진지하게 듣는 척하고 있었다. 하지만 본인은 의식하지 못하는 냉소가 유코의 눈에는 보였다.

3장

수정 순례

1

리키는 왼손 약지를 내려다봤다. 손가락에 낀 반지가 공항의 눈부신 조명을 받아 금빛으로 반짝거렸다. 일반적인 결혼반지보다는 굵직하지만, 결혼의 증표로 남편에게 선물받은 걸까 싶게 만드는 심플한 디자인이다. 그러나 영원한 사랑을 맹세한 기억 따위는 없으니 값싼 도금 반지일 뿐이다.

신주쿠역과 연결된 루미네 신주쿠에서 산 1만 2,400엔짜리 반지다. 물론 이 반지를 고른 사람도, 돈을 낸 사람도 리키였다. 리키는 지금 구사오케 모토이의 부인이다. 호적상 이름도 구사오케 리키로 되어있다. 그래서 유부녀가 된 증표로 고향 사람들에게 보여주기 위해 샀다. 부모님, 오빠, 말 많은 이웃들, 작은 마을이니 아마도 마주칠 친구와 전 회사 동료 그리고 예전에 사귀었던 남자.

일본에서는 혼인 혹은 사실혼 관계가 아니면 인공수정을 할수 없다. 그래서 모토이와 유코는 리키가 인공수정을 할 수 있게끔 부러 이혼했다. 그렇게 모토이와 법률상 부부가 되고, 리키의 성은 구사오케가 되었다. 사실혼 형태도 고려했지만, 클리닉 직원들이 괜히 파고든다거나 태어날 아이를 양자 취급하는일이 없으면 좋겠다는 모토이의 바람으로 혼인신고서를 제출하게 되었다. 순조롭게 임신이 되어 모토이의 아이를 낳는다면,리키는 모토이에게 아이를 건네고 이혼한 후, 모토이는 유코와재혼한다, 고 약정이 되어있었다.

만일 임신과 출산에 실패한다면 모토이와 유코의 이혼은 허사가 되니 아주 번거로운 절차지만, 합법적 테두리 안에서 안전하게 인공수정을 하기에는 그 방법이 낫다는 아오누마의 조언에, 모토이도 유코도 리키도 두말없이 따랐다.

이 과정에서 완전히 소외될 유일한 사람인 유코가 이 절차를꺼리지 않을까 싶었는데, 의외로 전혀 신경 쓰지 않는 듯했다.리키와 마찬가지로 갈등으로 마음은 요동치고 있지만 아이를가지기 위해서라면, 하고 눈을 질끈 감은 것일 테다.

이러한 계약 조건은 전부 플란테가 작성한 계약서에 자세히적혀있었다. 단, 임신하면 구사오케 스튜디오에서 지내면서 출산을 준비한다는 조건은 리키가 그렇게까지 감시받고 싶지 않다고 말하며 정중히 거절했다. 모토이는 그 거절을 마지못해받아들였다고 한다.

하지만 리키가 거절 의사를 드러낸 건 딱 그 조항 하나였고,

이후의 조건들은 대부분 큰 문제 없이 수용되었다. 예를 들면 비밀유지의무가 있다든가, 인공수정 기간에는 다른 누구와도 성적 관계를 맺지 않는다든가, 모체와 아기의 건강을 위해 알코올이나 담배, 약물 따위를 섭취하지 않을 것 그리고 만약 태어난 아이에게 장애가 있어도 구사오케 부부가 책임지고 키운다 따위의 조항들이었다.

비밀유지의무 조항은 이 일을 데루와 다이키에게 의논한 적이 있기 때문에 이미 위반한 것이지만 리키는 시치미를 떼고 비밀을 지키고 있다고 아오누마에게 말했다.

리키는 이미 두 번의 인공수정을 마쳤다. 그러나 아직 임신 징후는 없다. 앞선 두 번의 인공수정에서는 '클로미드'라는 배란유도제를 사용했다. 클로미드는 뇌에 작용해 난포의 발육을 유발하는 경구 복용약이다. 그 약을 생리 시작 닷새째부터 하루에 한 정씩 닷새 동안 매일 먹어야 했다.

부작용으로 안면홍조나 시야 흐림, 소변량 증가가 나타날 수 있다는 말을 듣고 리키는 긴장했지만 실제로는 소변량이 약간 늘어난 정도여서 안도했다. 난포 발육은 클로미드 복용만으로도 충분했던 모양이다. 그럼에도 임신이 되지 않은 건 아마도 타이밍 문제였을 거라고 병원에선 추측했다.

두 차례 실패하고, 세 번째부터는 배란을 보다 확실히 촉진하는 hCG와 hMG/FSH라는 호르몬 주사를 추가하기로 했다. 클로미드를 복용한 뒤 난포의 상태를 지켜보며 hMG나 FSH를 보조적으로 주사해 난포 발육을 돕고, hCG 주사를 맞은 뒤 서른네 시간에서 서른여섯 시간 사이에 배란이 일어나면 그 시점에 모토이의 정액을 주입하는 방식이었다.

주사는 배란을 확실하게 만드는 대신 다태임신이나 난소과자극증후군의 위험을 높인다고 들었다. 그래서 리키는 가능하다면 사용하지 않기를 바랐다. 그런데 주사를 강력하게 원한 사람이 모토이라는 이야기를 듣고, 리키는 어안이 벙벙해졌다.

게다가 모토이는 처음부터 주사를 요구했고, 의사가 상태를 좀 더 보자며 말렸다는 경위까지 알게 되자 기분이 상하지 않을 수 없었다. 대리 출산을 비즈니스로 받아들이고 있던 리키조차 자신의 몸 상태에는 아무런 관심도 두지 않는 모토이의 태도가 못내 불쾌했다.

"남편분이 좀 매몰차시네요. 아내분은 이렇게 고생하시는데. 출산이라는 게 원래 목숨 걸고 하는 거잖아요."

중년 간호사가 기가 찬 듯 던진 말에 리키는 자신이 거금과 맞바꿔 모체로서의 몸을 내주고 있다는 사실을 새삼 실감했다.

더구나 모토이는 클리닉에서 마주쳐도 말 한마디 나누지 않은 채, 집에서 채취한 정액 용기만 맡기고 곧장 돌아가 버렸다. 그런 모습을 본 직원들 중에는 리키가 대리 출산을 하려는 게 아니냐고 수상하게 여긴 사람도 있는 듯했다.

"왜 굳이 인공수정을 하세요? 젊으시잖아요. 남편분이랑 사이좋게 지내다 보면 금방 생길 텐데요."

젊고 생식능력에도 문제가 없어 보이는 리키가 서둘러 인공수정을 시도하는 건 누가 봐도 이상해 보였을 것이다. 다행히 모토이가 사정을 아는 의사에게 항의했는지, 이후 그 간호사는 주의를 받은 듯 더 이상 아무 말도 하지 않았다.

오랫동안 민망한 자세를 유지하는 것도 버거운데, 카테터 관을 삽입할 때의 통증은 익숙해지지 않았다. 그 와중에도 모토이는 여전히 냉담했다. 이런 상황에서 두 번째 인공수정마저 실패로 끝나자, 리키는 의욕을 잃어가고 있었다. 그런 때에 유코에게서 위로의 전화가 걸려와 반가웠다.

— 인공수정은 부담이 적다고들 하지만 막상 당사자가 되면 힘들죠. 오이시 씨는 부작용이 거의 없다고 하니 그나마 다행이네요. 전 약만 먹으면 얼굴이 달아오르고 두통이 심했거든요. 여자는 참 험난한 길을 가는구나 싶었어요.

유코는 이 험난한 과정을 몇 차례나 거쳤지만 결국 임신이 어렵다는 진단을 받았다. 그동안의 노력은 모두 물거품이 되었다. 리키는 진심으로 안타까웠다. 자신은 보수를 받고 하는 일이기에 실패해도 견딜 수 있다. 그러나 간절히 아이를 원했던 유코에게 이 실패는, 분명 훨씬 더 잔인했을 것이다.

버스 정류장 쪽으로 가는 길에 공항의 어느 매장 앞을 지나는데 젊은 여자 점원이 손을 흔들면서 뛰어나왔다.

"리키? 리키 맞지?"

요양원에서 같이 일했던 미사키 선배였다. 미사키는 같은 고등학교 선배이기도 했는데, 리키보다 세 살 위라서 학교에서 만난 적은 없었다.

요양원에 있을 때의 미사키 선배는 까만 쇼트커트에 화장기 없는 얼굴로, 무척 수수한 인상이었다. 그런데 지금 눈앞에 서 있는 사람은 금발에 가까운 갈색으로 염색한 머리를 정갈하게 가르마 타고, 새빨간 립스틱을 바른 화려한 얼굴을 하고 있었다. 홋카이도를 대표하는 과자 브랜드인 '롯카테이'와 '시로이고이비토'의 커다란 간판 앞에 서있는 그녀를 리키는 한동안 알아보지 못했다.

"어, 미사키 선배?"

"맞아. 반갑다!"

"오랜만이네요."

리키와 미사키 선배는 손을 맞잡고 어머, 어머 하며 떠들었다. 다른 매장 계산대에 서있던 중년 아주머니가 대체 무슨 일인가 하고 빨간 뿔테의 돋보기안경 너머로 이쪽을 쳐다봤다. 어느 매장이나 손님은 눈에 띄지 않고 한가해 보였다.

"리키는 도쿄로 갔지? 잘 지냈어?"

리키는 미사키 선배의 시선이 자신의 왼손 약지에 꽂혀있다는 걸 느꼈다.

"네, 잘 지내요. 실은 그러고서 본가에 처음 왔어요."

"진짜? 왜? 바빴어?"

"뭐, 그런 셈이죠."

리키는 죽어도 돌아올 돈이 없었다고는 말할 수 없었다.

"이번에는 요시코 이모가 돌아가셔서 성묘하러 왔어요."

"아아, 들었어. 이모님 젊으신데 안타깝네."

미사키 선배가 심각한 표정을 지었다. 리키가 살던 곳은 인구가 5,000명도 안 되는 작은 마을이라 주민들끼리는 얼추 동향을 알고 지냈다. 특히 가게 형편이나 불행에 관한 소문은 순식간에 여기저기로 퍼졌다.

"장례식 때 이래저래 일이 있어서 못 갔거든요."

"그랬구나."

일순 침울한 표정을 짓던 미사키 선배의 어조가 불현듯 밝아졌다.

"그건 그렇고, 리키 세련돼졌다. 누군지 아예 못 알아봤어. 역시 도쿄에서 온 사람은 다르네."

"에이, 똑같은걸요."

"이번에는 연차 같은 거 쓰고 온 거야?"

"네, 뭐 그렇죠."

다음 배란일 전에 요시코 이모의 성묘를 다녀와야겠다고 마음먹고 고향을 찾아왔다. 저가 항공권인데도 왕복 1만 7,000엔이나 들었지만 주머니에는 여유가 있었다.

모토이에게서 이번 일의 착수금으로 200만 엔이나 되는 거금을 받았다. 그뿐만 아니라 제대로 임신이 되면 300만 엔, 출산 후에 성공 보수로 나머지 500만 엔을 받기로 되어있다. 플란테에는 또 따로 에이전트 수수료를 내야 하므로, 거금을 쓰는 모토이가 리키에게 확실한 임신을 바라고 있는 것도 당연지사였다.

리키는 200만 엔을 받은 뒤 바로 병원에서 퇴사하고 이사를 결정했다. 은색 자전거남이 늘 동태를 살피고 다니는 듯한 위험한 다세대주택은 돈만 생기면 그 즉시 떠나리라 다짐하고 있었다.

새로운 거처는 미타카다이역 근처의 신축 맨션으로, 월세는 9만 엔이었다. 마룻바닥에 주방이 분리된 형태의 원룸이다. 집은 좁아도 이전의 열악한 다세대주택과는 하늘과 땅 차이인 데다 은색 자전거남에게서도 별 탈 없이 벗어났다는 생각에 마음이 벅찼다. 따지고 보면 은색 자전거남 사건이 리키의 결단에 기름을 부었다고도 할 수 있었다.

데루와 거의 동시에 병원을 그만두고 두 사람이 아예 유흥업계로 전향한 게 아니냐는 소문이 돈 것 같다는 말을 나중에 데루에게서 들었다. 데루는 아이치에 가있는 상태였다.

도쿄에 집도 가족도 없고, 학벌과 경제력과 연고도 없는 젊은 여자는 이렇게 황당한 소문에까지 오르내리며 폄하되는 건가 싶어 리키는 어처구니가 없었다. 하지만 이제 아무래도 상관없었다. 그 정도로 생활고가 심각했다.

하지만 출산한 뒤를 생각하면 어차피 다시 일자리를 찾아야 하니 그렇게 사치를 부릴 수만도 없었다. 리키의 방어 본능이 살짝 고개를 들었지만, 역시 이것만은 양보할 수 없다는 생각에 고향에 오기 전 패딩을 새로 장만했다. 전에는 중고 매장에서 2년 묵은 유니클로 다운을 샀었는데, 이번에는 백화점 패션 브랜드에서 구매했다. 다른 사람이 입지 않은, 완벽한 새 옷을 살 수 있다는 게 리키는 기뻤다.

"아아, 진짜 세련미가 철철 넘쳐. 그 패딩도 예쁘다."

"고마워요."

"근데 리키, 결혼했어?"

미사키 선배가 반지를 가리키며 물었다.

"아, 네. 맞아요."

미사키를 따라 시선을 떨어뜨린 리키는 오른손으로 반지를 어루만졌다.

"그런데 조만간 헤어질지도 몰라요."

리키는 포석을 깔았다.

"어머, 왜? 왜 그러는데?"

미사키 선배가 간 떨어진 사람처럼 소리쳤다.

"뭔가 안 맞는 걸 알게 돼서요."

그건 사실이었다.

"남편이 몇 살인데?"

"마흔 넘었어요."

"뭐 하는 사람이야?"

"무대 예술가요."

"근사하다."

미사키 선배는 부러운 듯 큰 소리를 냈다.

"역시 그런 예술가 계열은 까다롭더라고요."

"그래, 그런 일은 흔하지. 결혼하고 나서야 알게 되는 것들 말이야. 처음에는 알 길이 없으니까 난감하고. 여기 매장에서 일했던 애가 홋카이도 동부에 그, 어촌마을에 있는 다시마집 영

업사원이랑 결혼했다가 그만뒀는데, 결혼했더니 남편이 가정
폭력이 장난 아니었대. 결혼할 때까지만 해도 다정했으니까 아
예 몰랐다더라고."

"그런 경우가 있죠."

리키는 적당히 장단을 맞췄다. 미사키 선배는 리키는 대체
뭐가 안 맞는 건지 듣고 싶다는 듯 그녀의 얼굴을 들여다봤다.

"리키는 무슨 일이 있었던 거야?"

"그냥, 이것저것요. 이렇게 왔으니까 언제 한번 천천히 이야
기해요."

"어머, 리키 언제 돌아가는데?"

"모레나 글피쯤? 성묘 다녀오면 바로 돌아갈 생각이에요."

"그렇구나. 그래, 고향이라고 해봤자 아무것도 없으니까. 저
기, 괜찮으면 다 같이 한번 보지 않을래? 여기 남아있는 사람들
모아볼 테니까."

"어, 진짜요? 그럼 부탁드릴게요."

리키가 맞장구를 친 건 아내가 임신 중일 때 리키를 농락한
불륜남이 올지도 모른다는 생각에서였다. 주머니 두둑한 유부
녀로서의 금의환향이니까.

"와, 너무 잘됐다."

그 뒤로 미사키 선배는 어디어디의 누가 아무개랑 결혼해서
아이가 몇이나 생겼다든가, 남편이 실직하는 바람에 생계급여
를 받으면서 아등바등하고 있다든가, 아무개가 이혼하고 돌아
와서 봤더니 그새 앙큼하게 성형을 했다는 등 요양원 직원들의

226

소문을 풀어놓기 시작했다. 그래서 그 남자 이야기가 나오려나 귀를 기울였지만 딴 이야기뿐이었다.

"아무튼 그래서, 리키가 제일 행복해 보인단 말씀."

미사키 선배가 장장 긴 대화 끝에 결론을 내렸다.

"그렇지도 않아요."

앞으로 돈 때문에 대리 출산할 것이다, 라고 미사키 선배에게 이야기한다면 어떤 반응을 보일까. 혐오할까, 어이없어할까, 아니면 자기도 하고 싶다고 적극적으로 나올까. 의외로 제일 마지막이 아닐까 예상했다.

"아니, 결혼해서 도쿄에 살고 있잖아. 당연히 행복하겠지."

"그런가."

"유부녀라니 부럽다. 난 이제 서른둘인데, 이 시골구석에 쓸 만한 인물은 하나도 없고."

"에이."

"아니, 에이가 아니라니까."

미사키 선배는 너도 다 알면서 그러냐는 듯 눈을 매섭게 부라렸다. 이럴 때 리키는 유부녀가 된 자신의 모습을 은근히 즐기면서도 넌더리가 나기도 했다. 결혼해서 맞벌이를 하면 형편이 조금은 나아지지 않을까 상상한 적은 있었다. 그러나 그건 단순히 가난에서 도망치고 싶은 마음에서였지 애초에 결혼에 대한 로망 따위는 없었다.

하지만 기한이 정해져 있긴 해도 이렇게 결혼이란 걸 경험해보니, 독신녀와 비교했을 때 유부녀라는 신분이 얼마나 유리하고 편한지 실감했다. 남편이 아무리 신통찮은 남자여도 아내라는 신분을 얻으면 세상을 떳떳하게 살 수 있다. 세상은 한 남자의 소유물이 된 여자를 조심스러워하기 때문이다. 물론 그 배려는 아내보다는 그 옆에 있는 남편을 향한 것이다.

리키는 자신의 결혼반지 비슷한 것을 힐끗 본 남자들이 갑자기 거리를 두며 확실히 리키를 존중하는 태도에 놀랐고, 젊은 남자가 자기와는 상관없는 여자라는 듯 데면데면 대하는 것도 처음으로 느껴봤다. 또 젊은 여자 중에는 그 정도 일로 나대지 말라는 듯 짜증스러운 표정을 짓는 자도 있었다.

리키도 예전에는 그랬다. 결혼해서 아이가 있는 여자는 왠지 독신녀를 무시하는 것 같다는 억울함이 기저에 깔려있었다. 하지만 지금은 오히려 여자의 인생은 결혼으로 완성된다며 세상이 주입하고 있는 게 아닌가 하는 생각이 들었다. 독신이든 유부녀든 미망인이든 남자를 중심으로 지위가 정해지는 것이다.

"미사키 선배는 언제부터 여기서 일하셨어요?"

공항에 입점한 개인 매장인 듯한 가게의 간판을 올려다보며 리키가 물었다.

"3년 전부터였나. 그때 그 요양원 그만두고 나서 한참 동안 여기 빈자리가 나오기를 기다렸어. 그래서 1년 정도는 스낵바에서 아르바이트했었지."

"아하, 여기 일 재미있어 보여요."

"맞아. 리키도 그렇지만 공항에서 아는 사람 마주치는 재미가 있어. 내가 불륜 커플을 한 트럭 적발했거든."

그렇구나. 리키는 대충 맞장구를 치고는 눈을 굴렸다.

"그럼, 가볼게요. 집 전화로 연락해도 될까요?"

그러고는 일부러 결혼반지를 끼운 쪽 손을 흔들었다. 미사키 선배도 웃으며 인사하고는, 갑자기 진지한 표정으로 싹 바뀌더니 안쪽을 돌아봤다.

방범 카메라라도 신경 쓴 것일까. 아니면 다른 연락처를 알려주지 않는 리키에게서 뭔가를 감지한 걸까.

공항에서 본가까지는 버스를 타고 가기로 했다. 택시로 편하게 가고 싶었지만 본가 부모님이나 이웃들이 또 무슨 말을 할까를 생각하니 엄두가 나지 않았다. 역시 시골은 사람들 눈이 매섭다. 미사키 선배도 지금쯤 불티나게 리키의 정보를 여기저기 흘리고 있을 것이다.

15분 정도를 기다린 리키가 기타미행 버스에 올라탔다. 기타미까지는 30킬로미터 남짓이었다. 거기서 갈아타 집에서 가까운 버스 정류장까지는 16킬로미터다. 버스 정류장에서 집까지는 20분 좀 안 되게 걷는다. 가는 길에 리키는 핸드폰을 보며 시간을 때웠다. 마침 다이키에게서 연락이 왔다.

[슬슬 비행기 도착할 시간 아닌가 해서.]

일본의 유명한 애니메이션 왕괴짜 돈만이가 두리번거리는 특이한 이모티콘이 딸려왔다.

다이키와는 섹스한 뒤로 연락을 주고받는 사이가 되었고, 때때로 일과 관계없이 만나기도 했다. 테라피스트는 그야말로 일할 때의 모습이고, 사적인 자리에서의 다이키는 여리고 불평만 잔뜩 늘어놓는 한심한 남자였다.

하지만 리키가 대리모를 하겠다고 결심하기까지의 고민과 두려움은 오직 다이키에게만 털어놨다. 그럴 때 다이키는 문제점을 정리하고 용기를 북돋아 주는 좋은 남사친이었다. 중학교 교사였다는 과거가 거짓이 아님을 리키는 믿었다.

[응, 지금 버스 안. 여긴 진짜 아무것도 없어.]

리키는 버스에서 보이는 들판 풍경을 사진으로 찍어 보냈다.

[우와, 경치 좋다.]

이번에는 일본의 유명한 엔터테이너의 얼굴을 크게 보냈다. 리키는 사투리를 쓰는 다이키가 도쿄 말투를 쓸 때의 부자연스러운 억양을 떠올렸다.

[억지로 도쿄 말투 안 써도 돼.]

[누가 억지로 한다고 그래. 게다가 이게 무슨 도쿄 말투인가요?]

다이키는 또 아까 썼던 엔터테이너의 이모티콘을 중복으로 보냈다.

[도쿄 가면 세 번째 시술에 들어갈 거야. 그 전에 만나자.]

[어. 조심해서 갔다 와.]

이번에는 상남자 같은 말투에 글만 달랑 있어서 리키는 무심결에 웃음이 났다. 마치 연인 놀이를 하는 것 같았다.

본가에 도착한 리키는 엄마의 질문 공세를 받아야 했다. 일시적이지만 오이시 가家에서 이름이 사라지고 구사오케라는 성씨를 쓰게 되었으니, 리키는 조사하면 다 알게 될 일이라 생각했다. 그래서 엄마에게 결혼한 사실을 털어놓은 것이다.

엄마의 질문은 미사키 선배가 한 것과 거의 똑같았다. 상대는 뭐 하는 남자고, 나이는 몇 살이나 먹었는가. 어디서 만나서 어떻게 사귀기 시작했는가. 그 남자는 가족 구성이 어떻게 되는가. 리키는 똑같이 무대 예술가라고 말했지만, 엄마는 자기 딸이 어떻게 그런 세련된 직업의 남자를 만날 수 있었는지 의아해했다.

유니클로 후리스를 입은 아빠는 이야기를 듣고 발끈했다. 왜 남자도 그렇고, 그쪽 가족도 집에 인사하러 오지 않느냐고 벌컥 화를 냈다.

"아니, 그렇잖아. 우리 딸이 개나 고양이 새끼도 아닌데, 달라고 한다고 네, 하고 줄 수 있는 게 아니지 않냐고. 아니면 우리랑은 급이 다르다, 그거냐? 이런 낡아빠진 집에는 오고 싶지 않대?"

아빠의 연기하는 듯한 말투에 리키의 표정이 사르르 누그러졌다. 이럴까 봐 돌아오고 싶지 않았다.

참고로 리키의 집은 낡은 공영주택이다. 세 평짜리 방과 두 평 남짓한 방이 하나씩 있고, 화장실도 바로 얼마 전까지 재래식이었다. 집이 좁다 보니 리키와 오빠 방을 따로 두지 못했고, 고등학교 때 오빠는 아빠와, 리키는 엄마와 한방에서 잠을 잤다.

만일 모토이가 리키의 집을 방문했다면 이렇게 사는 사람도 있느냐며 놀라서 눈이 휘둥그레질 것이다. 다만 그 정도에서 끝날 것이다. 모토이는 속마음을 표정에 드러내지 않도록 항상

유의하고 있기 때문이다.

"그래도 리키 남편인데, 그런 말 말아요."

리키의 엄마가 부루퉁한 목소리로 남편을 맞받아쳤다.

"리키랑 결혼해 준 것만으로도 훌륭한 사람이지."

"훌륭한 사람인지 아닌지 안 만나고 어떻게 알아?"

아빠는 말은 그렇게 하지만 실제로 모토이를 만난다면 위축돼서 아무 말도 못 할 게 뻔했다.

"됐어, 아빠. 우리 지금 삐걱대는 중이라 언제 헤어질지 몰라."

이 말에는 역시나 아빠도 움찔한 듯 입을 다물었다. 내심 아쉬운 것이리라. 그러나 이번에는 엄마가 물고 늘어졌다.

"왜. 왜 헤어지니? 기껏 결혼했는데."

"아직 몰라. 그냥 나이 차가 좀 느껴지는 것 같아서."

"배부른 소리 하면 못써. 도쿄 사람이랑 결혼했는데 그 집에서 나오면 어떡하니. 나올 거면 제대로 받아 오든가."

엄마가 꾀죄죄한 앞치마를 움켜쥐고 힘주어 말했다.

"뭘 받아 와?"

"그 집 핏줄이지 뭐겠니."

리키는 기가 막혀 할 말을 잃었다.

"아니, 그럼 애를 데려와서 나 혼자서 키우라고?"

"당연하지. 자식만 낳아두면 어떻게든 되는 거야."

엄마가 리키를 다독이듯 몇 번이나 끄덕였다. 아빠도 고개를 숙이고 있지만 같은 마음인지 반백이 된 머리만 박박 긁었다.

엄마, 아빠, 그게 아냐. 그 반대야. 내 알을 모토이에게 주고,

내 배에서 키우는 거야. 그리고 태어난 아이는 모토이의 아이가 되고.

그렇게 고백하고 싶어져서 리키는 입을 다물었다. 만약 그 일을 털어놨다간 부모님이 노발대발할 게 불 보듯 훤했기 때문이다.

하지만 그날 밤은 오랜만에 집에 온 딸을 환영하는 의미에서 양고기 파티가 열렸다. 몬베쓰시에 있는 농협에 근무하는 리키의 오빠도 같은 직장에 다니는 약혼자를 데려와 집이 북적북적했다.

구사오케 부부와의 계약에 따르면 계약 기간 중에는 술을 마시면 안 됐다. 하지만 과하게 마시지만 않으면 상관없을 거라 멋대로 판단한 리키가 맥주를 마시고 얼굴이 빨개져 있는데, 집 전화가 울렸다. 엄마가 받더니 수화기를 리키에게 건넸다.

"미사키 씨네."

왔다. 리키는 수화기를 손에 쥐었다. 늘 핸드폰으로 이야기하니 옛날부터 쓰던 집 전화가 반가웠다.

"여보세요."

— 어, 리키? 술자리 잡혔어. 기타미에 있는 호쓰키술집에서 내일 7시에 모이기로 했어. 리키가 주인공이니까 늦으면 안 돼.

"다들 와준대요?"

— 거의 올 거야. 그때 팀은 다 오지 않을까.

"부주임도 오세요?"

— 어, 리키, 혹시 싫어했나? 지금은 주임이야. 같이 가겠느

냐니까 득달같이 간다고 한 거 보면 주임은 반가운가 보던데.

그 불륜남이다. 아무래도 출세한 모양이었다.

"그런 뜻에서 말한 건 아니고. 또래들만 모이나 해서."

— 다같이 모이는 게 낫지.

"그렇죠."

전화를 끊은 뒤 리키는 제 손을 내려다보며 씨익 웃었다. 과시용 반지를 구입하기 잘했다는 생각이 들었다.

"구사오케 모토이면 발레리노고 부인도 있잖아."

리키는 오빠 목소리에 퍼뜩 정신이 들었다. 오빠가 모토이의 이름을 핸드폰으로 검색한 듯 엄마와 아빠에게 보여주었다. 부모님은 둘 다 부러 돋보기안경까지 쓰고 번갈아 화면을 읽기 시작했다.

"그만해. 그거 전 부인이야."

오빠의 약혼자가 깜짝 놀란 듯 리키의 얼굴을 봤다. 리키는 울상을 지어 보였다.

"그것 때문에 일이 좀 복잡했어. 겨우 헤어지긴 했는데, 위키피디아에는 아직 수정이 안 됐나 보네."

"아아, 그런 거야? 미안, 미안."

오빠는 당황해서 핸드폰을 치웠고, 부모님은 딸의 울상을 봐서인지 잠시 아무 말도 하지 않았다. 이 방법으로 가야겠다, 하고 리키는 생각했다.

2

리키는 술집의 보풀이 인 빨간 카펫을 밟으며 좁은 계단을 통해 2층으로 올라갔다. 작은 룸으로 들어가니 죽 늘어앉은 사람들보다 테이블 위의 요리가 먼저 눈에 혹 들어왔다. 정 가운데 큰 접시에는 고등, 참치, 연어, 문어 머리, 닭고기회, 고등어회가 있고, 그 주위로는 가라아게, 멘치가스, 수란시저샐러드, 냉두부, 풋콩, 양파통구이, 김치치즈전 그리고 특대 사이즈의 임연수소금구이 같은 요리들이 빈틈없이 놓여있었다.

"와우, 이거 다 먹을 수 있어요?"

리키가 첫마디를 내뱉은 순간, 일제히 웃음소리가 터졌다. 리키가 요양원에서 일했을 때 같은 팀이었던 다섯 명이 리키를 올려다보며 손뼉을 쳤다.

"와, 리키다."

"반갑다."

"잘 왔어."

"오랜만이에요. 오늘 와줘서 고마워요."

리키는 감사 인사를 한 뒤, 자리 한가운데에 앉아있는 남자를 내려다봤다. 히다카. "제 이름은 '히다카 산맥' 할 때의 히다카예요." 하고 노인에게 명찰을 보여주던 모습이 떠올랐다.

눈꼬리의 주름이 살짝 눈에 띄게 된 것 외에는 하관이 약간 발달한 얼굴이나 우람한 체형도 거의 그대로였다. 리키는 어디에 앉을까 망설이며 서있는 자신을 히다카가 순식간에 위에서

부터 아래까지 재빠르게 핥듯이 훑어본 것을 눈치챘다.

"자, 리키도 도착했겠다, 이제부터 술 무한 리필을 시작하겠습니다. 잘 부탁드려요!"

레오파드 무늬의 스웨터를 입은 미사키 선배가 오토코야마 사케 큰 병 하나를 테이블 위에 탕 놓으며 본격적인 시작을 알렸다.

"첫 잔은 맥주로 해야지."

"난 이걸로 할게."

미사키 선배 외에 리키의 동료였던 여자 셋이 와있었다. 다들 질세라 마실 술을 골랐다. 시골에 사는 여자는 젊어 보이려고 발악하다 겉돌든가, 갑자기 늙어 초탈하든가 둘 중 하나다. 미사키 선배는 전자고, 나머지 셋은 후자였다. 세상을 떠난 요시코 이모는 결국 그 어느 쪽에도 들어가지 못했다.

놀랍게도 이 자리에 있는 여자는 전부 요양원을 그만둔 상태였다. 미사키 선배는 전에 만났던 공항에서 물건 판매를 하고 있다고 했다. 한 명은 가정 방문 요양보호사가 되었고, 다른 한 명은 결혼 후 편의점에서 파트타임 일을 하고 있었고, 남은 한 명은 농가에 시집간 상태였다.

"도쿄에서 결혼했다며? 축하해."

히다카가 정체를 알 수 없는 초록색 액체가 담긴, 삿포로맥주 로고가 박힌 맥주잔을 치켜들었다.

"감사합니다."

정 가운데, 그러니까 히다카 옆에 앉게 된 리키는 작은 생맥주잔을 히다카의 맥주잔에 짠 하고 부딪쳤다.

"리키, 뭔가 여유 있어 보이는데?"

요양보호사가 된 선배가 말을 걸어왔다. 쇼트커트에 민낯. 후리스에 히트텍 바지는 전부 유니클로 거였다.

"에이, 아니에요."

"아냐, 아냐. 엄청 비싸 보여."

그렇게 말하며 리키는 왼손 약지의 반지를 쑥스러운 듯이 만졌다.

"싼 거예요."

"에이, 아우라가 느껴진다니까."

"무슨 아우라요?"

"행복의 아우라겠지."

"맞아, 행복해 보여. 잘됐다."

접시에 음식을 잔뜩 덜어놓고 그렇게 말하는 여자들이 더 행복한 것처럼 웃었다. 리키의 귀향을 핑계 삼아 모여서 한잔할 기회를 즐기고 있는 듯했다.

리키는 샐러드 위의 수란을 보고 '달걀의 본질'을 이야기한 이소가이 씨를 떠올렸다. 요리연구가의 말을 그대로 옮긴 것이라는 걸 안 뒤, 이소가이 씨에게 쌀쌀맞게 군 사람이 바로 이 요양보호사가 된 선배다.

"이소가이 씨라고, 기억하세요?"

리키의 물음에 요양보호사가 고개를 갸웃거렸다.

"어떤 사람이었지?"

"기억 안 나세요?"

"전혀."

그러자 히다카가 끊긴 대화를 이어 붙이려는 듯 끼어들었다.

"리키, 도쿄에서 치열하게 살고 있다며."

불쑥 날아든 질문에 리키는 사와지리 에리카처럼 무성의하게 "딱히."라고만 대답하고 싶었다. 뭘 근거로 남에게 치열하게 살고 있다는 말 따위를 할 수 있는 걸까. 자기가 뭘 안다고. '다른 사람을 위해서 임신 준비를 하고 있는데, 뭐 문제 있나요?' 그 말이 목구멍까지 차오른 리키는 헤 웃으며 얼버무렸다.

다이키 앞에서 눈물을 보일 정도로 대리모 일을 고민했는데, 일단 마음을 굳히고 나니 모든 일을 냉소적으로 대하게 됐다. 대리모란 게 그렇게 삐뚤어질 일인가. 리키는 무엇을 팔아넘긴 걸까.

겸손의 표현이라고 착각했는지, 히다카가 리키의 얼굴을 슬쩍 보더니 칭찬을 던졌다.

"이야, 뭔가 이제 눈이 부시는데."

이번엔 또 뭔 시답잖은 소린지. 그는 아내가 임신 중일 때 리키를 유혹해 놓고 첫애가 태어나자마자 버리고 도망쳤다. 부인이 나이 들어 난자가 노화됐으니까, 습관성 유산이니까, 하면서 리키가 부인 대신 아이를 낳겠다고 하면 그는 어떻게 나올까. 물어보지 않아도 이미 자식이 있다며 거절할 게 뻔했다.

"그러고 보니 히다카 주임님, 제가 그만둔 뒤에 바로 주임이 되셨나 봐요. 대단하신데요."

비꼬는 말이었는데 히다카는 그렇게 받아들이지 않았다.

"오래 근무하면 누구나 될 수 있어."

히다카는 입고 있는 까만 패딩의 지퍼를 살짝 내리면서 쿨하게 말했다. 안에는 하얀 티셔츠를 입고 있었다. 히다카는 리키보다 아홉 살이 많았으니 지금은 서른여덟. 그렇다면 모토이와 그렇게 큰 차이 없는 나이다.

"그건 그렇고, 남편분은 나이가?"

묘하게도 히다카 역시 같은 생각을 한 모양이었다.

"히다카 주임님보다 살짝 위려나. 아마 마흔셋일 거라."

"오오."

히다카가 별안간 관심을 보였다.

"리키 씨, 연상 좋아해?"

"아, 히다카 주임님. 성희롱이에요, 성희롱."

옆에서 귀를 기울이고 있던 미사키 선배가 지적하자, "아이, 난감하네. 이것도 성희롱이야?" 하면서 히다카가 어색하게 머리를 긁었다. 수준 낮은 드라마를 보는 것 같다. 리키는 마음속으로 욕설을 퍼질렀다.

"남편분은 뭐 하신다고 그랬지?"

"무대 관련 일이요."

"멋지네."

히다카의 얼굴에 분한 기색이 스쳤다. 그 표정을 보니 통쾌했지만 그와 동시에 리키는 씁쓸함을 느꼈다. 구사오케 모토이라는 사람을 좋아하지 않기 때문이었다. 비즈니스로 아내인 척하곤 있지만, 존경할 수 없는 인물을 남편이라고 하는 것에 거부감이 들었다.

"히다카 주임님은 자녀분이?"

리키가 화제를 바꾸자, 건너편에 앉아있는 농가에 시집간 주부가 쏜살같이 손가락 네 개를 들이밀었다.

"네 명. 벌써 넷이나 돼."

"네 명이라고요?"

놀란 리키를 앞에 두고 히다카가 대수롭지 않게 대답했다.

"여덟 살, 다섯 살, 네 살, 마지막은 영 살?"

"주임님, 네 살이랑 막내 사이가 뜬 건 왜 그런 거예요? 예정에 없던 거였나요?"

미사키 선배가 묻자 히다카는 맥주잔을 기울이며 능청스럽게 나왔다.

"미사키 씨, 그거야말로 성희롱 아냐?"

"남자는 무슨 소릴 들어도 괜찮아요."

"그런 막무가내가 어디 있어."

그는 짐짓 불쌍한 표정을 지어 보였다.

히다카는 아내가 지금 여덟 살짜리 아이를 품고 있을 때 리키와 관계를 맺었고, 아내의 출산과 동시에 관계는 청산되었다. 그렇다면 둘째 때는 어땠을까. 리키가 도쿄로 떠났을 때니까 다른 여자가 임신 기간에 상대해 주었을까. 어쩌면 이 가운데 한 사람일지도 모른다. 자식이 넷이나 된다면 각각 한 사람씩 상대한 걸까. 기이한 망상에 사로잡힌 리키가 여자들의 얼굴을 둘러보고 있는데, 미사키 선배의 알랑거리는 목소리가 들렸다.

"주임님, 자녀분 사진 있으면 보여주세요."

히다카가 테이블 위에 엎어놨던 핸드폰을 집어 들어 여봐란 듯이 남자아이 세 명이 브이 포즈를 취하고 있는 사진을 들이 밀었다. 여름방학인 건지 아이들은 똑같은 티셔츠에다 햇볕에 그을린 피부는 땀으로 반들대고 있었다.

"위에 셋은 아들이고, 막내는 딸이야. 집사람이 맨날 힘들어 하긴 하지만, 막판에 딸이 태어났다고 입이 귀에 걸렸지."

"우리 집은 딸 둘."

농가의 주부가 묻지도 않았는데 대답했다.

"우리는 한 살 반. 아들."

자랑스럽게 말한 건 편의점 파트타임 동료였다.

"와, 그러세요? 우아, 좋으시겠다."

리키에게는 이러나저러나 상관없는 이야기라, 누가 봐도 진심이 묻어나지 않는 추임새만 내뱉었다.

"리키 씨는 아이 없어?"

히다카가 물었다.

"이제 만들려고요."

"그렇겠네. 젊으니까."

히다카의 시선이 리키의 배 근처를 끈질기게 맴돌며 좀처럼 떨어지지 않았다. 네 명이나 아이를 낳았다는 건 히다카의 정자가 남들보다 유난히 건강하다는 뜻일까. 히다카는 성욕도 강했다. 리키는 그와 섹스했을 때, 처음으로 오르가슴을 느꼈던 일을 쓸쓸하게 떠올렸다.

거의 매주 주말마다 모텔을 들락거렸던 반년. 그때의 리키는 임신 중이던 그의 아내를 대신하는 존재였다.

그 생각이 스치는 순간, 리키는 깨달았다. 그때도, 지금도 '아내를 대신하는 여자'라는 것을. 히다카의 아내가 임신했을 때는 섹스를 대신할 대리처로, 모토이의 아내가 생식능력을 잃은 지금은 모토이의 아이를 품는 대리모로.

뭐야, 이게. 리키는 히다카도, 모토이도 갑자기 끔찍하게 느껴졌다. 자기 자신마저 한심해져 약지에 긴 가짜 결혼반지를 당장이라도 잡아 빼고 싶은 충동이 일었다.

리키는 잔에 채워진 사케를 꿀꺽 들이켰다.

"어때, 오래간만에 맛보는 아사히카와의 술맛은?"

히다카가 큰 병을 들어 리키의 잔에 콸콸 따라주었다.

"달아요."

사케를 좋아하지도 않으면서 마음에도 없는 소리를 하고 있었다. 그저 이 자리에서 속히 벗어나고 싶을 뿐이었다.

"도쿄에서 결혼했으면 이제 여기서는 살 일이 없겠네?"

두 해 선배인 농가의 주부가 확인하려는 듯 리키에게 물었다.

"그렇죠."

"부럽네."

미사키 선배가 낮게 중얼거렸다.

"부러울 게 뭐가 있니."

농가의 주부가 왠지 심통 난 사람처럼 툭 내뱉었다.

242

"여기도 좋은 곳이야."

"그런가. 난 도쿄에서 살고 싶은데."

"그럼 미사키 선배도 가면 되잖아."

"그래. 미사키 씨가 일하는 공항에서 비행기 타면 바로잖아."

"에이, 이제 와서 가봤자 고생만 된통 하겠죠."

미사키 선배가 자신 없다는 듯 작게 말했다.

"그런 말이 어디 있어. 의지만 있으면 길은 열리는 거지."

"맞아. 가봐. 도전해 보는 건데, 뭐."

여자들이 저마다 한마디씩 보태자 미사키 선배는 풀이 죽은 얼굴로 입을 다물었다.

리키는 그 마음을 누구보다 잘 알고 있었다. 도쿄에 와서 즐거운 건 처음 며칠뿐이다. 곧바로 일자리를 구해야 하고, 살 곳을 정해야 한다. 정직원이 될 가능성은 없고, 벌이는 시원찮다. 결국 번듯한 곳에는 살 수 없고, 가난에 쫓기며 마음부터 닳아 간다.

리키는 하고 싶은 말을 삼킨 채 잠자코 있었다. 구사오케 부인인 척해야 했고, 미사키 선배의 자리에서 빠져나온 운 좋은 여자처럼 굴어야 했으니까.

리키는 또다시 좋아하지도 않는 사케를 들이켰다. 금주 조항을 어기고 만취해 버리면 과연 어떻게 될까.

2차로 노래방에 가지 않겠느냐고 묻는 여자들에게 취했다고 거절 의사를 비친 뒤, 리키는 집으로 돌아가려고 했다.

"리키 씨, 데려다줄게. 나 차 가지고 왔거든."

득달같이 그녀의 앞에 선 히다카가 제안했다.

"대리 부르셨어요?"

"아니, 메론소다밖에 안 마셨어."

그 말을 듣고 보니 다른 사람에게만 술을 권하고 본인은 처음에 주문한 초록색 액체만 홀짝거리고 있던 모습이 떠올랐다.

"항상 그러세요?"

"요즘은 차로 가려고 해. 호로시카리에 집을 샀거든. 거기가 좀 멀어. 그래서 술은 집에 들어가서 먹는 걸로 하고 있지."

히다카는 리키가 모르는 동네 이름을 입에 올렸다. 요양원과는 30킬로미터 이상 떨어져 있어서, 그는 차가 없으면 출퇴근하기 어렵다고 했다.

"그럼 죄송하지만 부탁 좀 드릴게요."

거슬리긴 했지만 리키도 이 시간에 버스로 가고 싶지는 않았다.

"별말씀을."

두 사람은 주차장으로 이어지는 어두운 눈길을 말없이 걸었다.

"저거야."

히다카가 각진 흰색 자동차를 가리켰다. 예전에는 경차였는데, 지금은 사륜구동 밴으로 바뀌어 있었다. 누가 봐도 딸린 가족이 많은 남자의 차였다.

"전에는 스즈키였죠?"

“그랬지.”

리키가 기억하고 있다는 게 기뻤는지 히다카가 들뜬 목소리로 말했다.

조수석 문을 여니 차 안이 방향제 향으로 가득 차있었다. 리키가 탈 것을 계산해 미리 놔둔 건지도 모른다. 히다카는 내비게이션으로 텔레비전을 켰다. 운전 중에도 볼 수 있게끔 설정한 듯 개그맨이 나오는 버라이어티 프로그램이 한창이었다.

“리키네 집은 예전 거기인가?”

“맞아요.”

히다카가 차를 출발시켰다.

“그 주변 공영주택, 재건축한다는 소문 있지?”

“그래요? 몰랐는데.”

실제로 몰랐다. 고향에 전혀 관심이 없기 때문이다. 그러자 그 마음을 꿰뚫어 본 것처럼 히다카가 지적했다.

“매정하네.”

“그런가.”

“이제 고향 일 따윈 어찌 되든 상관없다고 생각하는 거지?”

“그럴지도요. 여기를 떠나고 싶어서 도쿄로 갔으니까.”

그 말은 진심이었다.

“나 때문인가.”

솔직한 그 말에 리키는 얼결에 히다카의 얼굴을 쳐다봤다.

“아뇨. 그런 거 아니에요. 딱히 주임님을 좋아한 것도 아니었고요.”

“칼같이 말하네.”

히다카가 쓴웃음을 지었다.

“주임님도 그렇잖아요?”

“아니, 난 좋아했어. 리키가 귀여웠으니까. 근데 아내한테나 리키한테나 미안하니까 어느 순간 제동을 걸어야겠다 싶었던 거야.”

그렇다면 그 후에도 도망다닌 건 왜일까. 캐물을 정도로 좋아하지도 않은 데다 아무래도 상관없었기에 가만히 있었다. 잠시 침묵이 흘렀다.

“아니, 리키가 아주 촌티를 쫙 빼고 오니까, 제안하기도 뭣하긴 한데. 지금 둘이서 어디 안 갈래?”

“어디라는 건?”

“호텔 같은 데 말이야.”

“변함없으시네요.”

“아냐, 변함없기는. 나 이제 그런 짓 손 뗐는데, 리키를 보니까 그런 마음이 든 거야. 어때? 남편이 있으니까 그러면 안 되나?”

진짜 남편이 아니니까 괜찮다, 는 말이 턱끝까지 차올랐다.

임신을 서두른 나머지 모토이가 처음부터 부작용이 심한 주사를 희망했던 일, 정액 제출 후의 싸늘한 태도 그리고 은밀하게 리키의 집안에 유전적 질환이 없는지 조사한 일 등등을 나중에 듣고 나니 이해가 되면서도 한편으론 불쾌해서 참을 수가 없었다.

비즈니스로 치부하기 위해서는 어떻게든 마음의 문제를 해결해야 한다. 그것은 돈만으로는 풀리지 않았다. 하물며 진짜 임신이 된다면 얼마나 두려울지, 이제 와 겁이 난다. 대리모 일을 반대한 데루가 맞았는지도 모른다.

까라진 채로 차창 너머로 펼쳐지는 거리의 어둠을 바라보고 있는 리키에게 히다카가 다시 말을 걸었다.

"싫으면 됐어. 나중에 문제가 돼도 곤란하니까."

히다카의 입에서 그런 문장이 뒤따랐다.

"문제란 건 뭘까."

리키는 혼자 중얼거렸다.

"여러 가지지."

그렇다면 확 문제나 일으켜 볼까. 어차피 다음 배란일은 엿새 뒤인데. 삐딱해진 리키는 히다카의 옆얼굴을 향해 말했다.

"좋아요."

"고마워. 기쁘다."

어째선지 감사 인사를 받아 그 의미를 곱씹었다. 아마 이것도 거래의 일종이겠지. 다이키가 말한 '거래'라는 단어를 떠올리며 수긍했다.

멀찍이 둘이 애용했던 모텔의 네온사인이 보였다.

"저기, 옛날 생각 나네."

히다카가 애틋한 듯 말했다.

"그리우세요?"

리키는 겨울 밤하늘에 떠오른 보랏빛 네온사인을 가리켰다.

'오리온'. 옛날부터 있던 러브호텔로, 고등학교 때 "쟤네 오리온에서 봤다.”든가 “오리온에서 만나자.”는 등 농담 소재로 종종 등장할 정도로 유명한 모텔이었다.

“아니, 추억이 있잖아.”

리키는 낡아빠진 모텔을 그리워하는 히다카에게 신물이 났다. 침대는 좁고 욕조는 퀴퀴하고 방은 왠지 눅눅한, 리키에게는 떠올리고 싶지도 않은 장소다. 히다카만이 아니라 전혀 변함없는 풍경으로 그 자리를 지키고 있는 모텔에도 신물이 났다.

리키는 어지러이 변하는 도쿄에서 숨통이 트였다. 바로 얼마 전까지 술집이었던 가게가 다음에 가면 라멘집이 되어있고, 시대에 뒤처진 이불 가게였던 곳이 어느새 드럭스토어로 변해있었다. 전에 어떤 풍경이었는지 굳이 떠올리지 않으면, 그때의 마음 같은 건 아무렇지도 않아지니 늘 현재진행형으로 살 수 있다. 그것이 도쿄의 장점이다. 그런데 시골은 전혀 변함없는 모습으로 리키를 과거에 붙잡아 두려고 한다.

히다카는 여전히 이 지역에 살고, 똑같은 직장에 다니고 있다. 본인이 살아가는 현재와 리키가 있는 현재가 이미 위상이 다르다는 것을 깨닫지 못한 걸까. 아니면 깨닫지 못한 건 리키인 걸까. 자신이야말로 늘어가는 가족과 함께 살고 있는 히다카 쪽이 변함없는 삶이라고 믿고 있는지도 몰랐다. 리키는 눈을 천천히 내리깔았다.

“역시 그만하죠.”

리키의 거절에 히다카는 낙담한 듯한 소리를 냈다.

“아쉽네. 나 실은 그거 노리고 왔거든.”

"뭘 노리고 왔는데요?"

"물론, 리키의 탐스럽게 익은 육체지."

히다카는 회사에서는 그렇게 고지식할 수가 없는데, 정사 얘기만 나오면 부러 천박한 표현을 쓰는 남자였다. 리키는 데이트하러 만난 식당에서 히다카가 귀에 대고 "여기서 팬티 벗으라면 벗을 거야?" 따위를 속삭였던 날을 떠올렸다. 그럴 때마다 그녀는 농지거리를 진담으로 받아들여 당황해서 쩔쩔맸다.

리키는 과거의 어수룩한 자신이 부끄러워 얼굴을 구겼다.

"그런 말 정말 불쾌하네요. 너무 위험한 발언 아닌가요, 주임님? 완전히 성희롱하는 꼰대 아저씨잖아요. 여기서 절 덮치겠다는 그런 생각도 하지 마세요. 남편이 가만 안 있을 테니까."

리키는 남편이라는 단어를 뱉고 나니 뒷맛이 씁쓸했다. 구사오케 모토이라는 남자가 좋은 게 아니었다. 모토이도 마음 깊숙이에서는 촌스러운 자신을 마음에 들지 않아 할 것이다. 남편이라는 존재를 앞세워 자기를 방어하는 여자들을 한심하게 여겼던 주제에 똑같이 행동하고 있었다. 리키는 가짜 부인을 연기하며 가족과 옛 동료들을 속이고 즐기던 자신이 너무 어리석게 느껴졌다.

"또 남편이야? 어이쿠, 남, 편 등장이네. 아, 그러고 보니 나도 남의 편인가."

히다카가 혼잣말하듯 말하고 껄껄 웃었다.

"시답잖은 말장난은 그만하시고, 집에 데려다주세요."

국도를 따라 이따금 띄엄띄엄 있는 체인 음식점과 대형 파친코 매장의 불빛을 보면서 리키는 또박또박 말했다.

"말장난 아니야."

히다카가 큰 소리로 웃었다.

"리키한테 그냥 장단 맞춰준 거지. 도쿄 좀 가서 결혼하고 오니까 아주 콧대가 하늘을 찌르지? 남편이라니. 웬만해선 그 말 잘 안 쓰잖아. 보통 바깥사람이나 그이라고나 하지. 그 귀엽던 리키는 어디로 간 걸까."

히다카는 창틀에 팔꿈치를 걸치고 왼손으로만 운전하면서 잘도 재잘거렸다.

"거들먹거리는 건 주임님이시죠. 이제 제 상사가 아니니까 저랑 아무런 상관도 없는 사람이잖아요? 제가 같이 있을 필요가 전혀 없죠. 그러네. 앞으로는 히다카 씨라고 부르면 되는 건가."

같이 있을 필요가 전혀 없다고 말한 순간, 차 안의 온도가 갑자기 쑥 내려간 것처럼 느껴졌다.

"와, 리키, 완전 야무지네. 어이쿠, 무서워라."

히다카가 양손으로 핸들을 고쳐 잡고 앞을 바라봤다. 앞서 말한 모텔이 바로 좌측에 있었다. 안쪽 주차장에서 프런트로 들어가 방을 고르는 형식이라, 차종이나 차번호가 밖에서 훤히 들여다보여 히다카가 신경 썼던 게 떠올랐다. 히다카도 마침 똑같은 생각을 한 모양이다.

"여기 최근에 주차장에 가림막을 설치했대. 전에는 좀 개방적이었잖아."

히다카는 전해 들은 것처럼 말하지만 최근에도 온 적이 있을 것이다.

"히다카 씨, 저기서 유턴해 주세요. 이 길로 가면 우리 집이랑 반대니까 빨리 돌리고요."

리키가 차갑게 말하자 네, 네, 그럼요, 그럼요, 하고 히다카가 끄덕이며 일단 갓길에 차를 세웠다. 핸들을 몇 번이나 틀어가며 차를 유턴했다.

"근처까지 데려다줄 테니까 안심해."

"네, 잘 부탁드립니다."

둘 다 아무 말 없이 어두운 국도 끝을 보았다. 홋카이도 동부의 눈 내린 시골길에서는 마주 오는 차량도 찾아보기 어렵다. 밤하늘에 끝없이 펼쳐진 별이 보였다. 여기는 내륙이지만 5, 6킬로미터 앞은 오호츠크해가 가로놓인 탓인지 하늘이 광활하게 느껴졌다.

"히다카 씨, 아이는 계획적으로 만든 건가요?"

"뭐야, 갑자기."

히다카가 웃음을 터뜨렸다.

"이번에는 애 만드는 얘기야?"

"네, 참고하려고요."

"참고라. 그렇게 계획적인 것도 아니었지. 했더니 생겼고, 했더니 생겼다의 연속. 그래도 넷째 딸만큼은 마누라가 딸도 갖고 싶다길래 좀 애쓰긴 했지만. 딸 낳는 법으로다가."

"어떻게 해야 아들, 딸을 구별해서 낳을 수 있는데요?"

"뭐야? 그런 거에 관심 있어?"

히다카가 재수 없는 표정으로 히쭉거렸다.

"전반적인 생식 의료에 관심이 있어서요."

"생식 의료 전반이라. 리키, 요양원에서 일할 때도 진지했지. 지금은 진지하게 아들, 딸 낳는 법 공부해서 '남의 편'이랑 섹스하는 건가. 계획적이네."

"뭐, 그렇다 치죠."

리키는 적당히 얼버무렸다.

"그래, 우리가 시도한 건 돈이 제일 안 드는 방법이야. 배란일 이틀 전에 섹스하는 거. 그게 배란일 이틀 전에는 자궁경관 점액이 산성이라 X 정자에 좋은 환경이라더라고. 그래서 배란일을 정확하게 파악하면 여아가 태어날 확률이 높다. 다만 Y 정자가 나가떨어져 버리니까 임신 자체의 확률은 내려가긴 하지. 우리는 마누라가 배란일을 파악하고 있어서 우연히 그걸로 성공했는데, 그걸로도 안 됐으면 퍼콜법도 시도할 작정이었어. 퍼콜법이라는 건 인공수정. 정자를 퍼콜액에 담가서 원심분리기에서 X 정자와 Y 정자로 분리한 뒤에 X 정자만 배란일에 자궁에 넣는 방법."

"확실히 잘 아시네요. 그런데 어떻게 원심분리기에서 X 정자만 추출해요?"

리키는 쉽게 설명하는 히다카에게 감탄했다.

"X 정자 쪽이 무거우니까 분리기에 넣고 돌려서 침전하는 게 X 정자지. 근데 이 두 가지 방법을 시도했다고 해서 확실하게 딸이 나온다는 보장은 없어. 확률은 70퍼센트라고들 하니 정확도가 낮지. 그것보다 더 확실한 방법이 있어. 그건 말이야.”

“아, 알겠어요.”

리키는 히다카의 말꼬리를 물었다.

“체외수정이죠?”

“맞아. 리키, 잘 아네.”

히다카가 놀란 듯 운전석에서 리키의 얼굴을 쳐다봤다.

“그 정도는 알아요. 여아의 수정란만 자궁에 넣으면 임신은 확실하게 여아가 되겠네요.”

리키도 인공수정으로 안 되면 체외수정을 하게 된다. 그 경우에는 모토이가 아들을 원하고 있으니 남자아이의 수정란을 넣는다.

“맞아, 맞아. 리키도 골라 낳고 싶어서?”

히다카가 진지한 얼굴로 물었다.

“아뇨. 딱히 그럴 생각은 없는데, 관심은 있어서.”

“그런데 남편분, 나보다 연상이지? 아이 생각 있으면 최대한 빨리 만드는 게 좋아. 리키는 어리니까 괜찮은데, 남편 정자도 힘이 빠질 테니까. 임신이 잘 안 될 거야.”

“진짜인가요?”

“진짜지요.”

히다카가 리키의 말투를 따라 했다.

“히다카 씨, 자식이란 건 사랑스러운 존재인가요?”

“그야 사랑스럽지. 그렇다기보다 내 안에도 나의 자손을 지키려는 유전자가 들어있었던 거지. 난 첫째가 태어날 때까지 그런 거에 전혀 관심이 없었는데, 첫째를 처음으로 품에 안았을 때 그런 생각이 들었어.”

“흠, 무슨 감동 에세이 같네요.”

리키는 빈정거렸다. 장남을 얻었을 때, 히다카는 리키를 성욕의 배출구로 삼고 있었다. 리키와 섹스한 히다카가 콘돔 안에 사정하는 사이, 히다카의 아내는 부른 배 안에서 부지런히 장남을 키우고 있었다.

“리키, 날 비겁한 남자라고 생각하고 있지? 그렇겠지. 마누라가 출산하고 나선 리키를 갑자기 짐짝 취급했으니까. 실제로 리키 일을 없었던 일로 하고 싶었던 건 맞아.”

히다카가 의외의 말을 꺼냈다.

“비겁하다기보단 그 반대죠. 지나치게 솔직한 사람이라고 생각했어요. 전 아직 어렸으니까 처음에는 히다카 씨의 부인이 임신 중인 것도 몰랐고, 히다카 씨가 절 좋아하는 건 아닐까 진지하게 생각했거든요. 그래서 좋아하는 게 아니라 그냥 단순히 섹스가 하고 싶었던 거라는 걸 나중에 깨닫고, 정말 본능에 솔직한 사람이구나 생각했어요.”

분위기가 바뀌었기에 리키도 솔직히 대답했다.

“그래서 진심으로 미안하게 생각하고 있어. 그런데 나, 리키를 좋아했기 때문에 정말 힘들었어. 이건 거짓말이 아냐.”

히다카가 왼손을 뻗어 리키의 손을 잡으려고 했다. 참 착각도 자유다. 히다카가 마음이 있다고 오해해서 들뜬 건 자신이 어리고 어리석었기 때문이다.

"히다카 씨, 취하셨네요. 어리숙한 여자 이용해 먹은 자신한 테 취하셨어요. 아아, 어릴 때 내가 좀 나쁜 남자였지. 그 여자 어떻게 지내려나. 옛날 생각이 새록새록 나네."

리키가 웃으면서 말하자, 히다카가 놀란 얼굴을 했다.

"설마. 내가 진짜 나쁜 남자였던 건 인정해."

"뭐, 됐다니까요, 그런 건. 사과받으면 오히려 내 자존심이 상하네요."

"자존심? 얘기가 그렇게 되나."

히다카가 입을 헤 벌리고 이해할 수 없다는 식으로 고개를 갸웃거렸다.

그때 리키의 핸드폰에서 메일 수신음이 울렸다. 불길한 예감이 들었다. 모토이가 늘 메시지 대신 메일을 쓰기 때문이다. 역시 모토이였다.

[구사오케입니다.

안녕하세요.

아오누마 씨에게 들었는데, 홋카이도에 있는 고향에 방문하신 모양이네요. 그럴 때는 가시기 전에 미리 제게 한마디쯤은 상의해 주세요. 항상 계신 곳은 알고 있었으면 하니, 앞으로는 무단 외출 등은 자제해 주기를 부탁드립니다. 그리고 사족 같지만, 계약 내용을 명심해 주세요. 모쪼록 술이나 담배 등을 입에 대지 않도록, 청결하고 건강한 몸을 유지할 수 있게끔 부탁드립니다. 아니, 이건 부탁이라기보다 계약서에 적힌 당신이 지켜야 할 의무입니다. 위반 시에는 그 나름의 페널티가 있으므로 신경 써서 행동해 주세요. 귀찮게 하는 것 같지만, 저희 부부는 위장 이혼까지 감행하면서 이번 프로젝트에 인생 전체를 걸었습니다. 물론 오이시 씨가 계셔서 진행할 수 있는 계획입니다.

부디, 협조 부탁드립니다.

구사오케]

말투는 예의 바른 것처럼 보이지만 내용은 무례했고, 배려 따위는 손톱만큼도 느껴지지 않았다. 그저 주의를 주기 위한 일방적인 내용이었다.

리키가 200만 엔의 선금을 받으면서 모토이의 발레 스튜디오에 머물기를 거부한 시점부터 모토이가 달라진 느낌이다. 모든 면에서 사무적으로 대하면서 무슨 일만 생기면 계약서를 들고나와 리키를 구속하려 들었다. 게다가 이번 임신, 출산을 '프로젝트'로 취급한 데서 리키는 또 놀랐다. 자기가 그저 '프로젝트'의 일원처럼 느껴졌다.

다시금 모토이에 대한 반감이 불쑥 고개를 들었다. 명령조의 계약 준수 이야기만 적혀있는 메일을 다시 읽고 나니 공연히 심사가 뒤틀렸다. 위장 결혼까지 시킨 '아내'의 가족에게는 아무런 배려도 하지 않았으면서 양심에 찔리지도 않는 건가.

리키는 사위가 아내의 친정에 인사도 안 오냐며 그녀의 아빠가 노발대발했던 게 떠올랐다. 그건 지극히 당연한 분노였다.

그래서 모토이와는 나이 차이도 있고 금방 이혼할지도 모른다고 넌지시 말한 리키에게, 엄마는 자식만은 받아오라고 단단히 일렀다. 모토이가 싫기 때문에 그의 아이는 원치 않는다. 그런데 리키의 자궁은 그의 아이를 품어야만 한다.

256

"왜 그래? 남의 편 메일? 심각해? 들켰어?"

메일을 본 뒤, 입을 다문 리키가 수상쩍었는지 히다카가 물었다.

"아니, 아무것도 아니에요."

"그래? 답장 안 써도 돼? 써봐. 좋아할 텐데."

"남편이 좋아한다고요?"

"당연하지."

"뭐라고 써요?"

"그건 모르지. 아이 러브 유라고 써보든가."

그렇게 썼다간 모토이는 리키의 머리가 어떻게 됐다고 생각할 것이다. 리키는 그 모습을 상상하며 피식 웃었다. 그러나 핸드폰을 품에 안은 채 고민했다.

차라리 돈을 돌려주고 그 부부의 '프로젝트'에서 하차할 순 없을까. 벌써 이사비와 그동안의 가난한 생활에 대한 보상 심리로 100만 엔 가까이 써버렸지만, 그 돈은 배란유도제 사용이나 인공수정 등 지금까지 리키가 입은 육체적 부담을 호소하면 갚지 않고 끝날 수 있을지도 모른다. 하지만 모토이네 부부가 위장 이혼까지 한 것을 생각하면 거꾸로 위약금을 낼 처지에 몰릴 수도 있다. 그렇담 어쩌지.

이것도 아니고 저것도 아닌데, 하면서 생각에 빠진 리키를 향해 히다카가 조심스럽게 물었다.

"남의 편이랑 싸웠어?"

"그런 거 아니에요."

“그럼 다행이고. 난 리키네 부부가 원만하길 바라니까.”

아까는 ‘리키의 탐스럽게 익은 몸’ 어쩌고저쩌고 떠든 주제에, 남편의 그림자가 어른거리는 듯하니 히다카는 갑자기 얌전하게 굴었다.

“리키네 집, 저기 신호에서 왼쪽으로 꺾으면 되지?”

“네.”

군데군데 가로등이 켜져있는 것 외에는 민가의 불빛도 거의 보이지 않는 밤 10시가 넘은 시간, 하얗게 빛나는 눈길 너머로 조그마한 초록불이 보였다. 신호가 거의 없는 외길은 리키가 공항에서 버스로 온 길이기도 했다. 참 쓸쓸한 마을에서 태어나고 자랐다는 생각이 들었다.

“히다카 씨, 도쿄에 가본 적 있으세요?”

히다카는 앞을 향한 채 태평하게 대답했다.

“있지. 두 번 가봤어. 첫 번째는 신혼여행으로 디즈니랜드에 갔었는데, 재미있었어. 두 번째는 부모님 모시고 스카이트리랑 후지산 방면. 리키는 스카이트리 가본 적 있어?”

그런 화려한 곳에는 가본 적이 거의 없다는 생각에 리키는 데루나 자신이나 정말 땅바닥을 기어다니며 산 것 같다는 생각이 들었다.

“디즈니랜드는 두 번 가봤는데, 스카이트리는 아직이요.”

“도쿄에 살면 언제든 가볼 수 있을 테니까.”

“네, 뭐, 그렇죠.”

어차피 안 가겠지만. 그 말은 그저 삼켰다.

리키의 부모님이 사는 공영주택이 가까워졌다. 두 채씩 붙여 지은 낡은 집들이 늘어선 쇼와시대의 주택가였다. 게다가 오렌지색 빛이 들어오는 창문은 겨우 손에 꼽을 정도였다. 재건축 소문을 듣고 꽤 많은 집이 이사했는지도 모른다.

"그러고 보니, 마침 오늘 농협에서 리키네 형님 만났어."

"둘이 아는 사이예요?"

"그런 셈이지. 형님이 우리 장인어른이랑 알거든."

리키는 오빠의 동향에는 관심이 없어, 전혀 몰랐던 사실이다.

"그렇구나."

"리키가 매정하다고 어머니가 한탄하신다더라. 도쿄로 가고선 한 번도 안 찾아오고, 이모님이 돌아가셨을 때도 어머니가 알렸는데 오지도 않았다고. 그런데 갑자기 결혼했다는 얘기를 하니 다들 놀랐대."

고향에 오고 싶어도 그때는 돈이 없었다. 아니, 모토이에게 5만 엔이나 받았으니 실은 비행기 티켓 값이 생겼지만 내키지 않아 다이키를 사버렸다.

여기서 히다카에게 돌아올 돈이 없었다고 변명해 봤자 결혼했다고 속인 이상 믿어주지 않을 것이다. 갑자기 자신이 어리석은 짓만 골라 하는 것 같아 리키는 우울해졌다. 아무 말 없이 있자, 히다카가 눈치를 살폈다.

"왜 그래? 너무 조용한데."

"아닌데. 내가 그랬나. 그런 거 아니에요."

리키는 창밖을 바라보며 나른하게 중얼거렸다. 뭔가 골몰하는 듯한 눈으로 차창 너머를 바라보던 리키가 히다카의 얼굴로 시선을 옮겼다.

"히다카 씨, 어디든 안 갈래요?"

"진짜야? 왜? 남의 편이랑 진짜 싸운 거야?"

"그렇다고 해야 하나."

"그럼 다른 호텔로 가도 괜찮겠어?"

히다카는 조금 당황한 기색으로 말했다. 마치 리키의 마음이 변하기 전에 끝내야 한다는 생각에 초조한 듯했다.

"이 근처에 있나?"

"응, 시내로 돌아가야 되기는 한데, 최근에 생긴 데가 있어."

"그럼 처음부터 그쪽으로 가면 좋았을걸."

히다카는 잠자코 아무 말도 하지 않았다. 분명 자신과의 추억이 있는 모텔 '오리온'에 가고 싶었던 것이라고, 리키는 추측했다. 리키는 과거를 끊어내고 살기 위해 몸부림치는데, 히다카는 그 반년에 걸친 기간을 후회로 범벅을 하고는 그리워하고 있으니, 그 후회조차도 즐기고 있는 것처럼 보였다.

"히다카 씨, 즐거워 보이네요."

리키는 또 빈정거렸다. 하지만 히다카는 진지한 얼굴로 고개를 가로저었다.

"천만에. 즐거울 게 뭐 있어. 간병이라는 힘든 일 하면서 자식 넷을 부양하고 있는데."

그 순간, 리키는 히다카가 단순하지만 그렇게 최악의 인간은 아니라고 생각했다.

히다카가 데려온 호텔은 아까 다 같이 술을 마셨던 술집 뒤편에 있었다. '벨주르'라는, 어쩐지 세련된 이름이었다.

리키는 미사키 선배 일행이 아직 근처 노래방에 있으니 너무 위험하다고 생각했지만 히다카는 개의치 않고 호텔 주차장에 차를 들였다. 주차장보다 한 층만 높아도 주변 빌딩에서 훤히 내려다보이는 구조라 분명 술집에서도 내려다볼 수 있을 것이다.

"흰색 차라 눈에 띌 텐데 괜찮을까? 미사키 선배랑 다들 이 근처에 있을 텐데."

조마조마한 리키와 달리 히다카는 신경도 안 쓰인다는 표정으로 어깨를 으쓱했다.

"으음, 아니야. 아마 걔네 신마치 쪽 노래방에 갔을 거야."

히다카는 그렇게 말하고 리키의 손을 잡은 채 방으로 직행했다. 두 사람은 간단히 샤워만 한 뒤 바로 침대에서 부둥켜안았다. 히다카가 통금 시간인 12시까지 들어가 봐야 한다고 털어놨기 때문이다.

"그럼 실질적으로 한 시간밖에 없는 거 아닌가?"

"맞아. 리키가 망설이는 바람에 일정이 완전 틀어졌잖아."

히다카는 자연스럽게 리키 탓으로 돌렸다. 리키는 대꾸 대신 잠자코 침대에 누워있었다. '벨주르'는 새로 지은 터라 '오리온'과 달리 욕실도 깨끗하고 침대도 쾌적했다.

다이키와 있었던 객실은 이곳보다 더 좁고 작았었다. 나는 대체 뭘 하고 있는 걸까. 리키는 천장에 매립된 조명을 응시하며 생각했다.

히다카가 리키 위에 올라타 입맞춤하면서 논알코올 맥주를 입 속으로 흘려보냈다. 리키는 맥주를 삼키고서 말했다.

"좀 미지근해졌네."

"내가 체온이 좀 높잖아."

히다카의 몸은 살집이 두툼해 확실히 뜨거웠다. 히다카에게 안기면서 이 모습을 모토이가 본다면 얼마나 치를 떨까, 리키는 상상했다. '청결하고 건강한 몸을 유지할 수 있게끔 부탁드립니다'라는 메일의 한 문장이 떠오르자 울적해졌다. 술을 마시고 다른 남자에게 안긴 나는 불결하고 건강하지 못한 몸인가. 히다카가 몸을 떼며 말했다.

"왜 그래? 반응이 별로네. 전에는 기분 좋다고 막 그랬잖아."

"그랬었나?"

"그랬지. 뭔가 고민거리가 있는 거야?"

"없어요, 그런 거. 그냥 어떻게 해야 하나 싶어서."

"이혼 이야기?"

히다카가 몸을 일으켜 리키의 눈을 들여다봤다.

"응, 언젠가 할 것 같은데, 그 전에 여러 가지가 마음을 무겁게 만들어서."

"뭔데, 그게."

"애 갖는 거. 남편이 원하니까, 난 그냥 애 낳는 기계 같아."

눈 딱 감고 솔직하게 말해봤다. 그 어떤 거짓도 담기지 않은 진실이었다. 그러나 애석하게도 히다카는 말 그대로 받아들이지 못한 모양이었다.

"그건 어쩔 수 없는 거 아닌가. 나보다 위라면 남의 편도 조급하지. 빨리 안 만들면 자기가 더 나이 먹어도 애가 학생일 텐데. 그러면 여러 생각이 들지."

"그것도 있고, 자기 유전자를 남기고 싶대."

"너무 일방적인데. 리키의 유전자와의 결합으로 어떤 아이가 태어날까 궁금해하는 게 보통의 부부 아닌가."

보통의 부부가 아니니까, 그건 어쩔 수 없는 부분이라고 리키는 생각했다.

3

다음 날 오전, 리키는 엄마와 함께 요시코 이모의 산소로 성묘를 갔다. 그게 귀성의 목적이었으니 끝나고 나면 오후 3시 5분 편으로 도쿄로 돌아갈 예정이다.

리키의 엄마가 운전하는 경차가 묘지로 향하는 얼어붙은 언덕길을 느릿느릿 올라갔다. 교외의 완만한 언덕에 펼쳐진 묘지는, 십수 년 전에 막 생긴 터라 빈 구획도 아직 꽤 있고, 세워진 묘도 완전히 새것 느낌이었다.

이 묘지에 또 들어가 있는 사람은 리키의 외할아버지뿐이다. 여든일곱이 된 할머니는 살아계시지만, 치매가 진행된 탓에 중증 환자 전문 요양원에서 지내고 있다. 요시코 이모는 미혼이었기 때문에 할아버지, 즉 이모의 아버지와 함께 묘에 들어가 있다.

“여기, 왠지 쓸쓸하지 않아?”

언덕에 자리한 데다 초겨울이라 마을이 한눈에 내려다보여 풍경은 좋았지만, 아직 팔리지 않은 구역을 나눠놓은 콘크리트 구조물이 스산해 보여 리키의 마음을 울적하게 만들었다.

“그래도 한겨울이 경치는 좋아. 잎이 다 떨어진 뒤 펼쳐지는 설경, 아름답지 않겠니. 봄에는 온통 민들레밭이 되고 말이야.”

엄마가 변명했다. 하지만 북쪽 지역에 살면서 설경이라니, 새삼스러울 것도 없었다.

“한겨울에 성묘하려고?”

“겨울에 죽으면 어쩔 수 없지.”

엄마는 순 사투리로 대답했다. 고향에 온 지 사흘째가 되어서야 비로소 허물없는 엄마와 딸의 대화로 돌아왔다.

“그건 그렇지만.”

“아빠가 이 근처 구역을 살 거라고 하니까, 우리가 죽으면 너도 여기로 성묘하러 와야 해.”

리키는 직사각형으로 구분된, 아직 팔리지 않은 구역을 바라봤다. 눈이 쌓여있던 지면을 파헤쳐 시커먼 흙이 드러나 있었다. 내가 독신으로 죽으면 저 구역에 언젠가 세워질 묘에 들어가게 될 것이다. 요시코 이모처럼. 고향을 등질 결심을 하고 살아도, 독신으로 죽으면 유골은 고향으로 되돌아온다.

“평생 연을 끊을 수 없단 거네.”

리키는 혼잣말을 중얼거렸다.

"그야 어쩔 수 없지."

리키의 말의 숨은 뜻을 아는지 모르는지, 엄마가 또 똑같은 말을 했다.

"근데 최근에 수목장인가 있잖니. 난 그거면 돼."

"수목장도 그렇게 싸진 않을걸."

만약 내가 죽으면 대체 누가 그 돈을 내게 될까. 리키는 역시 여기에 묻히는 게 제일 싸게 먹힐지도 모른다는 생각을 했다.

리키는 경차 핸들을 쥔 엄마의 손에서 늘어난 주름과 검버섯을 발견했다.

"엄마, 손이 할머니 손이 됐네."

"뭘 또. 전부터 그랬어."

엄마는 억양 없는 목소리로 중얼거렸다.

"엄마가 나이들어 간다니 쓸쓸하다."

"그러니까, 빨리 아이라도 낳아서 안심시켜 줘. 너 죽을 때 떨렁 혼자서 죽을까 봐 걱정돼서 내가 죽을 수가 없다."

"요시코 이모처럼?"

"요시코한테는 내가 있었으니까 괜찮은데, 넌 오빠 하나인데다 올케는 남이니, 뭐."

리키는 수수하고 화장기 없는 오빠 약혼자의 얼굴을 떠올렸다. 그녀는 눈에 띄게 시누이가 될 리키를 경계하고 있었다. 화려하게 보이려고 일부러 꾸미고 왔으니, 도쿄에서 어떤 삶을 사는 걸까 의아해하고 있는지도 모른다.

“나도 결혼했잖아.”

말하면서 허무한 기분이 들었다. 그 마음이 전해졌는지 엄마의 낯빛이 순간 어두워졌다.

“그렇긴 한데, 금방 이혼할지도 모른다고 그러지, 남편은 인사도 안 오지. 뭐가 뭔지 잘 모르겠으니까 하는 말이야.”

“그냥 맡겨두세요.”

리키가 애써 농담처럼 말했다.

“그럴 거지만, 뭐.”

말을 끊었다가 엄마는 생각났다는 듯 말했다.

“맞다! 말한다는 걸 까먹었네. 이 차, 요시코가 타던 차야.”

그 말을 듣고 보니 차체의 바랜 듯한 핑크색 컬러나 백미러에 달린 미니어처 드림캐처 등은 요시코 이모의 취향 같았다. 리키를 태우고 ‘미혼녀 찾아 삼만리’를 했을 때는 검은색 스즈키였다.

“재작년에 막 중고로 샀었어. 이 차가 좋다고 신이 나서 운전하니까 꼭 다 나은 줄 알았는데.”

“요시코 이모, 기무라 타쿠야 팬이었지.”

리키는 드림캐처를 손가락으로 어루만졌다.

“응, 젊은 애들처럼 맨날 꺄꺄 소리 질렀지. 새로 나온 드라마 보여주고 싶었는데.”

엄마는 갑자기 숙연해져서 눈물을 삼키는 듯한 표정을 보였다.

“요시코 이모 보고 싶다.”

대리 출산을 어떻게 생각하는지 조언을 구하고 싶었다. 하긴 요시코 이모는 늘 로맨틱한 만남을 꿈꿨으니 결사반대했으리라.

"아무튼 네 할머니가 정신이 흐려진 덕분에 요시코가 떠난 걸 모르는 게 천만다행이야. 만날 때마다 묻거든, 요시코는 어디 갔냐고."

"뭐라고 대답해?"

"다양하지. 그때그때 장 보러 갔다든가, 일하러 갔다든가. 그때마다 알겠다니까 그걸로 됐지 뭐. 딸을 먼저 보내는 건 절대 있어선 안 되는 비극이잖니."

엄마가 결론을 짓듯 말했다.

"그러게. 그건 불행 중 다행이네."

리키는 하품을 억지로 참아가며 맞장구를 쳤다. 어젯밤은 결국 통금을 어긴 히다카와 늦게까지 같이 있는 바람에 날짜가 바뀐 뒤에야 집에 들어왔다.

"어제 늦게 들어오지 않았니?"

엄마가 고새 하품을 본 모양이었다.

"응, 오랜만에 마셔서."

"그래."

엄마가 옆자리에 앉은 리키의 얼굴을 힐끗 봤다.

"너 결혼했는데 그러고 다녀도 돼?"

"술자리 정도야 괜찮지."

"뭐, 요즘 사람들은 그런 것 같긴 하다만."

엄마는 씁쓸한 듯 끄덕였다.

"결혼이란 게 그렇게 숨 막히는 거야? 그런 생각 너무 고루해. 도쿄에선 아무도 안 그런다고."

리키는 뾰로통한 얼굴을 하며 왼손의 가짜 결혼반지를 매만졌다. 엄마에게 골난 척을 하고 있지만 실은 자기혐오에 빠져 있었다. 히다카와 관계를 맺은 것을 이제 와 후회했다. 그 행동의 원인이 구사오케 모토이에 대한 반감이었던 것이 유치하기 짝이 없다는 생각이 자꾸만 들었다. 그게 싫었다.

"저게 할아버지랑 요시코 산소야."

엄마가 어수선하게 늘어선 묘 중에서 하나를 가리켰지만 리키는 어떤 것인지 알 수 없었다. 할아버지가 돌아가셨을 때는 요양원에서 일하고 있었으니 이 묘지를 한 번은 찾아왔을 텐데 정확한 장소는 머릿속에서 지워져 있었다.

"아직 꽃이 남아있잖아. 저거야. 2주 전에 왔을 때 가져온 꽃."

마치 협소한 주택이 빽빽하게 들어선 동네처럼 하나의 구획에 옹기종기 늘어선 묘지들. 그 끄트머리에 시든 꽃이 놓인 묘비가 쓸쓸하게 서있었다. 다른 묘와 비교해도 작고 초라한 묘비다. 리키는 자기도 죽으면 저렇게 묘에 들어가는 걸까 싶어 한숨이 나왔다.

엄마는 주차된 차량이 세 대밖에 없는 넓은 주차장에서 어설프게 핸들을 이리저리 꺾으며 비스듬히 차를 세웠다. 둘이 같이 사무실에 물통과 바가지 등을 빌리러 가려는데 데루에게서 연락이 와 리키는 혼자 멈춰서서 확인했다.

리키가 병원을 그만둠과 동시에 데루도 퇴사하고 아이치의 고향에 돌아가 있었다. 그 후 소무타와 동거를 시작해 둘이 음식점에서 아르바이트를 하고 있다는 이야기까지는 들었는데, 최근에는 살짝 연락이 뜸했기에 반가웠다.

[리키, 잘 지내? 이따 전화하고 싶은데, 몇 시쯤이 좋아?]

[잘 지내. 지금 이모 성묘 중. 한 시간쯤 뒤에 내가 전화할게.]

[오케이. 수다 기대하고 있을게.]

[나도. 이따 봐.]

데루에게 손 키스 이모티콘을 보냈다. 그녀에게 최근에 있었던 일들을 쏟아내고 싶어 마음이 근질근질했다. 전화로 수다 떨 시간이 몹시 기다려졌다.

성묘를 마친 후, 엄마가 같이 밥을 먹자길래 시내로 돌아가 유명한 라멘집에 들어갔다. 호화롭게 차슈라멘을 두 개 주문한 엄마는 기분이 무척이나 좋아 보였다.

"밖에서 먹는 일이 거의 없으니까, 오늘은 너랑 라멘 먹을 생각에 기대하면서 왔지."

다 먹은 뒤 리키가 돈을 내려고 하자, 엄마가 극구 말렸다.

"라멘값 정도는 낼게. 그보다 아이 생기면 알려주고."

리키는 어떤 표정을 지어야 할지 몰라 복잡미묘한 표정을 짓고 말았다. 엄마는 분명 보았음에도 못 본 척했다.

"엄마, 나는 잠깐 산책 좀 하고 들어갈게."

어색함을 감추고 리키가 말했다.

"비행기 시간 괜찮니?"

“괜찮아.”

엄마와 헤어지고 조그마한 어린이공원에 들어가 데루에게 전화를 걸었다.

“여보세요, 데루? 연락 줘서 고마워.”

— 리키, 오랜만이지.

“응, 오랜만이다. 잘 지내는 것 같네. 목소리에 힘이 있는데?”

— 리키도 마찬가지야. 근데 지금 홋카이도야?

“맞아. 요시코 이모 돌아가셨을 때 못 와서, 한 번은 성묘하러 와야 할 것 같았거든. 임신하면 당분간 못 올 거 아냐. 그리고 일단 결혼을 하긴 했으니까, 부모님께 언질은 줘야겠다 싶어서.”

데루는 리키가 대리모 일을 상의했을 때 모성을 더럽힐 거냐는 식으로 반대했었다. 그 후 찬성으로 바뀌었지만 돈 이야기 등은 따로 하지 않았다. 그런데 데루가 아이치로 돌아간 뒤로는 오히려 그 거리감이 도움이 됐는지 솔직하게 근황을 나눌 수 있었다.

— 뭐? 혼인신고 했어? 그러니까, 진짜 결혼했다는 거야?

데루는 놀란 듯 큰 소리로 되물었다.

“그렇긴 한데, 형식적인 거지 뭐. 같이 사는 것도 아니고. 구사오케 씨의 친자로 만들기 위한 고육지책이라나. 무사히 출산하고 나면 원래대로 돌아가기로 했어.”

— 그럼 리키 호적이 더럽혀지는 거네?

리키는 흠칫했다. 더럽혀진다는 발상은 해본 적이 없었기 때문이다. 모성과 호적 등 데루의 머릿속에는 더럽혀서는 안 될 것들이 따로 있는 걸까.

"호적이라는 게, 더럽혀지는 거야?"

— 어머, 그렇지. 구사오케로 성이 한 번 바뀌었다가 이혼한 사람이 되는 거잖아. 후사만 낳아주고 말이야. 너무 자기들 마음대로 이혼녀 딱지 붙이는 거 아냐?

"그 말 들으니까 무슨 메이지시대 같다."

— 아니, 더 옛날이지. 전국시대 정도?

"전국시대까지나?"

데루가 호들갑을 떠는 통에 리키는 저도 모르게 웃음보가 터졌다. 모래밭에서 놀고 있던 엄마와 아이가 놀라서 리키를 쳐다봤다.

— 그거지. 옛날 옛적 느낌.

"응, 듣고 보니 그렇네."

— 근데 그거 뭔가 불공평한 느낌이 드는데. 리키는 그대로 오케이를 한 거지?

데루가 너무 딱하다는 식으로 말해 오히려 리키는 당황스러웠다. 무시하는 걸까.

"응. 난 호적 같은 건 상관없고, 그게 번거롭지 않을 것 같아서 그냥 그렇게 하겠다고 했지. 오히려 구사오케 씨 부인이 어떻게 나오려나 걱정했는데, 부인은 흔쾌히 찬성했다더라."

— 흐음.

데루는 뭔가 탐탁지 않은 듯했다.

— 뭔가 그 아저씨만 편한 것 같지 않아? 자기는 정자를 쥐어
짜내는 게 다지만, 우리는 자궁이랑 인생을 걸잖아. 리키는 그
래도 괜찮아?

데루가 끊임없이 몰아붙였다.

“응, 좀, 나도 그런 생각 안 해본 건 아닌데, 이미 계약을 했기
도 하고. 아무튼 도전해 보자는 느낌이라 해야 하나. 선금 같은
것도 받아서 이사도 했고.”

리키는 계약 내용이나 구사오케가 ‘프로젝트’ 운운하며 행동
을 구속하려 드는 것 등을 더 구체적으로 의논하고 싶었다. 하
지만 데루의 말하는 뉘앙스를 보니 역시 적극적으로 대리 출산
을 찬성하는 건 아니라는 것을 깨달아 리키는 속마음을 다시
집어넣었다.

— 리키, 너, 괜찮아?

리키의 미적지근한 태도가 데루에게도 전해진 듯 답답하다
는 말투로 말했다.

“응, 괜찮아.”

— 지금이면 아직 그만둘 수 있지 않아?

“그건 어렵지.”

— 뭐가 어려워.

“위약금 같은 문제가 있으니까.”

데루가 후 하고 한숨을 쉬는 게 들렸다.

— 돈 문제야?

리키는 입을 다물었다. 돈 문제로 둘 다 고민해 오지 않았던

가. 돈 문제라고 말하면 안 되는 건가.

— 리키는 지금 사실 그만두고 싶어 하는 것처럼 들려.

리키는 정곡을 찔려 오히려 불쾌해졌다.

"약간 망설여지기는 해."

— 그럼 그만두면 되잖아.

"그렇게는 안 된다니까."

데루는 그 대답에 답답해하는 것 같았다.

— 부모님께는 결혼했다고 말씀드린 거지?

"응."

위장하기 위해 산 가짜 결혼반지를 바라보며 리키는 씁쓸하게 고개를 끄덕였다.

— 부모님은 좋아하셔?

"응, 좋아하셨는데……. 아빠는 뭐, 왜 인사하러 안 오냐고 수상하게 여기지."

— 그렇겠네.

늘 돈이 부족해 정서적으로 불안정한 느낌이었던 데루가, 아이치로 돌아간 뒤로는 오히려 안정적인 분위기를 풍겼다. 리키는 그동안 그녀에게 무슨 일이 있었던 건지 궁금해졌다.

"그건 그렇고, 데루는 어떻게 지내? 소무타도 잘 지내지? 둘이 잘 해나가고 있어?"

조금 주저하더니 데루가 대답했다.

— 응, 사실 리키한테 이야기할 게 있는데, 나 임신했어.

"진짜? 축하해. 잘됐네."

리키는 반사적으로 반응했다. 그러나 마음속에서는 저만 홀로 남겨진 것 같은 초조함이 소용돌이쳤다.

— 뭐 그렇게 좋지도 않아. 여전히 돈은 없고 빚은 산더미지. 안 그래도 최악인 우리 집에서는 내가 소무타랑 같이 살겠다고 말하자마자 연을 끊더라고. 어떻게 생각해도 앞이 안 보이는데, 또 소무타가 너무 좋아하면서 꼭 낳아달라고 하잖아. 그렇게 말해줘서 기쁘지만 앞으로의 일을 생각하면 두렵기도 해.

"알지."

사실 리키가 이해할 수 있는 건 '앞으로의 일을 생각하면 두렵다'라는 것뿐이었다. 최근 들어 리키가 느끼는 감정도 별다르지 않았다.

— 리키는 이해되지? 우리 도쿄에서 고생했잖아. 그래서 앞으로 가난하게 살아갈 거 생각하면 아이 같은 걸 만들 때인가 싶고.

"그래도 낳을 생각인 거지?"

— 응, 낳으려고."

데루는 단호하게 잘라 말했다.

"그럼 굳이 앞날을 걱정할 필요가 있나?"

거짓말이다. 거짓말 좀 작작 해. 적당한 말로 넘기려고 하지 말고. 리키는 아무 말이나 줄줄 내뱉는 자신이 한심해지기 시작했다.

— 그렇지만 자꾸 생각이 나잖아. 그렇지? 리키도.

나라면 어떻게 했을까. 상상해 봤지만 좋아하는 사람 자체가 없으니 그 심정이 도무지 그려지지 않았다. 어쩌면 진짜 좋아하는 남자와의 사이에서 아이가 생긴다면 낳고 싶을지도 모른다. 히다카와 그의 아내처럼.

'리키의 유전자와의 결합으로 어떤 아이가 태어날까 궁금해하는 게 보통의 부부 아닌가.'

"데루가 소무타와의 사이에서 어떤 아이가 태어날지 궁금하다면 낳아봐."

히다카의 말을 거의 그대로 옮겼는데, 데루는 감동한 것 같았다.

— 응, 뭔가 용기가 생겼어. 고마워, 리키. 나, 낳아볼게.

"그게 좋겠다."

— 그럼 또 연락할게. 잘 지내.

"응, 또 봐."

전화를 끊은 뒤, 리키는 잠시 맥이 빠져 벤치에 앉아있었다. 데루가 부러웠다. 무엇보다도 소무타라는 파트너가 있어서, 두 사람이 함께 임신이라는 이벤트를 맞이할 수 있다는 그 단순함이 부러웠다.

도쿄로 돌아간들 딱히 할 일도 없었다. 지금은 임신하는 게 일이니까 일자리를 찾을 필요도 없고, 남편을 챙길 일도 없다. 그저 새로 계약한 집에 아침부터 저녁까지 들어앉아 텔레비전이든 만화든 보면 되는 상황이었다.

똑똑한 여자라면 홑몸일 때 대리 출산하고 나서 무슨 일을 할지 목표를 정하고 준비를 시작할 것이다. 하지만 리키는 아직 그럴 마음이 들지 않았다. 이런저런 걱정이 스쳐가며 머리만 혼란스러웠다.

암담한 심정으로 리키는 집으로 돌아왔다. 그러자 한발 앞서 도착한 엄마가 "이거, 남편한테 갖다주렴." 하고 커다란 종이가방을 건넸다. 안을 들여다보니 기타미의 특산품인 컬링 스톤을 본떠 만든 쿠키와 특산물인 박하사탕들이 가득했다.

"엄마, 됐어. 뭘 이렇게나 많이."

"됐으니까 가져가. 남으면 이웃 사람들한테 나눠주면 되지."

회사는 그만뒀고 유일한 친구였던 데루는 아이치로 가버렸다. 도쿄에 특산품을 나눠줄 지인 따위 어디에도 없었다.

"고마워. 남편이 좋아하겠다."

엄마가 만족스러운 듯 끄덕이자 리키는 거짓말하기를 잘했다고 생각했다. 아아, 나도 어른이 됐구나. 그런 생각이 들면서 리키는 외로워졌다.

공항까지는 버스로 갔다. 닷새 뒤인 배란일까지는 아무 일정도 없으니 본가에서 느긋하게 있어도 됐지만, 왠지 마음이 부산했다. 게다가 본가에는 혼자 있을 방도 없다. 평소에 도쿄에서 혼자 살다 보니 아무리 부모라도 온종일 붙어 지내기는 불편했다.

체크인하고 공항 안을 걷고 있는데, 누군가 말을 걸어왔다.

"'시로이 고이비토' 과자, 기념품으로 어떠세요?"

리키는 무시하고 가려고 했다. 그러자 이번에는 등 뒤에서 높다란 웃음소리가 들렸다.

"리키, 벌써 돌아가?"

미사키 선배가 공항 매장에서 일하고 있다는 사실을 까맣게 잊고 있었다. 리키는 당황해서 감사 인사부터 튀어나왔다.

"어젯밤엔 고마웠어요."

미사키 선배의 눈이 살짝 부어있었다. 어젯밤 헤어진 뒤에도 부어라 마셔라 한 모양이었다.

"뭘 그런 걸로. 다들 리키 만나서 좋아했지. 이제 가는구나. 근데 난 네가 당연히 내일 가는 줄 알았네. 그래서 이제 못 보겠구나 싶어서 아쉬웠거든. 내가 내일은 쉬는 날이라."

"그래요? 만나서 다행이네요. 어제는 덕분에 정말 즐거웠어요. 다들 그대로더라고요."

"에이, 그건 아니다. 다들 폭삭 늙었지, 뭐. 근데 다들 그러더라. 리키 엄청 세련되고 예뻐졌다고. 역시 도쿄에 사는 애는 다르다면서 말이야."

또다시 미사키 선배의 시선이 왼손에 있는 반지로 향하는 게 느껴졌다.

"리키, 결혼한 거 맞지?"

"맞아요."

"히다카 주임님이랑 벨주르로 사라졌다는 소문이 돌던데."

미사키 선배가 씩 웃으며 리키의 얼굴을 보았다.

"벨주르가 뭐였죠?"

리키는 시치미를 뗐지만 속은 타들어 갔다. 촌구석에서 입방

아에 올랐다간 끝이다. 언젠가 부모님이나 오빠네 귀에 들어갈 것이다. 그리고 히다카네 집은 어떻게 될까. 자식이 넷이나 있다고 하니 그 부인은 이 굴욕을 참지 못할 텐데.

"벨주르 몰라? 러, 브, 호, 텔."

미사키 선배는 한 글자씩 끊어서 말했다.

"모르겠는데. 제가 아는 건 오리온뿐이에요."

농담조로 말했는데, 미사키 선배는 웃지 않았다.

"그럼, 시간이 다 돼서."

리키는 가볍게 인사하고 수하물 검사하는 쪽으로 걸음을 재촉했다. 하지만 미사키 선배의 시선은 등 뒤에 꽂힌 채 계속 따라왔다. 이제 다시는 고향에 돌아갈 수 없겠다는 생각이 들었다. 그 순간, 해방감이 찾아왔다.

그 묘지에 묻히지 않는 삶을 선택해야 한다. 결혼도 출산도 아닌, 그렇다고 독신으로 불리지도 않는 뭔가 다른 길이 있을 것이라고 리키는 생각했다.

4

비행기는 정시보다 15분이나 빨리 하네다에 도착했다. 이틀 만에 돌아온 도쿄는 초봄처럼 따뜻했다. 리키는 다운코트를 팔에 걸치고 홋카이도와 도쿄의 거리를 실감했다. 6년 전에 처음 상경했을 때만 해도 도쿄는 당연히 따뜻할 줄 알고 얇게 입고 왔다가 세찬 바람에 덜덜 떨었었다.

버스로 돌아가려 했는데 시간이 맞지 않아 모노레일을 타기로 했다. 승강장으로 향하는 길에 핸드폰 전원을 켜고서야 비로소 다이키에게서 메시지가 와있다는 걸 알았다. 슬슬 도쿄로 올 때가 됐다고 생각한 것이리라.

[아직 홋카이도?]

[지금 하네다야.]

[시간 비었는데 만날래?]

[좋아.]

마침 잘됐다. 집에 가봤자 중간에 편의점 음식을 사들고 가 혼자서 먹을 뿐이다. 홀가분하긴 하지만 적적하다. 본가에서 부모님과 며칠 보냈다고 사람이 그리웠다.

다이키는 금세 시부야의 대중적인 술집 링크를 보내왔다. 장소를 확인한 리키는 집에 들르지 않고, 곧장 시부야로 가기로 했다.

만나기로 한 가게는 마권 장외발매소 근처로, 시부야역에서 살짝 거리가 있었다. 리키는 캐리어를 끌면서 다운코트와 엄마에게 받은 특산물 종이가방을 팔에 걸고 마냥 걸었다. 주머니에 여유가 있어도 검소한 생활 습관은 바뀌지 않았다.

"어이, 리키."

아직 6시 전인데도 술집은 꽤 붐비는 듯했다. 제일 안쪽 자리에서 다이키가 손을 흔들었다. 그는 냉동 풋콩을 안주 삼아 우롱하이를 마시고 있었다. 발간 얼굴을 보니 이미 몇 잔 들이켠 모양이었다.

다이키는 까만 파카에 까만 바지 차림이었다. 유명 각본가 흉내인지, 까만 모자의 앞부분을 들어 비스듬히 쓰고 있었다. 그리고 변함없이 하얀 밴드의 애플워치를 손목에 차고 있었다. 애플워치가 멋있어 보이는 시기는 지났는데, 아직 과시하듯 차고 있는 게 촌스럽고 모자도 어울리지 않았다. 그러나 리키는 촌스러운 저 남자가 자신의 동지 같은 기분이 들어 마음이 편안해졌다.

"기념품이야."

리키는 박하사탕을 내밀었다. 쿠키와 화과자는 다이키가 좋아하지 않을 것 같았기 때문이다.

"와우, 나한테 주는 거야? 기분 째지는데."

의외로 다이키는 무척이나 좋아했다.

"사탕 좋아해?"

"좋아한다고 해야 하나. 다른 사람한테 기념품 받으면 기분 좋잖아. 날 생각해 줬구나 싶어서. 게다가 홋카이도라니 가본 적이 없어서 좀 두근두근하는데. 내가 낙도 출신이라 홋카이도는 엄청나게 멀게 느껴지거든. 외국처럼."

사투리 억양이 묻어나는데도 그는 굳이 표준어를 고집했다.

"낙도? 다이키 살던 데가 어디랬지?"

"요나구니야. 리키, 가본 적 없지?"

다이키는 처음으로 고향 섬의 이름을 밝혔다. 리키는 요나구니가 어디에 있는지도 몰랐다. 하기야 리키는 오키나와 본섬도 가본 적이 없다. 아니, 야간 버스 타고 유니버설 스튜디오에 놀러간 적이 딱 한 번 있을 뿐, 오사카 서쪽으로는 발을 들인 적조차 없다.

"요나구니는 어떤 곳이야?"

"섬이야, 섬. 외딴섬."

다이키는 메뉴판을 훑으면서 대답했다.

"그건 알지. 그러니까 어떤 섬이냐고 묻는 거잖아."

핀잔을 듣고서야 그는 메뉴판에서 고개를 들었다.

"그것보다 일단 리키도 우롱하이로 할래? 내가 쏠 테니까, 한 번 적당히 골라볼게."

리키가 수락하자 다이키는 가라아게와 크로켓 등 튀김을 중심으로 주문했다.

"아까 그 질문 말인데, 요나구니는 일본 최서단에 있는 섬이랍니다."

일부러 쓰는 선생님 같은 말투에 리키가 웃음을 지었다.

"인구 감소가 문제가 되고 있지만, 근래에 자위대가 주둔하게 되면서 대원과 그 가족들로 인구가 갑자기 증가했습니다. 그게 좋은 뉴스인지 아닌지는 저는 모릅니다."

"왜 몰라?"

"의견이 분분하니까."

편하게 자기 의견을 말하면 될 텐데. 리키는 생각했다.

"그건 그렇고 자위대는 왜 있어?"

"대만이 보일 정도로 끝자락에 있는 섬이니까, 말 그대로 국경인 거지. 중국 배들도 수시로 출몰하고. 안보 차원의 문제야. 우리 부모님은 자위대 주둔에 반대했지만, 난 인구가 늘어나는 거라면 차라리 괜찮지 않나 싶기도 해. 어차피 이대로 내버려 두면 인구 감소는 피할 수 없는 수순이니까. 의견이 분분하다는 건 그런 의미야. 실은 나도 어느 쪽이 좋은지는 몰라."

"와, 대만이 그렇게 가깝구나."

"맑은 날은 실제로 보일 때도 있어."

리키는 놀랐다. 오키나와 부근의 섬들에 관해서는 아는 게 별로 없어서 섬 위치마저 감이 안 잡혔다.

"리키 살던 데도 비슷하지 않아? 쿠릴열도랑 가깝잖아. 우리 둘 다 고향이 일본의 북쪽과 서쪽 국경에 있네."

듣고 보니 그랬다. 지도 바로 위는 러시아다. 홋카이도에도 자위대 주둔지가 많고, 중학교 동급생 중에는 졸업하고 자위대에 들어간 애들도 있었다.

"우리 집은 북쪽, 다이키는 서쪽인가. 신기한 인연이네."

그럼, 그럼, 하면서 기분 좋은 듯 다이키가 우롱하이 잔을 들어 올려 건배를 청했다.

"다음에 가보고 싶다, 홋카이도. 아직 가본 적 없거든."

"아무것도 없는 곳이야. 죄다 벌판뿐이고."

리키의 머릿속에는 벌판을 개간해 만든 쓸쓸한 공동묘지만 자꾸 떠올랐다. 그보다는 사방이 푸른 바다로 둘러싸인 쪽이 나을 것 같았다.

"좋네. 몇 시간 만에 한 바퀴 다 돌 수 있는 섬에서 살아봐. 재미 하나도 없으니까.”

“반년씩 눈에 갇혀 사는 것도 재미 하나도 없거든. 일자리 같은 것도 쥐뿔도 없고.”

“없는 건 우리도 똑같아. 아니, 우리가 더 심할걸? 여긴 러브호텔 같은 것도 하나 없으니까.”

“우리는 두 개, 아니 더 있으려나.”

순간 히다카와 있었던 일이 리키의 머릿속을 씁쓸하게 스쳤다. 리키는 다이키와 웃으며 술을 마시다 보니 답답함이 풀려 뭐든 다 털어놓을 수 있을 것만 같았다.

“러브호텔이라고 하니까 생각났는데, 나 이제 고향에 못 돌아간다?”

다이키가 우롱하이를 주문한 뒤, 다시 리키를 돌아봤다.

“무슨 일이야?”

“옛날에 사귀었던 사람을 만났거든. 러브호텔 가자길래 갔는데 그걸 아는 사람이 봤나 봐. 이미 소문이 쫙 퍼졌을 거야.”

“세상에, 러브호텔 때문에 고향을 잃다니.”

다이키의 농담에 리키는 또 무심결에 웃음이 터졌다.

“그런 셈이네. 어떤 의미에서는 후련하기도 했어. 그런 곳에 더는 돌아가지 않아도 되는구나 싶어서.”

“리키, 그놈 좋아해?”

다이키가 흥미진진한 듯 테이블 쪽으로 몸을 내밀었다.

“별로. 그냥 호기심이지. 전 남친과 계속 만났더라면 지금의 나는 어떻게 바뀌었을까 한번 보고 싶다, 그런 거였지.”

"근데 리키한테는 그 계약이 있는 거고."

다이키에게 대리모 계약 건으로 여러 번 조언을 구했기에 기억하는 것이리라.

"맞아. 근데 나 그 계약 어겼어. 아니, 구사오케 씨가 나 홋카이도 가기 전에 연락은 꼭 해라, 거기 가서 술 마시지 마라, 행동거지 조심해라…… 뭐 그런 잔소리를 메일로 길게도 보냈더라고. 그걸 보니까 확 돌아서 그냥 깨버리고 싶더라. 아무리 대리 출산이라도 사생활까지 제한받기로 한 기억은 없거든. 이제 와서 하는 말이지만."

"됐어. 잘했어."

다이키가 재미있다는 듯 웃었다.

"안 들키면 되는 거야, 안 들키면."

"그 생각도 했어. 상대가 콘돔도 썼고, 어차피 구사오케 씨 정자를 쓸 건데, 다른 사람이랑 좀 즐기면 어때서?"

"리키, 노골적인데? 짜릿하네."

섹스 워커인 다이키는 몸을 배배 꼬며 웃다가 갑자기 진지한 얼굴로 말했다.

"결국 그거잖아. 의뢰인이 수임인의 행동을 어디까지 제한할 수 있느냐는 문제."

"내가 수임인이야?"

"그렇지."

"뭘 수임한 건데?"

"아이 낳는 거겠지?"

너무 직설적인 말에 웃음이 터져 나왔다. 그런가. 모토이가 리키의 행동을 단속하려는 근거가 '1,000만 엔'이라는 돈이라면, 대체 얼마를 받았어야 그런 소리를 안 듣는 걸까. 아니면 의학적인 이유일까. 리키는 고개를 갸웃했다. 만약 그 둘 다라면, 여자에게 그 정도의 희생을 당연하게 요구하는 남자가 역겹게 느껴질 뿐이었다.

"비즈니스라는 건가."

"말했잖아. 그쪽 입장에선 거래라고."

"근데 난 뭔가 불공평한 기분이 드는데."

리키는 늘 머릿속에서 맴돌던 의문에 다시 도달했다. 하지만 그 계약을 받아들인 건 결국 그녀 자신이다.

"생각해 보면 옛날에 오오쿠라든가 후궁, 하렘 같은 데서 후계자 낳는 여자들은 많았잖아. 그 현대판, 비즈니스판 아닐까? 그래도 보기 싫은 아저씨랑 섹스 안 해도 되니까 차라리 나은 거 아냐? 자궁만 빌려주는 거잖아?"

섹스하지 않아도 된다. 그런 관점도 있는 걸까. 리키는 데루가 했던, 마치 전국시대 같다는 말을 떠올리고 있었다. 그때 다이키가 뜬금없이 말했다.

"있잖아, 리키. 오늘 밤에 나랑 안 할래?"

"오늘 손님 있지 않아?"

"요즘 완전 꽝이야. 불황이기도 하고, 이쪽에 반반한 애들이 한꺼번에 들어와서 계속 공치고 있어. 사흘에 한 명 갖고는 손가락만 빨아야지."

"그럼 이제 어떡해?"

"학원 강사도 생각해 봤는데, 도쿄대니 와세다니 게이오니, 이런 애들이 바글바글해서 내 학벌로는 말도 못 꺼내. 그래서 일단 요나구니로 돌아갈까 생각 중이야. 그러니까, 마지막으로 한 번. 괜찮지?"

"진짜? 언제 가는데?"

뜻밖의 말에 리키는 정신이 아득해졌다. 다이키는 태어나고 자란 곳에서는 끝내 채워지지 않는 무언가를 채우기 위해 도쿄로 자신과 참고 견디는 삶을 선택한 동지라고 생각했다.

"최대한 빨리. 가능하면 이번 주?"

"돌아가서 어쩌려고?"

"잘 모르겠지만 자위대가 와서 인구가 늘었다고 하기도 하고, 학교 관련된 곳에 취직할 수도 있지 않을까 해서. 요나구니에서 안 되더라도 야에야마로 넓히면 어떻게든 되지 않을까 싶기도 하고. 안이한 생각일 수도 있지만."

"다이키가 가면 나 너무 외로울 것 같은데."

진심이었다. 대리 출산 일로 고민하고 있을 때 그를 만나 푸념도 늘어놓고 상담도 했다. 다이키가 없었다면 미쳐버렸을지도 모른다.

"그렇게 말해주니 기쁘네. 그래도 전화나 연락은 할 거니까. 아니다. 리키, 일 끝나면 놀러와."

모토이의 자식을 임신해서 출산하는 것을 '일'이라고 말한 것에 리키는 강렬한 위화감을 느꼈다.

"다이키, 나 이걸 일이라고 받아들이는 게 좋을까?"

"이미 그렇게 받아들인 거 아냐?"

"글쎄. 근데 태어난 아이는 어떻게 되는 걸까? 요즘 그런 생각도 들어."

"구사오케 씨가 애지중지 키우겠지."

"그때 내 마음은 어떨까?"

"그것까지 포함한 가격으로 봐야겠지. 리키의 마음은 리키가 정리하는 걸로."

그렇다면 1,000만 엔은 전혀 많은 금액이 아닌 것 같았다.

"그럼 슬슬 가보자. 호텔에서 느긋하게 보내야지."

다이키가 일어서서 손을 내밀었다.

"마사지해 주는 거면 좋아."

리키는 그 손을 잡았다. 마치 물에 빠진 사람이 붙잡는 무언가 같았다.

다음 날, 리키는 구사오케 유코 앞으로 컬링 쿠키를 택배로 부쳤다.

[홋카이도에서 돌아왔습니다. 엄마가 주신 거예요.] 하고 간단한 메모도 덧붙였다. 연어 모양의 화과자는 리키가 먹었다.

왜 유코에게 쿠키를 보낼 마음을 먹었는지는 잘 모르겠다. 고향을 찾은 자신을 비난하는 모토이를 앞에 두고, 유코가 어떤 중재를 해준 게 아닌가 하는 직감이 들었을 뿐이다.

아니나 다를까 이튿날 아침, 바로 유코에게서 다정한 메일이와 리키는 일단 안정을 되찾았다.

[오이시 리키 씨

홋카이도의 기념품을 보내주셔서 감사합니다. 아주 맛있게 먹었어요. 오이시 씨가 홋카이도의 고향을 방문하신 건 남편에게 들었습니다. 메모에 '어머님께서 주셨다'라고 적혀있는 걸 보고 나니, 이번 일로 결혼이란 형식을 취한 것을 부모님께 어떻게 말씀하셨을까 마음이 쓰였어요. 부모님은 따님의 결혼이라는 중대사 뒤에 설마 이런 계약이 있을 줄은 모르실 테니까요. 그런 의미에서 오이시 씨의 심정은 어떨까 헤아려보니, 걱정이 앞서는데 괜찮으신지요. 나중에 지금 심정을 한번 이야기해 주세요. 그리고 오이시 씨에게는 오랜만의 고향 방문이었을 텐데, 남편이 무신경한 메일을 보낸 것 같아 죄송하게 생각하고 있습니다. 남편도 오이시 씨의 몸에 부담이 갈까 염려해서 한 말이니, 부디 언짢게 생각지 마시기를 부탁드립니다. 당분간은 힘든 치료가 이어지겠지만(경험자라 잘 알고 있습니다), 모쪼록 잘 부탁드리겠습니다.

구사오케 유코]

배란 예정일 이틀 전, 리키는 예정대로 난포 확인을 위해 클리닉을 방문했다. 이번에도 생리 시작 닷샛날부터 클로미드를 복용하고 있었다. 앞서 두 번 실패했기 때문에 이번 인공수정부터는 더 확실하게 배란을 촉진하는 hCG 주사와 hMG/FSH 주사를 맞는다고 들었었다.

리키는 hMG/FSH 주사로 인한 부작용과 다태임신 등을 걱정하던 중, 김빠지는 소리를 들었다. 의사가 '아직 젊으니, 당분간은 지난번과 같은 방법으로 시도하겠다'고 한 것이다.

배란은 이틀 후에 될 것 같다며 모토이가 그에 맞춰 정액을 채취하고, 인공수정을 하기로 했다. 리키는 인공수정일 전날부터 감염 예방을 위해 처방받은 항생제를 먹을 예정이었다.

인공수정일에는 처음 두 번과 마찬가지로 혼자 클리닉에 갈 계획이었는데, 어쩐 일인지 비 예보가 있다며 모토이가 차로 데리러 오겠다고 연락이 왔다. 모토이와 직접 대면하는 건 오랜만이었다.

당일에는 예상대로 비가 내렸다. 기온도 낮았다. 리키는 홋카이도에 입고 갔던 다운코트를 걸치고 약속 시간보다 조금 일찍 나와 맨션 앞에서 기다렸다.

약속한 시간에 맞춰 정확히 푸른색 미니가 리키 앞에 멈춰 섰다. 루프는 흰색으로, 모토이가 딱 좋아할 것 같은 세련된 차였다. 뒷좌석에는 적갈색 토이푸들이 탄 채, 작은 발톱으로 연신 창을 긁고 있었다.

"안녕하세요. 오랜만이네요."

모토이는 굳이 운전석에서 내려 조수석 문을 열어줬다. 얼굴을 보는 건 거의 한 달 만이었다. 마지막으로 그를 본 건 인공수정 날이었다. 그는 정액 채취 용기만 놓고 휙 떠나버려 말 한마디 건넬 틈도 없었다. 그 차가운 태도가 참 언짢았는데, 오늘은 대체 무슨 바람이 분 걸까.

"여기까지 오시게 해서 죄송해요."

"아닙니다. 오늘 비도 온다고 하고, 날씨도 춥잖아요. 여기서 클리닉까지도 멀고요.”

차량 내부는 따뜻했고, 처음 듣는 클래식 곡이 잔잔하게 흐르고 있었다. 히다카가 텔레비전으로 떠들썩한 버라이어티 프로그램을 틀어놓고 운전했던 것이 떠올랐다.

“감사합니다.”

뒷좌석에서 개가 코를 쿵쿵대며 움직였지만, 모토이는 돌아보지 않았다.

“강아지 이름은 뭐예요?”

어색함을 견디지 못한 리키가 물었다.

“마티외예요. 무용수 이름에서 따왔죠.”

마티외라. 이름마저 고급스럽다.

“와, 예쁘네요.”

리키는 적막한 분위기를 깨기 위해 마음에도 없는 소리를 했다. 그때 갑자기 모토이가 고개를 숙였다.

“저, 오늘 일 말인데요. 유코가 오이시 씨를 차로 바래다드리라고 해서, 그제야 아차 싶었습니다. 지금까지 신경 쓰지 못해서 죄송합니다. 그리고 메일도 한소리 들었습니다. 형식적이지만 어쨌든 오이시 씨네 본가에서는 결혼으로 기뻐하고 계실 텐데 제가 인사도 안 가고, 그런 메일까지 보냈다면서요.”

“아, 아니에요. 감사합니다.”

역시 그런 거였나. 주사 대신 지난번과 같은 방법으로 진행하자는 것도 유코의 제안이었는지도 모른다.

“메일 건은 죄송했어요.”

"저도 홋카이도에 간다는 걸 미리 말씀드리지 않아 죄송했습니다."

리키는 꾸벅 고개를 숙인다.

"괜찮습니다. 생각해 보니 그런 것까지 요구할 순 없는 거더라고요. 월권이었어요. 이번 일로 어떤 의미에서는 당신의 인생을 묶어두고 있는 셈인데, 결혼까지 해주셨잖아요. 그 이상 터무니없는 걸 바라면 안 되겠다는 생각도 들었습니다."

해가 서쪽에서 뜬 건가 싶을 만큼 오늘의 모토이는 유난히 다정했다.

"터무니없는 일이란 게 뭐죠?"

리키가 묻자, 모토이는 고속도로 진입로로 접어들며 낮은 목소리로 말했다.

"구체적으로 떠올려 둔 건 아닙니다만, 실은 저도 이 프로젝트가 점점 두려워지고 있어서요."

여전히 '프로젝트'라는 표현을 쓰고 있었지만 그도 리키와 마찬가지로 겁이 나기 시작한 모양이었다.

"저도 좀 걱정이에요."

리키는 솔직하게 말했다. 모토이가 놀란 듯 리키를 바라봤다.

"어떤 점이요?"

"아니, 뭐가 어떻다고 딱 꼬집긴 어려운데, 왠지 불안해요. 임신 자체가 두려운 건지도 모르겠어요."

"그렇겠네요."

모토이는 다른 말을 하는 대신 고개를 끄덕였다.

“저도 누군가를 임신시켜 본 적이 없어서 어떤 마음이 드는 지 상상이 안 됩니다. 나이 차이가 나는 부인을 둔 적도 없고요. 오이시 씨가 힘든 시술을 받고 계시니, 클리닉에서는 부부인 셈 치고 좀 더 신경 쓰는 게 맞겠다고 생각했습니다.”

“사실, 구사오케 씨가 먼저 가시고 나서 중년 간호사 한 분이 남편이 너무 매몰차다고 말한 적이 있어요.”

모토이가 놀란 눈으로 리키를 바라봤다.

“아, 이런. 난처하셨겠네요. 정말 죄송합니다.”

“괜찮아요.”

“아오누마 씨를 통해 원장님에게는 인공수정으로 하고 싶다 고 말씀을 드려놨는데, 직원은 부부에게도 여러 사정이 있다는 걸 잘 모르는 거겠죠.”

“여러 사정이라……. 그러네요.”

리키는 잠시 말을 멈췄다가, 용기를 내어 입을 열었다.

“솔직히 말씀드리면요, 제가 그냥 아이를 낳는 기계처럼 느 껴진 적도 있었어요.”

모토이가 면목 없다는 듯 가볍게 고개를 숙였다.

“그 점은 정말 죄송합니다. 그런 의도는 아니었습니다. 전에 메일에서 당신을 구속하는 것처럼 표현한 것도, 이후에 그래서 는 안 됐다고 반성했습니다. 오히려 저희는 반대로, 조금 더 가 까이 지내야 한다고 생각하고 있습니다. 당신은 제 아이를 낳 아주실 분이니까요.”

“가까이 지낸다고요?”

리키는 다이키가 했던 '섹스하지 않아도 된다'는 말을 떠올리며 가슴이 덜컥 내려앉는 걸 느꼈다. 모토이는 나와 그런 관계를 염두에 두고 있는 걸까. 몸이 저도 모르게 굳어졌다. 그 긴장을 느꼈는지, 모토이는 서둘러 말을 덧붙였다.

"아, 그런 의미는 아닙니다. 서로 날을 세우지 않고 문제없이 진행하고 싶다는 뜻이에요."

벌써 출산 이후, 아이를 둘러싼 분쟁까지 걱정하고 있는 걸까.

"그건 저도 같은 생각이에요."

"다행이네요. 저도 신경 쓸 테니, 앞으로도 잘 부탁드립니다."

모토이는 한시름 놓은 표정으로 핸들에서 오른손을 떼어 악수를 청했다. 리키는 잠시 망설이다가 그 손을 잡았다. 가늘고 길며 지나치게 매끈한 손가락이었다.

모토이는 늘 그랬듯 집에서 정액을 채취해 왔다. 다만 이번에는 리키의 인공수정이 끝날 때까지 자리를 지켰고, 귀가할 때도 직접 바래다주었다. 그가 이렇게까지 태도를 바꿔 다정하게 구는 데에는, 아마 유코와 무슨 이야기가 오갔을 거라고 리키는 짐작했다.

생리가 늦어졌다. 미열도 있는 듯했다. 며칠이 지난 후, 리키는 미리 사둔 임신테스트기를 꺼냈다. 양성이 떴다. 클리닉이나 아오누마 쪽에서 아무 말도 없는 걸 보니, 리키의 보고를 기다리고 있는 것일 테다.

일주일이 지나 리키가 다시 테스트했을 때도 역시 양성이었

다. 그렇게 생각해서인지 나른하기도 하고, 배가 당기는 것 같
은 통증도 느껴졌다. 완벽한 임신 징후였다. 그제야 리키는 배
가 움직이기 시작했다는 게 실감이 났다. 앞으로 어떤 항해를
하게 될까.

문득 히다카, 다이키와 관계를 맺은 게 떠올랐다. 히다카와
관계를 가졌을 때는 마침 생리가 끝난 날이라 배란일까지 엿새
는 남았을 시기였다. 그때는 이미 클로미드를 복용하고 있었다.
다이키와 관계를 한 건 그다음 날이었다.

둘 다 콘돔을 끼고 섹스했지만 직전까지 끼지 않았으니 사고
가 나지 않을 것이라고 단정할 수는 없다. 하지만 만에 하나 사
고가 났다고 해도 배란일까지 엿새나 남았으니 임신은 되지 않
을 것이라고 믿었었다.

그러나 혹시 몰라 인터넷으로 찾아봤다가 정자가 엿새 동안
살아있을 수 있다는 사실을 알고 리키는 파랗게 질렸다. 가능
성으로 따지자면 가장 높은 것은 물론 모토이의 아이지만, 히
다카나 다이키의 아이일 가능성도 배제할 수 없게 된 것이다.

나의 배는 대체 어느 항구에 도달하는 걸까. 리키는 배에 손
을 얹고 달력을 응시했다.

294

4장

BABY 4 U

1

이혼 따위는 서류상의 문제라고 믿었다. 형식적인 절차일 뿐이니 평소와 같은 생활이 이어질 줄 알았다. 그러나 모토이는 유코와 조금씩 어긋나는 듯한 느낌을 지울 수 없었다. 처음에는 아이 생각에 빠져 부부 사이가 소원해진다면 무슨 소용인가 불안했는데, 요즘은 이런 상태에도 익숙해진 것 같았다.

일단 유코와 같이 있는 시간이 줄었다. 얼마 전까지는 당연하게 둘이 같이 저녁을 먹었는데, 최근에는 그렇지 않은 경우가 더 많았다. 모토이는 스튜디오에서 일을 마친 뒤 자주 지미코와 식사를 해결하고 들어왔고, 유코도 예사로 야근하고 저녁 약속을 잡았다. 아니, 유코가 집에 들어오지를 않으니 모토이가 지미코와 먹을 때가 늘어난 건지도 모른다.

"어느 쪽일까."

모토이가 혼자 중얼거리자, 지미코가 힐끗 흘겨봤다.

"뭐가?"

"아니, 아무것도 아냐."

지미코가 냄비에서 배추를 집어 들어 모토이의 앞접시에 담았다. 배추에는 당면 몇 가닥이 달라붙어 있었다. 당면은 모토이가 좋아하는 재료다. 모토이는 젓가락으로 당면만 조심스레 떼어냈다.

배추와 돼지고기를 겹겹이 쌓아 끓인 밀푀유나베는 어릴 적부터 지미코가 자주 해주던 음식이었다. 발레를 생업으로 삼는 구사오케 집안의 다이어트식이기도 했다. 그러나 유코와 결혼한 뒤로는 한 번도 먹지 않았다. 유코가 전골 요리를 싫어했기 때문이다.

그래서인지 오늘따라 유독 맛있게 느껴져 자꾸만 젓가락이 갔다. 그러다 모토이는 문득 유코와 자신이 음식 취향부터 미묘하게 달랐다는 사실을 깨달았다. 이렇게 하찮고 사소한 차이들로부터 틈은 조금씩 벌어진다. 그 틈을 만든 건 모토이일까, 유코일까. 아니면 둘 다일까. 그 틈은 다시 메울 수 있는 걸까.

"나는 아들이냐 딸이냐를 두고 고민하는 줄 알았네."

지미코의 말에 모토이는 자신이 무심코 중얼거린 말을 떠올렸다.

"아아, 아니야. 그냥 잠깐 생각할 게 있어서."

모토이가 얼버무리자 지미코가 온화하게 미소 지었다.

"나는 아들이든 딸이든 다 좋단다. 손주가 생긴다니 기쁘구

나. 근데 언제쯤 성별을 알 수 있더라?"

"인터넷에서 본 건데, 아들일 경우에는 빠르면 11주에는 알 수 있나 봐. 근데 대부분은 임신 5개월쯤에 알 수 있고, 확실한 건 7개월쯤. 예정일이 9월이니까 6월쯤이면 확실하지 않을까."

"기대되는구나. 내가 널 가졌을 때는 태어날 때까지 알려주지 않았거든. 아들이라고 하니 네 아버지는 무척 기뻐했지만, 나는 딸이었으면 해서 조금은 실망했지."

지미코는 그렇게 말하며 모토이의 얼굴을 바라보았다.

"그건 미안하게 됐네."

모토이는 원래 자신을 닮은 아들이면 좋겠다고 막연히 생각해 왔다. 하지만 리키가 임신하고 나자 그런 생각은 자연스레 사라졌다. 이제는 어느 쪽이든 그저 건강하게 태어나 주기만 하면 된다는 마음뿐이었다.

"아빠가 된다는 기분을 이제야 조금 알 것 같아. 어쨌든 무사히 태어나기만 하면 좋겠어."

"좋니?"

지미코가 싱긋 웃었다. 아들의 변화가 제법 흥미로운 모양이었다.

"어. 이렇게 될 때까지 내가 아이를 원하고 사랑스러워할 마음을 품고 있다는 걸 전혀 몰랐어."

"그럴 수도 있겠구나."

지미코는 모토이의 잔에 화이트와인을 조금 더 따랐다. 그때 마티외가 지미코의 무릎 위로 훌쩍 뛰어올랐다. 지미코는 내쫓지 않고 그대로 앉혀두었다.

"응, 기분이 정말 이상해. 마침내 내 아이가 태어난다고 생각하니까…… 처음 느껴보는 감정이랄까. 이런 감정이 나한테도 있었구나 싶더라고. 아이가 태어나야 비로소 내가 어엿한 어른이 되는 것 같기도 하고. 한 꺼풀 벗겨진 것처럼 아주 산뜻한 기분이야."

흥분한 채로 말을 쏟아낸 뒤, 모토이는 문득 깨달았다. 부모가 될 자신은 이런 산뜻한 감정에 취해있을 수 있지만, 유코는 다를지도 모른다는 것을. 그는 와인을 한 모금에 들이켰다. 이 감정의 차이가 언젠가 문제가 될지도 모른다는 예감이 들었다.

"돈도 꽤 많이 들었고 말이다."

지미코는 농담처럼 말했지만 실제로 난임 치료에 들어간 비용은 상당했다. 지미코의 지원이 없었다면 모토이와 유코는 그저 하늘에 맡길 수밖에 없었을 것이다. 그렇다고 처음부터 끝까지 모든 걸 하늘에 맡겼다면, 아이가 없었을 때는 없었던 대로 또 다른 마음의 변화가 찾아왔을지도 모른다.

"돈을 들인다고 다 되는 건 아니지만 들이면 들일수록 결과가 좋아지는 일도 있긴 하구나."

결국 출산마저도 부자만이 마음먹은 대로 할 수 있다는 뜻일까. 모토이는 아직 부모에게서 완전히 독립하지 못한 자신이 한심하게 느껴졌다.

"엄마한테는 항상 고마워."

"그런 말은 됐어. 어차피 내가 죽으면 네가 쓸 돈인데. 유산을 미리 받은 셈 치면 되지.”

“그야 그렇겠지만.”

“어차피 구사오케 가의 재산은 결국 그 아이가 물려받을 거야. 계속 지켜나가려면 그게 제일 좋은 방법이지.”

말을 하다 말고, 지미코가 문득 손을 멈췄다. 이내 걱정스러운 표정이 얼굴에 떠올랐다.

“그건 그렇고…… 유코는 어떠니?”

“괜찮아. 그 사람 꽤 시원시원하거든. 유코는 자기보다 오이시 씨를 더 걱정하더라고. 심리적으로 불안정하진 않을까 하면서.”

“아아, 그 여자 쪽 말이구나.”

지미코는 대리모인 리키를 ‘그 여자’ 혹은 ‘그 애’라고 부르는 게 다였다.

“맞아, 그 여자.”

모토이는 괜히 그 말을 반복했다.

리키가 아무 말 없이 홋카이도의 고향에 갔을 때, 모토이는 공연히 심기가 불편했다. 리키가 자기 아이를 임신하고 출산하는 일에 불성실하게 임하고 있다고 느낀 것이다. 그래서 무분별한 리키의 행동을 철저히 감시하고 관리해야 한다고 생각했다.

리키가 자기가 모르는 곳에 가서 다른 남자와 이야기하는 모습을 상상하는 것만으로도 피가 거꾸로 솟았다. 나이가 어린 것 말고는 내세울 게 아무것도 없는 리키라는 인간을 좋아하는 것도 아닌데 이 감정은 뭔지, 실은 남몰래 의문을 던지고 있었다.

질투는 아니다. 그저 소유물을 훼손하고 싶지 않다는 의미다. 소유물? 순간적으로 떠오른 단어에 스스로도 소름이 끼쳤다.

"그 여자는 잘 지내지? 별다른 일은 없고?"

"무탈하다고 들었어."

"다행이구나. 이대로 무사히 출산하면 좋겠네."

리키가 임신했다는 소식은 아오누마를 통해 지체 없이 전해졌다. 모토이는 이번 수태를, 리키를 차로 마중 나가는 등 최대한 친절하게 대하려 애쓴 성과라고 혼자서 평가했다. 그전까지는 매정하다고 할 수는 없지만, 가능한 한 사무적으로 거리를 두고 있었으니까.

차로 데리러 갔을 때의 리키의 놀란 얼굴이 떠올라 모토이의 입가에 미소가 번졌다. 사무적인 태도만으로는 일이 진척되지 않는다. 리키는 물건도, 도구도 아닌 하나의 인간이었다. 그렇다고 해도 모토이의 소유물에 가까운 존재라는 인식이 사라지지는 않았다.

"그 애, 이제부터라도 우리 집에 들어오면 좋을 텐데. 그러면 같이 식사도 하고, 상태도 살필 수 있지 않겠니. 안 그러면 괜히 걱정되지 않겠어? 젊은 여자니까 놀러 다니고 싶을지도 모르고, 아이를 자기 것이라고 생각할지도 모르잖니."

지미코는 앞접시에 젓가락을 내려놓고 진지한 표정을 지었다. 아아, 엄마도 나와 마찬가지로 리키를 감시하고 싶은 거구나. 그 마음을 알아차린 모토이는 쓴웃음을 지었다.

"다음에 식사 한번 하자고 얘기해 볼게."

"부탁하마. 어차피 막달이 되면 우리 집으로 오게 될 텐데."

지미코의 자신만만한 말투에 모토이는 고개를 갸웃했다.

"오이시 씨가 올까?"

"오겠지. 본가가 홋카이도잖니. 기댈 사람도 없고, 결국 우리 집에 올 수밖에 없어. 출산 전이야 그렇다 쳐도 낳고 나면 혼자 서는 도저히 무리지."

"그런 거야?"

"산후에는 몸이 약해져 있는데, 혼자 밥 챙겨 먹으면서 젖 먹이고 아기를 어떻게 돌보니. 예전에도 다들 그렇게 도와가며 살았어."

모토이는 문득 그때 유코는 어디에 있을까 생각했다.

"아니면 아예 산부인과에서 아이를 받아오는 건? 그러면 그 애가 굳이 올 필요도 없고. 유코가 낳은 걸로 해서 유코가 아이를 돌보면 되잖아."

"유코도 일이 바쁠 텐데, 갑자기 그게 가능할까."

"그러니까 우리 집에 데려오면 된다는 거야. 내가 레슨을 줄이고 돌볼 테니까. 난 처음부터 그럴 생각이었어."

지미코의 말투는 단호했다. 상황을 따져보면 그렇게 할 수밖에 없을지도 모른다. 그렇게 되면 유코와는 점점 더 멀어질 것 같아 모토이는 불안의 씨를 뿌린 기분이 들었다. 하지만 동시에, 그건 어쩔 수 없다고 생각하는 자신도 있었다. 리키는 이미 임신해 있었으니까.

식사를 마친 지미코가 담배에 불을 붙였다. 동시에 마티외가 무릎에서 폴짝 바닥으로 뛰어내렸다. 담배 냄새를 싫어하는 것이다.

"아기가 오면 끊어야겠지."

지미코는 달아난 마티외를 바라보며 말했다.

"그래, 엄마. 담배 좀 끊어."

"신경 쓸게."

그렇게 말하면서도 지미코는 맛있다는 듯 연기를 뿜어냈다.

"그런데 유코는 오늘 뭐 한다니?"

"친구 만난대."

친구란 리리코였다. 요즘 들어 유코는 일주일에 한 번은 리리코를 만나 저녁 식사를 하고 있다. 리키가 무사히 임신했으니, 유코도 이것저것 친구에게 털어놓고 싶은 이야기가 생겼을 것이다. 유코의 심정을 이해 못 하는 건 아니나, 모토이는 리리코가 싫은 만큼 아내의 행동이 탐탁지 않았다.

그렇게나 유코를 생각하는 마음이 컸는데, 유코가 떠나고 싶다고 한다면 그냥 이혼한 채로 있어도 되겠다는 생각마저 하기도 했다. 두 사람 사이의 아이를 갖고 싶다는 강렬한 소망이 어느샌가 변질되어 두 사람 사이를 갈라놓고 있는 느낌이었다. 하지만 리키가 임신한 이상 이제 이 사태를 멈출 수는 없다. 주사위는 던져졌다.

"유코네 친정 식구들은 건강하고?"

"응, 잘 지내는 것 같아."

할 수 있는 대답은 그게 다였다. 모토이는 유코의 부모님이

나 남동생들과는 교류가 전무했다. 물론 유코의 가족들도 은연 중에 분위기를 감지했는지 놀러온 적도 없었다. 대리모를 통해 아이를 낳는 일로 점점 소원해질지도 모르지만 전혀 신경 쓰이지 않았다.

"그나저나 그 여자애한테 300만 엔 줘야 하지? 내일 입금해놓으마."

"미안. 부탁 좀 할게."

모토이는 고분고분하게 감사 인사를 했다. 돈을 내는 사람이 지미코인 이상, 태어날 아이 일로 지미코가 시시콜콜 간섭하려 해도 어쩔 도리가 없을지 모른다. 모토이는 지미코와 둘이서 아이를 키워나갈 것 같은 느낌이 들었다.

모토이가 마티외를 데리고 귀가한 것은 밤 10시가 넘은 시간이었다. 그러나 유코는 아직 들어오지 않았다. 그 사실에 짜증이 났다. 아내가 외식하고 늦게 들어오는 건 사실 별일이 아닌데, 최근 들어 늘고 있다는 점이 거슬렸다. 하지만 대놓고 짜증을 내기에는 모토이의 자존심이 허락하지 않았다.

목욕하고 나온 모토이가 냉장고 문을 열어 맥주를 마실까 말까 고민하고 있는데, 그제야 현관문이 열렸다. 유코가 귀가한 것이다.

"나 왔어."

유코는 취한 듯 살짝 혀가 꼬였다.

"응, 왔어."

모토이는 대답하며 냉장고 문을 탁 닫았다.

"맥주 마시려다가 오늘 칼로리 섭취가 너무 많은 것 같아서, 어떻게 해야 하나 고민 중이었어."

유코가 살짝 우습다는 듯한 표정으로 피식거렸다. 리리코의 영향일 수도 있다는 생각에 모토이의 불쾌감이 배가 됐다.

"마셔야지. 오이시 씨가 임신도 했는데 축배를 들어야 하잖아. 안 그래?"

"유코가 마시면 마실게."

"추워서 맥주 마실 기분은 아니지만 같이 마셔줄게."

유코가 검정 코트를 벗어 의자 등받이에 걸쳤다. 모토이는 캔맥주를 두 잔에 똑같이 나눠 따랐다.

"임신 프로젝트의 성공에 건배."

유코가 말하자 살짝 비꼬는 것처럼 들렸지만, 모토이는 모른 척했다.

"건배."

두 사람은 잔을 부딪치고 맥주를 마셨다. 너무 차가워서 목이 얼얼했다. "차다." 하면서 유코도 목 부근을 어루만졌다.

"엄마가 오이시 씨한테 300만 엔 입금해 줄 건가 봐."

유코가 끄덕였다.

"잘됐네. 이번에도 임신 안 됐으면 오이시 씨가 너무 불쌍하잖아. 그 시술 불쾌해서 두 번 다시 하고 싶지 않은데."

"그래도 그 여자, 지난번에 200만 엔 받았잖아."

유코가 욱하는 게 느껴졌다. 반격해 오려나 했는데 아무 말도 하지 않는 게 오히려 찜찜했다.

"오늘도 리리코 씨랑 있었어?"

모토이가 능숙하게 주제를 바꾸었다.

"응. 한가해서 나랑 놀아줄 수 있는 건 리리코뿐이니까. 내 또래는 다들 육아나 간병으로 바쁘네."

"리리코 씨는 잘 지내?"

"잘 지낸달까. 혼자서도 씩씩해. 리리코는 연애도 안 하고, 섹스도 안 하는 주의래."

"그래? 편하긴 하겠네."

모토이는 그렇게 말하고는 차갑다 못해 얼얼한 맥주를 마셨다. 목이 적응했는지 이번에는 아무렇지 않았다. 인간은 어떤 것이든 적응해 나간다.

"그렇지? 연애 안 하고 혼자서 살 수 있다면 그게 제일 편하지 않을까? 연애라는 건 죄악 같아. 상처받고, 상처 주고, 어떨 때는 죽기도 하고. 만만하게 볼 게 아니야. 연애 안 하면 섹스하고 싶은 욕망도 생기지 않을 것 같고. 괜찮지 않을까?"

유코는 이제야 리리코를 이해한다는 듯 고개를 끄덕였다.

"그래도 섹스는 별개겠지. 연애는 안 해도, 섹스는 하고 싶기도 하고, 할 수도 있잖아."

"할 수는 있지만, 감미로움은 없겠지."

모토이는 고개를 갸웃거렸다.

"그래? 섹스가 감미로워? 난 뭔가 해야 할 일 같은 느낌인데. 그 왜, 밤일이라는 말도 있잖아. 그런 느낌."

유코가 불쾌한 듯한 표정을 지었다.

"일이었다는 거네?"

"표현이 그렇다는 말이고, 유코랑은 아니지."

"그래? 일이니까, 대리모 같은 사람한테 의뢰하는 것도 아무렇지 않은 거 아냐? 처리해야 할 일 같은 느낌이니까 말이야."

모토이는 그 말이 논리의 비약이라는 생각이 들었다.

"그건 좀 아닌 것 같은데. 이야기가 다르잖아."

"그런가."

유코는 회의적인 태도를 보였다.

"하지만 남자는 섹스를 비롯해 임신과 출산을 너무 기능적으로 생각하는 것 같아. 여자는 그렇지 않으니까, 난 오이시 씨의 마음이 좀 걱정돼."

또 그 이야기다. 모토이는 슬슬 넌더리가 났다. 모토이의 머릿속에서 리키는 대리 출산을 비즈니스로 받아들인 여자라는 인식이 강한데, 유코는 다른 모양이었다.

"그렇지만 그 여자가 스스로 결정한 거잖아."

모토이는 자기도 모르게 어조가 세게 나갔다.

"그건 알지만 상황이 그렇게 몰아간 면도 있다고 생각해."

"그렇겠지. 돈이 없었는지도 몰라. 집세를 못 냈는지도 모르지. 하지만 그것도 다 자기 책임 아니야?"

"나왔다, 자기 책임론."

"아무 데나 갖다 끼우지 마."

발끈했다. 하지만 유코도 절대 지지 않았다.

"본인 입으로 말했잖아."

"알아. 쉽게 적용할 수 있는 문제는 아니라고 생각해. 하지만 그 여자가 스스로 결정한 거니까 어쩔 수 없다는 말이야. 그럼 유코는 해외에서 대리모를 의뢰했으면 좋았을 거라는 거야?"

"아니. 그거나 이거나 똑같지. 가난한 여자가 자궁을 파는 시스템 자체는 똑같아."

이제 와서 무슨 말인지. 모토이는 화가 치밀었다.

"여기까지 와서 반대하는 거야? 너무 치사한데."

유코는 크게 한숨을 토했다.

"치사해? 난 그냥 이해가 안 될 뿐이야."

모토이는 잔을 만지작거리며 혼란스럽다는 듯 말했다.

"리리코 씨 이야기를 너무 많이 들은 거 아냐? 난 그 사람 싫어. 뭔가 사람을 내려다보는 것 같고, 자기 하고 싶은 말은 다 하잖아."

그러자 유코가 맹렬하게 반격해 왔다.

"내 친구를 그런 식으로 말하지 마. 리리코는 좋은 사람이야. 그러면 당신은 뭐 친구나 있어? 아무도 없잖아. 당신이 언제 친구랑 놀러갔는지 기억도 안 나. 고민 상담이든 뭐든 당신은 어머님뿐이잖아. 안 그래?"

물론 모토이에게도 발레를 함께한 친구들이 많았지만, 그들은 그의 전 부인과도 막역한 사이였다. 모토이가 유코와 사귀면서 전처와 헤어진 뒤로 친구들과는 소원해졌다. 굳이 따지자면 유코를 선택함으로써 사면초가에 빠진 것이다. 유코의 말에 울컥한 모토이는 자신의 마음 깊은 곳에서 아내를 원망하고 있었다는 사실에 놀랐다.

"왜 아무 말도 안 해?"

유코가 도발하듯 말했다. 리리코를 만나고 오면 유코는 왠지 공격적으로 변했다. 오늘 밤은 그 여파가 매서웠다. 리키가 임신해서인가. 모토이는 유코의 심기가 불편한 원인을 알 수 없었다.

"유코는 내가 마마보이라고 경멸하는 거야?"

"누가 경멸한다고 그래. 마마보이도 딱히 나쁘다곤 생각하지 않아. 다만 당신은 친구보다도 어머님이랑 가까운 사람이라고 생각한 것뿐이야. 같은 일을 하고 있으니까 어쩔 수 없겠지. 게다가 어머님은 날 싫어하잖아. 그래서 그렇게 생각한 건지도 모르겠지만."

"그런 상투적인 고부 갈등 얘기는 듣기 싫은데."

"상투적인지는 모르겠지만, 어머님은 그런 사람이야."

유코의 단정 짓는 태도에 모토이는 확 짜증이 났다.

"그런 사람?"

"당신을 지배하는 사람 말이야."

맥주 반 캔으로는 모자라, 모토이는 냉장고에서 한 캔을 더 꺼내 뚜껑을 땄다.

"난 이제 됐어."

유코가 손으로 자기 잔을 가렸다. 마치 성가시다는 듯한 그 몸짓이 모토이의 신경을 건드렸다. 모토이는 말없이 본인 잔에

만 술을 따랐다. 흥분한 나머지 양을 조절하지 못해 술이 살짝 넘쳤다.

"그러니까 결론은 유코는 오이시 씨가 내 아이를 낳는다는 게 싫다는 거구나."

"아주 간결한 정리네. 좀 더 정확히 말하는 게 어때? 당신과 오이시 씨의 아이겠지. 거기에 내가 있을 이유는 없는 거고."

"그 이야기는 이미 수도 없이 했고, 너도 수긍한 거 아냐? 우리 둘이 아이를 키우겠다고 정한 거잖아."

말이 커지는 걸 모토이 스스로도 느꼈다. 왜 이렇게까지 피곤하게 구는 걸까. 답답했다.

"이해해 보려고 했는데, 결국 안 됐다는 거잖아."

"그럼 어떻게 하면 좋겠다는 건데."

"몰라. 나야말로 묻고 싶어. 난 어떻게 해?"

"너의 소중한 친구인 리리코 님은 이 상황에 대해 뭐라고 하시는데?"

"이혼하는 게 어떻겠냐고."

"대단한 분부 납셨네. 아니, 우리는 벌써 이혼했잖아."

"그런 이혼 말고. 진짜 이혼. 갈라져서 각자 사는 거. 당신은 어머님이랑 태어날 아이를 키우면 되겠지. 나는 비집고 들어갈 틈도 없고."

"따지고 보면 이건 너랑 나 사이의 난임 치료였잖아. 그게 어떻게 헤어지자는 말로 이어지는지 모르겠어."

유코는 입을 다물었다. 모토이는 그 침묵이 두려웠다. 견디지 못하고 먼저 입을 열었다.

"이혼은 대리모 출산을 감추기 위한 임시방편이었잖아. 그런데 진짜로 이혼해 버리면 어떡해. 본말전도도 이런 본말전도가 없다고."

"그래. 딱 본말전도네. 그래서 묻는 거야. 우리 이제 어떻게 해야 하니? 가만히 생각해 봤는데, 난 오이시 씨가 낳은 아이를 내 아이처럼 키울 자신이 없어. 우리 아이도 아닌데, 내 일까지 포기해 가며 고생하면서 키워낼 자신이 없다고."

"우리 아이는 아닐지 몰라도 내 아이야. 그걸로는 안 돼? 전에 말했잖아. 내가 만약 데리고 온 아이가 있었다면 너도 그 아이를 예뻐했을 거라고."

"데려온 아이라면 괜찮았을 거야. 그 아이까지 포함한 당신을 사랑했을 테니까. 하지만 이번은 달라. 난 정말 모르겠어. 어떻게 해야 할지."

취기가 완전히 가신 듯 유코의 말투는 또렷했다. 하지만 고개를 떨군 채 자신을 보지 않는 것이 모토이의 마음에 걸렸다.

"유코, 제발 정신 좀 차려. 우리 아이로 하기로 했잖아. 내가 뭣 때문에 의뢰한 건데."

스스로도 놀랄 만큼 목소리가 울먹였다. 리키의 임신 소식을 들은 뒤부터 차곡차곡 쌓여온 감정들, 부모가 된 자신의 모습, 아이의 미래, 그 아이를 마주한 자신의 얼굴. 그 모든 것이 뒤엉켜 새로운 사랑처럼 자라나고 있었다.

그 놀라운 감동을 유코는 느끼지 못하고 있다는 사실을 깨달았을 때, 모토이는 유코의 눈을 바라보려 했다. 그러나 유코는 끝내 시선을 들지 않았다.

2

거친 흙손 자국이 남은 규조토 벽에 정교한 액자가 여러 개 걸려있다. 액자 속 그림은 전부 에도시대의 춘화다. 개중에는 가치 있는 진품도 있지만 대부분은 정교한 복사본이라고, 리리코가 말한 적이 있다.

리리코는 수집품 중에서 매달 벽에 걸 춘화를 기분에 따라 고른다던가. 이번 달 전시에는 유코가 처음 보는 것도 있었다.

"유코는 어떤 게 좋아?"

리리코가 와인과 와인잔을 담은 쟁반을 들고 왔다. 테이블 위에 놓은 뒤 유코의 얼굴을 보고 진지하게 물었다.

"나는 이게 좋네."

유코가 고른 것은 에도시대의 화가 가쓰시카 호쿠사이의 〈다양한 사랑의 방식〉이라는 제목이 붙은 판화다. 부채가 놓여 있는 걸 보면, 여름날의 저녁 어스름이 깔리는 시간일 것이다. 일을 마친 나체의 남녀가 느른하게 누워서 졸고 있다. 남자는 등 뒤에서 왼팔로 여자의 허리를 감고, 여자는 살짝 몸을 비틀어 왼손으로 남근을 쥐고 있다. 그 옆에서 자그마한 검은색 쥐가 교미하고 있는 건 애교로 봐야 한다. 머리맡에는 고양이도 있다.

"분명히 끝난 뒤겠지?"

유코가 말하자 리리코가 반론했다.

"아냐 발기해 있으니까 아니지."

"여기, 발기 안 했는데."

"아, 그래?"

리리코가 다가와서 그림을 유심히 바라봤다.

"어라, 진짜네. 내가 어떻게 이런 실수를."

두 중년 여자가 어쩌다 이런 노골적인 대화를 하고 있을까. 하지만 리리코는 표정 하나 변하지 않고, 친구 앞에서 남근의 형상을 잘못 본 것만 억울해했다.

이곳은 리리코의 자택 겸 화실이다. 리리코의 집은 조부 대부터 운영하는 병원 뒤편에 자리한 60년도 더 전에 세운 오래된 저택으로, 몇 번의 보수공사를 거치며 옛 모습을 간직하고 있다. 부모님은 근처 고급 맨션으로 이사하고, 이 오래된 집에는 리리코와 엄마의 남동생이자 독신인 외삼촌 그리고 병원의 젊은 준간호사들과 가정부가 들어와 살고 있다.

리리코의 방은 남쪽 날개의 2층에 있다. 잔디밭 정원 구석에 세운 별채에는 외삼촌이 살고 있는데, 수시로 리리코의 방에 놀러 오는 모양이다. 그런데 오늘은 아직 모습을 보이지 않았다.

"이 사람들, 끝났는데도 더 하고 싶어 하는 것처럼 보이네."

유코는 춘화 앞에 서서 응시하면서 말했다.

"여자가 말이지?"

리리코가 후훗 코웃음을 쳤다.

"춘화 속 여자들은 다 음란하게 그려져 있는데, 그 부분이 좋아. 남자에게 당하는 척은 안 하지. 섹스를 즐기고 있어."

그렇지만 리리코는 섹스를 해본 적이 없다. 아니, 절대로 하고 싶지 않다고 말한다.

"즐겨본 적도 없으면서."

유코가 농담을 치자, 리리코가 어깨를 으쓱했다.

"괜찮아. 나는 춘화쟁이에 남근 평론가니까."

"남근이 평론할 대상이나 되나?"

이번에는 유코가 어깨를 으쓱했다.

"이야, 쿨하네. 그러고 보니 요즘 섹스 안 했겠구나."

리리코가 유코의 잔에 레드와인을 부어줬다. 안주는 바게트와 치즈였다.

"할 리가 없지."

유코는 건배하는 시늉을 한 뒤 잔에 입을 갖다 댔다. 레드와인은 유코가 들고 왔다. 오늘은 자기 집에서 마시자는 리리코의 제안에, 할 일이 있는데도 초저녁부터 한달음에 달려왔다.

요즘은 왠지 말이 잘 안 통하는 모토이와 같이 있기가 껄끄러웠다. 이렇게 리리코와 시간을 보내는 걸 알면 모토이의 심기는 점점 더 불편해지니 악순환이다.

"못이랑 무슨 일 있어?"

리리코가 짓궂은 눈빛을 보내왔다.

"우리 헤어질지도 몰라."

분명 서류상의 이혼이었을 뿐인데 갑자기 몸도 마음도 자유로워진 기분이 들었다. 오랜만에 맞이한 독신이라는 신분은 모토이라는 파트너가 있어도 가벼운 마음으로 정처 없이 떠돌다 들어가도 괜찮을 것 같다는 생각을 들게 했다.

"아니, 실제로 이혼했잖아."

리리코가 창문을 크게 열어젖힌 뒤 담배에 불을 붙였다. 어두워진 정원에서 들어오는 1월의 건조한 냉기가 상쾌했다.

"그렇지. 처음에는 서류상이니 뭐니 그랬는데, 실제로 해보니까 어쩐지 마음이 딱 멀어지더라고. 거기다 임신이라잖아. 저쪽은 그 사람 출산 얘기로 정신없어. 난 거꾸로 관심이 줄고 있는데."

"그래도 유코가 키우기로 한 거지?"

리리코가 담배를 문 채 돌아봤다.

"그게 진짜 희한해. 나는 이제 별로 애 생각이 없거든. 내 애가 아니니까, 라는 생각이 자꾸 떠올라. 무서울 정도로 남의 일 같아. 그래서 푹 빠져있는 모토랑 내 애도 아닌 애를 앞으로 같이 키운다는 게 버겁게만 느껴지고, 무서워."

"무섭다는 건?"

"책임감이 있잖아. 모토는 괜찮겠지. 자기 애니까. 자기 정자에서 만들어졌잖아. 모토는 지금 미래를 꿈꾸느라 바빠. 세 살이 되면 자기가 그랬던 것처럼 발레를 가르치겠다, 초등학교 때부터 국제학교에 입학시켜서 영어를 유창하게 만들겠다, 고등학교부터는 프랑스로 유학을 보내 오페라발레단에 넣겠다

나. 그 계획이 너무 거창하니까 짜증 나.”

“유코, 무책임하네. 그러니까 내가 말했잖아.”

리리코가 치켜 올라간 부은 눈으로 힐끗 흘겨보더니 외설스러운 형태의 재떨이에 담배를 비벼 껐다.

“아는데, 어쩌다 보니 여기까지 떠밀렸어.”

“떠밀렸다는 건 네가 약하게 나갔다는 거야.”

“그런가. 그런 말 들을 정도로 소극적이진 않았던 것 같은데.”

“아니, 맞아. 저쪽은 자기 핏줄만 고집하고 있어. 거기 어머니 재산이 좀 있잖아. 너희 부부가 죽으면 유코네 가족에게 재산이 가는 게 억울한 거라고. 유산만큼은 자기 핏줄에게 남기고 싶은 거지. 그게 부자의 섭리야.”

“생각도 못 했어.”

자식에게 남겨줄 것이라곤 대출 잔액뿐일 것 같은 집에서 자란 유코로서는 상상도 할 수 없는 발상이었다.

“순진하네, 유코.”

부자인 리리코가 진지한 얼굴로 바보 취급했다.

“리리코네도 그런 생각 해?”

리리코는 그 질문에는 답하지 않고, 주제를 바꿨다.

“오이시 씨라고 했던가? 대리모 한다는 사람. 그 사람도 애만 낳고 나면 볼일 끝나는 거잖아. 유코도 재결합 같은 거 당연히 못 할 거야. 방해꾼은 죄다 몰아내고 삼대끼리 오순도순 살 생각이겠지.”

“그래도 상관없어.”

유코는 될 대로 되라는 듯 말했다.

"유코는 상관없을지도 모르지만 오이시 씨는 어떻게 되는데? 아무리 돈을 받았다고 해도 유코가 있으니까 낳을 결심을 한 부분도 있지 않겠어? 그, 얘기해 봤더니 마음이 맞는 것 같다든가 그랬잖아. 이대로 내팽개치는 거야? 오이시 씨는 기껏 고생해서 애 낳으면 내놔야 하는데."

"내팽개친 적 없어."

그렇게 말했지만 이 '프로젝트'에서 중도 하차하면 리키가 충격을 받을지도 모른다는 생각에 유코는 불안해졌다.

"그렇지만 유코가 못이랑 헤어져 버리면 처음 의도랑은 다르게 되는 거잖아."

"그렇긴 한데, 그런 논리로 받아들일 수 있는 문제가 아니야."

"그럼 대체 아이는 누구 건데?"

리리코가 웬일로 정론을 펴며 흥분했다.

"글쎄, 누구의 아이일까."

유코는 고개를 갸웃했다. 원래는 여자가 아이를 낳으니, 성인이 되기 전까지는 출산한 여자와 아이 아버지의 품 안에 있겠지만 다 큰 뒤에는 어떻게 되는 걸까.

"아이는 누구의 소유도 아니지."

리리코가 단호하게 주장했다.

"그런 추상론은 집어치워. 현실적으로 말이 안 되잖아. 애 혼자 어떻게 커? 부모에게 학대받는 아이도 엄청 많아. 부모가 아이를 자기 소유물이라고 생각하니까 그런 일이 벌어지는 거야.

아이는 원래 사회 전체가 돌봐야 한다고 생각해. 하지만 그건 이상적인 얘기고 실제론 불가능하니까 부모가 어떤 사람이든 부모가 키울 수밖에 없는 거라고. 공산주의도 아니고."

유코는 불쾌해져 쏘아붙였다.

"그래도 아이의 인생은 아이 거잖아?"

"그렇지. 하지만 우리는 대리모에게 의뢰하는 복잡한 과정을 거쳤으니까 난감한 거야."

버럭 화를 낸 유코가 바게트를 손으로 찢었다.

"복잡할 게 뭐 있어. 유코만 집으로 돌아가면 되는 거야."

"안 돌아가, 나. 모토가 그렇게 아이 타령하는 사람인 줄은 꿈에도 몰랐어. 우리 둘이 살아가야겠다고 결심한 뒤라서 더 어이가 없어."

"그렇겠네. 유코 혼자만 낙동강 오리알이 됐으니."

리리코는 얄미울 정도로 또박또박 말했다. 뭔가 반론하려고 입술을 깨물고 있는데, 메시지가 왔다. 리키다.

[안녕하세요. 보고드립니다. 오늘 6주 차라 클리닉에 다녀왔습니다. 초음파 검사에서 놀랍게도 쌍둥이인 것 같다는 말을 들었어요. 너무 당황스러워요.]

임신을 알게 된 뒤로 리키와는 메시지를 주고받고 있었다. 유코는 곧장 [어머, 잘됐네요. 축하해요!] 하고 축하 이모티콘을 보냈다. 지금쯤 모토이도 연락을 받고 기뻐하고 있겠구나 짐작했다.

"누구야?"

바게트에 치즈를 얹어 덥석 물려던 리리코가 돌아봤다.

"오이시 씨. 오늘 검진에서 쌍둥이일지도 모른다고 했대."

"와우, 잘됐네. 오이시 씨한테 하나 나눠주면 다들 행복해지는 거 아냐?"

"그만해. 무슨 강아지도 아니고."

유코가 입술을 삐죽거리자 리리코가 어이없다는 표정을 지었다.

"근데 쌍둥이면 큰일 아니야? 유코가 이혼하면 누가 키워? 못네 어머니도 일흔쯤 되지 않았어?"

"몰라."

일이 커졌다. 앞으로 어떻게 해야 할지 유코는 초조해졌다. 원래대로라면 재결합해 아이를 키우게 되겠지만, 쌍둥이라는 소식 앞에서도 여전히 남의 일처럼 느껴졌다. 아무리 생각해도 현실감이 없었다.

그때 전화가 울렸다. 발신자는 리키였다.

"여보세요, 오이시 씨? 축하해요."

유코는 받자마자 축하부터 건넸다. 그러나 리키의 목소리는 가라앉아 있었다.

― 유코 씨세요? 얼마 전에 메시지 보내주셔서 감사했어요.

"별말씀을요. 그보다 쌍둥이라니, 놀랐어요. 힘들겠지만 잘 버텨요."

리리코는 통화 내용을 엿들은 듯, 다정한 목소리로 격려하는 유코 쪽으로 고개를 기울이고 조용히 있었다. 유코는 그게 영

거슬렸다.

— 아, 네, 감사해요. 저기…… 쌍둥이 이야기는 구사오케 씨에게 아직 안 하셨죠?

"오이시 씨가 말씀하신 거 아니에요?"

— 아뇨, 아직이에요. 그 일, 잠깐만 말씀 안 하고 기다려 주실 수 있을까요?

애원에 가까운 말투였다. 유코는 고개를 갸웃했다.

"기다릴 순 있는데."

— 저기, 유코 씨에게 상담하고 싶은 게 있어요.

리키가 낮은 톤으로 말했다.

"그래요? 전화도 괜찮아요?"

— 아니요. 괜찮으시면 직접 만나서 말씀드리고 싶어요.

말끝이 흐려졌다. 불길한 예감이 스쳤다. 어쩌면 지우고 싶다는 말을 꺼내려는 건 아닐까. 아직 6주 차라면 가능한 일이었다. 쌍둥이라는 말을 듣고 덜컥 겁이 났을 수도 있다. 첫 출산에 쌍둥이라면, 위축되는 것도 무리는 아니었다. 유코 자신도 리키 입장이 되면 첫 출산으로 쌍둥이는 겁이 났을 테니까.

"저기, 그럼 구사오케도 같이 보는 게 나을까요?"

— 아뇨. 괜찮으시면 유코 씨만 뵙고 싶습니다.

리키의 말투가 딱딱했다.

"알겠어요. 어디로 가면 될까요?"

유코는 손목시계를 보았다. 리리코가 '나가려고?' 하는 듯 눈을 동그랗게 떴다.

유코는 같이 가고 싶다, 리키를 만나고 싶다, 데려가 달라, 하면서 매달리는 리리코를 두고 혼자서 시부야까지 갔다. 리키가 원하는 대로 시부야역 근처 대형 쇼핑몰 안의 카페에서 만나기로 했다.

메일이나 메시지는 주고받고 있지만 리키와 직접 만나는 건 오랜만이었다. 그녀와의 첫 만남도 시부야의 호텔이었다는 게 유코의 머릿속에 떠올랐다.

"여기까지 와달라고 해서 죄송해요."

리키는 카페 안쪽 자리에 자리를 잡고 유코를 기다리고 있었다. 유코는 살짝 야위어 아름다워진 리키의 모습에 놀랐다.

"어머, 오이시 씨, 더 예뻐졌네요."

전에는 몸 안에 울분이 쌓여있는 듯한 인상이었는데, 지금은 전부 해소되어 상쾌해진 듯 투명감이 깃들어 있었다. 유코는 경제적 여유가 리키의 인상을 180도 바꾸었다고 짐작했다.

"그런가요?"

리키는 곤혹스러운 표정을 지었다.

"정말이에요. 차분해 보이기도 하고."

리키를 다독이던 유코는 망설이다 임신 이야기를 꺼냈다.

"그보다 이번 일 진심으로 감사드려요. 시술받는 것도 힘드셨을 텐데, 쌍둥이라니."

말을 꺼내고 보니, 자신이 이상한 말을 내뱉고 있는 것 같아 유코는 왠지 우스웠다. 하지만 리키의 왼손 약지에 금색 반지가 빛나고 있는 것을 보고, 모토이가 사준 건가 싶어 순간 멈칫했다.

유코의 시선을 따라간 리키가 당황해서 왼손을 감추려고 했다.

"아, 이거, 아니에요. 지난번에 고향 갔을 때 보여주려고 일부러 산 거예요."

"보여주려고?"

"네. 나도 도쿄에서 예술가랑 결혼했다, 그런 허세요. 시골은 하도 말들이 많아서. 허세 말고는 아무 의미도 없는 거예요."

리키의 꾸밈없는 말투에 유코는 무심결에 웃었다.

"보여줬더니 효과는 있었어요?"

"네, 다들 놀라더라고요. 그런데……."

리키가 곤란하다는 듯 눈썹을 찌푸렸다. 이 애가 대체 무슨 말을 하고 싶은 걸까. 유코는 고개를 갸웃했다.

"그거랑도 관련이 있는데, 유코 씨와 상담하고 싶은 게 있어서요."

리키가 어깨를 움츠리며 고개를 숙였다.

"나한테요? 구사오케가 아니고?"

"네, 구사오케 씨나 아오누마 씨에게 할 얘기는 아닌 것 같고. 유코 씨라면 왠지 이해해 주실 것 같아서."

리키가 말하기 곤란한 듯 주위를 둘러보는 모습에 유코는 바싹 다가앉아 리키의 얼굴을 보았다.

"나라도 괜찮으면 뭐든 이야기해 봐요. 구사오케나 아오누마 씨한테도 말 안 할게요."

잠시 입술을 깨물며 고민하던 리키가 입을 열었다.

"실은 저, 계약 사항을 어겼어요."

"어느 정도는 어쩔 수 없지 않나."

유코는 리키가 고향에 돌아가 이 '프로젝트'에 대해 이야기한 건 아닐까 짐작했다. 그래서 뭔가 문제가 생긴 게 아닐까 추측했다. 그러나 리키의 입에서 나온 말은 전혀 다른 방향이었다.

"실은 고향에서 예전에 사귀던 사람을 술자리에서 만났고요. 그날, 호텔에 갔어요."

"그 정도 일은 있을 수 있죠. 오이시 씨도 아직 어리니까요."

별일 아니에요, 라고 덧붙이려던 순간이었다.

"그때가 배란일 엿새 전이었어요. 방심했죠. 그런데 찾아보니까 정자가 엿새까지 살아있을 수 있다더라고요."

유코는 그제야 이야기가 어디로 향하는지 감을 잡았다.

"그다음에 인공수정을 했다는 거네요?"

"네."

리키는 고개를 떨군 채 대답했다.

"그러면…… 어느 쪽 아이인지 알 수 없다는 건가요?"

이번에도 리키는 네, 하며 고개를 떨궜다.

"으음, 괜찮을 것 같은데요."

유코는 자신이 겪었던 난임 치료 과정과 세부 사항들을 떠올리며 말했다.

"어쨌든 그 사람하고는 피임했죠?"

"네, 그런데 여러 번 해서 중간에는 모르겠어요."

"여러 번……."

말문이 막힌 유코가 침음했다.

"정자가 엿새를 산다고 해도 아주 특이한 경우일 거니까, 아마 괜찮을 거예요."

그러고는 자기 자신에게 말하듯 단언했다.

"그런데 그 사람이 다가 아니에요."

리키가 거의 들리지 않을 만큼 작은 목소리로 말했다.

"네? 또 있다고요?"

유코는 경악하면서도, 만약 리리코가 이 자리에 있었다면 손뼉을 치며 흥미로워했을 거라는 엉뚱한 생각을 했다.

"죄송해요. 다음 날 도쿄로 왔는데, 친구가 고향으로 돌아간다고 하니까 괜히 허전해져서…… 그 사람이랑도……."

유코는 리키가 '상담하고 싶다'고 한 내용이 이런 이야기일 줄은 몰랐다. 듣고도 어안이 벙벙했다. 유코는 혼란스러운 머리를 애써 정리했다.

"그러니까 배란일 엿새 전과 닷새 전에, 두 사람과 관계를 가졌다는 거네요. 그래서 이번 임신이 구사오케의 아이인지 아닐지 모르는 거고요?"

주변을 의식하며 유코는 리키에게 재차 확인한다.

"맞아요. 정말 죄송해요."

기운이 쭉 빠진 목소리로 리키가 대답했다.

"오이시 씨는…… 어떻게 하고 싶어요?"

유코 역시 답을 몰라 되묻는 것밖에 할 수 있는 게 없었다.

"제가 오히려 묻고 싶어요, 유코 씨. 지우는 게 나을까요? 나중에 DNA 검사라도 해서 친자가 아니라고 나오면 위약금 문제가 아니라 소송이 될 수도 있잖아요."

유코는 쉽게 대답하지 못했다.

"구사오케 씨한테서 메일을 받고 갑자기 짜증이 확 났어요. 그래서 반항이라도 해볼까 싶었고요. 그전에도 인공수정을 두 번 했는데 안 됐으니까, 이번에도 안 되겠지 하고…… 방심했던 것 같아요. 정말 죄송해요."

리키는 고개를 깊게 숙였다. 울지는 않았지만, 곤혹스러움이 그대로 드러난 얼굴이었다.

리키가 먼저 털어놓지 않았다면 아무도 의심하지 않고 출산을 기다렸을 텐데. 유코의 머릿속에 그런 생각이 스쳤다. 별개로 숨기지 않으려는 그녀의 태도에는 오히려 호감이 갔다.

"구사오케에게 말하는 게 나을까요?"

"그것도 의논드리고 싶었어요."

문득 리리코의 "아이는 누구 건데?"라는 말이 떠올랐다. 정답은 없다. 유코는 마음을 다잡고 말했다.

"구사오케에게는 말하지 않는 게 나을 것 같아요."

"하지만 결과적으로 속이는 게 될지도 모르잖아요."

확률은 낮다. 하지만 가능성이 있는 이상 단정할 수는 없었다. 유코는 잠시 말을 멈췄다. 그사이 리키는 초조한 눈빛으로 유코를 바라보고 있었다.

"어쨌든 목숨 걸고 낳는 건 당신이에요. 아이는 당신 애예요.

구사오케는 돈을 냈고 정액도 제공했으니 불평은 하겠지만, 대놓고 문제 삼기도 쉽지 않을 거예요. 낳고 싶다면 낳고, 그다음에 생각해도 괜찮지 않을까요?"

"DNA 검사, 한다고 했던가요?"

"억지로 안 해도 돼요. 아무에게도 주고 싶지 않다면 아이들을 데리고 떠나면 되잖아요."

"어디로요?"

리키의 얼굴에 불안이 번졌다.

"그건 잘 모르겠어요. 하지만 낳고 나서 고민해도 되지 않을까 싶은데."

"계약 위반이겠네요. 그러면…… 제가 돈을 돌려드리는 게 나을까요?"

"돌려주지 않아도 돼요. 키우고 싶다면 그 돈으로 키워야 하잖아요."

"하지만 유코 씨는 구사오케 씨와 같이 키울 생각이었던 거잖아요. 제가 마음을 바꾸면 싫으시겠죠?"

유코는 천천히 고개를 저었다.

"저도 이번 일에 계속 위화감을 느끼고 있었어요. 그런데도 깊이 생각하지 않고 넘겨버린 것 같아요. 당신에게 해서는 안 될 일을 했다는 생각도 들고요. 구사오케와 제 생각이 다르다는 걸 이제야 알게 된 거죠. 저는 아마 구사오케와 헤어지겠지만, 구사오케는 아이와 함께 살려고 할 거예요."

"진짜 자식이 아니어도요?"

"그건…… 어렵겠죠. 친자가 아니라면 분명 싫어할 거예요. 유전자를 확인하겠다고 했으니까요."

유전자라는 말을 듣고 리키가 겁먹은 듯 몸을 움찔했다.

"어떻게 해야 좋을지 모르겠어요. 그런데 낳아보고 싶다는 마음도 있어요."

"여기까지 왔잖아요, 오이시 씨. 당당하게 낳아요. 뒷일은 어떻게든 될 거예요."

유코는 생각했다. 정말 어떻게든 될까. 차라리 지금 지워버리고 유산했다고 알리는 편이 나은 건 아닐까. 그렇게 하려면 아오누마의 협조가 필요할 것이다.

유코의 시선이 무의식적으로 리키의 배로 향했다. 두 생명이 자라고 있다지만 배는 아직 평평했고 아무런 기미도 없었다. 그 건강한 몸을 보고 있으니, '지우는 게 낫다'는 말은 끝내 입 밖으로 나오지 않았다.

3

유코가 집에 도착하니 밤 11시가 넘어있었다.

시부야에서 돌아오는 길에 리키의 고민에 관해 대체 어떻게 손을 써야 할지 계속 머리를 굴렸다. 리키가 털어놓은 내용은 예상을 완전히 벗어난 것이었지만, 그녀를 비난할 마음은 추호도 없었다. 애초에 리키의 약점을 이용한 무례한 제안이었다.

마음이 변했다거나 충동적으로 행동했다 한들 어쩔 수 없는 일
이다.

어렵사리 얻은 생명이란 걸 생각하면 낙태 따위는 당치도 않
았고, 이대로 모르는 척한다면 모토이는 자기 자식이라고 믿을
것이다. 리키에게 혼자 키우라고 말하는 건 아무리 그래도 무
책임하다는 생각이 들었다.

모토이의 아이일 확률이 가장 높으니 이대로 시치미를 떼고
출산하게 한 뒤, 약속대로 아이는 모토이의 품에 남기고 이혼
하는 게 나은 걸까.

그러나 그렇게 되면 쌍둥이 육아는 유코가 떠안게 된다. 그
녀의 시어머니인 지미코는 손은 빌려주지도 않으면서 입만 댈
것이다. 그것도 우울하지만, 쌍둥이 육아를 하게 되면 일 같은
건 내려놔야 할 게 뻔했다. 그렇게 생각하자 유코는 벌써부터
한숨이 나왔다.

"나 왔어."

문을 열자마자 모토이가 기쁜 얼굴로 나타났다. 까만 맨투맨
에 청바지. 아직 잠자리에 들 차림은 아니었다.

"아까부터 기다렸어."

유코를 끌어안기라도 하려는 듯 과장되게 양팔을 벌리고 다
가온다. 양팔을 들어 올린 자세가 발레 같다.

"무슨 일 있어?"

부츠 지퍼를 내리는 데 시간이 걸려 유코는 현관에 앉아 천
천히 벗었다. 마치 시간을 벌고 있는 것만 같았다. 모토이와 이

야기하고 싶지 않았다.

"쌍둥이래."

등 뒤에 서있던 모토이가 감격에 겨운 듯 말했다.

어떻게 알고 있는 거지. 유코는 신발을 벗다 말고 놀라서 돌아봤다.

"아오누마 씨한테서 연락이 왔어. 오늘 검진이 있었는데, 그때 초음파 검사로 알았대. 확실하진 않지만 거의 맞을 거래."

유코는 비극이라고 생각했다. 리키가 유코에게 입단속을 시켰지만 클리닉과 아오누마를 통해 모토이에게 전달된 모양이었다. 출산하는 당사자가 알리고 싶지 않아도 중요한 정보는 돈을 낸 쪽으로 신속하게 전달된다. 리키에게는 몹시 불쾌한 일일 것이다.

"오이시 씨 연락은?"

"딱히 없었어."

유코는 허탈감을 느끼며 모토이의 얼굴을 올려다봤다. 그러나 모토이는 유코의 반응은 눈치채지 못하고, 눈물이라도 흘릴 것처럼 기뻐하고 있다.

"쌍둥이라니 상상도 못 했어. 하늘을 날 것만 같아. 그래서 건배하려고 기다리고 있었지."

못 말리겠다는 듯 유코가 한숨을 쉬며 거실로 향했다. 테이블 위에는 아이스 버킷이 나와있고 거기엔 아껴둔 크루그 샴페인이 들어있었다.

"건배할 상대는 내가 아니라 오이시 씨 같은데."

유코는 카페 구석에서 풀죽은 모습으로 기다리고 있던 리키의 옆얼굴을 떠올리면서 말했다.

"오이시 씨하고는 조만간 축하 자리를 마련하려고 생각 중이야. 일단은 우리끼리 건배하자."

"프로젝트라는 게 성공했으니까?"

"아니, 그건 아직이지. 무사히 출산까지 가야지."

모토이가 샴페인의 마개를 땄다. 펑 하고 힘찬 소리가 났다. 유코는 연노란색 액체에 끊임없이 솟아났다 사라져 가는 미세한 거품을 바라보았다.

"건배. 쌍둥이를 위해."

모토이가 잔을 부딪쳤을 때, 유코는 갑자기 모토이가 측은해졌다. *당신, 지금 속고 있는 건지도 몰라. 그래도 괜찮아?* 무심코 그렇게 물을 뻔했지만, 이 말을 모토이에게 할 권리가 있는 사람은 아이를 품은 오이시 리키 외에는 없었다. 자신은 이 일에서 철저히 외부인이라는 사실을 뼈저리게 느낀 순간이었다.

"잘됐네."

샴페인을 입에 머금은 유코가 가까스로 말하자, 모토이가 복잡한 표정을 지었다.

"응, 나는 기쁘긴 한데, 유코는 싫지 않아?"

"왜?"

"아니, 쌍둥이의 엄마가 된다는 건 예상하지 못한 일이잖아. 키우는 게 보통이 아닐 텐데."

"그렇겠다."

유코는 어떻게 해도 표정이 우울해지는 걸 막을 수가 없었다.

"걱정할 필요 없어. 둘이 어떻게든 키워보자."

모토이는 아내의 불안에 대한 포인트를 오해하고 있었다.

"만약 내가 당신과 재결합하지 않아서, 당신 혼자 키우게 된다면 어떻게 할 거야?"

유코는 용기 내어 물어봤다. 순간 당황한 듯 모토이가 유코의 얼굴을 쳐다봤지만 잠시 뒤 뜻밖이라는 듯 대답했다.

"그러니까 이혼한 상태를 유지한다, 그 말이야? 유코는 그런 생각 하고 있어?"

"책임을 회피하려는 건 아니지만 역시 내 아이가 아니다 보니 어쩐지 남의 일 같고, 오이시 씨에게 드는 죄책감이 도무지 사라지질 않아. 당신처럼 대리모가 단순히 일이라고 받아들여지지 않나 봐."

"나도 완전히 받아들인 건 아니지만 여자는 더 그렇겠다. 내가 유코의 마음을 신경 쓰지 못한 것 같네."

오늘 모토이는 현명하고 다정하다. 조금 전의 모토이는 아버지가 된다는 사실에 마냥 기뻐했을 뿐, 유코의 복잡한 심경은 눈치채지 못했다.

"무슨 바람이 분 거야?"

유코의 입에서 저도 모르게 비꼬는 말투가 튀어나왔다.

"아니, 전부터 그런 생각은 했었어. 그런데 어쨌든 유코가 찬성했다고 믿었으니까 일단 머릿속에서 지웠지."

"너무 쉽게 지우지 마. 찬성할 수밖에 없었잖아. 당신과 아이를 키워보고 싶었으니까. 그런데 막상 이혼해 보니까……."

차마 그다음 말은 할 수가 없어 말을 자르자, 모토이가 낮은 목소리로 대신 말했다.

"어떻게 되든 상관없어졌다?"

"아니, 생각할 게 많아지니까 머리만 더 복잡해졌달까. 만일 오이시 씨가 이혼할 때 아이를 넘겨주지 않으면 어떻게 할 거야? 데려가서 자기가 키우겠다고 할지도 모르잖아. 그러면 계약 위반으로 고소할 거야?"

모토이가 고개를 가로저었다.

"고소 같은 건 못 하지. 애초에 비밀스럽게 진행한 이야기니까. 그렇지만 그런 상황도 대비해 두는 건 좋다고 생각해. 만일 그렇게 된다면 아이는 빼앗기고 싶지 않으니까, 오이시 씨의 이혼 요구는 못 받아들이지. 다시 생각하게 할 수밖에."

모토이가 장기전 태세를 취할 줄은 몰랐다.

"그럼 나는 어떻게 되는데?"

"문제가 정리되고, 자리가 날 때까지 유코가 기다려 줘야지."

유코는 웃음을 터뜨렸다. 모토이도 씁쓸하게 웃으며 비어가는 잔에 술을 부어줬다.

"그거야말로 본말전도네."

"자기가 말해놓고, 뭐야."

"그렇기는 한데."

모토이는 어디까지나 만약의 상황으로 받아들이고 있는 것이다.

“만일 오이시 씨가 아이를 건네주지 않는 이유가, 실은 당신 아이가 아니라서라면 어떻게 할 거야?”

“그건 말도 안 되지.”

유코는 딱 잘라 말하는 모토이에게 그 확신이 어디서 오는 거냐고 따지고 싶었다. 하지만 그 이상은 목에 칼이 들어와도 말할 수 없었다.

“어디까지나 가정이니까, 말이 안 되더라도 대답해 봐. 그런 경우에는 어떻게 할 거야?”

“내 아이로 키울 거니까, 그 경우에도 아이를 건네줄 때까지는 이혼해 줄 수 없지. 아이는 우리 애로 키울 거야.”

“이혼하지 않고 자기 애로 키울 수 있겠어? 거금을 들여서 인공수정까지 했는데.”

“아니, 일단 태어나고 나면 어쩔 수 없지. 내 아이가 이렇다저렇다 신경 안 써. 출산까지 관여했으니 내 아이라고 믿고 키울 수밖에 없는 거야.”

“바른말만 하네. 쉬운 일이 아닌데.”

유코는 반신반의했다.

“그런 거 아냐.”

모토이는 그렇게 말한 뒤, 갑자기 난처한 듯한 표정을 지었다.

“그게 실은, 나 좀 무서워졌어.”

“뭐가?”

“오늘 아오누마 씨한테 쌍둥이인 것 같다는 전화를 받았을 때, 기쁘기도 했지만 한편으론 겁이 났어.”

"왜."

"지금 유코가 말한 거랑 같은 거지. 이거 큰일 난 거 아닌가. 나는 사랑하지도 않는 여자 배 속에 인간을 둘이나 넣어놨구나, 그런 공포랄까. 하나면 어떻게든 될 것 같은 기분이었는데, 둘이야. 쌍둥이라고. 두렵지 않아?"

"아까는 날아갈 것 같다며."

유코는 쓰게 웃었다.

"아니, 기뻤지. 기쁜 건 사실이야. 좋게 생각하면 기쁘잖아? 이를테면 아들딸 쌍둥이면 출산 한 방에 끝나니까 좋겠네, 그런 거 말이야. 그런 식의 낙관적인 생각이지. 그런데 한편으론 두려운 거야. 뭔가 돌이킬 수 없는 일에 발을 들인 것 같은 기분이 들어서. 생각해 봐. 출산이잖아. 신의 영역을 넘어서 악마가 된 기분이야. 그 아이들이 자라서 이 일을 알게 되면 나를 원망하지는 않을까, 그런 생각도 들어."

유코는 어이가 없어서 힘없이 찌푸려진 모토이의 눈썹을 보았다.

"뭐야, 이제 와서. 그런 거 이미 다 알고 한 거 아냐?"

"그렇긴 한데 쌍둥이일 줄은 몰랐어. 뭔가 아이들 둘이 결탁해서 날 미워하면서 원수 취급하는 날이 올 것 같은 기분이 든다고. 우리 엄마를 이렇게 힘들게 했다니, 하면서."

"그건 오이시 씨 말하는 거지?"

"오이시 씨만이 아니야. 유코도 그래."

"엄마가 둘인가."

‘그럼 대체 아이는 누구 건데?’

유코의 머릿속에 리리코의 말이 떠올랐다. 분명 우리 부부가 앞으로 태어날 두 인간의 운명을 결정했다. 무서운 일 아닌가.

“그러니까 이 상황을 같이 극복해 줘. 부탁이야. 우리는 부부 잖아.”

크루그의 잔잔한 거품을 내려다보며 모토이가 말했다. 유코 는 “그건 알겠는데⋯⋯.”라는 말밖에는 하지 못했다.

“⋯⋯데, 뭐?”

모토이가 진지한 눈빛으로 다그쳤다.

나는 도망치고 있는 걸까. 그 순간, 유코의 머릿속에 곤혹스 러워하던 리키의 어린 얼굴이 다시금 떠올랐다.

크루그를 마신 뒤, 모토이와 유코는 거의 말을 나누지 않았 다. 두 사람은 소파에 나란히 앉아 아무 일도 없었다는 듯 오래 된 영화를 틀어놓고 진만 계속 들이켰다.

그 탓인지 유코는 다음 날 숙취가 심했다. 모토이가 마티외 를 데리고 연습실로 나간 뒤에도 유코는 일을 내팽개친 채 침 대에서 꼼짝하지 않고 잤다.

10시가 조금 지나 리키에게서 전화가 왔다. 언젠가 올 연락 이라고 각오하고 있었기에 유코는 몸을 일으켜 자세를 가다듬 고 전화를 받았다.

“여보세요. 유코입니다.”

—아, 유코 씨. 어제는 감사했어요.

리키의 목소리는 숨이 가쁜 듯했고, 인사말이 끝나기도 전에 곧장 본론으로 들어왔다.

— 지금 구사오케 씨한테서 메일을 받았어요. 쌍둥이였네요, 축하해요, 라는 내용으로요. 혹시 유코 씨가 말씀하신 거예요?

유코는 소리를 내면 머리가 지끈지끈 울려서 관자놀이를 손가락으로 누르면서 대답했다.

"아오누마 씨가 알려준 모양이에요. 오이시 씨를 만나고, 집에 들어갔더니 이미 알고 있더라고요. 구사오케가 쌍둥이라며 좋아했어요."

그가 내보인 두려움에 대해서는 굳이 말하지 않았다.

— 아니, 아오누마 씨, 너무한 거 아니에요? 임신 관련 일은 제 프라이버시 아닌가요? 그런데 허락도 없이 말하다니.

"당신 말이 맞죠."

유코도 그녀의 입장이라면 화가 났을 것이다. 하지만 모토이의 말마따나 사태는 이미 꼬인 채 이상한 방향으로 움직이고 있다. 자신이 그 뒤틀림을 막을 수는 없었다.

— '당신 말이 맞죠'라니, 뭔가 남의 일 같은 느낌이네요. 같은 편인 줄 알았어요.

리키가 입술을 삐죽거리는 모습이 눈에 그려졌다.

"같은 편이에요. 당신 일을 말한 것도 아니고, 구사오케 편을 드는 것도 아니에요."

유코는 말을 고르듯 잠시 숨을 고른 뒤 덧붙였다.

"다만, 나도 이번 일은 어떻게 해야 할지 모르겠어요. 그러니 당신이 정하는 게 낫지 않을까요?"

최대한 부드럽게 말했지만, 이 말이 리키에게 어떻게 들릴지 유코 자신도 확신할 수 없었다.

— 제가요?

"오이시 씨가 당사자잖아요. 계약을 어기고 다른 남자와 관계를 맺은 것도, 그 선택 역시 당신이 한 일이에요. 그걸 내가 비난하거나 참견할 수는 없죠."

유코는 조심스럽게 말을 이었다.

"그러니까 그 끝맺음도 결국은 당신이 해야 하지 않을까요?"

— 그렇긴 한데요…….

리키의 목소리가 갑자기 날카로워졌다. 거의 비명에 가까운 느낌이었다.

— 혼자서는 결정 못 해요. 이렇게 무서운 일을…….

"그래도 낳을지 말지는 당신이 정하면 돼요. 누구도 그 결정을 뒤집을 수 없어요. 구사오케도 당신 의사를 존중할 거고요."

유코는 스스로를 다독이듯 말했다.

"어떤 결과가 나오든, 누구도 당신에게 화내지 않을 거예요. 그러니까…… 당신이 결정하세요. 나는 그 결정을 따를 거고, 옆에서 힘이 되어줄게요."

리키는 한동안 아무 말도 하지 않았다.

— 알겠어요.

잠시 후, 망설이는 숨소리 너머로 리키의 목소리가 들렸다.

— 저 아마도…… 낳을 것 같아요. 그러니까, 유코 씨는 제 편

에 서주세요.

"그럴게요. 몸 잘 챙기시고요."

— 네, 감사합니다.

마치 멀리 떨어진 곳에서 들려오는 것처럼 리키의 목소리는 끝내 희미해졌다.

내가 리키를 외톨이로 내몬 걸까. 유코는 안절부절못한 채 천장만 올려다볼 뿐이었다.

오후 늦게 작업실에 갔더니, 리리코가 부리나케 찾아왔다. 리키와 무슨 대화를 나눴는지 궁금해서 못 참겠다는 눈치다.

"어제, 어떻게 됐어? 그 여자, 지운대?"

리리코가 치켜 올라간 작은 눈으로 유코를 노려봤다. 진실을 말하라는 눈빛이다.

"왜 지운다는 얘기가 나오는데?"

유코는 놀라서 리리코의 얼굴을 쳐다봤다.

"아니, 무려 쌍둥이를 회임하셨는데 유코랑 의논하고 싶은 게 있다고 하고, 심각한 느낌이었잖아. 나이도 어린 데다 대리 출산이니까, 출산할 생각에 쫄아서 지우고 싶다는 얘기로 흘러 갈 게 뻔하지. 안 그래?"

리리코가 성이나 생식에 대해 입을 열면 모든 게 유난히 가 벼워진다. 유코는 마치 자기랑은 상관없다는 듯 높은 곳에서 내려다보며 구경하다가 비웃는 태도가 슬슬 괘씸해졌다.

"남의 일이라고 그렇게 즐기는 거 아니야."

"즐기긴 뭘 즐긴다고 그래."

리리코는 시치미를 떼고 말했다. 그리고 선물로 가져온 슈크림의 커스터드 크림을 숟가락으로 떠서 입에 넣었다.

"이거 맛있다? 유코도 먹어봐. 비얀네토루 거야."

아직 기분이 풀리지 않은 유코는 고개를 저었다.

"지금은 안 먹고 싶어. 나중에."

"그럼 갖고 간다."

리리코가 장난스럽게 말하자 유코는 쓴웃음을 지었다.

"애도 아니고."

"아니, 말해봐. 내가 그 애를 도와줄 수 있을지도 모르잖아."

"리리코가 뭘 어떻게 도와줄 수 있는데? 무슨 말인지 하나도 모르겠어."

"나도 몰라."

리리코는 아무렇지도 않게 그렇게 말하고 웃었다. 뭘까, 애는. 유코가 고개를 갸웃하던 바로 그때, 전화가 울렸다. 또 리키였다.

— 자꾸 연락드려서 죄송해요.

조심스러운 목소리였다.

— 말씀 듣고 나서 계속 생각해 봤는데요……. 역시 지우는 게 제일 나을 것 같아서요. 그래서 내일 수술받기로 했어요.

"잠깐만요!"

유코의 목소리가 쇳소리처럼 튀어나왔다.

유코는 결국 어제 만났던 카페에서 다시 리키를 만나 논의하기로 했다. 이번에는 리리코도 함께였다. 유코는 중절 수술만은 어떻게든 단념시키고 싶었기 때문에 리리코를 지원군 삼아 데려온 것이다.

그런데 시부야로 가는 길에 자초지종을 설명하자, 리리코는 "왜 낙태를 반대하는데? 제일 좋은 방법이잖아."라고 했다. 애를 내가 대체 왜 데려왔지, 라고 생각했지만 뒤늦은 후회였다.

어젯밤에 만났던 바로 그 자리에서 리키가 기다리고 있었다. 남색 니트 원피스를 입은 채로. 리리코는 거리낌 없이 리키의 배를 뚫어져라 쳐다봤다.

"오이시 씨, 이쪽은 데라오 리리코 씨. 제 친구예요. 같이 이야기해도 괜찮을까요?"

리키는 놀란 듯 리리코의 독특한 외모와 까마귀처럼 온통 시커먼 복장을 쳐다봤다. 아무래도 기인이라고 판단한 모양이다. 웃음기 없이 고개만 내밀 듯 인사했다.

"안녕하세요, 오이시입니다."

"데라오 리리코예요."

리리코는 그 '춘화 작가'라고 적힌 명함을 건넸다. 새빨간 융단 위에서 남녀가 교합하고 있는 그림이 그려진 명함이었다.

"와, 멋지네요."

리리코는 리키의 반응이 마음에 들었는지 싱긋 웃었다.

"당신이 그 프로젝트에 참여한 오이시 씨군요. 난 이번 일, 오히려 잘했다고 생각해요."

리키가 눈을 크게 뜨고 되물었다.

"대리모 일 말인가요?"

"아뇨, 아뇨. 인공수정 엿새 전의 계약 범위를 벗어난 성교 말이에요."

리리코는 고개를 저으며 카페오레 잔을 들어 올렸다. 어딘가 으스대는 투였다. 리키의 시선이 책망하듯 유코에게로 향했다. 유코는 급히 변명했다.

"이건 저 혼자서는 판단이 안 서서 리리코랑 의논했어요. 그래도 구사오케나 아오누마 씨한테는 입도 뻥긋 안 했어요. 그건 확실해요."

"그래. 이렇게 된 거 여자들끼리 속 시원히 얘기해 보자고요."
리리코가 이어받았다.

"어, 뭔가 부끄러운데요."
리키가 몸을 움츠렸다.

"부끄러워할 필요 없어요."
유코는 목소리를 낮췄다.

"그보다 아까 말한 수술 얘기는 뭐예요?"
리키는 길게 한숨을 내쉬고는 커피잔을 내려다본 채 더듬듯 말을 이었다.

"정말 오늘 오전까지만 해도 낳을 생각이었어요. 저, 사실 예전에 한 번 낙태를 했거든요. 그래서 이번이 두 번째 임신이고, 이번엔 결과가 어떻든 낳아야 한다고 스스로를 설득하고 있었어요."

유코는 조용히 고개를 끄덕였다.

"그런데 계속 생각하다 보니까…… 이런 복잡한 상황을 제가 감당할 수 있을지 모르겠는 거예요. 솔직히 말하면 누구 애인지도 모르는 상태잖아요. 구사오케 씨만 자기 아이라고 믿고 있는 거고요. 만약 다른 결과가 나오면 무슨 일이 벌어질지 상상도 안 돼서 무서웠어요."

리키는 잠시 말을 멈췄다가, 숨을 고르고 이어갔다.

"히다카나 다이키의 아이라는 게 밝혀져도 그 사람들한테 책임을 물을 수도 없어요. 히다카는 가정이 있고 다이키는 요나구니섬으로 돌아가 버렸으니까요. 결국 제가 혼자 키워야 하는데, 쌍둥이를 안고 일까지 병행할 자신도 없고……. 그래서 더 늦기 전에 지우는 게 낫겠다고 생각했어요. 아침에는 일단 낳겠다고 말해버렸으니까, 유코 씨한테는 알려야 할 것 같아서 전화한 거고요."

"구사오케나 아오누마 씨한테는 뭐라고 하려고 했어요?"

"유산했다고 하려고요. 혹시 들키면 그땐 솔직히 말하고, 받은 돈도 다 돌려드리려고 했어요. 그게 제일 마음이 편할 것 같아서요."

"와!"

전혀 다른 결을 집어든 건 리리코였다.

"그 남자 이름이 히다카구나. 그리고 다른 한 명이 다이키?"

"네. 히다카는 홋카이도에 사는 전 남친이고, 다이키는 테라피스트예요. 이름은 그런데, 실제로는 여성 전용 업소에서 일하는 사람이에요."

리리코의 눈이 번뜩이며 몸이 앞으로 쏠렸다. 그 모습에 유코는 불길함을 느꼈다.

"여성 전용 업소라면, 어떤?"

"성감 마사지를 주로 해요. 여자가 원하면 그다음도 있대요."

"오."

리리코가 흥미롭다는 듯 웃었다.

"괜찮네. 난 오이시 씨 선택에 찬성. 중절이 낫지. 굳이 낳을 필요 있어요?"

리키는 아무 말도 하지 못한 채 굳어있었다.

"여자는 생식 문제 같은 걸 짊어질 필요 없어요."

리리코는 단정하듯 말했다.

"욕망에 충실하게 즐기며 살면 되는 거지. 솔직히 말해서 돈 문제가 아니라 그 구사오케 씨가 당신 욕망에 맞지 않았던 게 핵심이잖아. 만약 남자로서 정말 마음에 들었다면 실제로 관계를 가져도 괜찮았을 거고, 그 결과 임신이 됐다면 이렇게까지 괴로워하진 않았을 거 아니에요."

그 말에 리키는 벙찐 얼굴로 입술만 달싹였다.

유코는 더는 듣고 있을 수 없어 오른손을 들어 리리코의 말을 가로막았다.

"오이시 씨, 저는 낙태에는 반대예요."

유코는 조심스럽지만 분명한 어조로 말했다.

"기독교 근본주의자도 아니고, 도덕을 들먹일 생각도 없어요. 다만 어렵게 임신한 거잖아요. 그러니까 낳아보는 건 어때요? 제가 출산을 할 수 없는 입장이라 이런 말을 할 자격이 없다는 건 알아요. 그래도 출산도 하나의 가능성이에요."

유코는 잠시 말을 멈추고, 리키를 바라보며 덧붙였다.

"아이를 낳는 게 당신에게 큰 행복을 가져다줄 수도 있고, 반대로 감당하기 힘든 불행을 안길지도 몰라요. 그렇지만 아이를 키운다는 건…… 분명 흥미로운 일이잖아요. 나라면 낳을 것 같아요."

"나는 반대."

리리코가 즉각 잘라 말했다.

"반드시 지금 이 시점에서 지워야 해. 만약 못이 위약금이니 뭐니 하면서 문제 삼으면, 내가 대신 내줄게요."

그 말과 함께 리리코는 유코의 손을 내치듯 밀어냈다. 이어서 문득 고개를 갸웃했다.

"못?"

"구사오케를 말하는 거예요."

유코는 날 선 시선으로 리리코를 쏘아보며 말했다.

"자."

리리코가 다시 몸을 기울였다.

"어느 쪽으로 할래요?"

이상하리만치 그 질문에는 압박이 실려있었다. 리키는 아무 말도 하지 못한 채 양손으로 머리를 감싸쥐었다.

4

"어느 쪽으로 할래요?"

유코와 리리코, 팽팽히 맞서는 두 여자가 이번에는 리키를 몰아세웠다. 리키는 어쩌면 좋을지 혼란스러웠다.

복잡한 일에서 벗어나고 싶다는 생각 끝에 리키는 낙태를 해야겠다고 마음먹었다. 그 선택에 찬성한 사람은 외부인인 리리코였고, 정작 가장 중요한 의뢰인인 유코는 아이가 누구의 것이든 낳는 편이 낫다고 말했다. 시간이 흐를수록 리키의 머릿속은 오히려 더 복잡해져만 갔다.

유코의 주장은 어딘가 감정이 앞서있는 듯 보였다. 리키의 일을 제 일처럼 여기고 내린 판단이라고는 도저히 생각되지 않았다. 반면 리리코는 제 일처럼 생각하기는커녕, 무책임하다고 느껴질 만큼 가벼웠다. 낙태를 택한 리키의 문제 해결 방식과 리리코가 오래전부터 품어온 생각이 우연히 맞아떨어졌을 뿐인 듯했다.

어느 쪽에도 선뜻 대답하지 못한 채 리키가 고개를 숙이고 있자, 유코의 말투가 눈에 띄게 정중해졌다.

"오이시 씨. 저는요, 아이란 애초에 리스크가 따라붙는 존재라고 생각해요. 무사히 태어나 줄지도 미지수고, 태어나고 나서도 문제는 계속 생기죠."

유코는 잠시 숨을 고른 뒤 말을 이었다.

"제 막내 남동생은 마흔이 다 되어가는데 히키코모리예요.

온갖 방법을 써봤지만 자립하지 못했고, 이제는 모두의 짐이 됐죠. 언어 발달 지체 진단을 받은 조카도 있어요. 인생이란 그런 거예요. 무슨 일이 일어날지 아무도 몰라요."

유코는 리키를 똑바로 바라보았다.

"그렇지만 오이시 씨에게 출산을 의뢰한 건, 우리 부부예요. 자꾸 말을 바꿔서 미안해요. 그만큼 혼란스러웠던 거예요. 하지만 지금은 생각이 정리됐어요. 어떤 아이가 태어나든 누구의 아이든 책임지고 받아들여야 한다고요."

그 말을 하며 유코는 마지막으로 거의 애원에 가까운 어조로 말했다.

"그러니까 수술 이야기는 접어두고, 낳아주세요. 부탁드립니다."

유코가 고개를 숙였다.

"하지만 제가 쌍둥이를 낳으면 유코 씨가 키우기 힘들지 않을까요? 그건 예상 못 한 일 아닌가요?"

리키의 염려가 정곡을 찔렀는지, 유코는 순간 입을 다물고 말았다. 리리코는 이때다 싶었는지 열을 올렸다.

"바로 그거야. 일은 꿈도 못 꾸지. 하나도 힘든데 심지어 쌍둥이잖아. 육아만 해도 힘에 부쳐서 일은 생각도 못 할 거야. 그것도 1, 2년이 아니다? 5, 6년, 아니 그 뒤로도 계속되겠지. 빠르게 변하는 일러스트 업계에서 네 경력도 완전 다 날아가. 거기다 네 애도 아닌데, 무슨 마음으로 계속 일을 하겠다는 거야?"

"무슨 마음으로?"

유코가 울컥한 듯 입술을 씰룩이며 리리코를 노려봤다. 리리코는 딴 곳을 보았다. 두 사람은 사이가 좋은 건지 나쁜 건지 알 수 없었다.

"나를 움직이는 건 책임감이야."

유코가 과장된 몸짓으로 리키를 가리켰다. 리키는 어깨를 으쓱했다.

"오이시 씨에게 아이를 낳아달라고 부탁한 우리에게는 막중한 책임이 있어. 그래서 내 아이가 아니어도, 구사오케의 아이가 아니어도 우리가 키워야 한다고 생각해. 그게 원동력이야."

"어머, 처음 듣네."

리리코가 심술궂게 끼어들었다.

"그 숭고한 결심은 대체 언제부터였는데?"

리리코가 짓궂게 물어왔다.

"지금."

유코가 즉답했다.

"지금이야. 오이시 씨랑 이야기하면서 점점 의지가 확고해졌어."

"지금? 그런 걸 잘도 당당하게 말하네. 난 못 믿겠는데."

리리코가 귀에 거슬리게 쨍 소리를 내며 커피잔을 받침 위에 내려놓았다.

"리리코는 믿지 않아도 상관없어."

유코는 한 치도 물러서지 않았다.

"쌍둥이가 태어나도 괜찮아. 구사오케가 도와줄 거고, 필요하다면 어머님의 손도 빌릴 거야. 어쨌든 우리 부부가 키우겠다고 결정한 일이니까. 그러니까 오이시 씨, 걱정하지 말고 낳아주세요. 우리가 전부 책임지고 키울게요."

"그게 무슨 소리야."

리리코가 목소리를 높였다.

"애초에 못의 아이라고 정해진 것도 아닌데. 이 시점에서 이상적인 말은 안 하는 게 낫지 않나? 그게 문제의 핵심이잖아. 게다가 너희, 아이 갖고 싶다고 이혼까지 했잖아. 어제만 해도 이대로 혼자인 게 낫겠다, 전으로 돌아가고 싶지 않다느니 떠들어댔으면서."

리리코가 침까지 튀겨가며 유코를 닦아세웠다.

"그런 말 안 했어."

유코도 지지 않고 맞받았다.

"우린 위장 이혼이야. 곧 원래대로 돌아갈 거고."

"그게 야비하다는 거야."

리리코는 거의 쏘아붙이듯 말했다.

"대리 출산을 평계로 너는 이혼하고, 이 사람은 결혼하고, 아이가 생기면 다시 돌아간다? 너희 대체 무슨 생각이야? 오이시 씨는 안중에도 없는 거 아니야? 이 사람이랑 앞으로 태어날 아이들 인생을 장난감처럼 다루고 있는 거라고."

유코가 쉿, 하고 검지를 입술에 댔다.

"장난감이라니? 그런 무례한 생각은 꿈에도 하지 않았어. 게다가 그렇게 큰 소리로 말하면 주위에 다 들리잖아. 오이시 씨가 불쌍하지 않니?"

"불쌍하다고?"

리리코가 발끈했다.

"불쌍할 게 뭐가 있어. 이 사람은 대단한 여자야. 계약 깨고 다른 남자랑 섹스까지 했잖아. 애초에 병신 같은 계약이었고, 동정할 필요 없어. 칭찬이라면 몰라도."

말은 요점을 벗어난 듯했지만 어딘가 핵심을 찌르고 있었다. 리키는 그 정체를 알 수 없어 고개를 갸웃한 채, 언쟁으로 열이 오른 리리코의 눈치를 살폈다. 리리코는 그 시선을 당연하다는 듯 받아내며 리키의 어깨에 손을 얹었다.

"그러니까, 오이시 씨. 일단 수술부터 해요. 배 속을 말끔히 비우고 다시 시작하는 거야."

배 속을 말끔히 비운다는 그 말이 우스워서, 리키는 자신도 모르게 피식 웃고 말았다.

"안 돼요."

유코가 거의 울음 섞인 목소리로 말했다.

"어렵게 임신했는데 아깝잖아요. 게다가 두 사람이에요. 제발, 낳아주세요."

울다시피 애원하는 유코의 모습에 리키는 어쩔 수 없이 고개를 끄덕였다.

"일단, 조금 더 생각해 볼게요."

무난한 대답에 유코의 얼굴이 굳었다.

"고민 끝에 수술하겠다는 건 아니죠?"

"모르겠어요. 아직은요."

그건 사실이다. 리키는 구사오케 모토이의 아이가 아닐지도 모른다는 계약 위반에 대한 두려움보다도 쌍둥이라는 존재 자체가 더 두려웠다. 배가 터지지는 않을까. 산도, 그러니까 질은 무사할까. 터지지는 않더라도 원래대로 돌아가긴 하는 걸까. 쌍둥이를 낳고 나면 자궁이 늘어날 대로 늘어나, 언젠가 정말로 내 아이를 갖고 싶어졌을 때는 더는 낳을 수 없게 되는 건 아닐까.

본가 앞마당을 찾아오는 길고양이들은 4, 5개월에 한 번은 출산을 하고, 한 해 내내 새끼 고양이를 데리고 다닌다. 그 길고양이들처럼 순산한다면 다행이지만 난산이면 어떡하지. 난산은커녕 출산으로 목숨을 잃는 사례도 많다고 들었는데.

리키는 차츰 출산이 무서워졌다. 그러니 중절 수술을 하고 싶은 건 문제를 회피해서라기보다는 현실에서 도피하고 싶은 마음이 크기 때문이기도 했다.

"애초에 난 너희가 대리모에게 의뢰한다고 말했을 때부터 반대였어."

리리코가 문제를 들쑤시고 나오자, 유코가 초조한 듯 말을 잘랐다.

"리리코는 당사자가 아니니까 가만있어. 섹스도 하지 않는 네가 아이를 갖지 못하는 괴로움을 아니?"

"섹스는 멀리하고 있지. 난 그런 건 그 누구하고도 하고 싶지 않거든. 하지만 그렇다고 해서 아이를 갖지 못하는 괴로움을 이해 못 하는 바는 아니야. 분명히 해두지만, 너희 부부도 실컷 즐기려고 피임해 온 거잖아. 근데 아이가 생기지 않는다는 걸 알고 나니 갑자기 괴로워졌다, 이거야?”

리리코가 밉살맞게 대꾸했다. ‘섹스’다 ‘피임’이다 하는 소리가 컸는지 옆 테이블에서 핸드폰을 만지작대던 젊은 여자가 이쪽을 힐끗 쳐다봤다. 나이도 먹을 만큼 먹은 아줌마들이 듣기 거북한 말들을 큰 소리로 쏟아내며 옥신각신한다며 어이없어하는 것일 테다.

민망해진 리키는 여자의 시선이 이쪽을 향하고 있는 동안 벽만 응시했다. 그리고 두 사람의 대화가 끊긴 순간 말리고 나섰다.

“저기, 알겠어요. 오늘내일 중에는 어떻게 절대 안 할 테니까, 머리를 좀 식히는 게 어떠세요?”

“정말이죠? 약속하는 거예요.”

유코가 다짐을 받는다.

“네, 할게요. 그럼 전 이만 가보겠습니다.”

두 사람의 논쟁에 질린 리키가 일어나려고 했다.

“잠깐만.”

리리코가 리키의 팔을 붙들었다. 강한 악력에 리키는 그대로 의자에 털썩 엉덩방아를 찧었다.

“왜 그러시죠?”

“오이시 씨, 당신 요즘 뭐 하고 있어요?”

“무슨……”

"일 말하는 거예요. 설마 '대리모'라는 명함 만들고 다니고, 그런 건 아닐 거 아니에요."

리리코는 진지한 얼굴로 짓궂은 농담을 던졌다. 리리코의 화려한 명함을 떠올리며 리키는 무심결에 웃고 말았다.

"설마요."

"야, 큰 소리로 대리모라고 좀 하지 마. 다들 쳐다보잖아."

유코가 눈살을 찌푸리며 리리코의 검은색 옷을 부여잡았다. 그러나 리리코는 그 손을 거칠게 뿌리치고 리키에게 물었다.

"전에 하던 일은?"

"병원 사무 일을 했는데, 지금은 아무 일도 안 하고 있어요."

"아, 그랬구나. 그럼 딱 됐네."

"뭐가요?"

"내가 지금 어시스턴트를 찾고 있거든. 우리 집이 병원인데, 그쪽도 병원에서 일했으면 이것도 다 인연 같아서. 어때요, 오이시 씨. 괜찮으면 내 일 도와주지 않을래요?"

뜻밖의 제안에 놀란 리키는 저도 모르게 유코 쪽을 살폈다. 유코도 얼떨떨한 표정으로 리리코를 보고 있었다.

"임신한 상태로 혼자 있기도 불안할 테니까, 우리 집에 들어와 살아도 돼. 남는 방도 있고, 같이 있어주면 일도 잘될 것 같아서."

"잠깐만. 그럴 거면 우리 집으로 와요. 분명 모토도 찬성할 거예요."

유코가 연이어 말했지만, 진심은 아닌 것 같았다. 그 이상은 말하지 않는 걸 봐도 그랬다.

리키는 예전에 모토이가 임신이 되면 본인 모친의 스튜디오에 들어와 사는 게 어떻겠느냐는 이야기를 꺼냈던 게 떠올랐다. 임산부를 잘 보살펴 주지 않겠냐면서도 관리하려 드는 꿍꿍이속이 들여다보여 그 자리에서 거절했는데, 리리코의 제안은 조금 느낌이 달랐다.

"리리코 씨, 일이란 게 어떤 건가요?"

"나는 춘화를 제작하니까 갤러리와의 조율이라든지 사무 작업, 주문받기, SNS 업데이트 같은 거죠. 할 일은 넘쳐나요."

임신이 목표였으니 지금은 일을 쉬고 있지만, 수입이 없으면 저축액은 자연스레 생활비로 깎일 것이다. 구사오케 모토이에게서 성공 보수를 받는다 해도 출산이 끝날 즈음 리키에게 남는 건 그게 다일 것이다.

그 생각이 들자, 리리코의 제안이 고맙게 느껴졌다. 다만 그녀가 워낙 평범한 사람은 아닌 것 같아, 불안도 없지는 않았다.

"오늘은 감사했습니다. 리리코 씨, 일 주신 건 나중에 연락드릴게요."

리키는 인사를 하고 자리에서 일어섰다. 연상의 여자들이 아무 도움도 되지 않았다는 사실에 실망한 듯했지만, 두 사람 모두 리키의 낙담은 눈치채지 못한 모양새다.

"오이시 씨, 부탁이니까 서두르지 말아요."

그저 마지막으로 들은 유코의 불안한 듯한 목소리가 리키의 귓가를 맴돌았다.

리키는 마크시티의 인파를 가르며 터벅터벅 걸었다. 내 배 속에는 이물이 있고, 그 이물은 나에게 어떤 해코지를 할지 모른다. 그래서 함부로 할 수 없어 두려웠다.

리키는 이노카시라선 승강장으로 향하는 길목에서 "배 속을 말끔히 비운다."던 리리코의 말을 떠올리며 혼자 웃었다. 확실히 배는 아주 조금씩 나오고 있는 것 같았고, 변비인 것처럼 개운하지 못했다.

임신하기 전에는 자궁 안에 난자가 두둥실 떠다닌다고 상상했다. 하지만 임신해 보니 작은 싹이 자궁에 단단히 뿌리내리는 느낌이 들어 징그러웠다. 그 싹이, 내 자궁에서 영양분을 빼앗아 먹으며 성장하는 것이니 에일리언과 같은 존재이기도 하다. 게다가 두 마리다.

그 에일리언이 귀엽지도 않고 사랑스럽게도 느껴지지 않는 것은, 돈을 받고 좋아하지도 않는 남자의 아이를 임신하는 일을 받아들였기 때문일까. 역시 대리모 따위는 받아들이지 말았어야 했다.

리키는 내일이라도 중절 수술을 받아 '배 속을 말끔하게' 하고 싶은 욕망과 싸우고 있었다. 하지만 그런 짓을 했다간 구사오케 모토이와 아오누마가 쌍으로 나를 비난할 게 뻔했다. 유일한 아군이라 믿었던 유코도, 리키를 비난하지는 않겠지만 낳기를 바라고 있는 듯하니 화를 낼지도 모른다. 사면초가다. 처량해진 리키는 한숨을 내쉬었다.

다음 날 점심시간이 지난 무렵, 아직 마음이 오락가락하던 리키는 히다카에게 전화를 걸었다. 도쿄로 돌아온 뒤로는 메일도 전화도 일절 하지 않았다. 둘이 러브호텔에 간 것을 들킨 뒤 어떻게 됐는지 묻고 싶었지만, 혹시 이혼 소동에 휘말리기라도 할까 봐 연락하지 않은 것이다.

리키가 점심이 지나 전화한 것은 아내가 싸준 도시락을 다 먹은 히다카가 전화 받기 쉬운 시간대일 것이라고 짐작했기 때문이다. 히다카가 늘 도시락을 가져와 만족스러운 표정으로 먹었던 것을 기억하고 있었다.

예상대로 히다카는 바로 전화를 받았다. 뭔가 숨을 헐떡이는 걸 보니 리키의 전화를 기다리고 있었던 것 같기도 했다.

"여보세요, 저 리키인데."

— 응응, 잘 지냈어?

"네. 지금 전화해도 괜찮으세요?"

— 점심시간인 거 알고 전화한 거지? 역시 리키는 모르는 게 없다니까. 아니 근데, 그 뒤로 메일 한 통도 없으니까 참 매정하다, 생각하고 있었어.

그가 히죽거리면서 인기척이 없는 곳으로 이동하는 모습이 상상이 됐다.

"어이없네. 히다카 씨야말로 메일이고 전화고 안 했잖아요."

사실 지금은 오히려 연락을 하면 난감하다고 생각했다. 사람 마음이란 게 이토록 잘 변하는 거구나 싶어 리키는 스스로도 놀랐다. 히다카가 차갑게 대했을 때는 그렇게나 괴로워했으면서.

— 그게, 내 핸드폰 확인이라도 하면 곤란하잖아.

"그럼 회사에서 보내면 되는 거 아닌가."

— 회사는 안 되지. 리키도 나랑 이야기하고 싶었구나?

그냥 던진 말인데, 그는 좋아하고 있었다.

"아무튼 돌아오던 날 공항에서 미사키 선배가 이상한 소리 하던데, 괜찮았어요?"

— 아아, 큰일 날 뻔했지. 벨주르에 들어가는 장면을 누가 봤다더라고.

그러니까 흰색 자동차로 시내 한복판의 러브호텔 따위에 들어가면 위험한 것이라고, 내가 말하지 않았나. 리키는 들리지 않게 한숨을 쉬었다.

"그래서, 어떻게 빠져나왔는데요?"

— 빠져나오고 말 것도 할 것 없이 다음 날 아침에 벌써 소문이 쫙 퍼졌지. 그러고서 호사가가 집사람한테 연락하는 바람에 집사람이 길길이 뛰고 난리였고.

"집사람이라고 하지 마세요."

— 어? 기분 나빴어?

히다카가 기분 좋은 듯 말했다. 리키가 질투하고 있다고 오해한 모양이었다.

"그것보다 남존여비 느낌이 나니까요."

— 남존여비? 어디가?

어찌나 둔한지 기가 막힐 지경이다. 하지만 이렇게 둔해 보이는 남자가, 가끔 아무 생각 없이 내뱉은 말이나 행동으로 더

강한 인상을 줄 때도 있다.

"모르면 됐어요. 어쨌든 불쾌하니까 그 단어는 쓰지 마시고요. 아무튼, 아내분이 용서해 준 거예요?"

지금 말하는 태도로 보아하니 용서받은 것 같았지만, 일단 물어봤다.

— 자기가 상대 안 해줘서 내가 바람난 거 아니냐고 하더라. 자기 책임인 것처럼 말하던데. 요즘 낮에도 밤에도 피곤하다고 피했거든.

뻔뻔하다는 말밖에는 떠오르지 않았다. 히다카의 아내는 아마 남자들 사이에서 '이해심 깊은 아내'라는 평을 받을 것이다.

"참 행복한 부부네요."

리키는 비아냥거리듯 말했다.

히다카의 말을 종합해 보면, 체면이 땅에 떨어진 쪽은 리키뿐이었다. 히다카는 리키 같은 존재에는 조금도 신경 쓰지 않는 눈치였다.

"그 소문이 내 본가에도 들어갔으려나."

— 글쎄, 괜찮겠지. 상관없잖아.

히다카는 놀랄 만큼 낙관적이었다.

— 그보다, 그 댁 남편은 괜찮아?

"뭐, 눈치 못 챈 것 같아요."

밝은 목소리로 말했지만 마음은 무거웠다.

"그런데 히다카 씨, 만약 그때 그 일로 내가 임신했다면 어떻게 할 거예요?"

— 그때 그 일로라니. 그때는 안전하다고 하지 않았어? 거짓말이었어?

히다카의 목소리가 갑자기 날카로워졌다.

"그런 줄 알았는데, 임신이 됐거든요."

— 뻥치는 거지?

"아뇨, 진짜예요. 지금 6주 차."

히다카는 한동안 아무 말도 하지 않았다.

"근데 다른 사람이랑도 했으니까, 그쪽 애일지도 몰라요."

뭐? 하는 짧은 탄식이 들린 뒤, 히다카의 목소리가 눈에 띄게 가라앉았다.

— 허허. 그게 더 충격이네.

"히다카 씨도 부인이랑 섹스하잖아요? 같은 거죠."

— 아니, 집사람이랑 부부생활을 하긴 하는데, 리키랑 할 때처럼 좋지는 않아. 루틴이지, 루틴.

섹스를 루틴으로 할 수 있는 건가. 결혼생활이란 건 도대체 뭘까.

"DNA 검사한 뒤에 히다카 씨 아이로 나오면, 인정해 줄 거예요?"

— 집사람이 괜찮다고 하면 그렇지.

"부인이랑은 상관없잖아요."

— 그렇지만 다른 남자일 가능성도 있는 거지?

"그럴 가능성이 크기는 해요. 그래서 DNA 검사 얘기를 하는 거고요."

리키는 숨기지 않았다. 가능하다면 히다카의 아이가 아니기를, 리키 자신도 바라고 있었기 때문이다.

— 그럼 됐네. 어쨌든, 뭐라도 알게 되면 연락해.

한숨 돌렸다는 듯한 말과 함께 통화가 끊겼다.

리키는 설령 히다카의 아이라는 결과가 나와도, 그는 결코 그 아이를 자신의 자식으로 인정하지 않으리라는 확신이 들었다.

리키는 다음으로 다이키에게 전화를 걸어보기로 했다. 요나구니섬으로 돌아갔을 텐데, 그 뒤로 연락이 없다. 계속 신호는 가는데 받지는 않았다. 나중에 다시 걸어야겠다고 생각한 찰나, 드디어 달칵거리는 소리가 났다.

— 여보세요.

자고 있던 걸까. 잠긴 목소리였다.

"다이키, 잤어?"

점심때가 지난 시간까지 자고 있다는 건 교사로는 취직하지 못했다는 말일 것이다.

— 응, 근데 괜찮아. 슬슬 일어날 때라서.

"그쪽은 어때?"

— 어떻냐니. 일 말이야?

"그래. 그 뒤로 어떻게 됐나 해서."

— 결국 요나구니에는 자리가 없더라고. 대기라도 걸어두겠냐고 하는데 가망이 없을 것 같아서 그냥 본섬으로 나왔어. 그래서 지금은 나하야. 마쓰야마라는 데서 호스트 일 해봤는데, 어린 놈들이 많아서 홀대받고 할당량이 너무 빡세서 그만뒀어.

지금은 원래 하던 일 하고 있고.

그렇다는 말은 또 여자들을 상대로 성적 서비스를 제공하고 있다는 걸까.

— 리키는, 잘 지내? 그러고서 어떻게 됐어?

담배에 불을 붙이는 듯한 소리가 났다. 잠긴 목소리가 조금 가벼워졌다.

"임신이 됐지 뭐야."

— 오, 그래.

다이키가 태평하게 말했다.

— 그거 잘됐네. 일이 성공했다는 거잖아?

"그래, 뭐. 근데 문제가 있는데, 정자가 엿새나 살아있을 수 있대. 그래서 다이키, 네 애일지도 몰라. 하지만 그 전날에 전 애인하고도 잤으니까 그 사람 애일지도 모르고, 물론 구사오케 씨 애일지도 모르지."

— 대박이네.

다이키가 기분 좋은 듯 목소리가 커지기에 리키는 놀랐다.

"화 안 내?"

— 왜 화를 내? 난 기쁜데. 그래서, 어떻게 할 거야?

"고민 중이야. 아니, 구사오케 씨는 임신인 거 알고 좋아하는데, 어쩌면 너나 전 남친 아이일 수도 있잖아. 그런 건 하나도 모르고 마냥 좋아하고 있어. 속이고 있는 거나 마찬가지야."

— 그러네. 계약 위반이네.

확실히 사정을 알고 있는 다이키에게는 이야기하기가 편했다. 리키는 냉장고를 열어 페트병 물을 꺼내면서 말했다.

"내 말이 그 말이야. 이대로 낳았는데, 구사오케 씨 아이면 문제없겠지. 그런데 만에 하나, 그게 아니면 계약금 뺏기는 수준의 문제가 아니잖아. 그럼 내가 아이를 떠안아야 한다고. 그래서 나, 중절 수술 받을까 고민 중이야."

히다카와 통화할 때는 이런 자세한 이야기까지는 하지 못했다. 하지만 사정을 알고 있는 다이키라면 말할 수 있다.

— 하지 마. 아깝잖아.

"너는 당사자가 아니니까 그렇게 말할 수 있는 거야. 임신한 내 입장에서 보면 엄청나게 심각한 이야기란 말이야. 결과가 나와봐야 뭐든 할 수 있으니까, 어떻게 해야 할지 모르겠어. 그래서 난감해 죽겠어. 게다가 쌍둥이인가 봐."

— 쌍둥이?

다이키가 소리를 질렀다.

"검진받으러 갔더니 그러더라고. 초음파 검사에서 심장이 두 개 보인다고."

— 낳아, 리키. 갈 데가 아무 데도 없다면 내가 키울게. 나한테 줘, 그 애들.

"달란다고 줄 수 있니. 개나 고양이가 아니거든."

— 아니, 아니, 그 녀석들 참 파란만장한 운명을 타고났네. 나 갑자기 두근두근한다. 게다가 내 아이일지도 모른다고. 그 구사오케라는 아저씨랑 친권을 다툴지도 모르겠네. 기대된다. 리키, 나하로 와. 여기서 살자.

362

"다이키, 처자식 어떻게 먹여 살리려고?"

— 돈은 없어도 테라피는 할 수 있으니까. 마음은 편할 거야.

이런 걸 테라피라고 하는 건가. 리키는 어이가 없으면서도 어느새 웃고 있었다. 낙태는 그만두기로 마음을 굳혔다.

5장

갓난아기의 영혼

1

리키는 홋카이도에서 태어났다. 홋카이도의 인구 5,000명도 되지 않는 작은 마을에서 태어나면 젊은 여자가 먹고살 길은 거의 없다고 봐야 했다. 농업이나 낙농업, 농협이나 관공서에서 일하거나, 바닷가 마을로 나가 수산업 관련 일을 하거나, 혹은 리키처럼 간병 일을 하거나, 아니면 결혼이었다.

경작할 땅도, 우유도, 재산도, 연줄도 없는 집에서 자란 리키에게 간병 일 말고 다른 수입원은 없었다. 그 일은 적성에도 맞지 않았다. 상사인 히다카와의 관계도 처음에는 설렜지만, 오래가지 못했다. 좁은 동네에서 소문의 발단이 되기는 싫었고, 이모처럼 결혼 생각만 하며 살고 싶지도 않았기에 리키는 악착같이 돈을 모아 도쿄로 갔다. 도쿄에 가면 일자리가 넘쳐나고, 자연스럽게 이성도 만날 수 있을 것이라는 기대에서 내린 결론이었다.

하지만 학벌도, 경력도, 생활 기반도 없는 리키를 기다리고 있던 건 냉정한 현실이었다. 도쿄에서 구할 수 있는 일은 비정규직뿐이었고, 엮이는 남자들 역시 별 볼 일 없었다. 어딜 가든 플러스 알파의 무언가가 없으면 안 된다는 사실을 그제야 깨달았다.

10엔, 20엔의 지출에도 신경을 곤두세우며 매일 잔액을 헤아리는 나날은, 처음 도쿄에 왔을 때의 들뜬 마음을 닳아빠진 비누처럼 작고 딱딱하게 만들고는 바싹 말라붙게 했다.

현실에 아등바등 매달려 살아가는 동안, 리키는 수도권에서 태어나 아무 어려움 없이 도쿄에 살고 있는 또래 여자들이 부러워 어떨 때는 증오심마저 느꼈다. 운 좋게 태어난 집에서 자라 정든 터전을 떠나지 않아도 되는 여자들, 친구에 둘러싸여 안락하게 살아가는 여자들. 본가에 사는 그녀들은 리키와 같은 액수의 월급을 받아도 쓸 수 있는 돈의 무게가 전혀 달랐다.

편의점 커피 한 잔에도 망설이는 자신과 달리, 그녀들은 아무렇지 않게 프랜차이즈 카페에 가자고 했다. 인터넷에서 구제 옷을 고르는 동안 그녀들은 유행하는 옷을 척척 샀다. 미용실에 갈 돈이 없어 리키가 머리를 기르며 다니는 동안 그녀들은 미용실은 둘째치고 한 달에 한 번은 네일숍에 들렀다.

리키가 원한 건 단 하나였다. 더 편하게 살고 싶다는 것. 아니, 그렇게 살아야 하는 게 아닐까. 마음속 깊은 곳에서부터 그런 삶을 바라게 되는 건 당연한 일이었다. 버석버석해진 마음이 반들거리는 기름에 이끌리듯, 리키는 대리모라는 선택을 받아들였다. 지금의 그녀에게 남아있는 선택지는 자궁이라는 육체를 파는 것 외에는 없다고 느껴졌으니까.

리키는 화장실 거울에 비친 자신의 얼굴을 요리조리 뜯어보았다. 임신한 뒤로 안색이 밝아졌고, 어쩐지 전보다 조금 예뻐진 것 같다는 생각이 들었다. 하지만 옆으로 서자 불룩하게 튀어나온 배가 바로 눈에 들어왔다.

임신 판정을 받은 지도 벌써 여섯 달째였다. 30주 차. 안정기에 접어들고부터는 하루하루가 빠르게 흘러갔다. 정신을 차리고 보니 쌍둥이를 품은 배는 확연히 앞으로 돌출되어 있었고, 몸무게도 제법 늘어있었다. 오래 서있으면 배가 묵직해지며 돌처럼 단단해졌다. 게다가 놀랍게도 유두에서는 보얀 액체가 배어 나오기 시작했다. 브래지어 안에 패드를 대지 않으면 금세 젖어버릴 정도였다.

몸이 알아서 출산을 향해 움직이고 있는 기분이었다. 마음은 아직 실감이 나지 않는데, 몸은 성실하게 쌍둥이의 엄마가 될 준비를 하고 있다. 나는 정말 동물이구나. 리키는 그렇게 생각했다.

화장실을 나와 식당으로 이어지는 긴 복도를 걸었다. 료칸이나 기숙사를 연상시키는 이 건물은 넓은 정원을 둘러싸듯 디귿자 형태로 지어져 욕실과 식당 같은 공용 공간이 중앙에 자리하고 있었다. 60년도 더 전에 일본식과 서양식 건축 양식을 절

충해 지은 건물이지만 내부는 리모델링을 거쳐 최신식 설비를 갖추고 있었다.

예전에는 병원장인 데라오의 가족과 간호사들이 함께 생활하던 공간이었다고 했다. 지금은 리리코가 남쪽 날개 2층을 쓰고 있었고, 북쪽 날개에는 젊은 준간호사 둘과 가정부 스기모토가 거주하고 있었다. 리리코의 부모는 근처 고급 맨션으로 거처를 옮긴 상태였다.

식당에는 늘 먹을 것이 준비돼 있어 시간에 구애받지 않고 무엇이든 먹을 수 있었다. 냉장고 안의 음식도 자유롭게 먹어도 된다고 했다. 조심스럽게 문을 열어본 리키는 캔맥주와 아이스크림, 과일, 각종 냉동식품까지 빼곡히 들어찬 광경에 한 번 놀란 적이 있었다.

리키의 방은 리리코가 머무는 남쪽 날개 1층 끝자락에 있었다. 당직 아르바이트를 서던 의사들이 사용하던 방이라고 했다.

리리코와의 작업은 10시부터 시작된다. 리키는 8시면 어김없이 일어나 세수를 하고 식당으로 향했다. 준간호사들은 이른 아침 근무와 야간 근무를 번갈아 섰기 때문에 얼굴을 마주칠 일은 거의 없었다. 식당에는 늘 스기모토가 있어 식사를 차려주었다.

스기모토는 60대 후반의 독신으로, 30년 넘게 데라오 집안에서 일해왔다고 했다. 리키가 싱글맘이라고 말했을 때, 스기모토가 지나치게 측은한 눈길을 보내는 바람에 그 이상의 사정은 꺼내지 못했다.

식당은 큼직한 창 덕분에 개방감이 있었다. 중앙에는 통원목 테이블이 놓여있었고, 맞은편 대형 텔레비전에서는 늘 NHK 아침 드라마가 흘러나왔다. 리키가 식당에 들어설 때마다 마치 시간을 맞춘 것처럼 이야기는 언제나 막을 내렸다.

처음에 리리코가 이 집에 들어와 살면서 본인 일을 도와주면 좋겠다고 했을 때 리키는 주저했다. 하지만 결국 수락한 데는 점점 불러오는 배에 지레 겁을 먹은 탓도 있었다. 무슨 일이 생겼을 때 혼자서 대처할 수 있을지도 불안했다. 또 출산한 뒤까지 내다보고 돈을 절약해 보겠다는 심산도 있었다. 추가하자면 데라오 리리코라는 특이한 여자를 향한 관심도 한몫했다.

리키가 리리코와 가까이 지내는 것에 모토이가 꽤 강경하게 반대했다고 들었다. 모토이는 리리코가 싫은 것이다. 유코가 리리코와 만나는 것조차 탐탁지 않은 모양이었다. 리리코와 모토이는 어울릴 수 없는 물과 기름이다. 리리코도 그랬다.

"유코가 드레싱 만들 때처럼 세게 휘저어도 절대로 유화될 리가 없지."

그런 생각을 하며 복도를 걷고 있는데, 배 속에서 태아가 순간적으로 꿈틀했다. 오늘은 태동이 활발한 데다 두 곳에서 느껴졌다. 리키는 저도 모르게 양손으로 배를 눌렀다. 마침내 자궁에서 싹튼 씨앗 두 개가 제각기 꿈틀대기 시작한 모양이다. 에일리언이 떠올라 리키는 소름이 끼쳤다. 언젠가 영화에서처럼 뱃가죽을 찢고 나와 저마다 얼굴을 내밀지도 모른다. 산도를 따라 고통스럽게 내보내는 것보다 그쪽이 더 이치에 맞는 것처럼 느껴지는 건, 그 좁은 곳을 태아가 통과할 리 없다고 아직도 의심하고 있기 때문일 것이다.

그러나 한편으로는 태내에서 또렷하게 두 개의 생명체가 움트고 살아 숨 쉰다는 것에 알 수 없는 전능감이 들기도 했다. 어째서일까. 리키는 그날 아침 처음으로 기묘한 우월감과 같은 것에 휩싸였다.

식당에는 먼저 와있던 손님 하나가 시큰둥한 얼굴로 드라마의 마지막 장면을 보고 있었다. 마침 전화벨이 울리는 장면이었다. 주인공의 어머니가 불길한 예감을 느낀 듯 눈썹을 찡그린 채, 울리는 전화를 바라보고 있었다.

"아아, 쇼와시대네. 옛날에는 어느 집이나 저런 까만 전화기가 있었어. 아래에 레이스 깔개 같은 게 깔려있고 말이지. 아주 전화기가 상전이었다니까. 지금은 집으로 전화가 오는 장면 자체가 없잖아. 다들 핸드폰이 있으니까. 아니다, 아예 집 전화가 없는 집도 많지. 세상이 변했어."

먼저 온 손님이 텔레비전을 가리키면서 누구에게랄 것도 없이 까랑까랑한 목소리로 나불거리고 있었다. 리리코의 외삼촌인 다카시다. 바람 불면 날아갈 것 같은 깡마른 몸에 짧게 쳐올린 백발, 리바이스 바지에 녹색 티셔츠라는 세련된 차림의 노인이다. 아니, 노인이라고 부르기엔 조금 미안했다. 다카시는 리리코 어머니의 남동생으로 일흔이 넘었다고 들었지만 늘 들떠있는 태도 때문인지 제 나이보다 훨씬 젊어 보였다. 불안정

하게 바삐 움직이는 눈동자와 쉴 새 없는 수다가 그런 인상을
더했다.

다카시는 정원 구석에 자리한 별채에 살고 있었다. 별채라고
부르면 그럴듯하지만 자칫하면 창고로 착각할 법한 조립식 주
택이었다. 본채에 빈방이 있음에도 단독으로 지내는 게 편하다
며 굳이 정원에 자리를 잡았다. 그럴 바엔 아예 근처에 집을 하
나 얻는 편이 낫지 않을까 싶었지만, 정작 본인은 집이라는 것
자체에 별다른 관심이 없어 보였다.

원래는 관료였다고 하니 능력 있는 사람이었을 것이다. 50대
에 은퇴한 뒤로는 누나네 집에 얹혀살며 그림을 그리는 생활을
이어오고 있다고 했다. 괴짜 외삼촌에, 괴짜 조카다.

"리키 씨, 안녕."

스기모토가 먼저 인사를 건넸다. 목소리가 유난히 청아했는
데, 본인도 그걸 아는지 살짝 뽐내는 듯한 말투였다. 통통한 체
형이라 허리에 두른 앞치마의 배 부분이 임신한 것처럼 둥글게
튀어나와 있었다.

"안녕하세요."

리키도 두 사람에게 고개를 숙였다.

"어이구, 배가 더 커졌네. 무겁진 않아?"

다카시가 젓가락 끝으로 리키의 배를 가리켰다. 밥공기와 젓
가락 사이로 낫토의 실이 늘어졌다. 다카시는 이런 허술한 구
석이 있었다. 그래도 리키는 으스대지 않는 그의 태도가 싫지
않았다.

"괜찮아요. 익숙해졌어요."

리키는 낫토 밥을 후루룩 떠먹고 있는 다카시의 대각선 자리에 앉았다. 식탁에는 딱 아침 밥상 같은 차림이 놓여있었다. 계란말이, 두부와 미역이 든 된장국, 절임 반찬, 김.

"리키 씨는 뭐 먹을래? 밥? 토스트?"

스기모토가 밥솥 뚜껑을 열면서 물었다.

"오늘은 밥으로 할게요."

"사양 말고 토스트로 해도 돼."

이미 주걱을 손에 든 스기모토를 보니, 리키로서는 사양을 안 할 수가 없었다.

"아니에요."

대답하면서 리키는 문득 자신이 얼마나 풍족한 환경에 놓여 있는지 실감했다. 식객이라는 말이 정확했다. 세 끼가 모두 제공되었다. 리리코가 준 일도 생각보다 재미있었고, 심지어 즐겁기까지 했다. 불평이 끼어들 틈은 없었다.

"밥이 맛있어. 내가 찰보리를 넣어달라고 했거든."

다카시가 진지한 얼굴로 말했다.

"그래요? 그럼 제가 떠볼게요."

리키는 스기모토 대신 밥을 뜨려고 했지만, 스기모토는 복스러운 손을 흔들었다.

"에이, 앉아, 리키. 배도 무거워졌잖아. 그 안에 두 사람이나 들었으니 무리하지 말고. 허리 아프다."

"그래. 리키, 낫토 먹어봐. 하나 줄까?"

다카시가 손을 뻗어 식탁 끄트머리에서 낫토 팩을 하나 집어서 건네줬다. 리키는 감사 인사를 하고 낫토를 받았다.

"쌍둥이라고 들었는데, 어느 쪽이야. 아들? 딸?"

다카시가 흥미진진한 듯 몸을 앞으로 내밀었다.

"아들딸인가 봐요."

"인가 봐요라니, 아직 몰라?"

"아마 확실해요."

20주에 들어섰을 때 아들딸 쌍둥이로 거의 확정됐기 때문에 초음파 4D 영상을 DVD로 받긴 했다. 모토이는 감동한 나머지 울면서 몇 번이나 돌려봤다며 메일을 보내왔다.

"이야, 한 건 했네."

다카시가 휘파람을 부는 시늉을 했다.

"출산 한 번에 아들딸 쌍둥이라니, 일부러 하려고 해도 못 하는 거 아냐."

"키우느라 힘들겠네. 한 번에 둘이니. 그래도 뭐, 리키 씨는 젊으니까 어떻게든 되려나."

스기모토가 팔짱을 끼고 리키의 얼굴을 들여다봤다.

"그렇겠죠."

리키는 적당히 대답했다.

"그런데 아들딸 쌍둥이라니 무슨 정신으로 있나, 나는 그게 더 궁금하네."

"무슨 정신이요? 그게 무슨 뜻이에요?"

아기에게 정신상태랄 게 있나. 리키는 유쾌한 듯 웃고 있는

다카시에게 물었다.

"아니, 쌍둥이는 특히 유대감이 깊다잖아. 서로 속박하기도 하고. 그래그래, 에도가와 란포 책에 그런 게 있었지 않나.《외딴섬 악마》였나. 리키, 에도가와 란포는 알아?"

다카시가 히죽 웃었다.

"들어본 적은 있어요."

"뭐야. 에도가와 란포도 벌써 과거의 인물이 된 건가."

다카시가 세월을 원망하며 과장되게 한숨을 내쉬었다.

"스기모토 씨, 우리 세대는 다들 많이 읽었잖아요?"

"아니, 그런 것보다, 잘됐네. 둘이나 임신하고."

스기모토는 다카시의 질문은 그냥 지나치고, 리키를 향해 미소 지어 보였다.

현재 병원 관계자를 통틀어 데라오가의 본채에 살고 있는 사람들은 어찌 된 영문인지 전부 결혼 이력이 없는 독신들이다. 임신해 있는 리키에게 주목이 쏠리는 이유기도 했다.

하지만 쌍둥이를 키우는 건 구사오케 부부기 때문에 언젠가는 리키의 삶에서 책임도, 아이와의 관계도 사라질 것이다. 그 사실을 알게 되면 다카시나 스기모토나 기절초풍할 테다. 설사 모토이의 아이가 아니어도 키워줄 테니 걱정하지 말라는 건 유코의 의견일 뿐, 막상 DNA 검사에서 모토이의 아이가 아니라고 나오면 그가 어떤 반응을 보일지 모른다. 그런 의미에서 출산은 도박에 가까웠다. 그때가 들이닥칠 상상을 하자 리키는 당장 도망치고 싶었다.

아들딸 쌍둥이일 것 같다는 소식에 모토이는 굉장히 놀라면서도 희소식 아니냐며 둘이서 파드되를 추게 하겠다는 농담을 던질 정도라고 했다. 그러니 의외로 누구 아이든 맡아 키우겠다고 할지도 모른다고, 유코는 주장했다.

참고로 히다카는 연락이 뚝 끊긴 상태였다. 노심초사하면서 연락을 기다리고 있을지도 모른다고 생각하니, 리키는 살짝 통쾌했다.

다이키는 두 달 전쯤 테라피스트로는 먹고살기 어려워 어느 연상녀의 기둥서방이 되었다며 만족스러운 듯 연락을 보내왔다. 그 여자는 다이키보다 열 살 정도 연상으로, 그의 고객이었던 모양이다. 여자는 나하에서 민요를 들으면서 식사하는 작은 주점을 운영하고 있는데, 그곳은 근처 노인들의 집합소나 다름없다고 했다. 다이키는 가게 청소를 하거나 다세대주택에서 여자를 위해 요리도 하면서 바지런히 일하고 있다고 했다.

그러니 리키는 쌍둥이가 히다카나 다이키 둘 중 하나의 자식이라고 해도 기댈 수 있을 거란 기대는 하지 않았다. 그때가 되면 어떻게 해야 할까. 리키는 심심한 된장국을 마시면서 그런 생각을 하고 있는데, 다카시가 불쑥 말을 걸어왔다.

"리키, 싱글맘이라고 했지."

"맞아요."

식기세척기에 식기를 차곡차곡 넣고 있던 스기모토가 이쪽을 돌아보며 말했다.

"힘들겠네, 싱글맘이 쌍둥이를 낳는다니. 리키 씨, 여기 그냥 쭉 있어도 돼. 우리도 아기 보고 좋잖아.”

“그렇게는 좀 어렵겠죠.”

“괜찮아. 이 집 그렇게 빡빡하지 않아.”

식객의 선두 주자인 다카시가 보장해 봤자 소용이 없다.

“리리코도 하나 낳았으면 좋았을걸. 굳이 결혼 같은 건 안 해도 되니까, 큰맘 먹고 하나 낳으면 좋았을 텐데.”

스기모토가 아쉬운 듯 말했다.

“리리코는 안 돼. 남자한테 아예 관심이 없잖아. 그런 말 꺼냈다간 그 녀석 성질낸다.”

다카시가 복도 쪽을 힐끗 쳐다보면서 말한다.

“관심이 없어도 요새는 혼자서도 만들 수 있다잖아요. 그 왜, 정자 제공 같은 걸로.”

리키는 생각보다 자세히 알고 있는 스기모토를 보며 놀란 눈을 했다.

“그런 말 할 거면 스기모토 씨도 낳았으면 좋았겠네.”

다카시가 스기모토를 가리키자, 스기모토는 손으로 입을 가리고 웃는다.

“아유, 시대가 다르죠. 그리고 보니 옛날에 가가 마리코가 싱글맘이었던 때가 있었죠?”

“있었지, 그런 적이. 그때 아마 아이가 태어나자마자 바로 죽었지.”

다카시가 안타깝다는 듯 무릎을 쳤다.

“기껏 열 달을 배에서 키웠는데, 참 딱했었죠.”

스기모토가 숙연하게 말했다. 두 사람의 연배가 비슷해서인지 모이기만 하면 이런 이야기를 들려줬다.

"가가 마리코가 누구예요?"

"모르면 됐지 뭐. 그런데 리키 씨는 지금 몇 개월이야?"

다시 화살이 리키 쪽으로 향했다.

"딱 30주 차예요. 앞으로 10주만 있으면 태어나겠네요."

"40주? 어라, 열 달이랑 안 맞는 거 아냐?"

스기모토가 암산하는 듯 중얼거렸다.

"28일을 한 달로 잡으면 맞아요. 280일이니까 40주. 조금 늦어질 것 같아서 그 정도가 아닐까 싶어요."

"그렇군. 리키네 예정일은 언젠데?"

다카시가 조간신문을 자기 쪽으로 잡아당기며 물었다.

"9월 9일이라고 들었어요."

"이야, 중양절이잖아.《우게쓰 이야기》네."

다카시가 반가워하며 반응했다.

"그게 뭐예요?"

리키가 묻자 다카시가 신이 난 듯 간략하게 설명하기 시작했다.

"〈국화의 약속〉이라고 해서, 친해진 두 남자가 의형제를 맺었는데, 여차저차 헤어지면서 중양절에 다시 만나자고 약속을 잡아. 시간이 흘러 중양절이 되자 의형제 중 아우는 술과 안주를 준비해 기다리는데, 아무리 기다려도 의형이 오지 않는 거야. 그러다 겨우 왔나 싶더니 의형이 입에 술도 대지 않는 거지.

왜 그런가 했더니 의형은 이미 죽었고, 온 건 혼령이었다는 이
야기야.”

“어머, 귀신이 의리 있네요.”

스기모토가 감탄했다.

“응. 리리코라면 다르게 해석하겠지만 말이야.”

“어떤 해석이요?”

스기모토가 의아한 표정을 지었다.

“봐, 국화에 맹세하고 딱.”

“네? 무슨 뜻인지 모르겠는데.”

스기모토가 고개를 갸웃거리자, 다카시는 다시 LGBTQ가
어떻고 시대가 어떻고 하며 장황한 설명을 늘어놓기 시작했다.
어느새 이야기에 푹 빠져든 리키가 시계를 확인했을 때는 이미
9시 반을 훌쩍 넘긴 뒤였다. 리키가 놀란 눈을 하며 벌떡 의자
에서 일어났다.

“잘 먹었습니다. 리리코 씨한테 다녀올게요.”

리리코는 식당에서 아침을 먹는 일이 드물었다. 대개는 화실
에서 직접 내린 커피에 슈크림이나 몽블랑 같은 디저트로 끼니
를 대신했다.

“리리코 씨, 안녕하세요. 저 왔어요.”

리키는 방으로 돌아가 옷을 갈아입은 뒤, 2층 화실 문을 두드
렸다. 리리코는 2층의 두 방 사이 벽을 허물어 넓은 화실로 썼
다. 침실은 그 안쪽에 딸려있었다.

“어, 리키, 안녕.”

문이 열리자마자 커피 향이 밀려 나왔다. 리리코는 작업복답게 머리부터 발끝까지 검은색 차림이었다. 검정 티셔츠에 검정 데님. 늘 쓰던 화려한 베레모가 없으니, 전투력이 빠진 사람처럼 의외로 얌전해 보였다.

리리코의 일을 돕기 시작하고 가장 놀란 점은 그녀가 매일 10시 정각이면 어김없이 작업을 시작한다는 사실이었다. 기분 내키는 대로 움직이는 타입일 거라 짐작했던 리키에게는 꽤 의외의 모습이었다.

요즘 리키가 맡은 일은 리리코가 수집해 온 방대한 양의 춘화를 유형별로 분류하고, 스캔해 데이터로 정리하는 작업이었다.

리키가 사무실로 쓰고 있는 옆방으로 가려고 하자, 말을 걸어왔다.

"리키도 커피 마실래? 카페인은 마시면 안 됐던가?"

"괜찮지 않을까요? 근데 이미 매일 마시고 있기는 해요."

리리코는 늘 같은 질문을 했다. 매번 주면서도 물어보니 리키는 웃음이 났다.

"못이 있으면 무조건 잔소리했겠지."

리리코가 또 같은 말을 던졌다. 하루에 한 번은 모토이를 흉보지 않으면 안 되는 모양이었다.

"그러게요."

"그 자식, 엄청 예민하잖아. 친환경이니 윤리적이니 떠들고. 유기농 채소만 먹는다질 않나."

"어떤 거요?"

"그 왜, 지속 가능한, SDGs, 뭐 그런 단어 있잖아. 으으, 진짜 위선자."

리리코가 담배를 손에 들고 툭툭 내뱉었다.

"유코 씨 남편인데, 싫어하시나 봐요."

리키는 두 사람의 관계가 여전히 신기했다. 이 정도로 험담을 들으면 보통은 사이가 틀어질 법도 한데, 유코와 리리코는 여전히 가까워 보였다.

"응, 싫어. 그 자식 내 일더러 포르노라고 하잖아. 짜증이 안 나겠어?"

리키도 때로는 그 말에 고개를 끄덕이게 된다. 지금 리리코가 작업 중인 그림만 해도, 거대한 검은 잉어에 올라탄 여자가 뒤편의 사무라이에게 안긴 채 늪 같은 수면 위를 질주하는 장면이었다. 잉어는 고속정처럼 물보라를 일으키며 앞으로 나아가고 있었다.

리리코가 어떤 의도로 이런 구도를 떠올렸는지는 리키로서는 도무지 알 수 없었다. 그럼에도 밑그림 단계부터 작품을 사고 싶다는 연락이 끊이지 않았다. 그들과 연락을 주고받는 것 역시 리키의 일이었다.

지금 스캔 중인 작품은 오오쿠의 여자들이 자위 도구를 고르는 장면을 그린 춘화였다. 유머러스하면서도 지나치게 노골적이라, 처음 봤을 때 리키는 말문이 막혔다. 그러나 리리코는 이 그림이 무척 마음에 든다고 했다.

"이거 봐. 진짜 즐거워 보이지 않아? 더 큰 게 좋다, 더 휘어진 게 좋다, 그런 말들 하는 것 같지?"

들고 보니 확실히 표정은 즐거워 보였다. 그럼에도 오오쿠에 갇혀 살아야 했던 여자들의 유일한 낙이 이런 도구였을까 생각하니, 리키는 왠지 모르게 가엾은 마음이 들었다.

리키가 솔직한 의견을 말하자, 리리코는 진지한 표정을 지으며 항변했다.

"그러니까 이런 그림에서도 말이야, 여자들에게 주어진 고통이나 그 뭔가가 전해지잖아. 그래서 시대를 이해하게 된다는 거야. 성 풍속적인 면에서 시대를 탐구한다, 그런 의미에서도 중요한 사료인 셈이지."

"와, 그런 거구나."

"게다가 말이야, 춘화라는 게 책 대여 문화로 발전했거든. 서민들이 야한 책 빌려와서 몰래 읽은 거지. 각자 마음에 드는 작가 같은 게 있고, 그 사람 신작이 나오면 꼭 읽겠다, 그런 분위기였을 거야. 작가한테 그보다 더한 기쁨이 있겠니?"

이런 상황에서 리리코는 세상 진지하게 이야기를 늘어놨다.

2

비가 잦았던 7월이 지나가고, 8월에 들어서자마자 된더위가 이어졌다. 출산 예정일까지 앞으로 한 달 남짓. 리키의 배는 터질 듯 부풀어 올라 계단만 오르내리려도 숨이 찰 지경이었다. 더

위가 기승을 부리는 탓에 리키는 검진일 외에는 외출을 삼가고 집 안에서 머물렀다.

모토이는 사흘에 한 번 꼴로 컨디션을 걱정하는 메일을 보내왔다. 답장은 꼬박꼬박 했지만 어떻게 해도 켕기는 마음은 사라지지 않았다.

하지만 출산 예정일이 가까워질수록 태어날 아이가 누구의 아이일까 불안해하던 마음은 점차 무덤덤해졌다.

그도 그럴 것이 태동이 활발해지자 이상하게도 배 안에서 움직이는 아이들이 너무 사랑스럽고 귀엽게 느껴졌다. 리키의 마음에서는 날이 갈수록 이 아이들은 내 아이다, 라는 인식이 강해져 갔다. 그 감정은 스스로 생각해도 의외였다.

"리키는 싱글맘이니까 그냥 여기서 키워."

다카시는 리키를 만날 때마다 그렇게 권하지만, 정확히 말하면 리키는 싱글맘이 아니라 호적상 구사오케 리키이자 엄연히 구사오케 모토이의 아내였다.

리키가 낳을 쌍둥이는 구사오케 성을 따를 아이들이고, 지금 시점에서는 '오이시'라는 예전 성도 밝힐 수 없다. 그러나 사정을 알고 있는 리리코는 성쯤이야 이혼하고 바꾸면 그만 아니겠냐며 딱 잘라 말했다.

"아이가 태어나면 리키가 맡아서 키워야 해."

"구사오케 씨에게는 뭐라고 말하면 좋을까요?"

리키가 물으면 리리코는 "글쎄." 하고 고개를 갸웃거린 뒤, 이렇게 덧붙였다.

"마음이 바뀌었다고 하면?"

그 말 한마디로 끝날 문제인가 싶어 황당했지만, 배 속의 아이들이 사랑스러워지기 시작했으니 확실히 리키의 마음은 큰 변화를 맞이하고 있었다.

"그럼 빨리 털어놓고 말하는 게 낫지 않을까요?"

"리키 좋을 대로 하면 돼."

쿨한 리리코의 말에도 리키는 아직 용기가 나지 않았다. 그럴 때 리리코의 일을 돕는 것은 기분 전환에 큰 도움이 됐다.

리리코의 사무실은 2층 화실의 한쪽 구석에 만들어져 있다. 큼직한 책상에 컴퓨터와 전화 겸 팩스 한 대가 놓여있는 게 전부인 단출한 공간이다.

리키는 그곳에서 볼록 나온 배가 책상에 부딪히지 않도록 주의하면서 도판 정리도 하고 갤러리와 조율도 하면서 상품 판매 관련 업무와 SNS 업데이트에 몰두했다.

하지만 외부와 접촉하는 일 중 가장 많은 것은 뭐니 뭐니 해도 고객과의 통화로, 하루에 몇 통씩은 잊지 않고 걸려왔다. 그림을 원한다는 주문이 대부분이지만, 개중에는 춘화를 그리는 여성 화가가 드물어서인지 성희롱이나 다름없는 전화도 가끔 있었다.

막달에 들어선 어느 날의 오전이었다. 리리코가 사뭇 진지한 표정으로 작업하고 있는 것을 곁눈으로 보면서 리키가 도판 정리를 하고 있는데 전화벨이 울렸다.

— 리리코 선생님이신가요?

헉헉 숨을 헐떡이는 남자가 물었다. 쉰 목소리로 보아하니 노인 같았다.

"아닙니다만, 어떤 일 때문에 그러시죠?"

리키가 대답하자 이쪽으로 몸을 돌린 리리코가 험상궂은 표정으로 붓을 쥔 손을 격하게 흔들었다. 자기는 없다고 말하라는 뜻인 것 같았다.

— 저기, 리리코 선생님 좀 바꿔주시겠습니까?

"지금 작업 중이셔서 전화를 받으실 수 없습니다."

— 아…… 그런가요.

남자는 누가 봐도 실망한 눈치였다.

— 실은 리리코 선생님에게 직접 부탁드리고 싶은 게 있는데, 저는 가메이도의 사가와라고 합니다. 선생님이 저번 개인전에 출품한 〈소나무 가지의 풍채〉가 잊히질 않아서 말입니다. 고민을 많이 해봤는데, 결국 구매하기로 마음먹었습니다. 그 작품을 꼭 넘겨주셨으면 합니다만.

〈소나무 가지의 풍채〉? 리키는 리리코의 개인전 도록을 넘기며 작품을 찾았다. 그리고 그 그림을 발견하고는 경악했다. 젊은 아가씨가 구혼자 세 명의 남근을 비교하고 있는 그림으로, 여느 때처럼 성기는 강조해서 그려져 있었다.

말도 안 되는 그림인데 저속하게 보이지 않는 것은, 아가씨와 젊은 사내 셋이 입은 기모노의 색상과 무늬가 너무나도 아름다운 데다 아가씨와 사내들이 밝게 웃어넘기고 있기 때문이었다.

"잠시만 기다려 주세요."

전화를 보류 상태로 돌린 리키가 리리코에게 물었다.

"저, 〈소나무 가지의 풍채〉를 구매하고 싶다고 하시네요. 가메이도의 사가와 씨라는 분인데, 아세요?"

리리코는 성가신 듯 돌아봤다.

"아아, 사가와 씨. 그 변태 영감탱이. 갖고 싶은 주제에 맨날 우물쭈물한다니까. 이미 살 사람 나왔다고 거절해."

전화기에 대고 그렇게 전하자, 사가와는 읍소 작전에 들어가기 시작했다.

— 아니, 언제 또 그렇게……. 개인전 때는 판매 완료되었단 소릴 못 들었는데 벌써 정해진 겁니까. 어떻게 좀 안 될까요? 돈이라면 얼마든지 내겠습니다.

"죄송합니다. 이미 정해진 일이라."

— 그 그림 속의 한 젊은이가 저와 닮은 것 같아 견딜 수가 없습니다. 리리코 선생이 저를 상상하고 그린 걸까……. 그런 생각을 하다 보니 점점 탐이 나서.

"그건 아닐 거예요. 그럼, 이만 끊겠습니다."

이야기가 끝도 없이 길어질 것 같아 리키는 곧장 전화를 끊었다. 계속 상대해 주면 흉측한 망상을 주절주절 늘어놓겠다는 생각이 든 것이었다. 이런 리키의 칼같은 모습이 리리코의 마음에 쏙 든 듯했다. 아니나 다를까 칭찬이 날아왔다.

"리키, 최고야. 그 정도면 되겠다."

“그럴까요? 또 전화할 것 같은데요.”

“그럼 100만 엔 내면 팔겠다고 해.”

리리코가 싱글벙글하며 말했다.

“100만 엔이요? 그럼 팔렸다는 건 거짓말인가요?”

“거짓말이지. 그런 징그러운 영감탱이한테 팔 바에야 태워버리는 게 낫겠다.”

“진심이세요?”

“그냥 하는 말.”

리리코는 태연하게 담배에 불을 붙였다. 잠깐 쉴 요량인 듯 담배를 입에 문 채 리키의 책상이 있는 곳으로 다가왔다. 카프탄 스타일의 기다랗고 헐렁한 검정 원피스가 찰랑거렸다.

“리리코 씨, 이 그림은 왜 제목이 〈소나무 가지의 풍채〉예요? 소나무 같은 건 하나도 안 보이는데.”

“그야 소나무가 남근의 ‘은유’니까.”

“은유요?”

“너 은유라는 말도 모르면서 춘화 작업 어떻게 하려고 해? 숨겨진 의미라는 거야. 춘화에는 다 그런 기호가 있어. 놀이랄까, 퀴즈 같은 거지. 이 그림에도 뒤쪽 창문으로 정원의 오엽송이 살짝 보이게 그려져 있지?”

리리코가 자랑스레 말했다.

그 말을 듣고 보니 배후의 둥근 창으로 소나무가 언뜻 보였다. 리키에게는 그런 배경지식이 없으니까 리리코의 설명이 굉장히 흥미로웠다.

"사실 남근 겨루기인데, 그렇게 하면 너무 노골적이잖아."

리리코는 커다란 입을 벌려 신이 난 듯 웃었다.

"그렇구나."

"진짜로 젊은 남자애들 남근 보면서 이러쿵저러쿵 비교해 보고 싶네."

그건 성희롱 아닌가. 리리코는 위험한 발언만 했다.

"리키는 어떤 춘화가 좋아?"

리리코가 묻자 리키는 고민하면서 대답했다.

"잘은 모르지만, 저는 구니요시 같은 게 좋아요."

"오호라, 다색 목판화 그림책 쪽이구나. 〈오미팔경逢見八景〉은 나도 좋아해. 마지막 여자의 음부가 좋더라."

음부다, 남근이다 하는 노골적인 단어에 리키도 점점 익숙해지고 있었다.

"리리코 씨는 누굴 좋아하세요?"

"아아, 나는 의외로 전형적인 걸 좋아해. 역시 다색 목판화 연작을 만든 우타마로지."

리리코는 그렇게 말문을 열더니 멈추지 않았다. 갑자기 화집을 들고 와 리키 앞에 펼쳐 보였다.

"봐. 이건 젊은 남자를 끌어들이는 첩이야. 머리 모양이랑 옷차림만 봐도 여자의 지위나 처지가 다 드러나지? 그림 안에 정보가 꽉 차있어. 그리고 이 색감. 우타마로의 보랏빛은 정말 유명해. 아름답지 않아?"

리키는 연달아 넘겨지는 도판을 바라보다가 점점 말수가 줄었다. 리리코가 그 기색을 알아차리고 얼굴을 들여다봤다.

"왜 그래?"

"리리코 씨, 여기 나오는 여자들은 전부 섹스를 좋아하는 것 같아요."

리키는 조심스럽게 말했다.

"다들 너무 즐거워 보여요."

"응. 그래서 난 춘화가 좋아."

리리코는 태연했다.

"남녀가 대등하게 그려지잖아. 누구 하나 싫어하거나 아파 보이지 않아. 전부 동의한 성교야."

"그건 좋은 것 같아요."

리키는 잠시 말을 고른 뒤, 무거운 배를 양팔로 감싸 쥐었다.

"근데요, 즐거운 섹스 뒤에는 여자한테 임신이라는 책임이 따를 수도 있잖아요. 이 그림 속 여자들이 임신해 버리면 그다음은 어떻게 되는 걸까요?"

리키는 무거운 배를 양팔로 감싸안으면서 리리코의 얼굴을 보았다.

"그건 생략돼 있지."

리리코는 어깨를 으쓱하며 인정했다.

"어디까지나 성애의 즐거움만 그린 세계니까."

"그래서 더 이상해요."

리키는 배를 쓰다듬으며 말했다.

"함께 즐긴 뒤에 여자만 고생을 떠안게 되는 현실은 없는 것처럼 그려져 있잖아요. 쉽게 섹스하지 않는 여자, 하고 싶어도 할 수 없는 여자는 애초에 존재하지 않는 것처럼요. 이건……
꿈속 세계 같아요."

"맞아."

리리코는 고개를 끄덕였다.

"정확해. 춘화는 꿈이야. 남자와 여자가 한껏 음탕하게 즐기고, 그 뒤에 올 임신이나 고통, 불행은 전부 없는 셈 치지. 당시엔 피임도 불확실했고, 출산으로 죽는 여자도 많았을 텐데 말이야. 화공은 전부 남자였고."

"그래도 리리코 씨는 춘화가 좋은 거죠?"

"응."

리리코는 망설임 없이 말했다.

"찰나의 꿈이니까. 현실이 아니어서 좋아."

리키는 잠시 침묵했다.

"난 섹스를 싫어해."

리리코가 덧붙였다.

"아니, 하고 싶다는 생각 자체를 해본 적이 없어. 연애도 관심 없고, 남자든 여자든 마찬가지야. 따지고 보면 임신 때문일지도 몰라. 결과가 너무 시시하잖아."

"임신이, 시시하다고요?"

"시시하지."

리리코는 리키의 배를 흘끗 보았다.

"왜요?"

"난 자손 같은 건 만들고 싶지 않으니까. 생명체를 생산하고 싶지 않거든. 나는 이 세상에 단 한 명 존재하는 것만으로도 충분해."

"그래서 저한테 배 속을 말끔하게 만들라고 하신 거네요."

"맞아."

리리코는 재떨이에 두 번째 담배를 눌러 껐다. 리키가 조심스럽게 말을 이었다.

"전 요즘 좀 바뀌고 있어요."

리키는 배를 쓰다듬었다.

"어떤 식으로?"

리리코가 흥미로운 듯 몸을 내밀었다.

"배 안에서 애들이 움직이면요."

리키는 천천히 배를 쓰다듬었다.

"이상하게 사랑스러워요. 무섭기도 한데…… 제가 아이를 낳을 수 있다는 사실에 취해있는 것 같아요. 마치 제가 엄청 가치 있는 사람이 된 것처럼."

리키는 전에 느꼈던, 모든 걸 쥐고 있는 듯한 전능한 느낌을 떠올리면서 말했다.

"그래? 전에는 그런 감정이 안 들었어?"

"전에는 안 그랬어요."

리키는 고개를 저었다.

"쌍둥이라는 게 너무 무서웠고, 누구 아이인지 몰라서 불안했어요. 근데 지금은…… 누구 아이든 상관없어요. 이건 내 아이다, 그런 생각이 들어요. 이기적인지도 모르지만."

"이기적인 건 구사오케 부부지."

리리코는 팔짱을 꼈다.

"자기들 욕망을 위해 네 몸에 부담을 지우는 거잖아. 굳이 말하자면 모토이의 아이일 경우겠지만."

"하지만 아이를 원하는 사람에게는, 아이를 얻는 게 꿈 같은 세계 아닐까요?"

"그렇지. 사람마다 꿈꾸는 세계가 다르니까. 그래도 난 타인에게 부담을 주면서까지 그 세계를 이루는 건 아니라고 봐."

그때, 벽에 부착된 인터폰이 울렸다. 데라오가의 건물은 널찍해서 각 방에 인터폰이 설치되어 있다.

"네."

리키가 받자 스기모토의 점잖은 목소리가 들려왔다.

"구사오케 님이 도착하셨어요."

"부인이신가요?"

리키는 모토이가 아닌지 확인했다.

"네, 맞습니다."

인터폰을 끊자 리리코가 웃으며 말했다.

"구사오케 씨의 부인은 너야, 리키."

구사오케 리키. 그랬다. 저도 모르게 쓴웃음이 났을 때, 문 두드리는 소리가 났다.

리키가 문을 열자 유코가 서있었다. 마 소재의 민소매 원피스를 입고, 이마의 땀을 손수건으로 눌러 닦고 있었다.

"와, 오늘 진짜 덥다. 여기는 시원하네."

"지금 험담 중이었는데. 뭐야, 갑자기 나타나서."

리리코가 유코를 힐끗 쏘아보면서 말했다.

"리리코 성격이라면 분명 그랬겠네. 아까 메시지 보냈는데,
보지도 않았지?"

"그래?"

리리코가 주머니를 뒤져 핸드폰을 꺼냈다.

"어라, 진짜네. 미안."

유코는 수박 팩과 작은 디저트 상자를 리키에게 건넸다.

"수박은 오이시 씨 거예요. 임신하면 수박이 당긴다면서요.
이건 바바루아케이크니까 같이 먹어요."

리키는 스기모토에게 차가운 녹차를 부탁했고, 리리코는 이
미 디저트 상자를 열고 있었다. 리리코는 디저트라면 어쩔 줄
을 모르는 편이었다.

"좀 전에 다카시 이모부 만났어."

유코가 말한다.

"이모부 잘 지내는 것 같아? 요즘 못 봤는데."

"응, 멋스러운 유카타 입고 어디 나가시는 참이던데. 잘 지내
시는 거겠지."

"유코는 이런 대낮부터 다른 사람네 집에 오는 걸 보니까, 잘
못 지내는 거고."

리리코가 이죽거렸다.

"그래, 실은 오이시 씨한테 할 말이 있어서 왔어."

유코는 리리코에게 디저트 팩에 같이 들어있던 작은 숟가락을 건네고서 리키의 얼굴을 봤다.

"무슨 일이세요?"

리키는 거리낌 없이 수박을 먹으면서 물었다. 임신하고 나니 음식 취향이 바뀌었다. 그 중 하나가 수박이었다. 예전에는 아이들이나 좋아하는 음식이라고 생각했는데, 지금은 그렇게 달콤할 수가 없다. 스기모토가 문을 두드린 뒤, 차가운 녹차를 받친 쟁반을 들고 들어와 테이블 위에 놓고 갔다.

"어제 구사오케랑 이야기했어요."

유코는 리키와 리리코를 번갈아 보면서 말했다. 리리코는 막 구사오케 부부의 험담을 했던지라 새침한 표정을 짓고 있었다.

"무슨 이야기?"

"이것저것. 결론부터 말하면, 나 재결합 안 하기로 했어."

유코의 입에서 나온 충격적인 말에 수박을 씹던 리키의 입이 굳었다.

"어떻게 된 거예요?"

리키는 손에 들고 있던 꼬치를 내려놓았다. 팩 안에는 선명한 녹색과 분홍색의 꼬치 두 개가 들어있었다.

"저희가 오이시 씨가 아이를 낳을 때까지만, 이라면서 이혼했잖아요. 태어날 아이를 양자 취급하지 않기 위해서요. 그래서 출산이 끝나면 오이시 씨는 헤어져 주시고 제가 재결합하겠다고요."

"그랬지. 어찌나 이기적인가, 하면서 들었지."

리리코가 못마땅한 얼굴로 말했다.

"응, 알아."

유코가 끄덕이고는 스기모토가 가져다준 시원한 녹차를 입에 댔다.

"오이시 씨에게는 미안하고, 이기적인 이야기지. 그래서 우리도 형식적으로만 헤어지려고 한 건데, 어쩌다 보니 진짜 마음이 멀어졌어. 모토의 발상을 머리로는 이해하겠는데, 마음으로는 도저히 못 받아들이겠나 봐."

"또 그 말이니?"

리리코가 언성을 높였다.

"그래, 또 그거야. 이 논쟁은 영원히 반복될 거야. 애초에 결론을 알 수 없잖아. 난 이미 지쳤으니까. 그냥 이대로 살기로 결심했어. 그 말을 어제 모토에게 했고, 동의도 받았어."

"못의 반응은 어땠는데?"

"울더라."

리키는 이렇게 되니 모토이가 가엽게 느껴졌다. 따지고 보면 자신들의 아이를 원했을 뿐인데, 그 좋던 부부 사이가 완전히 깨져버린 것이다.

"울긴 울었지만 동의한 거네."

"어쩔 수 없다고 생각한 거 아닐까. 그 사람도 자기가 일방적이라는 건 충분히 알고 있는 거야. 그래서 모토 말로는 오이시 씨만 팬찮다면, 이대로 구사오케네 집에서 아이들과 함께 사는 건 어떻겠냐고 그러더라."

"그게 무슨 말씀이세요?"

리키는 놀라서 유코의 얼굴을 쳐다봤다.

"오이시 씨가 구사오케랑 결혼해 주셨잖아요. 그러다 임신도 됐고요. 앞으로 쌍둥이를 낳겠죠. 모토 쪽에서는 오이시 씨와 연애 관계는 아니어도, 아이의 엄마로서는 받아들여도 괜찮겠대요."

"아니 무슨, 너무 일방적인 거 아닌가요? 얘기가 다르잖아요."

리키는 소리 높여 유코에게 항의했다.

"근데 잠깐만."

어째서인지 리리코가 손을 들어 리키를 제지했다.

"왜요."

"그것도 일리가 있어. 합리적이라고 생각해. 아니, 리키가 아까 아이가 사랑스럽다고 했잖아. 그럼 못이 거추장스럽긴 해도 경제적으로는 안정적이니까 구사오케네 집안에서 아이를 키우는 것도 나쁘지는 않을 거야."

"저는 싫어요."

리키는 딱 잘라 거절했다.

"잠깐만 들어봐요."

유코가 두 사람을 저지했다.

"마저 할 이야기가 있어. 구사오케가 오이시 씨와 함께 아이를 키워나가는 것도 나쁘지 않겠다고 말하니까, 내가 이 사람이 아무것도 모른다는 생각에 말해버렸어."

"뭘?"

리리코가 바바루아를 뜬 숟가락을 입에 대기 직전에 멈췄다.

"아이가 100퍼센트 당신 아이인지 확신할 수 없다고."

순식간에 적막이 깔렸다. 그 고요함을 깬 건 리리코였다.

"와, 유코 너무하다. 앞으로 이 사태를 어떻게 수습할 작정이야? 대체 이게 무슨 일이니? 리키를 궁지에 몰아넣으니까 재미있어?"

리리코는 화가 나서 따져댔지만 리키는 왠지 안도했다. 유코가 그간 짊어지고 있던 자신의 짐을 내려준 기분이 들었다. 만일 모토이의 아이가 아니라면 출산 후에 생난리가 날 것이다. 그보다는 미리 모토이의 생각을 들어두는 게 나았다.

"유코 씨는, 어떤 식으로 말한 거예요?"

리키는 수박을 입에 가득 넣으면서 물었다.

"오이시 씨가 홋카이도에 갔을 때, 예전에 사귀었던 사람과 좀 뭔가 있었던 모양이라고요. 그리고 도쿄에서도 일이 있었던 것 같다. 물론 배란일이 아니었으니까 괜찮을 거라고 생각한 것 같은데, 정자의 수명을 고려하면 조금 위험하다. 그래서 오이시 씨는 굉장히 괴로워하고 있다. 나한테 솔직하게 털어놓은 얘기를 보면, 나는 아무래도 이번 쌍둥이가 모토의 아이일 가능성이 크다고 생각하지만 만에 하나, 다른 사람의 아이라면 당신은 어떻게 할 거냐? 그럼에도 오이시 씨랑 같이 아이를 키울 각오가 되어있느냐, 고 물었어요."

"아주 거침없이 물었구나."

리리코가 어이없다는 듯한 표정을 지었다.

"그랬더니 모토가, 그건 계약 위반이다 뭐다 주절대길래 확실히 말해뒀어. 아직 서른 전후밖에 안 된 젊은 여자에게 1년 가까이 금욕을 강요하다니, 인권침해도 이런 인권침해가 없다. 그건 오이시 씨의 책임이 아니니까 넘어가라고. 자기 아이가 아니라 해도 절대로 돈 다시 내놓으라는 등 심한 말은 하지 말라고."

"그 말 하나는 잘했네."

리리코가 손뼉을 치며 호응했다.

"그랬더니 구사오케 씨는 뭐라고 했어요?"

리키는 두근거림을 억누르며 물었다.

"알겠대요. 그래서 만일 태어난 아이가 자기 아이가 아니어도 구사오케 성을 따를 거고, 오이시 씨가 낳아줬으니까 이것도 하나의 인연이라고 생각하고 소중하게 키울 거래요. 그때 오이시 씨가 같이 키워준다고 하면 감사하겠다고까지 말했고요. 언젠가 오이시 씨한테도 연락이 갈 거라고 생각해요. 만약 모토가 뭐라고 하면 내가 꼭 오이시 씨 편들어 줄 테니까, 일단 무사히 출산하는 데만 신경 써요."

"감사합니다."

리키는 유코에게 가볍게 인사했다. 뜻밖의 방향으로 흘러가는 형국에 새삼 놀랐다. 낳아봐야 알겠지만, 모토이가 거기까지 양보해 줄 줄은 생각도 못 했다.

"못도 제법이네. 더 옹졸한 남자라고 생각했는데."

"나도야."

유코가 진지하게 말하자, 리리코가 어깨를 탁 쳤다.

"뭐야. 그럼 재결합해."

"그건 어렵지. 아무튼, 오이시 씨 모토는 어떻게든 될 텐데 문제는 모토의 어머니예요. 지미코 씨는 아주 냉정한 사람이라 유전자 검사 하라고 할 수도 있어요. 소란스러울 거예요."

"자기가 터뜨려 놓고 뭐야. 남 일 말하듯 하네."

리리코가 탐탁지 않다는 표정으로 유코 쪽을 바라봤다.

3

어떤 원리인지는 모르겠지만 개는 인간의 기분을 알아차릴 수 있는 모양이다. 아무리 감추려고 해도 그 뛰어난 후각을 이용하는 것처럼 개는 주인의 감정을 감지해 낸다. 어쩌면 감정에도 냄새가 있는 건지도 모른다.

최근에 개가 냄새로 암세포를 찾아낼 수 있다는 기사를 읽은 모토이는 반려견 마티외를 보면서 그런 생각을 하고 있다.

지난번 유코와 언쟁을 벌였을 때, 마티외는 겁먹은 표정으로 현관에 놓여있는 모토이의 스니커즈 사이로 얼굴을 파묻어 버렸다. 그 뒤로 두 사람 사이의 긴장감은 가라앉았지만 마티외는 어째서인지 기력을 회복하지 못하고 있었다. 가엾은 강아지가 모토이의 우울감만이 아니라 유코의 실망한 냄새까지도 맡은 모양이었다.

모토이는 자신이 가진 우울감의 냄새가 궁금했다. 암세포와 마찬가지로 어두운 냄새를 내뿜고 있을까. 그건 어떤 냄새일까. 모토이는 자기 몸의 냄새를 킁킁 맡아보았지만 아무것도 느껴지지 않았다. 인간이란 참 무능하고 바보 같은 동물이다.

모토이는 연습실에 갈 때마다 마티외를 데리고 나가 산책을 시켰다. 그런데 요즘 들어 마티외는 집을 나서는 순간부터 불안해 보였다. 몇 걸음 걷다 말고 몇 번이나 뒤를 돌아보는 것이다. 마치 자기 없는 사이에 유코가 사라질지도 모른다는 생각에 미쳐버릴 것 같다는 얼굴이었다.

"괜찮아. 엄마는 안 나가."

마티외를 달래며 그렇게 말했지만, 문득 모토이의 머릿속에 유코의 얼굴이 떠올랐다. 깊은 생각에 잠긴, 어디에도 발이 붙어 있지 않은 듯한 표정. 혹시 정말로, 자기가 없는 사이에 집을 나가버리는 건 아닐까. 그런 생각이 스치자 모토이 역시 불안해져 짧게 한숨을 내쉬었다. 그 기색을 알아챈 건지, 마티외의 발걸음은 금세 더뎌졌다.

"엄마라니……. 하, 그럼 난 아빠인가."

모토이는 자조적으로 중얼거렸다. 두 사람 사이의 아이는 이개 하나로 참았어야 하는 건가. 어쩌면 처음부터 불가능한 것을 억지로 참아내려 했던 건지도 모른다. 아니, 불가능을 견디지 못한 채 자기 욕심을 지나치게 긍정적으로 포장해 온 것일지도.

요 며칠 동안 그는 유코와 앞으로의 관계에 대해 긴 이야기를 나눴다. 도출된 결론은, 아이가 태어나면 유코는 이 집을 나

가겠다는 것이었고 이혼한 상태로 지내도 괜찮겠다는 말이었다. 그 말은 모토이에게 자신이 통째로 부정당한 듯한 감각을 남겼다. 상처라고밖에는 부를 수 없는 감정이었다. 아니, 실제로 그는 부정당했다. 남편으로는 인정할 수 없고 자신의 남편으로는 어울리지 않는다는 선언이었다.

거기서 끝이 아니었다. 마치 누군가 갑자기 차로 들이받은 것처럼, 유코의 입에서 무심하게 튀어나와 충격을 준 말이 있었다. 리키가 낳을 아이의 아버지가 누군지 모른다는 이야기였다. 그 한마디는 모토이의 내면 깊숙한 곳을 뿌리째 흔들어 놓으며 불안을 증폭시켰다.

그 '무언가'는 대체 무엇이었을까. 자존심? 아니다. 그런 자기중심적인 감정은 아니었다. 좀 더 근원적인 문제였다. 인간으로서 어떻게 행동해야 하는가라는 질문에 가까운 것. 그렇다면, 윤리였다.

솔직히 리키가 낳을 아이가 자신의 아이가 아니라면 아이를 키울 마음은 추호도 없었다. 그러나 리키를 임신시킨 사람이 자신이라는 사실은 변하지 않는다. 아무리 거금을 주었다고 해도, 아이를 모른 척 내팽개치는 일은 윤리에 어긋날 것이다.

그렇다면 윤리란 무엇인가. 왜 사람은 윤리적으로 살아야만 하는가.

유코 앞에서 그는 마음 깊은 곳에 희미하게 남아있던 마지막 무언가를 쥐어짜듯 허세를 부렸다.

"누구 아이든 내가 책임지고 키울 거야."

큰소리를 쳤지만 정말로 그런 일이 가능할까. 현실적으로 그는 도무지 자신이 없었다.

마티외는 주택가 전신주 주변을 한참 킁킁대며 맴돌다 자리를 잡고 소변을 보았다. 수컷이면서도 암컷 개처럼 쭈그려 앉는 자세였다. 처음부터 그랬기에 모토이는 그 행동에 특별한 의문을 품은 적이 없었다.

"마티외, 안녕."

골똘히 생각에 잠겨있었는데 갑자기 뒤쪽에서 부르는 소리가 나 모토이는 깜짝 놀라서 돌아봤다. 본 적 있는 중년 여성이 시츄를 데리고 서있었다.

근처에 사는 사람인지, 아침 산책길에서 늘 마주쳤다. 인사를 나누다 보니 자연스럽게 몇 마디씩 대화를 나누게 되었고, 어느새 강아지 산책 친구라고 부를 수 있는 사이가 되었다.

여자는 날이 더운데도 햇볕을 피하려는지 유니클로의 긴소매 바람막이를 입고 있었다. 턱까지 가려지는 차단막이 달린 선캡에 선글라스까지 더해 얼굴은 전혀 보이지 않았다. 다른 곳에서 마주치면 분명 알아보지 못할 것이다. 반면 그녀는 모토이가 발레계에서 이름난 무용수였다는 사실을 알고 있는 듯, 만날 때마다 이것저것 말을 걸어왔다.

여자가 데리고 있는 시츄는 보기 좋게 토실토실했다. 양쪽 귀의 기다란 털은 똑단발처럼 가지런히 다듬어져 있었고, 12월이 되면 꼭 산타 옷을 입고 나와 이 근방에서는 제법 유명한 개였다.

"안녕하세요."

모토이는 마티외가 남긴 소변 자국에 페트병의 물을 끼얹으며 예의 바르게 인사했다.

"마티외가 여자애였나요?"

무슨 말인가 의아해하고 있는데, 중년 여성이 마티외의 배 부근을 뚫어지게 보고 있었다. 마티외의 생식기 쪽이었다.

"어머, 남자애인데 쭈그려 앉아서 오줌을 누네요."

"네. 얘는 처음부터 이랬어요. 정확한 건 아니지만, 개가 다리를 들고 소변을 보는 건 고환이 방해돼서인 것 같더라고요. 이 애는 철들기 전에 제거했으니까요."

중년 여성이 고개를 갸웃거렸다.

"그런가요? 우리 애도 중성화했는데, 지금도 다리를 한껏 들고 오줌을 눠요. 이렇게 다리가 짧은데도요. 큰 개들한테 보여주려고 필사적인 것 같아서 웃음이 난다니까요. 역시 수컷은 거세해도 수컷이에요. 허세를 부린다니까."

모토이는 마티외를 중성화시킬 때를 떠올렸다. 너무 가엾어서, 어떻게 고환을 남겨둘 수는 없을까 고민하며 마치 자신의 것을 떼어내는 것처럼 서러워했던 기억. 그러나 중성화를 하면 나이가 들어도 아이처럼 귀엽고 성격이 온순해져 키우기 쉽다는 말에 설득되었고, 다른 집 개들에게 폐를 끼치지 않기 위해서라도 필요하다는 유코의 의견에도 동의했다. 어쩔 수 없는 선택이라고 스스로를 납득시켰다.

"중성화해도 허세를 부린다. 수컷은 수컷……."

혼잣말처럼 중얼거리자 여자가 고개를 끄덕였다.

"그러니까요. 저는 이 아이 키우기 전에 같은 종의 암컷을 길렀는데, 행동이 완전히 달랐어요. 암컷은 얌전하고 미친 듯이 뛰어놀다가 정신줄을 놓는 일도 없고, 참 착했어요. 역시……뭔가가 달라요."

미친 듯이 뛰어놀며 정신줄을 놓는다. 듣고 보니 모토이도 고개가 끄덕여졌다. 마티외는 가끔 야생으로 돌아간 것처럼 미친 속도로 뛰어다니거나, 으르렁거리며 덤벼드는 흉내를 내곤 했다. 무엇보다 유코를 유난히 좋아해 관심을 끌고 싶다는 듯 어리광을 부리거나 그녀 앞에 드러누워 배를 훤히 내보이던 모습을 떠올리면, 그 역시 틀림없는 수컷이었다.

"그래도 이 애들 입장에선 자기 대에서 대가 끊기는 거잖아요. 인간은 참 이기적이죠."

그렇게 말하고 웃더니 중년 여성은 자리를 떴다. 대가 끊긴다. 그 말을 곱씹으며 모토이는 깨달았다. 자신이 집안의 대를 끊을지도 모른다는 사실을 견디지 못해왔다는 것을.

그는 부모에게서 유전자를 물려받고, 부모는 또 각자의 부모에게서 물려받았다. 그렇게 이어져 온 것이었다. 오랜 시간 축적되어 흘러온 유전자의 사슬을, 내 대에서 끊어버린다는 생각이 두려웠다.

아니, 두려움만은 아니었다. 죄책감이었다. 자신이 이혼하고, 다시 결혼하는 선택을 한 탓에 그 긴 흐름을 스스로 끊어버렸다는 감각.

'당신이 그렇게 대를 잇고 싶어 하는 줄은 몰랐어. 그럼 원하시는 대로 오오쿠라도 하나 지어보시든가.'

비웃는 유코의 목소리가 귓가에 되살아났다.

그렇게 딱 잘라 말한 건 유코였다. 그 말 끝에 '나는 이제 아이를 낳을 수 없으니까'라는 문장이 덧붙여졌다고 해도, 아이를 낳을 수 없는 쪽은 애초에 자신도 마찬가지 아닌가. 유코는 돈이라는 대가를 치르고 동의까지 받아낸 대리모가 오오쿠와 다를 바 없는 시스템이라는 말이라도 하고 싶은 걸까. 모토이는 유코가 마치 강 건너 불구경을 하듯 심술궂게 선을 긋는 사람처럼 느껴졌다.

부부 사이가 이토록 멀어진 이유가, 대리모를 구해서까지 아이를 원한 나 때문이라는 걸까. 그렇다면 유코는 무엇이었나. 아이를 갖는 데 찬성했고, 함께 인공수정을 시도하지 않았던가.

그래, 리키에게 대리모를 의뢰한 뒤부터 유코와의 관계는 서서히 삐걱대기 시작했다. 그것만으로도 충분히 타격이 컸는데, 그 방대한 투자에도 불구하고 리키의 무단 행동으로 모든 게 실패로 기울고 있었다. 큰 오산이었다.

"마티외, 나는 말이야……, 내 대에서 대가 끊길 수도 있어. 너랑 똑같은 처지일지도 모르겠다."

모토이는 곁에서 얌전히 걷고 있는 마티외에게 말을 걸었다. 마티외는 마치 '넌 다르지'라고 말하는 것처럼 고개를 들어 모토이를 바라봤다. 검고 동그란 눈동자가 인간보다도 현명해 보였다.

"그래. 오이시 씨의 아이가 내 아이라면, 대가 끊기는 건 아니겠지."

그러나 그 아이가 내 아이가 아니라면. 그 생각이 모토이의 머리를 지배했다. 자신의 유전자를 단 하나도 닮지 않은 쌍둥이를, 그것도 돈까지 들여가며 키울 수 있을까. 아니다, 그렇게 말하면 안 된다. 자신이 없다가 아니라 그럴 이유가 없다는 게 더 정확하다.

유코 앞에서 모토이는 대리모도 책임지겠다고, 누구 아이든 그의 아이로 키우겠다고 큰소리를 쳤다. 그런데 이제 와서 어떡하지. 어떡하지.

중얼중얼 넋두리를 늘어놓는 사이, '모토이 구사오케 발레 스튜디오'에 도착했다. 그는 마티외를 안아 올렸다. 마침 아직 유치원에 들어가지 않은 아이들을 대상으로 하는 프리 발레 수업이 시작될 시간이었다. 두세 살쯤 되어 보이는 여자아이를 데리고 온 엄마 둘이 스튜디오 안으로 들어가려 하고 있었다. 두 사람 모두 젊고 아름다웠다.

아이들 역시 사랑스러운 얼굴에 여유를 과시하듯 세련된 아동복을 입고 있었다. 잠시 전 떠올랐던 산타 복장의 시츄가 스쳐 지나갔지만 아이들이 훨씬 더 귀여웠다.

"모토이 선생님, 안녕하세요."

엄마들이 예의 바르게 인사했다. 아이들도 그 흉내를 냈다. 모토이는 고개를 끄덕여 인사를 받고, 엄마 손을 잡고 통통 튀듯 걸어가는 아이들의 뒷모습을 바라보았다.

리키는 지금 남녀 쌍둥이를 품고 있다. 아들과 딸. 만약 내 딸이 저 정도 나이가 되어 발레를 시작한다면, 얼마나 사랑스러울까. 상상만으로도 몸이 떨릴 만큼의 환희가 밀려왔다.

아들딸 쌍둥이. 40대에 접어들어 더 이상 뒤를 기대하기 힘든 모토이에게 그보다 이상적인 조합은 없었다. 만약 그 아이들이 실제로 그의 아이라면, 아들과 딸 각각에게 그가 바라던 것들을 시킬 것이다. 그렇게 생각하는 순간, 몽상은 풍선처럼 빠르게 부풀어 올랐다.

아들에게도 물론 발레를 가르칠 생각이다. 재능이 없을 수도 있고, 설령 있어도 본인이 그 길을 원하지 않을 수도 있다. 그래도 중학교에 들어가기 전까지는 억지로라도 시킬 것이다. 육체는 아름답고 유연해질 것이고, 발레를 통해 세상을 배우게 될 테니까. 그가 그랬던 것처럼. 다만 남자아이에게는 학벌도 필요하다. 언젠가는 중학교 입학시험을 염두에 두어야 할 것이다. 그렇다면 초등학교 3학년 무렵부터는 학원에 보내야 한다.

여자아이는 귀여운 교복을 입는 사립초에 보내, 발레에 집중시키는 편이 좋겠다. 지미코의 유전자를 제대로 물려받기만 한다면 체형은 발레에 적합할 테고, 외모도 나쁘지 않을 것이다. 유아기부터 정서적으로, 기술적으로 모토이가 단련시킨다면 어느 정도 수준까지는 끌어올릴 수 있다. 그 이상은 본인의 노력에 달렸겠지만 모토이가 곁에 있다면 적절히 조언해 줄 수 있을 것이다.

아아, 설렌다. 쌍둥이 덕분에 인생을 두 번, 아니 네 번쯤 다시 사는 것 같은 기분이 들었다.

상상이 거기까지 확장된 순간, 모토이는 리키가 떠올라 다시금 나락으로 떨어진 기분이었다. *만약 태어날 아이가 내 아이가 아니라면? 진짜 키울 수 있을까?*

게다가 유코는 재결합하지 않겠다며 선언까지 한 상태고, 아이를 낳을 엄마는 쌍둥이를 낳고 나면 이혼하기로 되어있다. *혼자가 되면 어떡하지.*

이런 온갖 상념들이 머릿속을 맴돌고 있어, 모토이는 패닉 상태에 빠질 것 같았다. 저도 모르게 안고 있던 마티외의 몸을 꽉 죄고 있었던 듯 품에서 마티외가 괴로운 듯 몸부림쳤다.

마티외를 부둥켜안은 채 모토이는 2층 사무실로 향하는 계단을 올라갔다. 끝까지 다 올라가기도 전에 문이 열렸다. 아마 지미코가 발소리를 들은 듯했다. 오늘은 수업이 없어 그녀는 티셔츠에 청바지인 평상복 차림이었다.

"왔니? 오늘은 빨리 왔구나."

무뚝뚝한 지미코가 잠긴 목소리로 말했다. 갑자기 텐션이 떨어진 모토이는 시무룩하게 끄덕였다.

"응, 뭐."

"유코가 일찍 나갔니?"

"그런 거 아냐. 어쩌다 보니."

모토이는 유코가 아직 집에 있을 시간에 먼저 나왔다. 평소라면 유코가 일하러 나서는 모습을 배웅했겠지만 요 며칠은 그러고 싶지 않았다. "이따 봐." 하고 손을 흔드는 순간, 유코가 그대로 떠나버릴 것만 같았기 때문이다.

그렇다고 가벼운 마음으로 내린 선택은 아니었지만, 지금 와서는 안이한 결정이었던 것 같아 후회가 밀려왔다. 유코와 형식상으로나마 이혼한 일 말이다. 그것이 유코의 마음에 이렇게까지 악영향을 미칠 줄은 꿈에도 몰랐다. 유코를 소홀히 할 생각은 추호도 없었고, 다만 가장 합리적인 방법이라고 믿었을 뿐이었다. 그러나 유코는 그 선택 속에서 자신이 배제되었다고 느꼈을 것이다.

"일하고 있었어?"

모토이는 식탁 위에 펼쳐진 지미코의 노트북으로 시선을 옮겼다.

"응. 올해 수입이 어느 정도 나올지 보고 있었어. 학생 수가 계속 줄어서."

지미코가 노트북 화면을 들여다보면서 대답했다.

"뭘 새삼스럽게. 전성기 때의 삼분의 이쯤 되겠지."

모토이는 마티외를 바닥에 내려놓으며 말했다. 마티외는 곧장 지미코 쪽으로 달려가 가볍게 무릎 위에 올라탔다.

"거기서 다시 삼분의 이가 됐어."

"그럼 전성기 때의 절반도 안 된다는 말이네."

모토이는 재빨리 머릿속으로 계산했다.

"그래. 이번 달만 해도 두 명이나 그만둔다고 말했고."

저출생의 영향도 있었지만, 역 맞은편에 새로 생긴 현대적인 발레 스튜디오로 학생들이 옮겨간 탓도 컸다. 불경기로 학원을 끊는 집이 늘어난 것도 한몫했다.

"지금 아래에서 하는 프리 수업도 둘이 빠져서 셋밖에 안 남았어. 적자라 그만두고 싶어도 쉽지 않고."

지미코가 웬일로 넋두리를 늘어놓는 바람에 모토이는 유코 이야기를 꺼내지 못한 채 입을 다물고 있었다. 그러다 문득, 부부 사이의 일을 굳이 어머니에게까지 알릴 필요가 있을까 하는 생각이 들었다.

"그 애는 잘 지내니?"

"응, 똑같아."

"슬슬 산달 아니니?"

"벌써 들어섰어. 예정일이 9월 9일이야."

모토이는 벽걸이 달력을 올려다보며 말했다. 발레용품점에서 보내온 달력에는 러시아 발레학교의 스냅 사진이 실려있었다. 유연한 몸선을 자랑하는 소녀들의 레슨 풍경. '딸'이 원하기만 한다면 고등학교부터는 발레 유학을 보내는 편이 낫다. 런던이나 파리, 아니면 뉴욕. 정세만 안정된다면 러시아도 좋다. 바가노바나 모스크바. 첫 해는 함께 가서 뒷바라지를 해주면 아이도 심리적으로 안정될 것이다. 그런 몽상은 불현듯 떠올라 잠시나마 모토이를 행복하게 했다.

"그럼 이제 언제 태어나도 이상하지 않겠네. 어떤 애가 나올지 기대되는구나. 이름은 정했니?"

"아직 안 정했어."

사실 몇 가지 후보는 떠올려 두었지만 유코의 폭탄 같은 선언 이후 사고가 멈춰있었다.

"참, 의논하려던 게 있었는데. 이것 좀 봐라."

지미코는 미리 북마크해 둔 듯한 사이트를 열었다. 아기용품 대여 사이트였다. 쌍둥이용 침대와 유모차를 가리키며 말했다.

"모토이, 이거 얼른 빌려둬. 산달이면 언제 나와도 이상하지 않으니까, 지금부터 준비해야 해."

"그렇구나."

"배냇저고리는 벌써 골라났다. 할머니가 주는 선물이야."

지미코는 신이 나서 다른 페이지를 열었다. 체크무늬가 들어간 분홍색과 파란색 배냇저고리가 화면에 나타났다.

"뭐가 필요한 건지 감이 안 오네."

모토이는 조금 당황했다. 아기용품에 대해 진지하게 생각해 본 적이 없었다.

"공부해야지. 인터넷에도 다 나와있어."

지미코가 마디진 손가락으로 노트북을 가리켰다.

"그렇겠지?"

"유코는 이런 거 안 챙기니?"

"글쎄. 아무 말도 안 하던데."

확신 없이 고개를 갸웃하자 지미코의 얼굴에 어이없다는 기색이 떠올랐다.

"유코도 곧 엄마가 될 텐데, 이런 건 이것저것 찾아보고 준비해 둬야지. 유코가 안 하면 누가 하니?"

고민하던 모토이는 결국 마음먹고 입을 열었다. 숨긴다고 해결될 일은 아니었다. 아이는 결국 태어날 테니까.

"엄마, 실은 유코랑 이야기했는데, 우리 그냥 이혼한 채로 있기로 했어."

지미코가 이해가 안 된다는 표정을 지었다.

"그게 무슨 말이니?"

"재결합 안 한다고. 유코는 내가 이렇게 해서까지 아이를 원했던 게 용납이 안 되나 봐."

"그렇지만 유코도 찬성했잖니."

지미코는 분을 삭이지 못한 채 미간을 찌푸렸다.

"아니, 처음부터 내켜하진 않았지. 몇 번이나 논의해서 내린 결론이었으니까. 나는 유코가 이해해 줄 거라고 믿었는데…… 결국 자기 애가 아니라는 사실이 걸린 모양이야."

"그보단 네가 대리모한테 의뢰한 게 싫은 거 아니겠니? 생판 모르는 여자에게 부탁해서까지 아이를 만든 게 탐탁지 않은 거야. 핏줄이 다른 건 이제 유코뿐이니까."

지미코는 단정적으로 말했다. 모토이는 역시 지미코가 예리하다고 생각했다.

"뭐, 그런 거겠지. 설득해 보긴 했는데 안 통하더라고."

지미코는 잠시 입을 다물더니, 이내 결심한 듯 말했다.

"그렇담 그 애와 이혼하는 걸 잠시 미루고, 육아하는 걸 같이 도와달라고 하면 되지 않겠니? 애들이 뭘 알기 전까지만. 딱 처음 1년. 단유할 때까지만 말이야. 그다음엔 여기로 데려와서 너랑 내가 어떻게든 키우면 되는 거고."

제법 그럴듯한 방안이라고 생각했는지 지미코는 싱긋 웃었다. 사실 모토이 역시 유코에게 비슷한 말을 했었다. 하지만 어머니의 입으로 다시 들으니, 새삼 너무 염치없는 생각처럼 느껴져 잠시 말문이 막혔다.

"엄마, 아무리 그래도 그건 좀 그렇지 않아?"

"왜? 돈만 주면 해주지 않겠어? 그 여자 돈이 궁하다며. 게다가 낳자마자 아이랑 떨어지는 것도 괴로울 거고. 그럼 그냥 1년 정도는 부모 자식 간의 기분도 느껴보고, 그게 좋지 않겠니?"

돈으로 자궁을 산 다음엔 모성까지 사들이는 건가.

"그래도 그건 좀…… 불쌍하잖아."

"불쌍?"

지미코가 낯빛을 바꿨다.

"아이고, 불쌍하세요? 애초에 돈이 없어서 대리모가 되겠다는 발상부터가 이상한 거야. 난 자궁이 신성한 거라고는 전혀 생각하지 않는다. 하지만 자기 자궁을 돈 받고 팔 수 있다면, 몸도 팔 수 있는 거 아니겠니? 육체는 다 그런 거야."

"하지만 모성은 육체가 아니잖아."

"억지소리 하지 말아라."

지미코는 순식간에 심사가 뒤틀렸다.

"오이시 씨를 나쁘게 말하지 마. 아기도 낳아주는데, 미안하잖아."

아들의 말에 지미코도 잠시 민망한 표정을 지었다.

"그건 그렇지. 고맙지, 나도. 네 아이를 낳아주니까."

잠시 말을 고른 그녀가 덧붙였다.

"하지만 같은 여자로서 이해하기 힘든 감정이 있는 것도 사실이다. 그건 좀 복잡한 문제지."

"그럼 난 어떻게 해야 해?"

"어쩌겠니. 당장은 그 애한테 도와달라고 해야지. 유코가 없으니까."

"엄마는?"

"도와주긴 하겠지만, 수업도 있고. 나 혼자서는 무리지."

지미코는 번거롭고 손이 많이 가는 육아는 피하고, 귀엽고 보기 좋은 부분만 누리고 싶어 하는 듯했다. 모토이는 자신도 다르지 않다는 생각이 들었다. 육아는 유코에게 맡기고, 자신은 좋은 역할만 취하려 했던 것이다.

리키를 직접 만나 이 사태를 어떻게 수습할지 의논해야 하지 않을까. 모토이는 손목시계를 내려다보며 지미코를 향해 조심스럽게 입을 열었다.

"오이시 씨 어떻게 지내는지 보고 올게. 터놓고 논의도 좀 해봐야 하고."

지미코가 좋은 생각이라는 듯 끄덕였다.

"1년 동안 같이 봐달라고 부탁하고 와."

리키와 모토이는 거의 메일로만 연락을 주고받고 있었다. 리키의 출산이 임박해지면 일단 서둘러 병원부터 가고, 모토이 부부와 아오누마가 뒤따라가기로 되어있었다. 구체적으로 어떻게 할지도 논의해야 하니, 이제는 직접 만나 이야기해야 할 시간이었다.

"그 애 지금은 어디에 있니?"

"유코 친구인 데라오 씨네서 상주하면서 아르바이트하고 있다더라고."

"상주 아르바이트? 가사도우미인가 뭐 그런 거?"

자세한 사정을 모르는 지미코는 놀란 모양이다.

"아니, 데라오 씨 일하는 거 도와주고 있나 봐."

리리코가 껄끄러운 모토이는 리리코의 개입을 피하기 위해 리키를 찾아가지 않고 있었다. 하지만 상황이 바뀐 만큼 그렇게 있을 수만은 없었다.

모토이는 리키에게 전화를 걸었다.

— 오이시입니다.

리키는 바로 전화를 받았다.

"구사오케입니다. 몸은 좀 어떠세요?"

— 네, 잘 있어요. 근데…… 유코 씨가 무슨 말씀 하시지 않았나요?

리키 쪽에서 먼저 말을 꺼내 모토이는 한시름 놓았다.

"그 일로 드릴 말씀이 있습니다. 지금 찾아봬도 괜찮을까요?"

— 잠깐만요.

리키가 양해를 구한 뒤, 리리코와 소곤거리는 소리가 들렸다.

— 많이 기다리셨죠. 리리코 씨도 허락해 주셔서 한 시간쯤은 괜찮을 것 같아요. 리리코 씨네 집까지 와주실 수 있을까요?

"그런데, 혹시 유코가 거기 있나요?"

혹시나 싶은 마음에 모토이는 용기 내서 물어봤다.

— 좀 전까지 계셨는데, 이제 작업실로 돌아가신 것 같아요.

리키가 차분한 목소리가 알려줬다.

아, 역시 그랬나, 하고 모토이는 생각했다. 여자들끼리 모여 무언가 모의를 하는 건 아닌지 불안했다.

리키를 만나기 전에 조금 더 정보를 얻을 겸 아오누마에게 전화를 걸었다. 아오누마는 리키가 임신한 뒤로 신바람이 나 있다.

— 어머나, 구사오케 씨. 이제 곧 출산이겠어요. 어떤 자녀분이 나올지 기대되네요.

모토이는 핑크색 벽지 앞에서 부담스럽게 새하얀 이를 드러내며 웃는 아오누마의 모습을 상상했다.

"네, 그러네요. 좀 묻고 싶은 게 있는데."

— 네, 물어보세요.

"예를 들면, 인데요. 임신 중에도 태아의 유전자 검사를 할 수 있나요?"

순간 침묵이 흘렀다.

— 그럼요. 임신 7주부터 가능합니다. 오이시 씨의 혈액과 구사오케 씨 입 안에서 살짝 채취한 세포만 있어도 가능하죠.

잠시 뜸을 들인 아오누마는 낮은 목소리로 말을 이었다.

— 그런데, 뭔가 문제라도 있나요?

"아뇨, 그런 건 아닌데, 그냥 알아둘 겸 한번 여쭤봤습니다."

— 그렇군요. 실은 이 검사를 하는 분도 계시는데, 임산부에

따라서는 의뢰인에 대한 불신이 생기면서 관계가 틀어지기도 해서 권하지 않았답니다.

"그런가요?"

— 음, 걱정되는 부분이 있다면 하는 것도 좋은 방법이지만, 곧 막달이니 오이시 씨의 감정을 고려한다면 무사히 출산한 뒤에 하시는 게 무난할 것 같습니다.

"아니, 오이시 씨를 의심하는 건 아니에요."

— 그럼 다행이에요.

아오누마는 한숨 돌렸다는 듯 말했다.

모토이는 전화를 끊은 뒤, 리키에게 뭐라고 말해야 할지 눈앞이 캄캄해졌다. 잠시 고민하다 역시 유코와 의논해 보기로 했다.

유코는 좀처럼 전화를 받지 않았다. 초조해진 모토이가 다리를 떨기 시작했다.

— 어, 무슨 일이야?

화장실에라도 들어가 있었는지, 멀리서 물 내려가는 소리가 났다.

"화장실?"

— 그래. 무슨 일인데.

작업실에 있을 때면 일 생각에 빠져있어서인지 유코는 늘 살짝 심기가 불편해 보였다.

"아오누마 씨한테 전화해서 물어봤어."

— 뭘? 그 일은 이야기하면 안 되지.

이마에 핏대를 세우며 발끈하는 유코의 모습이 눈앞에 떠올랐다. 애초에 유코가 그런 말을 하지 않았더라면 평화로웠을 텐데. 모토이는 그녀가 원망스럽기도 했다.

"안 해. 그냥 임신 중에 아버지를 알 수 있는 검사가 있느냐고만 물었어."

— 있을 것 같은데.

모토이가 말하기 전에 유코가 대답했다.

"뭐야. 알고 있었어?"

— 지금 기술이면 뭐든 할 수 있겠지.

"응. 요컨대 내 입 안에서 떼어낸 세포랑 오이시 씨 혈액만 있으면 검사할 수 있대. 그래서 어떻게 해야 하나 싶어. 앞으로 태어날 아이가 설사 내 아이가 아니어도 키우겠다고 말했었으니까."

— 그랬지.

"응. 그런 식으로 말해야 할 것 같아서 그랬는데……."

— 알겠어.

모토이는 확실하게 대답하지 못하는 자신을 발견하고, 전화를 끊은 뒤에는 말 그대로 머리를 감싸쥐었다.

4

리리코가 살고 있는 오래된 집을 보고 모토이는 오, 하고 감탄사를 뱉었다. 데라오병원의 간호사나 직원 등의 기숙사도 겸

한 건물이었다고 들었는데, 기숙사라고 하기엔 멋스럽고 저택이라고 하기엔 합리적인 구조와 묘하게 어중간한 외관에서 쇼와시대의 여유로움이 느껴졌다.

고급스러운 벽돌식 건물의 문에 달려있는 인터폰을 눌렀다. 인터폰만은 카메라가 달린 최신형이었다. 그러자 불투명 유리가 끼워진 고풍스러운 현관문이 불쑥 열리더니 유카타를 입은 노인 하나가 나왔다.

왜나막신에 밀짚모자를 쓰고, 옷자락을 걷어 하얀 속바지가 보이는 모습은 그야말로 쇼와시대 코스프레 같았다. 마침 외출하는 참이었던 듯 노인은 모토이를 보고 걸음을 멈췄다.

"어이쿠, 리리코 팬이신가?"

설마. 모토이는 순간 발끈했지만, 이 노인이 리리코의 아버지일지도 모른다는 생각에 정중한 태도로 물었다.

"아뇨, 구사오케라고 합니다. 저는 여기 살고 계시는 오이시 리키 씨를 만나러 왔는데요."

"리키? 당신이 혹시 아기 아빠?"

훅 치고 들어오는 질문에 모토이는 모호하게 끄덕였다.

"뭐, 그런 거죠."

"아니, 이거, 싱글맘이라고 들었는데 훌륭한 아버지가 계셨네. 거, 축하해요. 잠깐만 계세요."

노인은 바로 다시 들어가 안에 있는 누군가에게 소식을 전했다.

"더우니까 안에 들어와 있어요. 리키도 금방 내려올 겁니다."

“네, 실례하겠습니다.”

“어서 들어와요.”

노인은 까랑까랑한 목소리로 권하더니 모토이와 교대하듯 밖으로 나갔다. 그 뒷모습을 보니 유카타 허리띠에 부채가 꽂혀있었다. 모토이는 콧수염만 있다면 완벽한 코미디언인 우에키 히토시 코스프레라는 생각에 픽 웃음이 났다.

건물 안은 어두침침하니 서늘했다. 어디서 나는 건지 향 비슷한 냄새가 감돌고 있다.

“구사오케 씨, 어서 오세요.”

눈앞에 나타난 건 리키가 아니라 리리코였다. 치렁치렁한 검은 옷을 입고 화장도 하지 않은 모습이 나이 들어 보였지만 마뜩잖다는 저 표정은 아무리 봐도 예술가다. 모토이도 웃음기를 거두고 떫은 얼굴을 했다.

“안녕하세요, 오랜만이네요. 방금 그분은 아버님인가요?”

“아뇨, 이모부예요. 저희 아버지는 병원에 나가셨어요.”

리리코가 웃지도 않고 딱 잘라 대답하기에 그렇군요, 하고 모토이는 끄덕일 수밖에 없었다.

“오이시 씨는요?”

“배가 나와서 계단 오르내리기가 벅찬 모양이에요. 그래서 제가 마중 나왔습니다.”

계단 오르내리기조차 뜻대로 되지 않는다는 이야기가 꼭 임신시킨 남자의 책임이라고 비난하는 것 같았다. 어쩐지 리리코의 페이스에 말려든 것 같아 모토이는 조바심이 났다.

"이거 받으세요. 센주안의 도라야키 빵이에요. 유명한 가게니까 맛있을 거예요."

리리코는 퉁명스럽게 감사 인사를 전하고, 모토이가 건넨 봉투를 받아 들었다. 모토이는 떨떠름한 기색을 보고 유코가 리리코는 슈크림을 좋아한다고 말했던 게 떠올랐지만 이미 늦었다.

"리키는 2층에 있어요. 이쪽으로 오세요."

현관 정면에 떡하니 자리한 폭 넓은 계단은 료칸처럼 카펫이 깔려있었다. 목제 난간은 긴 세월에 손때가 타 반들거렸다.

"좀 전까지 유코가 다녀간 모양이더군요. 오이시 씨까지 돌봐주시고, 여러모로 신세를 많이 지고 있습니다."

모토이가 공손하게 감사 인사를 했다.

"유코는 모토이 씨가 오신다는 걸 듣고 황급히 돌아가더라고요."

그에 반해, 리리코는 웃지도 않고 짓궂은 농담을 던졌다.

모토이는 쓴웃음을 지었다. 유코와는 이곳에 오기 전 전화로 막 이야기한 참이었다. 미리 이야기하지 않았다면 리리코의 농담을 진심으로 받아들였을지도 모른다.

모토이가 이제 리키를 만나러 간다고 알렸더니 유코는 "그럼 나도 다시 갈게."라고 했지만, 지미코와 그의 요구 사항을 전달해야만 했으므로 거절했다. 유코가 없으니 1년 동안은 모토이의 집에 있으면서 쌍둥이 육아를 도와달라, 라는 뻔뻔한 이야기를.

"아까 전화로 이야기했습니다. 오히려 다시 돌아오겠다고 하더군요.”

“어머나, 사이가 아주 좋으시네.”

리리코가 피식 웃었다.

2층 복도에서 왼쪽으로 꺾으면 바로 나오는 방으로 안내받았다. 세 평가량의 작은 양실로, 오렌지색 패브릭의 서양식 소파 세트가 놓여있었다.

“여기는 응접실로 쓰는 방이에요. 부담 없이 쓰세요.”

리리코의 권유로 모토이는 소파에 앉았다. 회반죽인지 규조토인지 모를 하얀 벽에는 리리코의 작품인 듯한 춘화 한 장이 걸려있었다. 흔치 않게 아크릴물감을 사용한 그림으로, 머리에 수건을 뒤집어쓴 요염한 농촌 아낙네가 밭에서 물을 주고 있었다. 손에 든 물뿌리개에서도 서양 느낌이 나고 얼굴도 어쩐지 서양 인형 같아서 몽환적이다. 하지만 밭에서 자라고 있는 건 농작물이 아니라 무수한 남근이었다.

이런 쓰잘데기 없는 걸 그리다니. 리리코고 리리코가 그린 그림이고 죄다 싫은 모토이는 무의식중에 인상을 구겼다.

“안녕하세요. 오랜만이에요.”

그때, 문이 열리고 리키가 나타났다. 살짝 살이 올라 건강해 보였다. 할랑한 꽃무늬 원피스가 배 부분만 찢어질 듯 북처럼 불룩하게 튀어나와 당장이라도 터질 것 같았다. 리키는 힘에 부친 듯 어기적어기적 걸어와 소파 맞은편 의자에 끙 하고 걸터앉았다.

“배가 꽤 나왔네요.”

“어쨌든 쌍둥이니까요. 요 한 달 새 갑자기 숨쉬기가 힘들어졌어요. 옆으로 눕지 않으면 잠들기도 어렵고요.”

기분 탓인지 리키가 숨이 차보였다. 계단 오르내리기도 힘겹다는 리리코의 말은 진짜인 모양이었다.

“그렇겠네요.”

모토이는 쌍둥이를 품은 리키의 배에 압도된 듯했다. 막달에 접어든 여자의 배가 저렇게까지 커진다는 게 믿을 수 없었다. 그러나 그 배를 키운 것은 99퍼센트 그의 정자다. 아니, 95퍼센트쯤이려나. 모토이는 갑자기 냉정해졌다.

그건 그렇고 저 안에 인간의 아이가, 아니 아이들이 산 채로 들어있다니, 이 얼마나 신비한 일인가. 나도 이렇게 태어난 걸까, 하고 모토이는 리키의 거대한 배를 응시했다. 만져보고 싶은 마음은 굴뚝같지만 역시 말로 뱉지는 못했다.

“배꼽이 튀어나오다니, 상상도 못 했어요.”

리키는 신기한 듯이 자신의 배를 어루만지며 말했다.

“배꼽이 튀어나와요?”

모토이는 저도 모르게 큰 소리를 냈다.

“네, 볼록하게요. 보실래요?”

리키의 말에 끄덕일 뻔한 모토이는 자세를 고쳐 앉았다.

“아니, 그건 좀…….”

“게다가 갑자기 배가 커져서 여기저기 튼살이 생겼어요.”

“튼살이 뭐죠?”

“임신선이라고도 하는데, 피부가 갈라지는 거예요. 영어로는 '스트레치 마크'인가 그런가 보더라고요. 그게 배에 잔뜩 생겼어요. 그런 것도 몰랐으니, 역시 임신이란 건 엄청난 일인 것 같아요."

"그렇군요. 왠지 미안해지네요."

모토이는 또다시 네 탓이라고 비난당하는 기분이 들었다.

"쌍둥이니까 어쩔 수 없죠. 살이 튼 부분도 한번 보실래요?"

"아뇨, 제가 어떻게……."

모토이는 손을 내저으며 거절했지만 매몰차다고 생각하려나 신경이 쓰였다. 설마 리키에게 이렇게 일일이 마음을 쓰게 될 줄은 생각지도 못했다. 분명 그가 의뢰인인데 아까부터 리키에 대한 미안함으로 가득 차있다.

"그, 튼살이란 건 나을 수 있는 건가요?"

모토이가 쭈뼛거리며 물었다.

"글쎄요. 열심히 크림 같은 걸 바르고 있긴 한데, 한번 갈라지면 하얗게 흔적이 남는다는 거 같기도 하고. 완전히 없어지지는 않나 봐요."

"그 말은…… 임신한 흔적이 남는다는 말인가요?"

앞으로 리키의 인생이 어찌 되든 내 알 바 아니다, 라고 할 수는 없는 노릇이었다. 말하지 않아도 경산부라는 게 들통날 표식이 몸에 생기고 말았다.

"네, 제 몸에 새겨져 있네요."

"그게 '스티그마'란 거지."

느닷없이 리리코가 끼어들어 모토이는 깜짝 놀라서 돌아봤다. 리리코가 방에서 나가지 않고 문 앞에 서있었다는 것을 이제야 깨달았다. 그 말인즉슨 아까 춘화를 보고 불쾌한 표정을 지은 것도 봤다는 이야기였다.

"스티그마가 무슨 뜻이에요?"

리키가 팔짱을 끼고 있는 리리코에게 물었다.

"낙인이나 표식, 그런 뜻이야."

"그러니까 저는 임신한 적이 있다는 낙인이 찍힌 거네요."

리키가 놀라서 말하자, 리리코가 "그럼, 그럼." 하고 끄덕였다.

"이게 그렇게 부정적인 겁니까?"

모토이는 꽤씸한 마음에 그만 끼어들고 말았다.

"임신이란 건 대단한 일 아닌가요? 저 같은 남자들은 절대 할 수 없는 일이니까, 신비롭고 멋진 일이라고 생각하는데요."

"그건 남자의 환상이겠죠. 신성화할 필요가 있나요?"

리리코가 대꾸했다.

"당신처럼 삐딱하게 생각하는 사람은 소수겠죠."

기분이 상한 모토이가 반론했다.

"그럼 스티그마가 아니라 영광의 상처라고나 할까요? 리키는 원치 않은 임신인데 말이죠."

리리코가 빈정거리며 말했다.

"말이 심하시네요. 오이시 씨도 동의한 출산인데요."

"구사오케 씨가 돈으로 이 사람을 들었다 놨다 한 거잖아요. 다 알아요, 저."

리리코가 얄밉게 내뱉었다.

"선 넘는 발언은 그만하시죠."

"어머, 이게 선 넘는 발언인가요? 이런 건 빈부격차를 이용한 착취라고 하는 거죠. 아닌가요?"

리리코는 당장이라도 싸울 기세였다.

"무례하시네요. 앞뒤 사정도 모르면서 되는 대로 말하지 마시죠."

불쾌해진 모토이는 언성을 낮추려고 안간힘을 썼다.

"사정은 알고 있죠. 당신 전 부인에게 들었으니까."

'전 부인'이라는 단어에 모토이는 순간 부아가 치밀었다. 하지만 분명 형식적이긴 해도 이혼한 건 사실이니 반박할 건수도 없었다. 그런 데다 유코가 다른 사람에게 그런 이야기까지 하고 다닌다는 사실에도 화가 났다.

유코, 네가 어떻게. 리리코 같은 사람한테 아무 말이나 떠들어대고. 리리코에게 부부 사이의 비밀까지 죄다 털어놓은 게 아닌가 생각하니, 모토이는 비참함에 맥이 탁 풀릴 것 같았다.

"참 오지랖이 넓으시네요."

가는 말이 고와야 오는 말이 곱다고, 모토이는 그만 언성이 높아지고 말았다. 리리코의 냉소적인 태도도 꼴 보기 싫고, 리키와의 계약에 참견하는 것도 마음에 안 들었다. 애초에 리키와 이야기하는 자리에 당당하게 참여하는 것 자체가 용납되지 않았다.

"데라오 씨, 장소를 제공해 준 건 감사한데요. 전 오이시 씨와 둘이서 이야기하고 싶어요."

“알겠습니다. 저는 나가겠지만 리키를 괴롭히진 마시고요.”

리리코는 그렇게 말하고 방에서 나갔다. 리키의 얼빠진 표정을 보고 모토이가 사과했다.

“죄송합니다. 그만 흥분해 버려서. 저랑 리리코 씨는 뭔가 잘 안 맞네요.”

“알고 있어요.”

리키가 의외로 냉정한 목소리로 말했다.

“내 험담을 잔뜩 했겠지.”

모토이가 혼잣말하자 리키가 끄덕였다.

“맨날 그러세요.”

유코도 여기에 합세해 같은 말을 하고 있는 건 아닐까, 그런 생각이 스치자 모토이는 분노보다 먼저 고독을 느꼈다. 부부가 힘을 합쳐 두 사람의 아이를 갖기로 한 일이었다. 그런데 어째서 이렇게까지 복잡해져 버린 걸까. 그 이유가 자신이 대리모에게 부탁해서까지 아이를 원했기 때문일까. 결국은 구사오케 모토이에서 대가 끊기는 걸 두고 보지 못한, 자기 자신의 욕심 때문이었을까.

그러자 오이시 리키라는, 본래는 아무런 연관도 없던 여성을 출산으로 밀어넣은 일과 그녀가 낳을 쌍둥이를 자신이 키워야 한다는 사실이 한꺼번에 밀려와 그를 짓눌렀다. 더구나 앞으로 리키와 어떤 관계를 유지해야 하는지조차 알 수 없었다. 처음 계약할 때만 해도 아이를 건네받는 순간, 리키와는 완전히 작별할 생각이었다.

"저기, 구사오케 씨. 유코 씨에게 들으셔서 이미 알고 계실지도 모르겠지만, 지난번 일은 정말 죄송했어요."

불쑥 리키가 사과했다. 모토이가 놀라 고개를 들자, 리키는 숨 돌릴 틈도 주지 않고 말을 이었다.

"제가 고향인 홋카이도에 갔을 때요. 그때 구사오케 씨한테서 메일을 받았잖아요. 여행은 사전에 허락을 구하라든가, 행동을 조심하라든가 하는 내용이었는데, 그걸 보고 순간 욱했어요. 큰돈을 받았다고 해서 그런 말까지 들어야 하나, 이러면 내가 노예나 다름없는 거 아닌가 싶어서요. 그래서 좀 반항하고 싶은 마음이 들었어요. 그렇지만…… 설마 이런 결과가 될 줄은 정말 몰랐어요. 지금은 저도 너무 무섭고, 정말 죄송해요."

"홋카이도만 다녀온 건 아니라고 들었습니다."

리키가 지나치게 또렷한 목소리로 말하자 모토이는 자신의 말이 힘없이 흘러나왔다는 걸 깨달았다. 하지만 달리 할 수 있는 반응이 없었다.

"맞아요."

리키는 주눅 들지 않고 대답했다.

"도쿄로 돌아온 뒤에도 예전부터 알고 지내던 사람과 관계를 가졌어요. 그런데 임신하고 나서야 정자가 엿새 정도는 살아있다는 걸 알았어요. 그때 정말 놀랐죠."

"저기, 피임은…… 했습니까?"

차마 묻고 싶지 않았던 질문이었기에 목소리는 한층 더 작아졌다. 아오누마가 곁에 있었다면 조금은 수습이 되었을지도 모르지만, 그녀가 리키의 행적까지 알게 된다면 더 큰 소동이 벌어질 게 분명했다.

"일단 하긴 했는데……."

리키는 애매하게 대답했다.

"그래도 아마 확률로 따지자면 제 아이겠죠?"

"그렇겠죠. 그렇게 믿고 싶어요. 하지만 100퍼센트라곤 할 수 없겠죠."

리키는 거기까지 말하지 않고 시선을 돌려 방 안을 둘러보았다. 그 시선이 멈춘 곳에는, 모토이의 뒤편 벽에 걸린 리리코의 춘화가 있었다.

"엽기적인 그림이네."

모토이는 저도 모르게 중얼거렸다.

"그런가요? 전 마음에 드는데."

"지금이야 그렇게 말할 수 있겠죠. 하지만 만약 반대였다면 불쾌하지 않겠어요? 밭에 여자의 성기가 심겨있고, 남자가 물을 주고 있다면……."

리키는 잠시 고개를 갸웃했다.

"그런데 구조상 여자의 경우는 밭에 심는 게 좀 어렵지 않을까요?"

"아니, 그런 말이 아니라 성차별이라고 느끼지 않느냐는 말입니다."

"차별이라고는 생각하지 않아요."

리키는 망설임 없이 말했다.

"리리코 씨는 그동안 여성이 일방적으로 성적인 시선을 받아 온 것에 항의해서 그린 거잖아요. 그리고 춘화라는 형식을 빌려 자신이 생각하는 아름다움을 표현하는 예술가고요. 춘화라는 이유만으로 예술적 가치에서 다시 차별받는다면 그건 차별의 차별이죠. 저는 그걸, 차별의 제곱에 대한 항의 예술이라고 생각해요."

리키가 당당하게 리리코를 옹호하는 모습을 보며, 모토이는 적잖이 놀랐다.

"오이시 씨, 여기 오고 나서 많이 변했군요."

"네. 아무래도 여기서 리리코 씨 작품을 팔기도 하고, 갤러리랑 교섭도 하다 보니 아는 게 늘었어요."

리키는 차분하게 대답했다.

"그건 그렇고, 오늘은 막달에 들어섰다고 하셔서 이야기를 나누러 왔습니다. 유코도 같이 오면 좋았을 텐데요. 유코에게서는 이미 이야기 들으셨나요?"

모토이는 리리코가 돌아오기 전에 빨리 이야기를 마무리 짓고 싶어 마음이 조급해졌다.

"네, 들었어요. 이혼한 상태 그대로 지내시겠다면서요. 너무 놀랐어요."

"저도 아쉽습니다. 하지만 그건 어디까지나 저희 부부의 문제겠죠. 당신과는 무관한 일입니다. 유코 쪽은 제가 계속 설득할 생각이고요. 한편으로는 예정일도 가까워졌으니, 그에 대해 제안을 하나 드리고 싶어서요. 괜찮을까요?"

“네.”

리키의 얼굴이 단번에 굳어졌다.

모토이는 대답에 앞서 짧게 숨을 내쉬었다. 용기를 내자고 마음속으로 되뇌었다. 불룩하게 솟은 리키의 배가 눈에 들어왔다. 피부가 갈라진다는 이야기를 들을 때마다 이 여자가 목숨을 걸고 아이를 낳아주고 있다는 사실이 실감 나 그는 고개를 숙이고 싶어졌다. 엎드려 절이라도 하고 싶은 심정이었다.

그때 전화벨이 울렸다. 아오누마였다. 하필 이런 중요한 때에. 모토이는 속으로 짜증을 삼키며 전화를 받았다.

“잠깐 실례하겠습니다.”

양해를 구하자 리키는 담담하게 고개를 끄덕였다.

“여보세요, 구사오케입니다.”

— 아, 구사오케 씨. 출생 전 유전자 검사 건인데요. 제가 잘못 알고 있었습니다. 검사 업체에 확인해 보니, 쌍둥이의 경우에는 판정이 어려워서 실시하지 않는대요. 정확하지 않은 정보를 드려 죄송합니다. 아무래도 확정이 힘들어서요.

길어질 것 같은 이야기에 모토이는 말을 끊었다.

“알겠습니다. 지금은 좀 바빠서요.”

— 아, 네. 죄송합니다.

전화기 너머에서 기운 빠진 사과가 들려왔다. 통화를 끊자, 이상하리만치 가슴이 가벼워졌다. 모토이는 다시 리키를 바라봤다.

“원래는 출산 후에 유전자 검사를 부탁할 생각이었습니다.

검사 결과 제 아이라고 판명될 경우에만 아이를 데려가려고
했죠."

정신을 차리고 보니 리키가 메모를 하고 있었다. 그 사무적
인 손놀림에 잠시 말문이 막혔지만, 모토이는 곧 이어 말했다.

"하지만 방금 결정했습니다. 유전자 검사는 하지 않겠습니
다. 어떤 아이가 태어나든 제가 키우겠습니다. 그게 이 일에 책
임을 지는 방식이라고 생각합니다."

리키가 놀란 듯 눈을 크게 떴다.

"유전자 검사를 안 해도 상관없으세요?"

"괜찮습니다. 당신에게도, 아이들에게도 예의가 아닌 것 같
아서요."

"그건 좀."

리키는 쑥스러운 듯 잠시 고개를 숙였다가, 이내 고개를 들
고 단호하게 말했다.

"마음은 감사하지만 검사는 해주셨으면 해요."

"왜 그러시죠?"

"제가 알고 싶어서요."

그녀의 단호한 표정에 모토이는 잠시 멈칫하다 고개를 끄덕
였다.

"알겠습니다. 그리고 보수에 대해서도 말씀드릴게요. 유코
에게서 당신이 계약을 위반했다는 이야기를 들었을 때, 솔직히
감정이 앞섰습니다. 위약금 사유라고 생각했죠."

리키가 몸을 앞으로 기울이는 기척이 느껴졌다. 모토이는 침

을 삼켰다.

"하지만 곰곰이 생각해 보니, 그것 역시 실례인 것 같습니다. 한 인간의 행동을 계약으로 옥죄는 건 옳지 않다고 느꼈거든요. 그래서 성공 보수 500만 엔은 약속대로 지급하겠습니다. 괜찮겠습니까?"

"다행이다……."

리키는 안도의 기색을 숨기지 않은 채 메모지에 무언가를 적었다.

"그래서 한 가지 부탁이 있습니다."

"뭔가요?"

리키가 고개를 들었다.

"무사히 출산을 마친 뒤의 이야기지만 우리 집에 와서 유코 대신 1년 정도 아이를 돌봐줄 수는 없을까요? 아내가 되어달라는 뜻은 아닙니다. 다만, 육아를 함께해 주셨으면 합니다. 당신도…… 직접 낳은 아이들을 보고 싶지 않겠어요?"

의외의 제안에 리키는 한동안 말이 없었다. 곰곰이 생각에 잠겼던 그녀가 어렵사리 입을 뗐다.

"구사오케 씨, 저도 출산은 처음이라 아이를 낳고 나서 제가 어떤 마음이 될지 전혀 모르겠어요. 이 아이들과 떨어지고 싶지 않을 수도 있고, 혹은 일이 끝났다고 생각하고 담담히 돌아설 수도 있을지도 몰라요. 그래서 지금은 약속을 드릴 수 없어요."

"계약상으로는 출산 후 가능한 한 빨리 헤어지는 걸로 되어 있었죠."

모토이는 쐐기를 박았다.

"맞아요. 그런데 이렇게까지 복잡한 감정이 들 줄은 몰랐어요. 순간 화가 나서 예전 남자친구나 테라피스트였던 남자와 관계를 맺었던 거예요. 그걸 계약 위반이라고 비난하는 건 이해해요. 하지만 저는 기계처럼 살 수는 없어요. 그래서…… 일단 낳고 나서 생각해 보고 싶어요."

"그렇군요."

모토이는 고개를 끄덕였다.

"그래도 혼자서는 아이를 키울 자신이 없어서요. 그게 솔직한 심정입니다."

무심코 속내가 흘러나왔다. 불안. 기쁨의 뒤편에 웅크리고 있는 커다란 불안이었다. 그에 비해 리키는 어째서 저렇게 당당할 수 있을까. 생명을 낳는 존재의 강인함 앞에서 모토이는 경외심마저 느꼈다.

그때, 리키가 갑자기 자리에서 일어났다.

"어떡해요? 양수가 터진 것 같아요!"

실제로 리키의 발치가 축축하게 젖어있었다.

"이럴 땐…… 어떻게, 어떻게 해야 하지."

허둥대는 사이 문이 열리고, 쟁반을 든 리리코가 들어왔다.

"리키, 무슨 일이야?"

"양수가 터졌어요!"

주사위는 이미 던져졌다. 쟁반 위에 놓인 보리차와 도라야키 빵을 곁눈으로 보며, 모토이는 길게 숨을 내쉬었다.

5

배가 터졌다.

리키는 넋이 나가 그 자리에 우뚝 서있었다. 양수가 터지는 순간, 풍선이 터질 때처럼 탁 하는 둔한 소리가 난 것 같았다. 어젯밤부터 태아의 움직임이 유난히 활발했고, 배도 평소보다 단단해져 이상하다고 느끼긴 했지만 설마 모토이 앞에서 이런 일이 벌어질 줄은 상상도 못 했다.

모토이는 눈에 띄게 당황한 기색으로 아오누마에게 전화를 걸었다. 그의 손이 잘게 떨리고 있었다.

"젠장, 자동응답기야. 아오누마 씨 도대체 뭐 하고 있는 거야, 이럴 때."

모토이는 쯧 소리를 내며 리키를 돌아봤다.

"저기, 그…… 담당의 전화번호가 뭐였죠? 오이시 씨, 다나카 선생님 핸드폰 번호 알아요?"

다나카는 클리닉 담당의였다.

"제 핸드폰에, 연락처가 있어요."

뜻밖일 만큼 침착한 목소리에 리키는 스스로도 놀랐다.

"어디에 있죠? 핸드폰."

"옆방 책상 위에요."

"그럼 제가 가져올게요. 괜찮죠?"

대답을 기다릴 새도 없이 모토이는 방을 뛰쳐나갔다. 늘 아오누마를 통해서만 연락을 주고받아 병원 번호밖에 모르는 모양이었다.

"리키, 일단 앉아. 목욕수건 가져올 테니까."

리리코가 보리차와 도라야키 빵이 담긴 쟁반을 테이블 위에 올려두며 말했다.

"목욕수건요?"

"응, 아래를 봐."

리리코의 말대로 시선을 내리자 마룻바닥이 이미 흥건했다. 주르륵 쏟아져 나온 미지근한 물이 지금도 허벅지를 타고 흘러내리고 있었다. 소변 따위와는 비교할 수 없는 양이었다.

자궁 안에서 아이를 띄우고 있던 물이 전부 빠져나가 버리면, 아이는 어떻게 되는 걸까. 방금 전까지 물속에 둥실 떠있다가 갑자기 그 지탱하던 세계가 사라져 버린 건 아닐까. 리키는 낚싯바늘에 걸려 방파제 위에서 펄떡이며 숨을 헐떡이는 망둑어를 떠올렸다. 불쌍하게도. 망둑어처럼 고통스러워하고 있진 않을까? 살아있을까? 생각이 거기까지 미치자 가슴이 바짝 타들어 갔다.

출산을 얕본 건 아니었다. 그럼에도 담당의의 지시를 끝내 거부했던 건, 이 임신이 원치 않았던 것이었기 때문일까. 이제 와서 후회가 밀려왔다.

담당의는 다태 임신은 조기 파수가 잦아 조산 위험이 크다고 경고했었다. 임신 34주 전후로는 입원 관리가 안전하다고 했고, 상황에 따라서는 제왕절개가 필요할 수도 있다고도 했다. 하지만 리키는 쌍둥이여도 최대한 평범하게 생활하고, 분만도 자연분만으로 해내고 싶다고 고집을 부렸다.

'평범'에 집착하며 고집을 부린 건, 돈을 받고 아이를 낳는다는 사실이 끝내 마음에서 지워지지 않았기 때문이었을지도 모른다. 리리코가 말한 것처럼 '스티그마'를 두려워한 걸까.

결국 양수가 터져버렸으니 아마도 제왕절개를 할 것이다. 아니, 그보다도 아이들은 무사할까. 충격을 받은 리키는 아직 몸도 마음도 움직이지 못한 채 서있었다.

"리키, 이거 허리에 둘러."

리리코가 급히 가져온 파란 목욕수건을 리키의 허리에 감아주었다. 그 순간, 리키는 스스로도 어이없을 만큼 엉뚱한 생각을 했다. 원피스의 꽃무늬와 파란 수건의 색이 묘하게 잘 어울린다는 생각이었다.

"오이시 씨, 핸드폰."

모토이에게 건네받은 핸드폰으로 리키는 직접 다나카에게 전화를 걸었다. 양수가 터졌다고 전하니 신생아 중환자실인 NICU가 있는 병원으로 바로 연락 돌리고 다시 전화하겠다는 답이 돌아왔다.

얼마 지나지 않아 다시 전화가 왔다. 이번에는 모토이가 리키에게서 핸드폰을 빼앗아 들어 전화를 받았다. 그러더니 큰소리로 화를 내기 시작했다.

"그런 터무니없는 말이 어디 있습니까! 그럼 어떻게 해야 하는데요?"

다시 상대방의 전화를 기다려야 하는 듯 불만스러운 표정을 한 모토이가 일단 전화를 끊었다.

"어떻게 된 거예요?"

부아를 내며 초조해하는 모토이를 보던 리리코가 냉정한 눈빛으로 물었다.

"NICU란 게 신생아 집중치료실인 모양인데, 거기가 만실이라서 지금 찾아본다고 하더라고요. 그게 말이 되나? 보통 있을 수 없는 일 아닌가요? 빨리 구급차를 수배하라고 하잖아요."

"그런 건 우리 병원에도 있을 건데. 여기 바로 뒤에."

리리코가 차분하게 말했다.

"그럼 병원에 연락해 보겠습니다!"

어느샌가 소란을 듣고 달려온 스기모토가 평소의 예쁘게 내던 목소리를 잊고 외쳤다.

그 뒤의 일은 숨 가쁘게 흘러가 기억조차 희미했다. 긴급 수술이 결정되고, 리키는 지시받는 대로 혈액 검사를 하고 혈압계를 달고, 엑스레이를 찍고 링거를 연결했다. 다리에는 압박 스타킹이 씌워졌다.

마취제가 들어올 때, 리키는 공포에 질려 죽을 것만 같았다. 태어나 처음 겪는 외과 수술이 하필이면 대리모로서의 출산이었다. 대리모가 되겠다고 결심했을 때 이런 장면을 단 한순간이라도 상상해 본 적이 있었던가.

아니, 단 한 번도 없었다.

다시 눈을 떴을 때, 리키는 배에 수술 자국을 남긴 쌍둥이의 엄마가 되어있었다. 그러나 '엄마'라는 인식은 흐릿했다. 배 속에 있던 이물질을 꺼낸 뒤의 공허한 감각에 더 가까웠다. 방금 전까지 태아였던 존재들이, 어느 순간 리키의 생명을 위협하는 존재가 되어있었다는 사실만이 선명했다.

아이의 아버지가 누구인지, 이제 어떻게 될지 그런 생각을 할 여유는 없었다. 리키의 온몸은 공포로 떨리고 있었다.

옛날 여자들은 목숨을 걸고 아이를 낳았다. 의료가 발달한 지금도 다르지 않다. 자신도 그렇다. 게다가 자신은 혼자다. 떨리는 리키의 손을 잡아주는 사람은 아무도 없었다. 그 사실을 깨닫는 순간, 깊은 절망이 밀려왔다. 리키는 그대로 의식을 잃었다.

"구사오케 씨, 구사오케 씨."

누군가가 계속해서 모토이를 부르고 있었다. 왜 대답하지 않는 걸까 짜증을 내며 리키는 천천히 의식을 되찾았다. 그리고 그제야 깨달았다. '구사오케'는, 자신의 성이라는 것을.

"수술은 무사히 끝났어요. 자녀분들도 건강합니다."

귓가에 나이 지긋한 간호사의 다정한 목소리가 스며들었다.

"체중이 조금 적게 나가서 NICU에 있어요. 체력이 회복되면 보러 가실 수 있을 거예요. 한 이틀쯤 지나야 혼자 걸으실 수 있을 테니, 그때까진 휠체어를 이용하세요."

"네."

간신히 대답하고, 리키는 눈을 떴다. 천장에는 밝기를 조절할 수 있는 조명이 달려있고, 크림색 벽에는 파스텔톤의 추상

화가 걸려있었다. 리리코가 애써준 덕분에 평생 인연 없을 병실에 누워있는 모양이었다.

문이 열리며 유코가 머리맡으로 다가왔다. 은은한 향수 냄새가 났다.

"고생하셨어요. 많이 힘드셨죠."

"오이시 씨, 고맙습니다."

모토이의 목소리가 바로 옆에서 들렸다. 처음부터 대기하고 있었던 듯했다.

"저기, 검사는 해주신 거죠?"

유전자 검사 이야기에 모토이는 잠시 유코를 흘끗 보았다.

"네. 틀림없는 제 아이였습니다."

"그렇군요."

리키는 안도하면서도 마음 한구석에서는 다이키의 아이가 아니라는 사실이 어딘가 아쉽게 느껴졌다.

"이거 보세요. 너무 귀엽죠. 오이시 씨가 낳은 아이들이에요."

유코가 핸드폰 화면을 리키의 눈앞에 내밀었다. 인큐베이터 안에 조그만 아기들이 누워있었다. 관이 연결되어 있었지만 이목구비는 또렷했고 숨결도 안정돼 보였다. 이 아이들 혈액의 절반은 나의 것이다. 그 생각에 리키는 화면에서 눈을 뗄 수 없었다.

"이쪽이 남자애고, 이쪽이 여자애."

그래도 구분은 되지 않았다.

"둘 다 건강해서 NICU에 오래 있지는 않아도 된대요. 체중이

2킬로그램에 조금 못 미칠 뿐이라 크게 걱정할 건 없다고요.”

모토이가 들뜬 목소리로 말했다.

“잘됐네요.”

그렇게 말한 뒤, 리키는 눈을 질끈 감았다. 수술 부위가 찌릿찌릿해 말 한마디를 더 잇는 것도 고통스러웠다. 그 기색을 알아챈 듯 모토이와 유코는 곧 병실을 나갔다. 두 사람이 떠나는 기척을 느끼며 리키는 가만히 통증을 견뎠다. 눈물이 났다. 하지만 그건 상처의 아픔 때문만은 아니었다.

안도와 허전함. 태어나 처음으로 느끼는 이 감정이 리키를 조용히 뒤흔들고 있었다.

수술 다음 날, 리키가 점심을 먹고 있을 때 아오누마가 땀을 훔치며 병실을 찾아왔다.

“오늘 참 덥네요.”

손에는 해바라기 꽃바구니를 들고, 피부색이 어둡게 보이는 푸크시아 핑크색 원피스를 입고 있었다.

“오이시 씨, 쌍둥이를 출산하시느라 고생하셨어요.”

아오누마가 리키를 향해 정중하게 고개를 숙였다. 아직 수술 부위의 통증 탓에 일반식을 먹기 힘들었던 리키는 식욕도 없었고, 젓가락을 내려놓은 채 아오누마의 얼굴을 멍하니 바라보았다.

“정말 고생하셨어요. 해내셨네요. 훌륭하세요.”

그 말을 듣는 순간, 리키는 마치 대를 이을 아이를 낳은 그저

한 명의 '여자'가 된 듯한 기분이 들었다. 모토이의 아내도, 애인도 아닌, 하물며 오이시 리키라는 개인도 아닌 존재. 자궁을 가진 생명체로서의 여자, 혹은 아이를 낳는 기계. 자신의 생식 기관을 이용해 일면식도 없는 타인의 아이를 낳아준 여자였다.

모토이의 아이가 아니라 전 애인 히다카의 아이, 혹은 대화가 잘 통하던 다이키의 아이였다면 이렇게까지 허무하진 않았을까. 그런 생각이 스쳤다.

"당신이 그 부부를 살리신 거예요. 대단하세요."

살렸다? 리키는 무슨 말인가 싶어 아오누마를 바라봤다.

모토이의 개인적인 소원을 이룬 일을 두고 '다른 사람을 살렸다'고 말할 수 있을까. 리키가 생각하는 살린다는 건, 좀 더 절박한 사정으로 고통받는 사람을 향한 것이었다. 물론 절박함의 기준은 사람마다 다르다. 아이를 갖지 못하는 일이 절박하지 않다고는 할 수 없다. 하지만 아오누마의 말은 어딘가 핵심을 비껴간 느낌이 들었다.

리키가 고개를 갸웃거리자 아오누마는 불안한 듯 말을 이었다.

"문제없으신 거죠? 구사오케 씨 쪽에서 보수 이야기는 다 끝났다고 들었는데, 만족하신 거 맞죠?"

그녀의 걱정은 분명했다. 쌍둥이 임신과 출산이라는 큰 부담을 겪은 리키가 추가로 금전을 요구하지는 않을지, 그 점이 신경 쓰이는 것이다.

"네, 뭐……."

“입원비도 물론 구사오케 씨가 부담하실 테니까 안심하시고요.”

“네.”

“그런데 어떻게 된 거예요? 기운이 너무 없네. 산후 우울증?”

아오누마는 코랄 핑크색 립스틱을 바른 입술을 옆으로 벌리며 웃었다.

“좀 피곤하네요.”

리키가 중얼거렸다.

“그럴 만도 하죠. 초산에 갑자기 쌍둥이, 거기다 카이저였으니까요.”

“카이저요?”

“제왕절개요.”

“아…… 그렇군요.”

“하루라도 빨리 퇴원할 수 있도록 기도할게요.”

“감사합니다.”

“그럼 아기들 얼굴 보고 갈게요. 정말 감사해요. 덕분에 좋은 인연을 맺어드릴 수 있었어요. 혹시 또 생각 있으시면 언제든 연락 주시고요.”

그럴 생각은 없었다. 한 번 제왕절개를 하면 다음 출산도 제왕절개가 되는 경우가 많다고 들었기 때문이다.

잠자리에 들기 전, 리키는 떨리는 마음으로 배에 난 흉터를 내려다보았다. 치골 위로 가로 약 20센티미터의 흉터가 길게 나 있었다. 투명 반창고 아래로 아직 핏물이 배어나와 보기만 해도 통증이 전해지는 듯했다. 겉은 아무는 듯 보였지만 피부 아래의 염증이 완전히 가라앉으려면 거의 1년이 걸린다고 했다.

1년. 리키는 조용히 한숨을 내쉬었다.

그날, 리키는 휠체어에 실려 NICU에 있는 아기들을 보러 갔다. 휠체어를 밀어주는 간호사는 리리코의 집에서 몇 번 마주친 적 있는, 기숙사 생활을 한다던 젊은 준간호사였다. 그녀는 리키를 몇 번 본 적이 있어서인지, 사연 있는 싱글맘쯤으로 여긴 듯 쓸데없는 말은 하지 않았다.

리키는 NICU의 유리창 너머로 자신이 낳은 쌍둥이를 바라보았다. 모토이의 정자를 받고 그녀의 자궁에서 자란 아이들. 태어나면 분명 귀여울 거라고 생각했는데, 의외로 아무런 감정도 일지 않았다. 언젠가는 헤어질 수밖에 없다는 사실이 마음 어딘가를 막고 있는 걸까. 그런 생각도 들었지만 인큐베이터 안에서 잠들어 있는 갓난아기는 너무 작아서 '내 아이'라는 실감이 나지 않았다.

"나중에 모유 한번 먹여보세요."

준간호사가 말했다. 실제로 가슴이 단단하게 부어올라 통증이 느껴질 정도였다. 계속 유축해서 냉동하라는 이야기도 들었다. 출산은 정말이지 고된 일투성이였다.

"이렇게 작은데…… 먹을 수 있나요?"

리키가 묻자, 준간호사는 그녀가 아이를 바라보면서도 감정을 드러내지 않는 것이 의외라는 듯 잠시 눈을 크게 떴다.

"네, 먹이는 게 좋아요."

복잡한 심정으로 리키가 병실로 돌아오니 슈크림 상자를 든 리리코가 기다리고 있었다.

"리키, 수고했어. 이거, 구하기 진짜 힘든 거야. 깜찍하지?"

리리코가 상자를 열자 백조 모양의 슈크림 두 개가 들어있었다. 참 리리코답다는 생각에 무심코 웃음이 나왔다. 웃는 순간, 배에 난 흉터가 찌릿하며 비명이 터졌다.

"배 아파?"

"네, 너무 아파요. 그런데 내일부터 걸으래요. 모유도 먹이라 그러고요. 엄마란 아플 게 천지네요."

"저런. 고생이네."

리리코는 감정이 실리지 않은 목소리로 말했다. 자기와는 전혀 상관없는 일이라는 투였다.

"네, 이제 지긋지긋해요."

리키의 말에 리리코는 잠시 생각하더니 고개를 끄덕였다.

"그건 그렇고, 못네 어머니 왔지? 구사오케 지미코. 전직 유명 무용수."

"아뇨. 안 왔는데요."

리키는 고개를 갸웃했다. 병실로 문병 온 건 구사오케 부부뿐이었다.

"그래? 유코네랑 같이 아기 보러 왔다고 들었는데. 그럼 리키한테 인사도 안 하고 아기만 보고 간 거야? 으, 기분 나빠."

"괜찮아요. 저도 그 편이 편하고요."

"뭐, 그렇긴 하지. 그래도 배 갈라서 애까지 낳아줬는데, 고맙단 말 한마디는 해야 하는 거 아니니?"

"됐어요. 그게 더 사무적이고 좋아요."

"사무적?"

슈크림을 입에 넣으려던 리리코가 분개한 얼굴로 고개를 들었다.

"리키, 혹시 이거 비즈니스라고 생각하고 있는 거야?"

리키는 그 험악한 표정에 눌려 문득 예전에 다이키와 나눴던 대화가 떠올랐다.

"비즈니스라기보단…… 거래? 뭐라고 불러야 할지는 모르겠는데, 그 비슷한 거 아닌가요?"

잠시 말이 없던 리리코가 험상궂게 문 쪽을 흘끗 보았다.

"이건 못이 직접 말하겠다고 입단속시킨 건데…… 하, 그냥 말해 버릴까. 오늘 그 사람들 안 오지?"

리리코가 험상궂은 표정으로 문가를 살폈다.

"아마 안 올 거예요. 왜요? 저한테는 아무 말도 없었어요."

"그 인간들 말이야, 재결합하겠대."

재결합. 흉터의 통증과 피로가 겹쳐 머리가 제대로 돌아가지 않았다. 리키는 입 안에서 몇 번인가 그 단어를 굴렸다.

"리키랑 이혼하고 유코랑 다시 결혼한대. 아기 보고 나니까 너무 사랑스러워서 같이 키우고 싶어졌대."

태어날 아이가 누구의 아이든 자기가 키우겠다며, 유코 대신 1년간 아이를 맡아달라는 모토이의 '부탁'이 떠올랐다. 그 이야기를 듣던 중에 양수가 터졌는데, 그건 어떻게 된 걸까. 리키는 흐릿한 머리로 생각했다.

"그럼…… 저는 아이를 돌보지 않아도 되는 건가요? 이제 역할이 끝났다는 뜻이에요?"

"나는 모르겠으니까 본인들한테 물어봐."

리리코는 그렇게 말하며 백조의 머리 부분을 베어 물었다.

"저는 그 편이 나아요."

"그래? 고생해서 낳았는데, 저 사람들만 좋을 일 시키는 거 아니야?"

"그렇긴 한데…… 제 아이라는 느낌이 안 들어요."

리키는 솔직하게 말했다.

"모유 주면 달라지지 않을까?"

"글쎄요……."

자신이 없었다. 낳기 전에는 아이가 너무 예쁘면 데리고 도망갈지도 모른다고 생각했다. 하지만 실제로 태어난 아이를 보니 특별히 사랑스럽지도 않았다. 모성 같은 건 허구일지도 모른다는 생각이 들었고, 그래서 데리고 도망쳤다간 오히려 서로 불행해질 거라고 냉정하게 결론 내렸다.

쌍둥이는 분명 리키의 배 속에서 소중히 길러졌다. 그런데도 어딘가 성가신 무언가가 몸 안에 기생했다가 빠져나간 듯한 느낌이 가시질 않았다. 그 감각이 아이에 대한 애정의 발현을 가로막고 있는지도 모른다.

그럼에도 젖은 잘 나왔다. 리키는 매일 두 번 NICU에 가 두 아이에게 모유를 먹였다. 표준보다 작게 태어났지만 건강한 아이들은 리키의 가슴에 매달리듯 붙어 젖을 빨았다. 수유를 마치고 나면 몸속의 수분과 영양이 몽땅 빠져나간 것 같아 리키는 아픈 배를 움켜쥐고 매점에서 주스를 사 마셨다. 몸은 피로와 통증으로 너덜너덜했다.

닷샛날, 유코가 병실로 찾아왔다.

"오이시 씨, 피곤한 건 좀 괜찮아졌어요? 퇴원은 언제예요?"

항상 갈증에 시달리던 리키는 유코가 들고 온 샤인머스캣이 반가웠다.

"글피예요."

"입원 생활한다고 고생 많았어요. 애들도 퇴원 승인 났어요. 구사오케랑 둘이 이름도 정해봤고요."

리키는 속으로 아이들에게 '구리'와 '구라'라는 이름을 붙여두었지만 물론 말하진 않았다. 남자애가 '구리'고 여자애는 '구라'였다.

"남자애는 '유유자적'의 유에 사람 인 자를 써서 유진이에요. 영어에서도 쓰는 이름이잖아요. 참고로 유는 제 한자에서 따왔어요. 여자애는 에마. 해외에서도 통용된다길래요."

"아아, 좋은 이름이네요."

"에마의 '마'는 구사오케 할아버지 이름에서 따왔어요. 료마라는 멋진 이름을 쓰셨거든요."

"멋지네요."

"애들이 NICU에 있는 사이에 준비해야 하니까 정신없어요. 쌍둥이니까 준비할 게 산더미예요. 침대도, 유모차도, 옷도. 정신없지만…… 이상하게 즐거워요. 뭐든 할 수 있을 것 같아요.”

유코는 들뜬 목소리로 말했다.

“그러세요? 잘됐네요.”

“오이시 씨한테는 정말 감사해요. 그럼 푹 쉬세요.”

유코가 리키의 어깨에 손을 얹기에 끄덕였다.

“아, 그리고…… 말씀드릴 게 있어요. 이혼한 채로 있겠다고 했었는데, 역시 태어난 아이들에 대한 책임감이 생기더라고요. 그래서 구사오케랑 재결합하기로 했어요.”

잠시 말을 고른 뒤, 유코는 가방에서 클리어파일을 꺼냈다.

“몸 회복되시면 이혼신고서에 도장 찍어주실 수 있을까요? 수리되고 나서 제 이름을 올리려고요. 제가 재결합 안 하겠다고 했던 탓에 구사오케가 당신에게 육아를 부탁한 것 같아요. 그 점은 죄송해요.”

고야드 토트백에서 나온 건, 이미 준비된 이혼신고서였다.

“그리고 괜찮으시면 여기에도 사인해 주시면 좋겠어요.”

유코에게서 건네받은 종이에는 ‘서약서’라고 적혀있었다. 리키는 그 종이를 한번 쭉 소리 내서 읽었다.

“나 오이시 리키는, 구사오케 가의 아이인 구사오케 유진과 구사오케 에마와는 만나지 않겠습니다. 부득이하게 만나야 하는 용건이 생긴 경우에는 보호자인 구사오케 모토이와 구사오케 유코에게 연락할 것을 약속합니다. 또한 앞으로 구사오케 유진과 구사오케 에마, 혹은 둘 중 한 명이 오이시 리키와의 만남을 요청한 경우에는 이에 따릅니다…….”

"너무 딱딱해서 죄송하지만, 아오누마 씨와 구사오케가 의논해서 작성한 거예요. 일단 여기에 사인해 주면 고맙겠어요. 형식적인 거니까 100퍼센트 그렇단 건 아니에요. 괜찮을까요?"

"둘 다 싫어요."

"네?"

리키가 단박에 거절하자, 유코의 입에서 놀란 소리가 새어 나왔다.

"왜요? 어떤 부분이 싫은 거예요?"

유코가 당황하고 있는 게 느껴졌다. 클리어파일에서 꺼내려고 한 이혼신고서 서류와 리키에게 보여준 서약서를 다시 집어넣으려던 그녀는 종이가 제대로 들어가지 않아 계속 넣었다 뺐다를 반복했다.

"이혼 자체는 딱히 문제가 없는데, 지금 당장이라는 게 싫어요. 배에 난 흉터가 나을 때까지는 저의 존재를 잊지 않으셨으면 하니까 1년 후에 재결합해 주세요. 배에 난 흉터가 완전히 낫는 데 그 정도는 걸릴 것 같으니까요."

"어머, 그래요? 그렇게나 걸려요?"

유코가 놀란 듯 눈살을 찌푸렸다.

"네, 그때까지는 제 이름을 남겨놔 주세요. 그리고 서약서는 왜 그렇게까지 제한을 두려고 하세요? 피차 어떤 감정이 들지 모르는 거 아닌가요? 그래서, 서약서 같은 거엔 사인하지 않을래요. 저, 솔직히 말씀드리면 유코 씨나 모토이 씨도 저랑 똑같이 배를 갈라보셨으면 좋겠어요. 하지만 둘 다 그러지 않으시겠죠. 배를 째는 건 제 역할이니까요.”

“역할이라니.”

유코는 상처받은 듯한 표정으로 할 말을 잃었다.

“분명 대리 출산은 제 역할이었죠. 하지만 새로운 생명을 낳는다는 게 이렇게 힘든 일인 줄은 몰랐어요. 그러니까 적어도 이런 소심한 심술 정도는 부리게 해주세요.”

리키가 고개를 숙이자, 수술 부위가 당기고 욱신거렸다. 유코는 고개를 숙인 채, 나직한 목소리로 사과했다.

“심술이라고 생각하지 않아요. 당신에게 상처를 준 게 맞아요. 이혼한 채로 두겠다고 했다가 재결합하겠다고 번복하기도 하고…… 저도 마음을 종잡을 수 없었어요. 미안해요.”

유코의 실의가 전해져 리키는 뭐라 말해야 할지 감을 잡을 수 없었다.

“유코 씨 마음이 변했을 때, 너무 놀랐어요.”

“맞아요. 솔직히 말하면 당신에게 대리모를 의뢰한 이후로, 전 쭉 소외감이 들어 힘들었어요. 저희 부부가 그동안 아이를 가지는 데에 매달려 왔잖아요. 그런데 저는 이미 아이를 만들 능력을 잃었는데 모토한테는 남아있다고 대리모에게 출산을 의뢰한다는 게, 아무리 애를 써도 받아들여지지 않았어요. 제 난자라도 쓰면 몰라도 오이시 씨는 정말 생판 남이니까요.”

생판 남이라는 단어를 듣자, 리키는 자신이 불청객처럼 느껴졌다. 유코가 말을 이어갔다.

“이혼 형식을 취하는 것도 사실 싫었어요. 당신에게 자리를 내어준 것 같아서. 모토는 형식에 불과하다고 했지만, 저야말로 완벽한 남이 된 것 같았어요. 그래서 아예 그냥 이대로 남남으로 있자고 생각한 거예요. 당신이 다른 사람과 관계를 맺은 걸 모토에게 말해버린 것도, 사람을 자기 생각대로 움직이게 하는 건 환상에 불과하다고 말하고 싶었기 때문이에요.”

“그랬는데, 어째서 다시 합치기로 결론이 난 건가요?”

리키가 냉정하게 물었다.

“당신에게는 했다고 말했는데, 실은 유전자 검사를 하지 않았어요. 아오누마 씨는 하자고 하셨지만, 모토가 완강히 거절했거든요. 오이시 씨에게 실례니 절대로 안 하겠다고요. 누구 아이든 받아들여 키울 작정이라고요. 그 말을 들으니 왠지 감동적이더라고요. 피가 이어지지 않아도 키울 수 있는 거라면 저도 마찬가지라는 생각이 들었어요. 저희 부부는 이제서야 한배를 탄 거예요. 모토도 저도, 이번 일로 어른이 된 것 같았어요. 아니, 부모가 됐다고 해야 할까. 그래서 당신에게는 진심으로 감사하고 있어요. 모토도 같은 마음일 거예요.”

유코는 그렇게 말하면서 눈가가 촉촉해졌다.

퇴원하기 전날 밤, 리키는 나하에 있는 다이키에게 전화를 걸었다.

“다이키 애가 아니더라.”

진실은 모르지만 이제 리키는 누구 아이든 상관없다는 생각이 들었다. 다이키는 깜짝 놀랐다.

— 벌써 나온 거야?

"응, 양수가 터져서 제왕절개했어. 역시 기적은 일어나지 않았네."

— 뭐 어때? 그 부부에게 한 방 먹였으니 됐지.

다이키는 자기가 한 것처럼 말했다.

"다이키, 지금 뭐 하고 있어?"

— 나? 나, 학샘 알바 시작했어.

"학샘이 뭔데?"

— 학원 선생님이지.

"안 어울리는데. 그 여자는 어떻게 하고?"

— 버림받았어.

"고소하네."

리키는 웃었더니 배가 뻐근했다.

— 나하로 오지 않을래?

"싫어. 어차피 내 돈 노리고 그러는 거지?"

— 글쎄다. 우리도 아이 한번 만들어 볼까?

다이키가 알랑거리며 말했다. 제 딴에는 위로일 것이다. 정말 능력 없는 자칭 테라피스트다.

"필요 없어, 그런 거."

다이키와 한껏 깔깔대던 리키는 흉터가 벌어진 것 같은 느낌이 들어 섬뜩했다.

6

리키는 37주에 접어든 뒤 쌍둥이를 낳았다. 주수로만 보면 정상 분만이었지만, 다태아에게 흔한 저체중아로 태어나 두 아이 모두 체중이 2킬로그램에 미치지 못했다. 태어나자마자 NICU로 옮겨져 저혈당 치료를 받았고, 다행히 그것도 이렛날에는 완치 판정을 받아 리키의 품으로 돌아왔다.

제왕절개를 한 리키의 입원 기간은 여드레였다. 데라오병원 산부인과는 산모가 퇴원 전날 하루 동안 아기와 함께 지내며 부모와 자식 사이의 유대를 쌓은 뒤 귀가하는 것을 원칙으로 삼고 있었다. 그런 이유로 지금 쌍둥이는 리키의 침대 옆, 두 개의 작은 아기 침대에 잠들어 있었다.

"으악, 뭐가 이렇게 작아."

리리코가 뜨악한 얼굴로 아기들을 내려다봤다. 쌍둥이는 누가 그런 말을 하는지도 모른 채, 나란히 누워 조막만 한 손을 어깨 근처에서 움켜쥔 채 조용히 잠들어 있었다.

"누가 남자애랬지?"

리리코가 눈썹을 찌푸리며 물었다.

"이쪽이 구리예요."

리키는 왼쪽 침대의 아기를 가리켰다.

"그리고 이쪽이 구라."

"아아, 구리랑 구라구나."

리리코는 그게 가명이라는 사실을 눈치챘는지, 아니면 정말 상관없어서인지 더 묻지 않았다.

"둘 다 원숭이 같아서 구분이 안 되네. 근데 못이랑은 하나도 안 닮았는데? 유전자 검사 진짜 한 거 맞아?"

의심 어린 시선이 리키에게 꽂혔다. 리키는 대답 대신 애매한 미소를 지었다.

"둘 다 눈매 같은 데는 리키랑 닮은 것 같고."

그 말에 리키는 순간 움찔했다. 닮았다는 말에 기뻐해야 할지, 꺼림칙해야 할지 알 수 없었다. 이 아이들의 생물학적 어머니라는 사실이 이제 와서야 묵직하게 몸에 와닿았다. 그래서 리키는 쌍둥이의 얼굴을 제대로 들여다보지 못했다.

대리모가 아니었다면, 이 아이들을 아무 망설임 없이 '내 아이'라고 느낄 수 있었을까. 그런 생각이 고개를 들 때마다 안 된다고 스스로를 다잡았다. 제안을 받아들일 때는 이렇게까지 마음이 복잡해질 줄은 상상도 하지 못했다.

"못 코랑 닮았나?"

리리코가 구라의 얼굴을 바짝 들여다보며 말했다.

"아가야, 너도 못이 자랑하는 매부리코가 될 거니? 네 아빠는 아무래도 그걸 귀족적이라고 생각하는 것 같거든."

모토이가 들었다면 발끈했을 말이었다.

"구사오케 씨 부부도 곧 오시겠죠? NICU에 없으니까 분명 이쪽으로 올 거예요."

리키는 핸드폰으로 시간을 확인했다. 모토이와 유코는 거의 매일 쌍둥이를 보러 왔다. 애정이 넘친다는 말로도 부족할 정도였다.

"그 사람들도 이름 지었다며?"

"네. 남자애는 유진, 여자애는 에마래요."

"유진에 에마라."

리리코가 코웃음을 쳤다.

"구리랑 구라가 훨씬 낫네. 유코도 참. 해외에서도 통용되는 이름이라 그랬대? 웃겨죽겠어. 그렇게 헤어질 거라고 생난리를 치더니, 애 태어나자마자 재결합이라니. 지조도 없다."

리리코는 신랄하게 말했지만 리키는 슬쩍 두둔했다.

"그래도, 사정이 있었겠죠."

"있었겠지. 말도 안 되는 일을 겪었으니까."

"그래도 아기라는 존재는…… 참 대단하네요."

쌍둥이가 곁에 온 뒤로 리키의 마음은 조금씩 변하고 있었다. 그저 바라보고 있는 것만으로도 이유 없이 긍정적인 감정이 부풀어 오르는 게 이상했다. 모토이와 유코도 결국 이 힘에 굴복한 것일 테다.

너무도 작고 무방비한 아기는 지켜야 할 존재라는 감각을, 앞으로 나아가야 한다는 의지를 강제로 불러낸다. 사람들은 이런 감정을 모성이라고 부르는 걸까. 그 단어가 왠지 꺼림칙해 리키는 그 증거가 될만한 감정마저 밀어내려 했지만, 이미 그것은 리키 안에서도 분명히 자라고 있었다. 이성과 감정의 균형이 아기라는 존재 앞에서 서서히 무너져 갔다.

리키는 침대 등받이에 기대어 두 아이를 번갈아 바라봤다.

전신마취 뒤에 눈을 떴을 때 이미 출산은 끝나있었지만, 조금만 움직여도 찌릿하게 당기는 아랫배의 흉터가 모든 걸 증명하고 있었다. 언젠가 아이들과 완전히 헤어진 뒤에도 이 흉터를 보면 떠올리게 될 것이다.

"갓난아기를 적자赤子라고도 부른다더니…… 진짜 그렇네요. 애들이, 빨개요."

리키가 아기들에게 시선을 고정한 채 중얼거리자 리리코가 끄덕였다.

"그러게. 이 피부색은 뭐라고 해야 하지. 빨강도 아니고, 검붉은 것도 아니고. 질감도 묘해. 너무 고와서 피부 같지가 않아."

잠시 말을 멈추더니, 리리코는 웃으며 덧붙였다.

"만지면 마음이 편해져. 깨물고 싶을 정도야."

넋을 잃은 리리코가 말끄러미 아기들의 피부를 들여다보다가 손가락으로 톡톡 건드렸다. 그녀도 실은 이 신기한 생명체에 홀리기 시작한 것이리라.

리리코만이 아니었다. 리리코의 외삼촌인 다카시도 쌍둥이가 NICU에 있을 때 스기모토와 함께 찾아와 주었다.

"다카시 외삼촌도 보러 와주셨어요."

실은 다카시에게선 축하금까지 받았다.

"그렇다니까. 외삼촌이랑 스기모토 씨 둘 다 엄청 흥분 상태야. 우리 집에서 다 같이 키우재. 스기모토 씨는 무슨 아기 보니까 눈물이 다 났다던데. 아기란 정말 이 세상에서 가장 아름다운 존재네요, 라나, 뭐라나. 의외로 시인 스타일이라 놀랐잖아.

그 사람들 리키가 싱글맘이라 혼자 키우는 줄 알고 앞으로 도
와줘야겠다고 아주 굳게 다짐 중이야. 실은 그게 아닌데.”

“그렇구나. 마음만이라도 감사하네요.”

리키가 감회에 젖어 말했다. 나는 구사오케 집안의 대리모
다, 라고 제대로 설명하고 싶었지만 비밀 유지 의무가 있으니
섣불리 말하지 못하는 게 괴로웠다.

“이거 진심으로 하는 이야기인데, 리키, 출산 후에도 힘들 테
니까 우리 집에 잠시 머물면서 몸조리하는 거 어때? 그 김에 쌍
둥이도 같이 살면 좋잖아. 아직 모유 나오지? 우리 집에 있으면
중간에 무슨 일이 생겨도 병원이 코앞이고, 스기모토 씨도 있
으니까 도움이 될 거야. 그렇게 조금 안정되고 나면 그때 저쪽
이 데려가면 되는 거지.”

그렇게 일이 쉽게 풀릴까. 리키는 고개를 갸웃했다. 구사오
케 부부는 조만간 데려갈 작정일 텐데.

그때, 노크하는 소리가 들렸다. 리리코가 힘찬 목소리로 대
답하고 돌아보자, 모토이와 유코가 문에서 얼굴만 내밀고 웃
는다.

“안녕하세요. 실례하겠습니다.”

알로하셔츠를 입은 모토이가 먼저 들어왔다. 시선은 아기 침
대에 잠들어 있는 쌍둥이를 향하고 있었다.

“오늘도 잘 있구나. 다행이다.”

모토이는 사랑스러워 죽겠다는 몸짓으로 구리의 얼굴을 검
지로 살짝 쓰다듬고, 그다음 구라의 작은 주먹을 손으로 감쌌다.

그는 리키 쪽은 보지도 않고 쌍둥이에게 속삭였다.

"너희들, 엄마 아빠는 계속 나이 먹고 있으니까 얼른 쑥쑥 커야 해. 안 그러면 너희들 어른이 된 모습을 못 보잖아."

모토이는 자기가 한 말에 자기가 감동했는지 살짝 눈물을 글썽이는 것 같았다. 유코는 역시나 리키를 배려해서인지 한마디도 하지 않고 말을 아꼈다. 클래식한 형태의 흰색 원피스를 입고 있어서 쇼와시대의 간호사처럼 보였다.

"오이시 씨, 수술한 데는 어때요?"

유코가 조심스레 물었다.

"날이 갈수록 좋아지는 느낌이에요."

"다행이다. 아까 구청에 출생신고서 내고 왔어요."

"유진과 에마……로요?"

"네, 유진과 에마로요. 오이시 씨가 엄마로 올라갔어요. 이건 영원히 바뀌지 않는 사실인 거죠."

유코가 동의를 구하듯 모토이를 봤다. 모토이는 쌍둥이에 푹 빠져 여자들의 대화에는 참여할 마음도 없는 모양이었다.

"유코, 그건 잘했네."

리리코가 별로 내키지 않는 기색으로 말했다. 유코는 슬쩍 리리코를 본 뒤, 다시 리키 쪽으로 시선을 돌렸다.

"그래서요, 오이시 씨. 지난번에는 죄송했어요. 저도 뭔가 마음이 급해서 말실수를 한 것 같아요."

유코가 사과하자 모토이도 갑자기 생각났다는 듯 돌아보며 사과했다.

"오이시 씨, 죄송합니다. 고생해서 낳은 지 얼마 되지도 않으
셨는데, 그런 배려 없는 서약서를 내밀고 제가 무례했습니다.
모든 책임은 서류를 작성한 제게 있습니다."

"아니, 괜찮아요."

"조금 안정되고 나면 다시 이 일에 관해서 이야기 나눠보죠."

모토이는 포기하지 않은 듯했다. 서약서를 주고받지 않으면
불안한 모양이었다.

"저는 상관없으니까 여기서 서약서 내용을 말씀해 주세요."

"잠깐만요, 오이시 씨."

유코가 리키를 막아서며 힘주어 말했다.

"서두르지 않아도 돼요. 오이시 씨 몸이 회복될 때까지 잠시
이곳에 계시면 어떨까, 생각하고 있거든요. 리리코도 상관없
지? 오이시 씨 체류비는 우리가 낼게. 그리고 나머지 500만 엔
도 이체했어요."

"감사합니다."

리키가 고마움을 표했다.

"아기는 어떻게 할 건데?"

리리코가 유코에게 물었다.

"두 달만 오이시 씨에게 맡기고, 그 후에는 우리가 우유 먹여
키울 거야. 보니까, 모유가 아기 몸에 엄청 좋은 모양이더라고.
그래서 초반에는 모유를 먹이는 게 더 좋을 것 같아서 그렇게
결론 냈어."

"그러니까, 리키가 유모란 말이야?"

리리코가 토를 달자 유코가 노려봤다.

"그런 거 아니야."

"그럼 그게 뭔데?"

리리코가 반문했다.

"그건 앞으로 오이시 씨랑 구체적으로 논의할 거야. 그러니까 리리코는 좀 빠져줄래? 우리 세 사람이 이야기하는 게 나을 것 같으니까."

예예, 하고 비꼬듯 답하면서 리리코가 병실에서 나갔다. 문이 닫힌 걸 확인한 뒤 모토이가 입을 열었다.

"오이시 씨, 출산하시느라 정말 고생 많으셨습니다. 목숨을 건 출산이었다고 들었습니다. 감사합니다. 진심으로요."

"아뇨, 별말씀을."

리키는 예의를 갖춰 대답했지만, 너무 무뚝뚝했던 건 아닐까 뒤늦게 신경이 쓰였다.

"유코에게 들었습니다. 시간이 조금 지난 뒤에 이혼에 응해주시겠다고요. 그리고 아이들과 만나지 않겠다는 서약서도 거절하셨다고요."

모토이가 말을 이었다.

"대리모를 부탁드렸을 때와는 이야기가 달라졌는데, 아이들 얼굴을 보셨기 때문인가요?"

"그런 건 아니에요."

리키는 잠시 생각한 뒤, 최대한 솔직하게 대답했다.

"출산이 너무 힘들었어요. 그래서, 일반적인 분만이랑은 다르게 생각해 주셨으면 해서요."

"이번에 쌍둥이였던 만큼 오이시 씨의 부담이 컸다는 건 알고 있어요."

유코가 끼어들었다.

"하지만 그건 저희도 예상하지 못했던 부분이에요. 그래서 지금 그 부담을 어느 정도 반영해서 다시 논의하고 있어요."

리키는 고개를 저었다.

"저기, 오해하시는 것 같은데, 저는 딱히 돈이 필요한 게 아니에요."

"그럼…… 뭔가요?"

모토이가 리키의 얼굴을 유심히 들여다봤다. 감정을 읽으려는 듯한 눈빛이었다.

"모르겠어요."

리키는 천천히 말했다.

"다만, 기계처럼 취급받고 싶지 않을 뿐이에요."

"아무도 그렇게 생각하지 않는데……."

유코가 섭섭한 듯 중얼거렸다.

"그럼 구체적으로 어떻게 하면 좋을까요?"

모토이는 유코와 시선을 나눈 뒤 물었다.

"아까 두 달 정도 아이들과 같이 지낼 수 있게 해준다고 하셨죠."

리키는 그 말을 붙잡았다.

"그럼 그걸로 충분할 것 같아요. 아이를 낳아놓기만 하고 제대로 돌보지도 못한다고 생각하니까, 마치 큰 사고를 겪고 혼자 남겨진 기분이 들어서…… 견딜 수가 없었어요."

"그렇군요."

유코가 고개를 끄덕였다.

"여러 일이 한꺼번에 겹쳤으니까, 번아웃처럼 느껴질 수도 있겠네요. 우리도 그래요. 그렇다면 두 달이 지난 뒤에는 헤어져 주실 수 있을까요? 그때까지는 아이를 돌보면서 몸조리도 하고요."

헤어져 주실 수 있을까요, 라는 말이 이상할 만큼 적절하게 들렸다.

"알겠습니다."

리키는 고개를 끄덕였다.

모토이는 여전히 납득하지 못한 얼굴이었지만 더 말하지는 않았다. 대신 조심스럽게 덧붙였다.

"그럼, 저희가 매일 보러 와도 괜찮은 거죠?"

"물론이죠."

리키는 담담하게 말했다.

"당신 아이들이니까요."

퇴원 후 리키와 쌍둥이는 데라오가 남쪽 날개의 1층으로 자리를 옮겼다. 병원에서는 쌍둥이가 사용하던 아기 침대를 특별히 리키의 방으로 가져다줬다. 아기용품은 전부 구사오케 부부가 마련해 넣어두었다.

리키는 두 달 동안 모유를 먹이며 매일 도와주러 오는 구사오케 부부와 함께 쌍둥이를 키웠다. 체중 미달이었던 아기들은 한 달 만에 표준체중을 달성했고, 두 명이라 리키의 모유만으로는 부족할 지경에 이르렀다.

한 달이 지났을 무렵에는 유코가 다시 이혼신고서와 서약서를 들고 왔다. 서약서의 내용은 변함이 없었다.

'나 오이시 리키는, 구사오케 가의 아이인 구사오케 유진과 구사오케 에마와는 만나지 않겠습니다. 부득이하게 만나야 하는 용건이 생긴 경우에는 보호자인 구사오케 모토이와 구사오케 유코에게 연락할 것을 약속합니다. 또한 앞으로 구사오케 유진과 구사오케 에마, 혹은 둘 중 한 명이 오이시 리키와의 만남을 요청한 경우에는 이에 따릅니다.'

"불쾌하실 수도 있겠지만, 저희도 슬슬 새로운 생활을 구상할 때라…… 잘 부탁드려요."

"이해해요."

리키는 서류를 받아 들었다. 곧 두 달을 채워갈 즈음, 밤에 데루에게서 연락이 왔다.

[리키, 아기는 나왔어? 얘는 우리 미나야.]

데루의 메시지에는 핑크색 아기 옷을 입은 아기 사진이 첨부되어 있었다. 소무타가 아기를 안고 있었다. 그는 예전보다 어른스러운 표정에 만족스러운 듯 웃고 있었다.

[패밀리라 이거야?]

리키는 쓰게 웃고는 쌍둥이 사진을 보냈다.

[여기는 쌍둥이 구리랑 구라입니다.]

바로 답장이 왔다.

[쌍둥이였어? 출산 진짜 힘들었겠는데? 대리모도 편치만은 않네.]

[제왕절개했어. 수술 부위가 아직도 아파.]

[수고했어. 근데 애들 이름이 진짜 구리랑 구라야?]

답장을 보내려던 리키의 손가락이 멈추었다. 구리와 구라. 실제 이름은 구사오케 유진과 구사오케 에마였지만, 리키는 여전히 자신이 붙인 이름을 고집하고 있었다. 유진과 에마라는 이름을 짓는 데 자신이 관여하지 않아서일까. 아니, 관여하지 않았기 때문이 아니라 관여할 수 없었기 때문이다. 이 아이들은 리키가 낳았지만 리키의 아이로 남지는 않을 테니까.

[진짜 이름은 유진이랑 에마입니다.]

[뭐야, 이름 근사하네. 제가 졌습니다.]

'최고'라고 하면서 머리를 꾸벅 숙이는 디즈니 캐릭터 이모티콘을 보며 리키는 살짝 웃고는 핸드폰을 옆에 놓았다. 그 순간 구라가 터질 듯 울기 시작했다. 리키가 아이를 들어 올리자 이번엔 구리가 따라 울었다. 한쪽이 울면 반드시 다른 한쪽도 울었다. 심할 때는 그 순서가 번갈아 이어져 몇 시간씩 울음이 멎지 않기도 했다.

리키는 아이들을 양팔에 하나씩 안고 한참을 달랬다. 그러나 울음은 그치지 않았다. 그러자 마음 깊은 곳에서 무언가가 울컥 치밀어 올랐다. 리키 역시 금방이라도 울음을 터뜨릴 것 같았다.

나는 왜, 아기가 있어도 이렇게 쓸쓸할까.

아무리 열심히 일해도 가난에서 벗어나지 못하는 삶에 절망해, 리키는 대리모가 되었다. 처음에는 아이를 낳아도 훨씬 쿨하게 대할 수 있을 거라고 생각했다.

그런데 억수같이 쏟아지는 비에 흠뻑 젖은 듯 질척이는 이 감정은 대체 어디서 온 걸까. 비슷한 시기에 아이를 낳은 데루와는 전혀 다른 방향으로 와버린 기분이었다.

"무슨 일 있어?"

노크와 함께 문이 열리며 리리코가 찌푸린 표정으로 등장했다.

"리키, 애들이 계속 우네. 미안하지만 시끄러워서. 어떻게 좀 해봐."

밤 10시가 훌쩍 넘은 시간에도 리리코는 아직 작업 중이었던 모양이다.

"죄송해요. 애들이 울음을 안 그치는데, 어떻게 해야 그칠지 몰라서……."

쩔쩔매고 있던 리키가 자신 없이 대답하자 리리코가 어깨를 툭 쳤다.

"괜찮아? 얼굴이 거의 넋이 나갔는데."

리리코도 요즘 작업에 몰두하고 있어서인지 얼굴을 마주쳐도 열에 들뜬 사람처럼 몽롱한 표정을 짓고 있었다.

"리리코 씨."

리키가 무심결에 물었다.

“작품이랑 자식이, 비슷한 느낌일까요?”

수척해 보였지만 눈빛만은 기묘하게 고양된 리리코가 목을 뚜두둑 꺾었다.

“글쎄. 난 애를 낳아본 적이 없으니까 모르지. 왜?”

“저도 그림을 그려본 적이 없어서요.”

“그럼 다른 거 아닌가.”

리리코는 단정적으로 말하며 리키 품의 쌍둥이를 번갈아 내려다봤다.

“시끄럽다, 요놈들. 너희들 푹 삶아서 국을 끓여버릴까 보다.”

아기들은 여전히 울음을 멈추지 않았다. 오히려 지지 않겠다는 듯 더 크게 울어댔다. 리키는 울음에 밀리지 않으려는 듯 목소리를 높였다.

“그런데 예술가들이 흔히 자기 작품을 자식 같은 존재라고 말하지 않나요?”

“난 그런 식상한 말 한 적 없는데.”

리리코가 발끈하며 말했다.

“식상해요?”

“당연하지. 내 그림은 자식 이상이거든.”

“이상이면…… 그럼 왜 사람들은 자식을 신격화할까요? 스기모토 씨는 아기가 이 세상에서 가장 아름다운 존재라고 하셨다면서요.”

“무슨 소리야.”

리리코가 코웃음을 쳤다.

"이 세상에서 제일 아름다운 건 춘화인데. 섹스하는 인간들을 그린 그림이지."

"하아, 진짜 모르겠네요."

리키는 아기들처럼 눈물을 뚝뚝 흘렸다.

"아니, 왜 울어?"

리리코가 놀라 리키를 바라봤지만, 리키는 선뜻 대답하지 못했다.

"모르겠어요. 그냥…… 외롭고 쓸쓸해서 슬퍼요."

리키는 울었다 웃었다를 반복했다. 아기들은 엄마의 눈물이 옮겨간 것처럼 더 기를 쓰고 울었다.

"리키, 산후 우울증이나 뭐 그런 거 아냐?"

"그럴지도 모르겠어요. 호르몬 때문일까요?"

"그렇지 않을까? 아버지한테 말해서 약이라도 받아올까?"

리리코가 당장 나갈 듯 몸을 돌리자, 리키가 급히 말렸다.

"아니에요. 원인을 알았어요."

"원인이 뭔데?"

리리코가 돌아보자 리키는 낮게 대답했다.

"저요."

그렇게 말하는 순간, 리키는 정말로 그게 답이라는 생각이 들었다. 분명 자신이 나약해져 있었기 때문이다.

"알았으면 됐지. 그럼, 잘 자."

리리코는 건조하게 말하고 방을 나갔다. 문이 닫히자마자 아기들은 거짓말처럼 울음을 그쳤다.

리키는 아이들을 하나씩 아기 침대에 눕혔다. 두 아이는 천연덕스러운 얼굴로 리키를 올려다보고 있었다.

"스기모토 씨 말처럼 아기가 이 세상에서 가장 아름다운 존재일지도 몰라."

리키는 중얼거리듯 아이들에게 말을 걸었다.

"어엿한 한 사람인걸. 굉장해. 정말로."

아이들의 피부를 소중하게 보듬은 리키는 책상 앞에 앉아 유코가 맡기고 간 이혼신고서에 사인하고 도장을 찍었다. 서약서에도 망설임 없이 이름을 적었다.

그리고 짐을 꾸렸다. 캐리어에 최소한의 소지품을 넣고, 백팩에는 기저귀를 꾹꾹 채워넣었다. 준비는 생각보다 금세 끝났다.

리키는 구리를 안아 올려, 보드라운 볼에 자신의 볼을 비볐다.

"구리야, 너는 구사오케 씨네 집에서 사랑받을 거야. 훌륭한 발레리노가 되면, 그땐 보러 갈게. 건강하게 잘 지내."

구리를 내려놓은 리키가 이번엔 구라를 안았다.

"구라야, 너는 엄마랑 가자. 구사오케 에마가 아니라 오이시 구라가 되는 거야. 그래도 괜찮겠지?"

구라는 믿는다는 듯 말간 눈으로 리키를 바라봤다. 리키는 아기띠로 아이를 가슴에 단단히 고정했다.

"여자들끼리 한번 잘 살아보자. 빌어먹을 세상이긴 해도, 그래도 여자는 괜찮아. 여자가 훨씬 나아."

리키는 책상 위의 서약서를 내려다봤다. 구사오케 에마라는 이름에만 두 줄을 그어 지우고 정정 도장을 찍었다.

"자, 그럼 어디로 갈까?"

리키는 밝은 목소리로 말했다.

"오키나와? 아니면 엄마 고향인 홋카이도? 요시코 이모한테 인사하러 갈까? 다들 널 보면 기뻐할 거야."

리키의 달뜬 그 말이 전해진 것처럼 구라는 환하게 웃었다.

제비는 돌아오지 않는다

초판 1쇄 인쇄 2026년 3월 16일
초판 1쇄 발행 2026년 3월 25일

지은이 기리노 나쓰오
옮긴이 김혜영
펴낸이 김문식 최민석
책임편집 백승민
편집 김민혜 이세정
마케팅 양아람
디자인 배현정

펴낸곳 (주)해피북스투유
출판등록 2016년 12월 12일 제2016-000343호
주소 서울시 서대문구 신촌로 25-1 보고타워 4층
전화 02)336-1203
팩스 02)336-1209